古代文学の時空

河添房江 編

翰林書房

古代文学の時空◎目次

はじめに

思い起こせば、東京学芸大学に着任したのは一九八五年の秋、三十一歳の時であった。当時、古典文学の研究室には、上代・中古の分野に小町谷照彦先生・藤井貞和先生、中世・近世の分野に中村格先生、小池正胤先生、嶋中道則先生といった、すでに一家をなした先生方が揃っていらした。駆け出しの私は身がすくむ思いで、日々緊張の連続であったが、一方で諸先生方からさまざまな薫陶を受けられたことは、大変贅沢なことであった。

また学芸大は夜の自主ゼミが盛んな大学で、当時は小町谷先生が源氏ゼミ、藤井先生が万葉ゼミを主宰されて、多くの古典好きの学生・院生たちを育成してくださっていた。お蔭で授業や両ゼミで、ゼミ生達からも色々な刺激を受けられたこともありがたかった。ところが、一九九五年に藤井先生が駒場に移られ、さらに二〇〇〇年に小町谷先生が定年を迎えられた後は、空席となった万葉・源氏両ゼミの顧問を引き受けざるをえなくなった。いかにも頼りない顧問であったが、上級生が下級生を育てる両ゼミの気風が幸いして、私の研究室から卒論を書き、さらに修士課程に進む学生も次第に多くなっていった。

本論集は、私の研究室で修論を書いた有志が中心となって編まれた論集である。当初、還暦を記念する論集と聞いて、躊躇する思いも少なからずあったが、多くのメンバーが現職の教員となり、多忙な日々の中でその研究を世に問う機会が少ないことを思い、この企画を受け入れて応援したいと考えるに至った。

大学院を担当して二十数年になるが、教育学部ゆえの悲しさか、古典文学で素晴らしい修論をまとめても、一つも学術論文の形で活字化しないままに終わる院生も少なくないことを、長らく残念に思っていた。そこで何とか彼らの研究を形にしておきたいという一心で、二〇〇八年から『学芸古典文学』という院生雑誌を創刊し、現在六号まで刊行している。今回の論集の企画も、その思いにつながるものであり、また、この雑誌から育ってきた世代が執筆メンバーの約半数を占めていることも嬉しいことである。

もともと学芸大は留学生の多い大学であるが、二〇〇七年からは一橋大学大学院の言語社会研究科で連携教員を務めることになり、中国・台湾・韓国からの院生の数も増えて、その修了生の中から博士号を取得した二人が寄稿してくれたこともありがたい。留学生のみならず、『学芸古典文学』を創刊した頃から、博士課程を志して進学する院生も増えて心強いことである。学芸大と一橋大の留学生と修士・博士の院生が相互に交流し、啓発しあう環境がおのずと醸成されてきたように思う。教え子たちの研究を応援したいと思う気持ちは変わらず、誰にも負けないつもりであるが、改めてこうした環境の中で私自身、院生たちから教えられ導かれる幸せな日々であったこと、その成果の一つとして今回の論集があることに深い感謝の意を禁じえない。

なおタイトルの『古代文学の時空』は、古代文学の時空間がどのように生成されているのかという視点ばかりでなく、古代文学が後代の時空間にどのような意味をもって屹立しているのか、合わせて問う論集としたいと思いから名づけたものである。かつて『源氏物語時空論』というタイトルの本を世に問うた時と重なる思いであり、その意図するところをお汲み取りいただければ幸いである。

最後に、編集のまとめ役として獅子奮迅の働きをしてくれた吉野誠さん、本橋裕美さん、出版に際して細やかなご配慮をいただいた翰林書房に心より感謝いたします。

二〇一三年六月吉日

河添　房江

古代文学の時空

源氏絵に描かれた唐物――院政期から近代まで――

河添房江

はじめに

国風文化の時代に花開いたとされる『源氏物語』には、ところが「唐物」と呼ばれる舶載品がしばしば登場し、作品を彩っている。これまで筆者は『源氏物語』と唐物の関係について、いくつかの著作をまとめてきたが、本稿では平安末期の徳川・五島本「源氏物語絵巻」（国宝）や、唐物が描かれた中世以降の源氏絵に注目して、唐物が描かれる、あるいは描かれないことにどのような意味があるかについて考察をめぐらしていきたい。というのも、『源氏物語』内部での唐物のはたす機能と、物語を視覚化した後代の源氏絵で唐物のはたす機能は、必ずしも一致するとは限らないからである。物語内部での唐物のはたす役割と、源氏絵で唐物のはたす役割という、いわば内／外の両方の視点から見ていくことで、物語と絵の相互関係やその相違を明らかにしたいと考える。

一　「源氏物語絵巻」に描かれた唐物

最初に、平安末期に制作された「源氏物語絵巻」に描かれた唐物の例として「宿木（一）」を見ていきたい。

宿木巻の場面を絵画化した「宿木（一）」（徳川美術館蔵）の段は、今上帝が母のいない女二の宮の処遇に悩み、囲碁の勝負にこと寄せて、薫に縁組をほのめかす場面である。女二の宮の母、藤壺女御は、いまは亡き左大臣の娘で、明石中宮の威勢に押されつつも、一人娘の女二の宮をそれは大事に育て上げ、その裳着の儀式を盛大に営もうとする矢先に急逝してしまう。

残された女二の宮を今上帝も不憫に思い、始終、御座所である藤壺（飛香舎）に渡っては、あたかも父朱雀院がかつて女三の宮を光源氏に託したように、後見となる人物との結婚を考えている。そうした秋の夕暮れ、殿上の間に薫がいることを知り、今上帝は薫を藤壺に召し寄せ、囲碁の勝負にかこつけて、女二の宮との結婚を打診するのである。

ところで、「宿木（一）」の絵では、舞台は女二の宮の住む藤壺ではなく、清涼殿の朝餉の間に変更されている。今上帝の権威を強調するために、故意に清涼殿の朝餉の間を選んだともいわれ、実際「宿木（一）」の今上帝は、「高麗縁」が二枚しかれた上に、さらに「繧繝縁」の畳を一枚重ねるという権威化された場所に座っている。しかも今上帝の装いは物語本文では言及がないが、「宿木（一）」の絵では薫を見下すかのように、袒褻で片肌を脱いだ、くつろいだ姿で座って囲碁を打っている。

一方、冠直衣姿という礼装の薫は、ひたすら畏まりながら「高麗縁」の畳の上に座っている。衣装といい、ポジションといい、今上帝と薫の地位の優位／劣位が際立つシーンである。その構図は、亡き宇治の大君になおも心を寄せて結婚に気の進まぬ薫であっても、今上帝からの申し出を断れない立場を象徴しているかのようである。

この絵で注目すべき点は、この朝餉の間の調度にも、天皇の富と権威と権力を象徴するかのように、唐物が使われている点である。部屋の右側には、火取・唾壺・櫛箱が並べられた二階棚があるが、そこには美しい黄色の地に朱と緑の文様の入った、唐錦とおぼしき敷物（地敷）が上段と下段に敷かれていることが、平成の復元模写[1]により明らかになった。今上帝の座っている畳に使われた繧繝錦も、『新猿楽記』に記されたように、唐錦の代表であることはいうまでもない。「宿木（二）」は、藤壺より、さらに晴の空間である清涼殿の朝餉の間を描き、唐物で荘厳することで、今上帝の意向を拒みえない薫の立場を強調しているのである。

＊

さて「宿木（一）」が、至尊の帝の婿取りを描いたとすれば、夕霧の六条院での婿取りを描いたのが、「宿木（二）」（徳川美術館蔵）の段ということになる。匂宮と六の君との新婚三日目、所顕とよばれて、今でいえば披露宴に当たる場面である。その段の絵は、青色を基調として、まさに豪華絢爛というにふさわしい調度や衣装で埋め尽くされ、他の段の追随を許さない華やか雰囲気をかもし出している。

まず調度からいえば、画面の右半分で、新婚の二人が手を取り合って座っているのは、これまでの「繧繝縁」の畳の上に「竜鬢筵」とよばれる、さらに華やかな花紋の縁のついた筵である。夕霧が上皇の座るような格の高い「竜鬢筵」をわざわざ匂宮のために用意したという設定である。

また左手の女房たちの衣装にしても、上の薄衣に下の衣の文様が重なって透けて見えるような、きわめて手のこんだ描き方が随所に見受けられることが、平成の復元模写の製作過程で明らかになった。

この部分の絵巻の詞書は、

よきわかきひと卅人ばかり、わらわ六人かたほなるなく、さうずく（装束）なども、れいのうるはしきこともめなれておぼさるべかめれば、ひきたがへ、こゝろえぬまでぞこのみそ（過）したまへめる。[2]

とあり、夕霧が若い女房を三十人ばかり着飾らせた際に、晴の装束も通常の格式ばったものは、匂宮も見慣れていらっしゃるだろうから、いかがと思われるまで趣向を凝らしたというのである。夕霧の趣向の凝らし方は、父の光源氏がめざしたオーソドックスな荘重さよりも、舅であった頭中将の当世風の趣味に通じるものかもしれない。

また宿木巻では、後になって匂宮が二条院の中の君の許に泊まって、六条院の六の君の輝くばかりの婚礼の調度を思い出す場面がある。

御しつらひなども、さばかり輝くばかり高麗、唐土の錦、綾をたち重ねたる目うつしには、世の常にうち馴れたる心地して、人々の姿も、萎えばみたるうちまじりなどして、いと静かに見まはさる。（宿木四三六）[3]

絵巻の詞書には採られてはいないが、この回想によれば、六の君の父である夕霧は、かつての唐物の富に充ちていた六条院世界を意識するかのように、同じ六条院で高麗や唐土の錦や綾をふんだんに使った調度により、六の君の婿取りの儀式を挙行したことになる。そこには、衣装と調度に唐物をおしげもなく投入し、富と権力のデモンストレーションにより、先に匂宮の妻となった中の君を圧倒しようという夕霧の意図がうかがえる。舶来品である唐物を使って、他者を圧倒するという姿勢は、過去をふり返れば、父光源氏の権力示威の歴史の踏襲ともいえる。

以上、「源氏物語絵巻」に描かれた唐物をみてきたが、簡単にまとめておけば、唐物の存在は、「宿木（一）」では今上帝の、「宿木（二）」では夕霧という、その所有者の権力と権威、あるいは富をかたどるものとして描かれているのである。唐物が威信財となるという点で、『源氏物語』と「源氏物語絵巻」のあり方は重なっているのである。

二　中近世の源氏絵に描かれた唐物

続いて、「源氏物語絵巻」以降の中近世の源氏絵に描かれた唐物を見ていきたいのだが、その際、およそ次のような三つのパターンを分析の指標としたい。

Ａ　物語の該当する場面が絵となり、そこで唐物あるいは唐物の加工品が描かれた例
（唐物であることが意識された例／意識されない例）

Ｂ　該当する場面が絵となるが、唐物やその加工品が描かれない例

Ｃ　該当する場面が絵とならない例

Ａ～Ｃのようなパターンがなぜ想定できるのかについては、『源氏物語』の原文との関係ばかりでなく、中世に流布した源氏梗概書や源氏絵詞との参照関係、絵の制作者／享受者の問題、嫁入本・嫁入調度の視点、唐絵（漢画）の影響、当時の和漢の意識など、多角的な視点から見ていく必要があるだろう。以下これらの点に留意しながら、考察を進めていきたい。

＊

そもそも『源氏物語』の女性たちに注目すれば、唐物に関わる人物と、関わらない人物、いわば唐物派と非唐物派がいるが、唐物派の女性で特徴的なのは、末摘花・明石の君・女三の宮の三人といえる(4)。最初に末摘花に関わる唐物の絵から考察を進めていくことにしたい。

末摘花巻で、雪の日に久しぶりに末摘花邸を訪れた光源氏はその翌朝、末摘花の醜貌とその珍妙な装いに驚愕す

図1　土佐光信「源氏物語画帖　末摘花」（ハーヴァード大学美術館蔵）部分

る。末摘花が着用していた「黒貂《ふるき》の皮衣」は、じつは渤海国からもたらされた貴重な舶来品の毛皮[5]であるが、若い姫君が着るのはいかにも不似合いで、光源氏の度肝を抜くのである。

この場面は印象的であるためか、中世の源氏梗概書である『源氏大鏡』（古典文庫）[6]にも、

き給へる物をさへいひたつる、ものいひさがなけれども、うへにふるきのかはぎぬのかうばしきをき給へり。ゆへ有御しやうぞくなれど、こは〳〵しくみゆ。

と言及されているし、絵にすべき場面を指示した室町後期の『源氏物語絵詞』（大阪女子大学附属図書館本）[7]でも、

衣束ハゆるし色のうわしらみたるひとかさね、なごりなうくろきうちきかさねて、うわぎハふるきかハきぬ口おゝいしてあり

と採られている。

実際、この場面が描かれた源氏絵を探してみると、土佐派の初期の土佐光信「源氏物語画帖」（ハーヴァード大学美術館蔵、図1）で、黒貂の皮衣を袿に仕立てて身に着けた末摘花[8]が源氏が並んで座っている絵[9]がある。ハーヴァード大学美術館蔵の「源氏物語画帖」は、「注文主も所有者も男性」であり、「男性同士で共感を深めあい、精神的な絆を確認しあうようなホモソーシャルな情景」が描かれ、武家と公家を媒介する源氏絵ともされる[10]。『源氏大鏡』など梗概書や連歌の源氏寄合との関連があるともいわれる。

そもそも毛皮は、平安の昔から武具や馬具に幅広く用いられていた。特に虎皮や豹皮は、外国からの舶載品であ

り、室町時代も高麗や明の交易船によってもたらされ、また倭寇による持ち込みもあったとされる。[11]毛皮が高麗や明からもたらされた事実に鑑みれば、男性間で贈与され享受される「源氏物語画帖」のような絵に描かれていたことも、不思議ではない。

図2「源氏物語図屛風」（宮内庁三の丸尚蔵館蔵）

ところが、それ以降、黒貂の皮衣を着た末摘花の絵は描かれた形跡がないのである。『源氏大鏡』や『源氏物語絵詞』では、まさに絵になる場面として選ばれながら、光信以降、近代まで描かれた絵が見当たらないのである。たとえば土佐光吉の「源氏物語手鑑」（久保惣記念美術館蔵）では、末摘花は毛皮を着用していないし、御簾ごしの姿で、その容姿もぼかされている。この場面の絵としては、光吉のように末摘花の姿を焦点化せずに、光源氏が松の木に積もった雪を随身に払わせる構図も多いのである。

また「源氏物語図屛風」（宮内庁三の丸尚蔵館蔵、図2）[12]は御簾ごしではなく、源氏と並んで立つ末摘花の姿を描くが、毛皮ではなく、白い桜のような花の文様が散った衣装をまとい、醜貌を隠すかのように後ろ向きである。その他、土佐光吉の絵の場面選択や描き方については、稲本万里子氏が京都国立博物館蔵の「源氏物語画帖」（別称「源氏物語絵色紙帖」）を例に指摘した点が参考になる。稲本氏によれば、光吉の絵には「源氏を中心とする場面と、女性の優雅な生

図3　梶田半古「源氏物語図屛風　末摘花」（横浜美術館蔵）

図4　与謝野晶子『新訳源氏物語 上巻』（国立国会図書館近代デジタルライブラリー）87頁

活の手本となる場面」が選ばれ、そこには女性の鑑賞者の幸せを願う注文主の願望が投影されているという(13)。それに従えば、光吉の「源氏物語手鑑」（久保惣記念美術館蔵）の絵についても、ほぼ同様の基準が考えられるのではないか。

たしかに毛皮をまとった末摘花では、「女性の優雅な生活の手本」にならず、嫁入本にはならないのである。「源氏物語図屛風」（宮内庁三の丸尚蔵館蔵）でも、毛皮をまとった末摘花が描かれれば、嫁入調度とはならないであろう。その後も、黒貂の毛皮をまとった末摘花の絵は発見できないが、近代になると、毛皮をまとった末摘花の絵が復活することになる。

現在、横浜美術館蔵に所蔵されている梶田半古の「源氏物語図屛風」（図3）は、明治四〇年前後に制作されたといわれるが、その「末摘花」ではストールのような茶色の毛皮をまとった末摘花が描かれている。少し遅れて、明治の終わりから大正の初めに刊行された与謝野晶子の『新訳源氏物語』（図4）で、挿絵を担当した中澤弘光も、この場面の末摘花をリアルに描いている。その絵では、末摘花はおでこが広く、鼻が長く、その先が垂れ下がり、そして灰色の毛皮を着用している。最初に記したA～Cの源氏絵の三つのパターンでいえば、末摘花の「黒貂の皮衣」の場合は、光信の段階では該当する場面が絵となり、毛皮という舶載品が描かれたが（A）、光吉以降は、該当する場面が絵となるものの毛皮が描かれず（B）、近代以降はふたたび描かれる（A）という例となろう。

『源氏物語』の原文で、末摘花は一昔前の渤海国との交易品を代表する「黒貂の皮衣」を身につけ、唐物によって権威づけられるわけではなく、かえって古風さを浮かび上がらせ、マイナスのイメージを付与される女君であった(14)。源氏絵の世界でも、土佐派の初期の源氏絵では、「黒貂の皮衣」を身につけた末摘花が、その場面らしい装いとして描かれたが、光吉以降は毛皮は源氏絵の素材から排除されていく。おそらく嫁入り本・嫁入り調度にはふさわしくない素材であったからであろう。描かれた「黒貂の皮衣」が復活するのは、近代以降の源氏絵のリアリズムまで待たねばならなかったのである。

三　明石の君と東京錦の敷物

さて『源氏物語』にあって唐物派の女性で、末摘花と対照的に、身分は低いのに最高級の唐物の調度品を所有しているのが、明石の君である。

六条院の新たな年がはじまる初音巻で、光源氏は女君たちのために選んだ衣装がはたして似合っているのか、その演出効果を確かめるために、それぞれの部屋を訪れ、最後に足を運んだのが、冬の町の明石の君の部屋であった。ここでの明石の君は「唐《から》の東京《とうぎよう》錦《き》のことごとしき端さしたる褥」「琴」「侍従（香）」「衣《え》被《ひ》香」など、唐物を使った品や唐風の品をたくみな小道具として使って、光源氏を魅了する。特に唐の東京錦は、『新猿楽記』にも見える極上の唐錦で、それを縁に使ったという、いかにも豪華な褥である。格の高い「東京錦」の褥が明石の君の部屋に置かれていた点については、父明石の入道の財力をバックに、こうした褥を用意できたであろうし、それをさりげなく新春の部屋に置いて「琴」を乗せ、光源氏を魅了した才覚を思うべきであろう(15)。

ちなみに「唐の東京錦」には『源氏物語』の諸本で本文の揺れがあり、「唐の綺《き》」とする本もいくつかある。池田本や三条西家本がそうであるが、しかし大半の本は「からのとうきやうき」としており、これが元の形である可能性が高い。しかし「からのき」とする本があるのは、唐の東京錦が、天皇や上皇・摂関家の晴の儀式にも使われた最高の唐錦であり、明石の君の部屋にあった褥にしては、分不相応に格の高いものだからであろう。「東京錦」の用例は多く、「東京錦茵《とうきやうきのしとね》」の形で見え、晴儀の場で用いる高級な褥の縁に用いられている(16)。『源氏大鏡』など源氏梗概書でも、

くれかゝるほどに、あかしの御かたへわたり給へれば、ちかきわた殿の戸をしあくるより、けはひことに、そらだき物心にくゝ、からのとう京のきの錦のはし（さし）たるしとねに、きんの琴をき、よし有火をけに侍従をくゆらかして物毎にしめたるに、えびかうの匂あひて、いとえんあり。硯のあたり、にぎは（ゝ）しく、てならひすさびたるを取てみ給へば、

とあり、『源氏絵詞』（静嘉堂文庫本）(17)でも、「からのとうきやうき」とあるのも、原文が「唐の綺」ではなかった証左となろう。明石の君の「唐の東京錦」の褥は、後の時代でも「唐」のコンテクストで語られ、その権威性を維持しているものといえる。

初音巻のこの場面は、源氏絵の対象としても非常に好まれたようで、土佐光信「源氏物語画帖」（ハーヴァード大

学美術館蔵、図5）[18]をはじめとして、土佐光吉「初音帖色紙絵」[19]、土佐光則「源氏物語画帖」（徳川美術館蔵）[20]、住吉具慶筆「源氏物語絵巻」初音（ＭＯＡ美術館蔵）[21]など、土佐派の多くの源氏絵に描かれている。光吉の「初音帖色紙絵」も、まさに女性の優雅な生活の手本となる場面であり、「唐の東京錦」の褥は、教養ある女性の美しい部屋の調度として好んで描かれており、明石の君の部屋のブランド性を高めるモノであったといえよう。田口栄一氏により、この場面は次第に硯・草子・琴・火取香炉といったモノを描くだけで初音の場面の絵となったことが指摘[22]されているが、「唐の東京錦」の褥はそうした品の一つといえよう。

図5　土佐光信「源氏物語画帖」（ハーヴァード大学美術館蔵）

なお「東京錦」の実態については、『源氏物語』の古注釈書では、たとえば『河海抄』が「唐東京錦也。唐にも東京西京あり、其内東京の錦すぐれたるか。舒明天皇御宇、唐東京錦を以て吾朝に摸し用ゐる」と注記する。唐にも東京と西京があるというのは、唐では都を長安に置いたが、洛陽を陪都として「東京」あるいは「東都」と呼んだからである。また北宋時代には、東京開封府、西京河南府、南京応天府、北京大名府の四つの都を置く四京制を敷かれていた。東京開封府はいまの河南省開封市であり、現在でも開封を「東京」と呼ぶことがあるという。「東京錦」とは、唐の時代、「東京」である洛陽の地で織られた錦、あるいは北宋の時代に東京開封府（現在の開封市）で織られた錦ということになる。

やはり古注釈書である『花鳥余情』は、この場面に、「唐東京

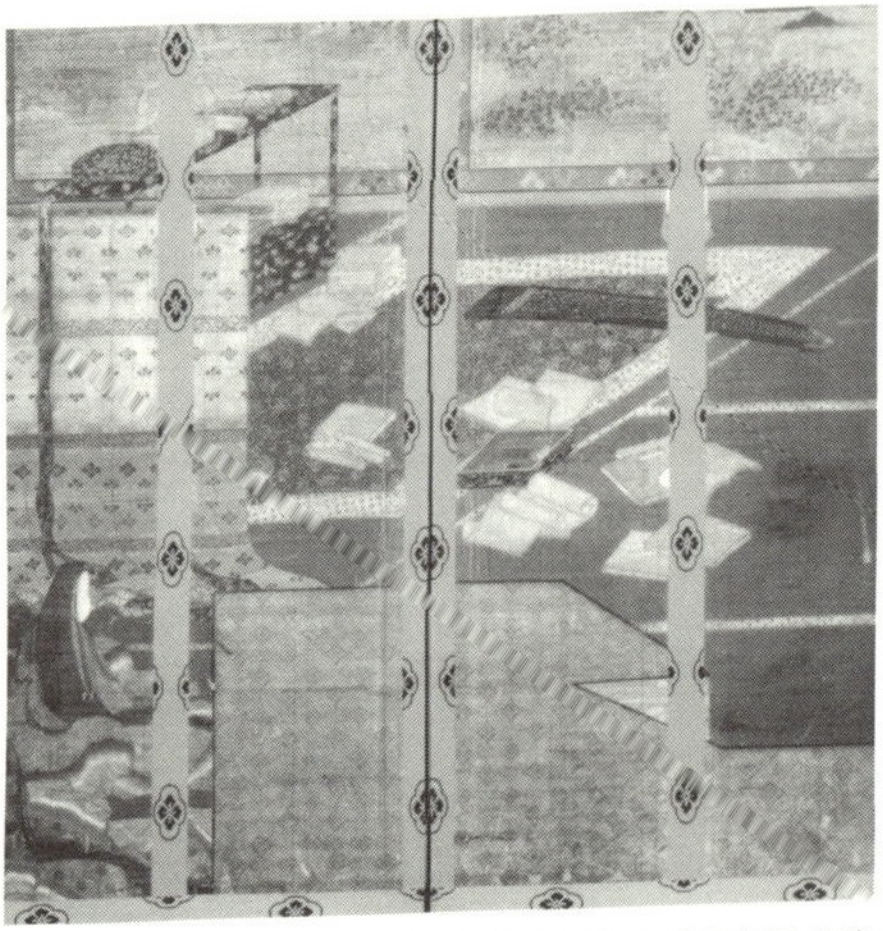

図6　土佐光起「源氏物語図屏風」右隻（東京国立博物館蔵）

錦茵。藤の円文の白綾。方一尺八寸、縁白地錦」と注記している。『弄花抄』にも「或云、白地の錦なるべしと云々」とする。今日、東京錦を見ることができるのは、京都御所の紫宸殿の高御座の倚子の下に敷いてある敷物で、これは『花鳥余情』の注記に一致する。大正天皇の即位式に使われたという白地に紫の模様が上品に織り出された、じつに優美な織物である。もっとも『日本国語大辞典』では、「東京錦」は、「赤白の碁盤《ごばん》目の白地に、赤で蝶や鳥の模様を織り出したもの」とする。

ところで中近世の源氏絵に描かれた「唐の東京錦」の褥を丁寧に見ても、白地の錦により縁取りされた褥は、土佐光起の「源氏物語図屏風」右隻（東京国立博物館蔵、図6）(23)に描かれているくらいである。ちなみに「唐の東京錦」の縁取りは、土佐光信「源氏物語画帖」では、赤地に白・黄・緑の唐花模様、土佐光吉の「初音帖色紙絵」では赤地に金と緑の模様が入った唐錦、土佐光則「源氏物語画帖」（徳川美術館蔵）では黄色の地に赤と緑の文様が入った唐錦、住吉具慶筆「源氏物語絵巻　初音」（MOA美術館蔵）では、緑の地に白と深緑の模様が入った唐錦として描かれる。つまり「唐の東京錦」は唐錦で、「唐」のコンテクストで描かれているとはいえ、厳密に描いているとはいいがたいのである。

四　女三の宮の唐猫の絵

ところで、明石の君の「東京錦」の褥に対して、唐物が「唐」のコンテクストで描かれたかどうか微妙なのが、女三の宮が飼っていた唐猫である。

唐猫が登場するのは、いうまでもなく若菜上巻、桜の咲き乱れる六条院の庭で、蹴鞠が催された場面である。夕霧や柏木も蹴鞠に参加するが、その時、女三の宮の飼っていた唐猫が大きな猫に追われて、驚いて御簾の下から走り出て、御簾がまくれあがってしまう。蹴鞠見物を楽しんでいた女三の宮は、はからずもその立ち姿を柏木や夕霧にさらしてしまうである。

図7　土佐光吉「源氏物語絵色紙帖　若菜上」（京都国立博物館蔵）

この蹴鞠の場面も、土佐派の源氏絵をはじめ、多くの源氏絵で好まれて描かれた場面である。土佐光吉の「源氏物語絵色紙帖　若菜上」（京都国立博物館蔵、図7）をはじめ、土佐光起筆「源氏物語図屏風　若菜上」（フリア美術館蔵）などがある。また、同じく光吉の「源氏物語絵色紙帖　若菜下」（図8）では、女三の宮の猫をいだく柏木が描かれている。ここでの唐猫のイメージは、女三の宮のような高貴

図8　土佐光吉「源氏物語絵色紙帖　若菜下」（京都国立博物館蔵）部分

な女性が飼うにふさわしい、小さくて高級なペットではあるが、そこに唐猫のイメージがあるのかどうかは、判断がなかなか難しいところである。

蹴鞠の場面の絵画化については、先行研究も多く、渡辺雅子「江戸の見立てと女三の宮」(24)、仲町啓子「近世の源氏物語絵」(25)、高橋亨「近世源氏絵の享受と文化創造」(26)などが、その代表的なものである。特に渡辺氏の考察では、勝川春章と北尾重政の「見立て女三宮図」という美人戯猫図に注目して、猫についての言及も詳しい。二作品とも、遊女が猫を見返してアーチ型に姿態を反らした美人図であるが、渡辺氏は、

> 猫には三味線という意味があり、さらに三味線から芸妓への連想されていく。また「ねこ」は寛政（一七八九―一八〇一）の頃、吉原遊郭での流行語で情人または色男でもあったらしい（『日本国語大辞典』）。またある説では猫のなき声を「ねう」といったらしく、「寝る」につうじることから私娼の別称ともされる。このように遊里と猫は結びつきやすかったということもあって、美人と戯れる猫の絵は、それはそれなりに美人鑑賞画として十分もてはやされたのであろう。しかし、この二作品のように遊女と猫が王朝文学を代表する『源氏物語』の若菜上と結びついたとき、その読みは一味違ってくる。

と指摘し、遊女と猫の構図に柏木との不倫の恋の象徴を読み解いている。しかし、渡辺氏をふくめて三つの先行研

究は、描かれた猫の「唐」のコンテクストの有無にさほど注目しているわけではない。

そこで「唐」のコンテクストを調べるために、源氏梗概書や源氏絵詞の言及を見ていくと、『源氏大鏡』では、

> 折ふし女三の宮のおはしますみすの内より、からねこ（の）ちいさくうつくしきに、（又）すこし大きなる猫をおひつゞけてはしり出たり。いまだなつかぬやうにや、つないとながく付て、にげんとひこしろふ程に、みすのつまあらはに引あげられたり。見とをしなるひさしの二のまのひんがしに立給へる女房、たゞ人と見えず、桜のほそながに御ぐしは柳の糸のやうにこちたくながくひかれて、うちきにたまりたる程、一人（一しゃく）ばかりたけにあまりたらんとみゆ。

とあり、「からねこ」となっている。一方、『源氏小鏡』[27]は「みやのかはせたまふねこ」、『源氏物語絵詞』（大阪女子大附属図書館本）[28]は「からねこ」、『源氏絵詞』（京大図書館本）は「ねこ」である。つまり源氏梗概書と源氏絵詞では、「からねこ」派と「ねこ」派に分かれるのである。

他方、描かれた源氏絵の猫に注目してみれば、土佐派の虎毛ぽい猫は唐猫をより意識した描き方で、漢画の影響があるかもしれず[29]、白に黒のぶちの猫の方は、どちらかといえば愛らしい大和猫がモデルといえるかもしれない。渡辺氏の論文に収載された多くの「見立て女三宮図」でも、奥村政信の絵が黒猫を描いているほかは、白に黒のぶちか、白と虎毛と黒のぶちの猫が多いようである。「唐猫」の唐のブランド性が生きているものと、あまり意識されず曖昧になっているものがあるようである。

なお喜多川歌麿の「絵兄弟　女三宮」（神奈川県立歴史博物館蔵、図9）[30]は、犬を連れた当世風の美人を大きく描き、左上の小さなコマに絵兄弟として、十二単姿の女三の宮と猫を描いたものである。この犬は毛の長い外来犬で、女三の宮の飼い猫が唐猫＝外来の猫という物語の本文がどこかで意識されているのかもしれない[31]。

図９　喜多川歌麿「絵兄弟　女三宮」（神奈川県立歴史博物館蔵）

一方、『源氏物語』の世界に戻ると、若菜上巻の蹴鞠の場面をさかのぼって、女三の宮の裳着の場面では、国産の綾や錦を排除して、中国の皇后を思わせるような荘重な唐風の調度が、輝くばかりに整えられていた。

御しつらひは、柏殿の西面に、御帳、御几帳よりはじめて、ここの綾、錦はまぜさせたまはず、唐土の后の飾りを思しやりて、うるはしくことごとしく、輝くばかり調へさせたまへり。（若菜上四二）

唐物を尽くした調度による裳着の儀式は、朱雀院からの愛育する女三の宮への権威づけといえるが、やがて女三の宮が六条院に降嫁する際に、その調度は六条院に運びこまれた。しかし、蹴鞠の源氏絵には、そうした唐風の権威ある調度は不在である。

『源氏物語』の世界では、女三の宮を権威づける「唐」のイメージという点で、唐風の調度と唐猫とは関っていたと考えられるが、源氏絵においては、猫と調度の繋がりがないのも特徴的ということになろう。

五　光源氏にかかわる唐物の絵画化

それでは『源氏物語』の主人公である光源氏を描いた絵と、唐物の関係はどのようなものであったのか、次に分析を試みたい。まず物語中における主人公と唐物の関係であるが、光源氏の物語においても、「唐物」というモノをいかに多く所有しているか、また贈与するかが、彼の権威や権力の問題と密接にかかわっている。桐壺巻〜藤裏葉巻の光源氏の輝ける青春と壮年の物語では、最も価値のある唐物は、光源氏が財力ではなく、その才能と魅力によって獲得したという描かれ方が多い。早くは桐壺巻での高麗の相人の贈り物や、若紫巻で北山の僧都が瑠璃壺や百済の数珠を贈る条も、その典型といえる。しかし源氏絵となると、桐壺巻にしても若紫巻にしても、光源氏を唐物によって権威づける絵はほとんどないというほかないのである。

図10　土佐派「源氏物語図色紙貼交屏風」（三重県立斎宮歴史博物館蔵）

桐壺巻で、七歳の光源氏が高麗人から予言を受ける場面は、しばしば絵画化されるが、その場面では、光源氏が詠んだ送別の漢詩に感動した高麗人が、光源氏に「いみじき贈り物ども」をしたことになっていて、これが作品世界で、主人公がはじめて受け取った舶来品ということになる。

ところが、土佐光吉の「源氏物語絵色紙帖」をはじめ土佐派の源氏絵（図10）や『絵入源氏物語』などでも、「いみじき贈り物ども」が描かれた形跡はない。

源氏梗概書や源氏絵詞を紐解いても、「いみじき贈り物ども」への言及した例はなく、たとえば『源氏大鏡』を例に示すと、以下のようになる。

こま人わたりたる中にかしこき相人あり。御門聞しめして、此わか宮を臣下の子のやうにして、さうしさせられたり。相

図11 『絵入源氏物語　若紫』

人あまたたびかたぶきて、帝王のかみなき位にのぼり給ふべき相ましますを、さあらば、御身もくるしく世もみだれぬべしと申たり。御かたちにめで申て、ひかる君と名付申せしゆへ、今までも光源氏の物語と也。七歳より御文はじめありて、このこま人にむきて詩をつくり給へり。

ここでは高麗人の予言、光る君の名づけ、漢詩の贈答については記されているが、贈り物については触れられていないのである。

次に光源氏と唐物との関係が浮上するのが、若紫巻の北山の段である。北山の僧都が光源氏に、唐めいた箱に入った聖徳太子の数珠と、薬の入った瑠璃壺を贈り、『源氏大鏡』や『源氏物語絵詞』（大阪女子大附属図書館本）でも、そのことは記されている。しかし、これらの唐物は、なかなか源氏絵の素材にならなかった。『絵入源氏物語』（図11）のように、一つの巻にいくつもの挿絵がつき、注釈書が注目した事柄を絵画化するような段階になって、北山の段に聖徳太子の数珠や薬の入った瑠璃壺といった唐物がようやく描かれたのである。

その他、花宴巻の右大臣邸の藤の宴で、光源氏は「桜の唐の綺《からき》」の直衣という、唐渡りの薄い織物の衣装をまとい人々と魅了するが、この場面を描いた光吉「源氏物語手鑑」（久保惣記念美術館蔵）の絵でも、光源氏の衣装は他の源氏絵と何ら変わるところがない。

さらに光源氏と唐物の関係で、注目されるべきは梅枝巻の冒頭で、光源氏が大宰大弐の献上品と、かつての高麗人からの贈り物という二種類の唐物を放出することで、薫物の作成を依頼することになる。唐物の質と量によって光源氏の権威が再確認される場面となっている。ところが、『源氏物語絵詞』（大阪女子大附属図書館本）では絵画化すべき場面として挙げられたものの、中近世の源氏絵ではこの場面が長らく絵画化された形跡はない。『絵入源氏物語』ですら絵の場面とはならず、四百画面にも及ぶ白描画である石山寺蔵「源氏物語画帖」という一つの巻に多くの絵がつけられる段階になって、ようやく絵画化されるに至ったのである。

おわりに

『源氏物語』で唐物にかかわる三人の女君と光源氏に注目しながら、中近世に描かれた源氏絵の唐物をあらあらと辿り見てきた。『源氏物語』内部での唐物のはたす機能と、物語を視覚化した後代の源氏絵で唐物のはたす役割といういわば内／外の両面に注目したわけだが、物語内と物語外の唐物の意味のコンテクストが一致するものと一致しないものがあるというのが、当然のことながら、ここでの結論となろう。それらは「源氏物語絵巻」における唐物の位置とは違ったあり方を示している。

末摘花は「黒貂の皮衣」を身につけることで、マイナスのイメージを付与される女君であり、源氏絵の世界では、土佐光信の「源氏物語画帖」で「黒貂の皮衣」が描かれながら、光吉以降は毛皮は絵の素材から排除された。つまり、光信の段階では、該当する場面が絵となり、毛皮という舶載品が描かれたが、光吉以降は、該当する場面が絵となるが、唐物が描かれない例となろう。その理由は、おそらく毛皮が嫁入り本・嫁入り調度にはふさわしくない素材だからであり、毛皮の絵が復活するのは近代以降であった。

明石の君の場合は、初音巻の絵で、硯・草子・琴・火取香炉といったアイテムに加えて、「唐の東京錦」の縁の褥が描かれていた。「唐の東京錦」の褥は、そのバックに明石入道の財力を感じさせるが、ともあれこの最高級の褥については、東京錦を厳密に考証して再現した絵は見られないが、少なくとも華やかな唐錦として描かれ、「唐」のコンテクストを感じさせる描かれ方である。物語内と物語外の唐物の意味のコンテクストが一致する例といえるだろう。

女三の宮の場合は、物語では中国の皇后の調度に準じて裳着の調度が整えられて、唐風の調度とともに六条院入りしたわけだが、源氏絵でその調度が焦点化されることはなかった。むしろ女三の宮と唐物の物語で、絵となるのは蹴鞠の場面の唐猫であった。この場面は源氏絵のみならず、江戸の美人画でも「見立て女三宮図」として好んで描かれたが、両者に描かれた猫については、唐のコンテクストが明らかな場合と曖昧な場合がある。

一方、光源氏の場合は、中近世の源氏絵において光源氏を唐物によって権威づける絵は、『絵入源氏物語』や石山寺蔵の四百画面の『源氏物語画帖』まで、ほとんどないといってよい。その点については、場面の重要な要素として捉えていないといった理由もあるだろうが、それ以上に、中近世では和・漢の対比意識が希薄で、和に取り込まれた要素として唐物全般があるという証左かもしれない。たとえば梅枝巻の絵画化が、冒頭の唐物放出の場面ではなく、蛍宮との薫物合に集中しているのも、唐物が加工され和風化された薫物となり、それを競わせるという風雅な営みに、より価値を置いているからではないだろうか。

ここで想起されるのは、美術史の泉万里氏の次のような発言である(32)。

唐物愛好に、異国における、それらの物本来の扱われ方への関心はほとんど感じられない。唐物は、金銀や和製の漆工品などとまったく同列に重宝の中の一品目として組み込まれている。唐物愛好とは、異国に背を向けて、ひたすら目の前の、重宝となった物を凝視するもののようである。（中略）唐物は、唐船から日本の港町に荷揚げされた瞬間に、和の物の価値体系に組み込まれて、新しい重宝として生を受けるかのようである。

泉氏の指摘は、外来の唐物であることそのものに権威をみとめる古代よりも、中世とくに室町期における唐物の位置を的確に掬い取るものとして、記憶に新しい。室町から近世にいたる土佐派の源氏絵における唐物も、絵の貴重なアイテムであっても、唐というコンテクストは希薄となり、和物と同様、重宝としてあることが多いのではないか。そこに少なくとも、外来の唐物に権威を認める『源氏物語』や「源氏物語絵巻」と、和物同様の重宝として描かれがちな中近世の源氏絵で、唐物のコンテクストのずれが生じていく一因があると考えるのである。

注

（1）平成の復元模写は加藤純子氏が担当。

（2）「宿木（二）」の詞書の引用は五島美術館『国宝源氏物語絵巻』（図録、二〇〇〇・一一）一五六頁により、引用文には濁点と句読点を私に施した。

（3）『源氏物語』の引用は『新編日本古典文学全集』により頁数を示す。

（4）河添『源氏物語時空論』（東京大学出版会、二〇〇五）、同『源氏物語と東アジア世界』（NHKブックス、二〇〇七）。

（5）唐物といえば、狭義の意味では中国からの外来品、もしくは中国を経由した外来品を指すが、ここでは渤海国をはじめ他の国からの外来品も含めて、広義の意味で捉えている。また、その対象は、香料・陶器・ガラス・紙・布・文具・調度・書籍・薬・茶・楽器・珍獣などである。『平安時代史事典』（角川書店、一九九九）の「唐物」の項など参照されたい。
（6）引用は石田穣二・茅場康雄編『源氏大鏡』（古典文庫五〇八、一九八九）に拠る。
（7）片桐洋一『源氏物語絵詞　翻刻と解説』（大学堂書店、一九八三）。
（8）野口剛「第六帖　末摘花」の解説（『國華』第一二二二号、一九九七・八）。
（9）『週刊朝日百科　絵巻で楽しむ源氏物語06　末摘花』（二〇一二・一）一九頁。
（10）千野香織・亀井若菜・池田忍「ハーヴァード大学美術館蔵「源氏物語画帖」をめぐる諸問題」（『國華』第一二二二号、一九九七・八）。
（11）西村三郎『毛皮と人間の歴史』（紀伊國屋書店、二〇〇三）。
（12）『別冊太陽　日本のこころ140　王朝の雅　源氏物語の世界』（平凡社、二〇〇六・四）三八頁。
（13）稲本万里子「京都国立博物館保管「源氏物語画帖」に関する一考察」（『國華』第一二二三号、一九九七・九）。
（14）河添「末摘花と唐物」（『源氏物語時空論』東京大学出版会、二〇〇五）。
（15）河添「明石一族と唐物」（『文学・語学』一九三号、二〇〇九・三）。
（16）『源氏物語』よりやや時代は下るが、永久三年（一一一五）に、関白の藤原忠実が東三条院を祖母から譲り受け、その披露目の儀式でも、「東京錦」の褥は寝殿の母屋の昼御座《ひのおまし》に正式に敷かれていた。
（17）『源氏絵詞』（静嘉堂文庫本）の引用は、伊井春樹『源氏綱目　付源氏絵詞』（桜楓社、一九八四）による。
（18）『週刊朝日百科　絵巻で楽しむ源氏物語23　初音』（二〇一二・五）一六頁。
（19）『日本のデザイン①　日本の意匠　源氏物語』（紫紅社、二〇〇一）。
（20）『絵画でつづる源氏物語―描き継がれた源氏絵の系譜』（徳川美術館、二〇〇五・一〇）。
（21）『別冊太陽　日本のこころ140　王朝の雅　源氏物語の世界』（平凡社、二〇〇六）一八三頁。
（22）田口榮一「源氏絵の系譜」（『豪華源氏絵の世界』学習研究社、一九八八）。
（23）『週刊朝日百科　絵巻で楽しむ源氏物語23　初音』（二〇一二・五）三頁。

（24）渡辺雅子「江戸の見立てと女三の宮」（『源氏物語と江戸文化』森話社、二〇〇八）。
（25）仲町啓子「近世の源氏物語絵」（『講座源氏物語研究10　源氏物語と美術の世界』おうふう、二〇〇八）。
（26）高橋亨「近世源氏絵の享受と文化創造」（『王朝文学と物語絵』竹林舎、二〇一〇）。
（27）引用は、岩坪健『『源氏小鏡』諸本集成』（和泉書院、二〇〇五）に拠る。
（28）引用は、片桐洋一『源氏物語絵詞―翻刻と解説』（大学堂書店、一九八三）に拠る。
（29）田中貴子『鈴の音が聞こえる』（淡交社、二〇〇一）。
（30）注（20）に同じ。
（31）その他、女三の宮の見立て絵の「縄暖簾図屏風」（原美術館蔵）の小犬も同様に考えられる。佐野みどり氏の御教示に拠る。
（32）泉万里「外への視線―標の山・南蛮人・唐物―」（玉蟲敏子編『講座日本美術史5〈かざり〉と〈つくり〉の領分』東京大学出版会、二〇〇五）。
（付記）本稿は二〇一一年八月二十四日、エストニアのタリン大学で開催されたＥＡＪＳでのパネル発表、「『源氏物語』と唐物―源氏絵を媒介として―」を基に加筆したものである。

価値化される「古」——『萬葉集』一〇二七番歌左注の問題——

村本春香

はじめに

秋八月二十日宴二右大臣橘家一歌四首

長門なる奥つ借島奥まへて吾が念ふ君は千歳にもがも（巻六・一〇二四）

右一首、長門守巨曾倍対馬朝臣。

奥まへて吾を念へる吾が背子は千年五百歳有りこせぬかも（巻六・一〇二五）

右一首、右大臣和歌。

百磯城の大宮人は今日もかも暇を無みと里に出でざらむ（巻六・一〇二六）

右一首、右大臣伝云、故豊島采女歌。

橘の本に道履む八衢に物をそ念ふ人に知らえず（巻六・一〇二七）

右一首、右大弁高橋安麻呂卿語云、故豊島采女之作也。但或本云、三方沙弥、恋二妻苑臣一作歌。然則、豊島采女当時当所口二吟此歌一歟。

【参考】 三方沙弥娶二園臣生羽之女一未レ経二幾時一臥レ病作歌三首

たけばぬれたかねば長き妹が髪比来見ぬに掻き入れつらむか　三方沙弥（巻二・一二三）

人皆は今は長しとたけと言へど君が見し髪乱れたりとも　娘子（巻二・一二四）

橘の蔭履む路の八衢に物をそ念ふ妹に相はずして　三方沙弥（巻二・一二五）

巻六・一〇二六・一〇二七番歌は、左注によれば、天平一〇年八月二〇日に右大臣橘家における宴席で披露された他者詠だということになる。突如そのような歌が披露される理由が見出せないことや、また、同日の作と覚しき歌は巻八にも七首収録されているといった問題点を含むために、合理的な解決を見出だすことが求められてきた。例えば、藤原芳男氏、伊藤博氏は、巻八の七首を含めた詠歌順序の再構成を試みている。更に、井上さやか氏は、当時の「風流」を求める過程で、古歌誦詠が行われたと見る。また、影山尚之氏のように、豊嶋采女の悲劇的な死を想定し、それをめぐる話題が宮廷内を独占していた背景があるとの立場もある[1]。

しかし、どの場合も、右大臣及び高橋安麻呂による「豊島采女歌」披露という点を重視し、特に一〇二七番歌左注が、それを疑念視していることの意味が問われることはないようだ。また、古歌誦詠ともされるが、『萬葉集』において「古歌」と規定されている歌は、作者や年代が不明であることが多い。この差異をどう考えるべきか。

この点に関しては、巻十七には、三九五二・三九九八番歌のように、宴席の場で披露された「古歌」の中に、作者が示されている例があることが参考になろう。これらの例では、同時に伝誦者も明示され、その披露の時間軸に沿った配列がなされている。収録されている巻の性質とも関わるが、そこには、歌の作者を追究する姿勢が窺える。実は、一〇二七番歌左注も、それに近いものがあるのではないだろうか。

更に巻六には、歌を時間軸に沿って配置しながらも、左注がそれを裏切るように注釈を加えていくという側面がある。(2)一〇二七番歌左注の問題も、このことを抜きには考えられないであろう。この左注のありようと、それがもたらしたものについて考えてみたい。

一　詠歌事情を詮索する左注—巻六左注から—

一〇二七番歌左注は、この歌の実作者を三方沙弥と規定するもの、と見ることができる。これは、高橋安麻呂の発言と、「或本」の記述との比較に基づいている。左注がこの歌の事情を詮索するのは、一〇二六番歌を含め、この二首が参加者の作ではなく、宴席の場において口頭で披露されたことによるのではないか。このことは、左注が歌の「当時当所」をどのように理解しているかと関わる。

左注の述べる「当時当所」とは、八月二〇日の宴席の場を述べたものだとする説がある。例えば、『代匠記』は「此ハ采女カ此宴ノ時読ケルヲ、采女カ死シテ後、右大臣ノ家持ニ語タマヘルナリ」と述べ、この見解は、「後に、一〇二六については諸兄が、豊島采女の作なりと言い、一〇二七は高橋安麻呂によって豊島采女の作であることが語られた」(『全注』)などと引き継がれている。

しかし、この左注が、一〇二四番歌から連続して「右一首」のかたちで付されていることは見逃せない。一〇二四・一〇二五番歌左注が明らかに、宴席の場での状況を注記するものである以上、それに続けて付された一〇二六・一〇二七番歌左注も、その場での状況を物語るものだと考えられないだろうか。その場で豊島采女が歌を詠んだのであれば、「右一首、豊島采女」でよかった筈だ。しかし、そうではなく、一〇二六番歌左注は、「伝云」として、右大臣による一首の解説を引用する。宴の場で、披露する歌の由来を述べたということではないか。井上『新考』が「前の二首は席上の贈答なれど此歌と次の歌とは当日の作にあらず。談話の間に主人右大臣が故豊島采女の作なりといひて此歌を客に伝へ、それに次ぎて高橋安麻呂がこれも亦其采女の作なりといひて次の歌を誦せしなり」と述べるように理解すべきであろう。「伝云」は巻十六に集中し、その他の例も含め、その伝承が行われた場が記されることはない。しかし、影山尚之氏[3]が指摘するように、宴席参加者による他者詠披露に関する注記は巻二十・四四八二番歌左注があり、これと同様に考えることはできそうである。やはり、「当時当所」とは、八月二〇日の宴席以前に、安麻呂は、何らかの事情で豊島采女から直接この歌を聞かされた時と場を指すと考えるべきだろう。

従って、左注は、この歌を宴席の参加者の作ではないと見ているのであり、そのことが、左注に、この歌の実作者が豊島采女なのかどうかの疑いを覚えさせたのではないだろうか。そのために左注は、他本を検証することで、豊島采女の実作であることを確認しようとした。それが、「或本」との校合作業であったということになる。

確認しておきたいのは、豊島采女作とする安麻呂の発言に対する疑念は、左注のみに窺えるものであり、題詞や宴席の場においては、疑われることなく受け入れられていたように見えることである。従って、この左注の詮索は、左注に内在する理由によって生じている。即ち、検証する左注の働きそのものであり、特に巻六では、その前半に、詠歌にまつわる事情を検証する姿勢が顕著にあらわれている。例えば、九一七〜九一九番歌の題詞には「神亀元年甲子冬十月五日」とあるが、これも、左注によれば、もともとは記されていなかったものを、探索して追加したものらしい。

右、年月不㆑記。但、偁㆔従㆓駕玉津嶋㆒也。因今、検㆓注行幸年月㆒以載之焉。（巻六・九一九）

この左注からは、歌が詠まれた年月が記されないことに不満を感じており、それを補足する必要を覚えていることがわかる。巻六は、基本的に歌を時間軸に沿って配列しており、そのことを保証するために、歌の年月が重視されているのだろう。そのため、左注は、題詞に記された歌の年月の確認作業を行うのである。

このように、左注が詠歌時を厳密に特定しようとするのは、それが、歌の作者や、作歌経緯とも関わってくるからではないか。

冬十一月左大弁葛城王等賜二姓橘氏一之時御製歌一首

橘は実さへ花さへ其の葉さへ枝に霜降けどいや常葉の樹（巻六・一〇〇九）

右、冬十一月九日、従三位葛城王・従四位上佐為王等、辞二皇族之高名一、賜二外家之橘姓一已訖。於レ時、太上天皇〻〻皇后共在二于皇后宮一、以為二肆宴一而即御二製賀レ橘之歌一、并賜二御酒宿祢等一也。或云、此歌一首、太上天皇御歌。但天皇〻后御歌各有二一首一者、其歌遺落、未レ得二探求一焉。今検二案内一、八年十一月九日、葛城王等願二橘宿祢之姓一上レ表。以二十七日一依二表乞一賜二橘宿祢一。

一〇〇九番歌左注は、「冬十一月」という題詞に対して、「九日」という具体的な日付を提示するものである。「或云」とも述べているから、何らかの資料によって、日にちを補足しようとしたのだろう。しかし、そのためにあたった資料には、歌の作者が、聖武ではなく、元正だとの異説が存在することから、「案内」を確認する必要が生じてしまったのである。結果、「九日」は上表文の提示であって（『続日本紀』では一一日）、実際に橘姓がくだされたのは、「十七日」に入ってからのことだとの情報を得たという。つまり、この一連の検証は、詳細な日付を探り出すことが、作者の特定と大きく関わっていることを示唆するのである。

詠歌時とは、従って、その歌が詠まれた場と深く関わる情報である、ということになる。そのため左注は、題詞と歌の表現を照らし合わせながら、詠歌時を検証するということも行っている。

（十二年庚辰冬十月依二大宰少弐藤原朝臣広嗣謀反発一レ軍幸二于伊勢国一之時河口行宮内舎人大伴宿祢家持作歌一首）

天皇御製歌一首

妹に恋ひ吾の松原見渡せば潮干の潟にたづ鳴き渡る（巻六・一〇三〇）

右一首、今案、吾松原在二三重郡一、相二去河口行宮一遠矣。若疑、御二在朝明行宮一之時所レ製御歌、伝者誤之歟。

丹比屋主真人歌一首

後れにし人を思はく四泥の埼木綿取りしでて好住くとそ念ふ（巻六・一〇三一）

右案、此歌者不レ有二此行之作一乎。所三以然言一、勅二大夫一従二河口行宮一還レ京、勿レ令二従駕一焉。何有下詠二思泥埼一作上レ歌哉。

一〇三〇・一〇三一番歌左注は共に、題詞で示される時期には、その歌が詠まれた筈はないと指摘するものである。この時の行幸は、『続日本紀』に拠ると、一一月二日～一二日まで河口行宮に滞在、朝明行宮には、一二三日に到着している。左注は、「河口行宮」が一〇三一番歌までかかっていると判断した上で、一〇三〇番歌「吾の松原」、一〇三一番歌「思泥の崎」が、共に河口行宮からは遠く離れた地であることを問題視する。その根拠となるのが、一〇三〇番歌の場合は、吾の松原を「見渡」すと詠んでいることである。そこで、吾の松原を「見渡」すことのできる地として、朝明行宮滞在時の作かとすることによって、整合性のある事情を認めようとしている。

一〇三一番歌左注にも同様の考えが根底にある。歌中の思泥の崎は朝明の地であり、やはり河口行宮からは距離がある。従って、この歌も朝明行宮での作である可能性が生じる。しかし、勅によると大夫は朝明行宮までは従駕していないことになり、作者に矛盾が生じる。そこで、他の機会に詠まれたと判断するのである。

　これら巻六前半部の左注は、歌の日付に注目し、それに纏わる事情を補足ないしは訂正しようとしている。このことは、前半部が、歌を時間軸に沿って配列していることによるのだろう。巻六は、日付の特定に腐心しながら、巻末に作歌年次を付さない一群を配することで、無時間の形式のまま聖武朝の治世を記念する巻として結実しているとされる。[4] 左注による歌の日付への拘りは、巻六においては、聖武朝一代の繁栄を物語ることであっただろう。

　しかし、左注が詠歌時期を特定・確認しようとするのは、巻六に限らない。そもそも左注にとって、歌の日付とはどのような意味をもつのか。巻十九の巻末には、以下のような注記が記されている。

　但此巻中不レ偁二作者名字一徒録二年月所処縁起一者、皆大伴宿祢家持裁作歌詞也。

ここでは、巻の方針として、作歌経緯を述べるのに必要な項目が挙げられている。そのひとつが、「年月所処」であった。つまり、左注には、これらの情報が、歌を作る際に影響を及ぼすとの判断があるのだろう。更に言えば、歌のことばを決するものだと考えているのではなかろうか。勿論、この注記はあくまで巻十九のみを対象にしたものであって、即座に他の巻に敷衍し得るものではない。しかし、作者を始めとしたこれらの事情が歌と密接に関わるのもまた確かであろう。翻って、巻六前半部の左注においても、歌の日付が、単なる日付のみを意味していたわけではなかった。日付への拘りは、それにとどまらず、作者や詠歌の場所など、歌に纏わる様々な事情を探り出させることになっていた。その意味で、歌の日付は、歌そのものに匹敵する価値のあるもの、ということになるのだろう。

　興味深いのは、同じ家持の諸郡巡行歌群の題詞と歌との関係である。四〇二一番歌以下の九首の題詞は、郡名をはじめ、その歌が詠まれた場所を明記し、それが歌にも詠み込まれるという関係になっているのである。例えば、四〇二一番歌題詞には「雄神川」とあり、それが初句に詠み込まれている。

　　礪波郡雄神河辺作歌一首

　雄神川紅にほふ娘子らし葦附［水松の類］取ると瀬に立たすらし（巻十七・四〇二一）

この歌では、続けて「紅にほふ」とあり、その瞬間に雄神川を眼前にした者だからこそ出会えた景が詠まれている。題詞による地名の提示は、歌の必然としての地名だということだろう。また、四〇二九番歌と題詞は、地名だけでなく、その地に至る経緯も対応している。

　　従二珠洲郡一発レ船還二太沼郡一之時、泊二長浜湾一仰二見月光一作歌一首

　珠洲の海に朝開きして漕ぎ来れば長浜の浦に月照りにけり（巻十七・四〇二九）

　　右件歌詞、依二春出挙一巡二行諸郡一、当時当所属目作之。大伴宿祢家持

「珠洲郡より船を発し」たことは、「珠洲の海に朝開きして」と歌でも詠まれているし、月光を見たことは「月照りにけり」から明らかである。歌を言い換えたような題詞だが、そのような題詞と歌が連続することで、あたかも、その場だからこそ詠み得た歌という関係を提示するかのようである。その場の景物が歌を作らせているのであろう。そのような歌と景物との関係を、題詞と左注の調和が創り出している。この因果関係が、左注では、「属目」の語によってあらわされているのである。

　これらの題詞及び左注は、歌作者でもある家持自身の手によるものと考えられるので、歌作者と施注者が異なる他の巻と一様にみることはできない。むしろ、家持によって意図的に題詞と景の一致が図られており、それによって、国守の巡行において理想的な景が現前していることをあらわすのだろう。しかし、このようなことが可能なのは、歌のことばを決する必然としての景との見方が前提にあるからである。従って、左注が、歌の必然として作者

や詠歌時期の特定を試みているということにかわりはない。だからこそ、巻六の左注も、歌の日付に固執しているように見えたのである。

一〇二七番歌左注の疑義も、このような姿勢と通底するところがあってのことだったという点を見逃してはなるまい。巻十九巻末の注記では、日付に加えて実作者を明らかにすることも述べられており、一〇二七番歌左注が作者を問うていたのは、歌の作歌時期同様、作歌経緯のひとつを明らかにせんがためであったということになるであろう。

しかし、巻六の他の左注が、どちらかというと日付を追うことによって時間軸に沿った世界を構築していくことに寄与しているのに対し、一〇二七番歌左注には、そのような側面は認めがたい。この点については、前に述べたように、左注の関心が、豊島采女から安麻呂への伝授の場に向けられていることとの関わりから考える必要があるのではないか。左注の関心は、実は、右大臣家における宴席の場以上に、安麻呂が歌を聞いた、そのことに向けられているようである。これは、左注が実作者の特定に並々ならぬ意欲を見せていたそのことに支えられてのことではあるが、宴席の場ではなく、伝授の空間こそが「当時当所」の語によって切り出されていたことが興味深い。左注にとって、一〇二七番歌の「当時」は、宴席の場にはないのである。

二　左注における「当時」「当所」

左注は、歌が詠まれた状況を「当時」や「当所」の語を用いて説明することがある。例えば、前掲の家持の諸郡巡行歌群左注も「当時当所」と述べていた。既に述べたとおり、この歌群における題詞と歌の呼応は、その場の景物こそが歌をつくらせている、ある種必然としての景の創出と関わる。そのような一回的な場であることをあらわすのが、「当時当所」という語ではなかったか。一〇二七番歌左注についても、このような観点から考え直してみる必要があるだろう。

「当時」もしくは「当所」の語は、左注には五箇所に例がある。そのうち八番歌左注は、「類聚歌林」の引用部に「当時」の語がある。左注は、巻一において、歌の事情を確認する書のひとつとして「類聚歌林」を重視しており、その点からも注意すべき例である。

　　額田王歌

熟田津に船乗りせむと月待てば潮もかなひぬ今はこぎいでな（巻一・八）

右、検㆓山上憶良大夫類聚歌林㆒曰「飛鳥岡本宮御宇天皇元年己丑、九年丁酉十二月己巳朔壬午、天皇大后幸㆓于伊予湯宮㆒。後岡本宮馭宇天皇七年辛酉春正月丁酉朔壬寅、御船西征、始就㆓于海路㆒。庚戌御船泊㆓于伊予熟田津石湯行宮㆒。天皇御㆓覧昔日猶存之物㆒、当時忽起㆓感愛之情㆒、所以因製㆓歌詠㆒為㆓之哀傷㆒也」。即此歌者天皇御製焉。但額田王歌者別有㆓四首㆒。

八番歌題詞は、額田王の作だという以外、何の情報も提示しない。それに対して、「類聚歌林」は、歌の詠まれた経緯及び、題詞とは異なる斉明天皇という作者を提示する。「類聚歌林」は、舒明朝の伊予行幸を挙げた上で、「天皇、昔日の猶し存れる物を御覧して、当時に忽ちに感愛の情を起したまふ。所以に因りて歌詠を製りて哀傷したまふ」という。斉明七年に天皇が伊予を訪れ、自ら歌を作ったというのだ。これに従えば、百済救援の為に筑紫へ向かう途中に伊予を訪れた斉明が、以前と変わらない景物を目にし、懐古の念を覚えて詠んだものだということになる。「昔日」というのは、これに先立って挙げられている舒明九年の伊予行幸のことであろう。「当時」の語は、歌詠にいたる「感愛の情」を起こしたその時をあらわすのに用いられている。「感愛の情」とは、「所以」の語からすると、歌詠に至った要因のことであり、その時を指すのが「当時」の語である。「当時」とは、歌が詠まれたその瞬間の営為を切り取ることばなのだろう。

左注はこれを受けて「この歌は天皇の御製なり」との判断を下している。「額田王の歌は、別に四首有り」とあるから、「類聚歌林」では、額田王が斉明七年の伊予行幸に際して詠んだ歌が八番歌とは別に載せられていたことになり、これも、左注の判断に影響を及ぼしているだろう。しかし、重要なのは、左注が「類聚歌林」を引用するのは、「額田王の歌」という題詞に対する不足感故であったということである。左注は、作者名と歌だけでは、詠作時の状況を把握することができず、作者・時期・状況を明確に理解するために、「類聚歌林」を利用しているのである。つまり、左注が「この歌は天皇の御製なり」と述べているのは、額田王作の歌が他にあることに加え、斉明による詠作の経緯が、歌の表現の必然として認められたからに他ならない。新谷正雄氏(5)は、「今は」の背後には、熟田津に対する去りがたい思いがあると指摘する。まさに「感愛の情」がこの表現を生み出したということであろう。従って、作者の特定と、その歌を生み出すに至った景物との交感は、左注にとっては不可分の関係にあったのである。そして、ある種記録的にではなく、歌の表現とも絡み合い詠作時の契機を物語るのが、「当時」の語だということになる。

左注が、歌の表現も含めて詠作の場を捉えようとしていることは、以下の例に顕著である。

和銅五年壬子夏四月遣長田王于伊勢斎宮時山辺御井作歌

山辺の御井を見がてり神風の伊勢処女ども相見つるかも（巻一・八一）

うらさぶる情さまねしひさかたの天のしぐれの流れあふ見れば（巻一・八二）

海の底奥つ白浪立田山何時か越えなむ妹があたり見む（巻一・八三）

右二首、今案、不レ似二御井所一レ作。若疑当時誦之古歌歟。

八二・八三番歌左注は、題詞が「御井作歌」とすることへの不審である。八二・八三番歌では「御井」が一切詠まれないことに根差す不審であり、やはり、左注には、その場の景物を詠み込むべきだとの前提があるのだろう。また、この二首には、夏の伊勢とは関わりのないものも詠まれており、左注の更なる不審を招くのである。八二番歌では、「しぐれ」を目にしたことが詠まれている。「九月のしぐれの時は」（巻三・四二三）、「さ雄鹿のつま呼ぶ秋は天霧らふしぐれをいたみ」（巻六・一〇五三）などの例を挙げるまでもなく、巻八・巻十において、しぐれを詠む歌が秋歌として分類されていることに鑑みれば、季節が合わない。更に、八三番歌に詠まれる「龍田山」は、伊勢へと向かう途上にはない。これらの相違を問題にしない題詞の把握は、やはり左注とは相容れない。左注にとっては、「夏四月」、「御井」という場によってこの二首が生み出されたとは考えがたいのである。

　しかし、この二首が、題詞の示す状況と全く関わらないかというと、そうでもない。この二首は、八二番歌で「しぐれ」によって一人寝の切なさの重なりを意識させられ、都の「妹」との逢瀬が八三番歌で期待されるという関係になっている。季節や場所は題詞とは異なるものの、家郷への思いを詠むこの二首は、旅先における思いをあらわしているという点では、題詞と矛盾しない。そこで左注は「古歌」ではないかとの結論を提示する。古歌であれば、季節や場所の不一致を問題にする必要がないというのが左注の判断であろう。

　このような態度は、家持の諸郡巡行歌群左注や、八番歌左注に引用された「類聚歌林」とは対照的である。これらは、作者や詠歌時の景などを、題詞と歌の呼応としてあらわしだすことに貢献しており、その範囲において、歌の事情は明確であった。

しかし、この対照的な事態は、歌の表現にとっての必然が、作者や詠歌時の状況であることを軸に表裏をなしている。左注の関心は、「作者」や、歌の「年月所処縁起」の特定にあり、それを探り出すことばが「当時」「当所」であったのであろう。

三　価値化される「古」

一〇二七番歌左注は、豊島采女から安麻呂への披露の時と場に、歌の「当時当所」を見ている。それは、決して、豊島采女が歌を作ったということではない。あくまで、三方沙弥が作った歌を示したに過ぎない。それにも拘わらず、歌伝授の瞬間を「当時」と述べることには、どのような意味があるのか。参考になるのは、前掲の八二・八三番歌左注である。

八二・八三番歌左注は、「古歌」を「誦」んだ時を「当時」と述べていた。その際、歌を「古歌」と述べるのは、題詞との合理化を図るためであったろう。しかし、それは同時に、この歌の「当時」を古歌誦詠の場として左注が捉え返し、制作に関する事情に代わるものとして、新たな「古歌」という事情を見出だしているということではないか。「古」であるということは、歌の制作に関する事情がわからないことを引き受けつつ、それがかえって、歌の新たな価値として迫り出してきているのではないか。

歌にとっての「古」とは、制作の契機がよくわからない、という事態と関わる。それは、五三〇番歌左注からも窺えよう。

天皇賜二海上女王一御歌一首〔寧楽宮即位天皇也〕

赤駒の越えむ馬柵の緘結ひし妹が情は疑ひもなし（巻四・五三〇）

右、今案、此歌擬古之作也。但、以二時当一便賜二斯歌一歟。

海上女王奉レ和歌一首［志貴皇子之女也］

梓弓爪引く夜音の遠音にも君の御幸を聞かくし好しも（巻四・五三一）

【参考】大き海の底を深めて結びてし妹が心は疑ひも無し（巻十二・三〇二八）

この左注には「時当」とあり、これは、この歌が詠まれるに至った何らかの事情を想定しての表現である。類歌として三〇二八番歌があり、それに直接倣ったと左注が見ているかどうかは措くとしても、類似の歌々との接触によって生み出された歌ではあろう。「赤駒の越えむ馬柵」は、聖武自身の心を導き出すものとして選び取られたのである。しかし、「赤駒の腹這ふ田居」ではないが、この序詞は鄙びた土地を想起させる。聖武が、そのようなものにこと寄せて歌を詠むというのは、左注の理解を超えており、そのあたりの困惑が「以時当」という判断にあらわれている。「今」となっては、このような「擬古之作」をなした理由はわからないものの、何らかの事情があった筈だと推測するのである。

ここでの「古」とは、左注も述べるように、「今」との対比によって見出だされる時間であろう。それ自体に自ずから備わっている「古」さというよりも、この歌を読む「今」との対峙に力点があり、そこから事後的に見出だされたものなのである。そして、その「古」に「擬」したものが、聖武の歌であった。つまり、「古」とは、一方で、「擬」すに値するものとしても認められている。

例えば一〇一一・一〇一二番歌は、「古曲二節」とされ、それを歌うことが風流な行為として認められていたようだ。

比来、古儛盛興、古歳漸晩。理宜下共尽二古情一、同唱中古歌上。故擬二此趣一輙献二古曲二節一。風流意気之士儻有二
此集之中一、争発レ念心々和二古体一。

注意したいのは、ここでも、「古」に「擬」することによって、「古曲」が作られていることである。換言すれば、「古」そのものが直接的に称揚されるのではなく、「擬」されることで、事後的に価値化されている。[6] 対峙の中で迫り出してくるもの、それが、「古」の価値なのである。

従って、「古」それ自体は、現在からは、正確に辿ることができなかったり、その歌がこの世に生み出された地点に到達するまでには、相当に縺れた糸を解きほぐすようにしていかなければならなかったりするのである。このような「古」との距離は、以下の例からも窺えよう。

古歌曰

橘の寺の長屋に吾が率宿し童女はなりは髪上げつらむか（巻十六・三八二二）

右歌、椎野連長年脈曰、夫寺家之屋者不レ有二俗人寝処一。亦偁二若冠女一曰二放髪丱一矣。然則腹句已云二放髪丱一者、尾句不レ可三重云二著冠之辞一哉。

決曰

橘の光れる長屋に吾が率宿しうなゐ放りに髪挙げつらむか（巻十六・三八二三）

三八二三番歌は、長年による古歌添削の結果である。長年にとっては、三八二二番歌の表現が腑に落ちないのであり、それは、五三〇番歌左注が歌を理解できなかったのと同じことであろう。つまり、「古」であるというのは、今の論理からでは、その歌の表現を共有することがかなわないものだということなのだろう。

そして、長年は、自らの理解、語彙によって、歌を改作してしまうのである。これは、「古歌」とされる三八二

二番歌を尊重している態度とは、到底、言い難い。しかし、その理解できない歌が、「古歌」と名付けられるのである。やはり、長年が、三八二二番歌と対峙していることが重要なのではないか。逆説的だが、長年の対峙こそが、この歌の価値を決定づけているのだろう。

一方で、「古」であることは、遣新羅使人歌群の当所誦詠古歌のように、その歌自体が価値をもって受け止められているように見える例もある。

当所誦詠古歌

玉藻刈る処女を過ぎて夏草の野島が崎に廬りす我は（巻十五・三六〇六）

柿本朝臣人麻呂歌曰、敏馬乎須疑弖。又曰、布祢知可豆伎奴。

白たへの藤江の浦にいざりする海人とや見らむ旅行く我を（巻十五・三六〇七）

柿本朝臣人麻呂歌曰、安良多倍乃。又曰、須受吉都流　安麻登香見良武。

天ざかる鄙の長道を恋ひ来れば明石の門より家のあたり見ゆ（巻十五・三六〇八）

柿本朝臣人麻呂歌曰、夜麻等思麻見由。

武庫の海のには良くあらしいざりする海人の釣舟波の上ゆ見ゆ（巻十五・三六〇九）

柿本朝臣人麻呂歌曰、気比乃宇美能。又曰、可里許毛能　美太礼弖出見由　安麻能都里船。

安胡の浦に舟乗りすらむ娘子らが赤裳の裾に潮満つらむか（巻十五・三六一〇）

柿本朝臣人麻呂歌曰、安美能宇良。又曰、多麻母能須蘇尓。

七夕歌一首

大舟にま梶しじ貫き海原を漕ぎ出て渡る月人をとこ（巻十五・三六一一）

右、柿本朝臣人麻呂歌。

これらの例では、左注がことごとく人麻呂の名前を示しており、それとも相俟って、価値ある「古歌」を遣新羅使人たちが誦詠したとされる。しかし、左注の殆どが、人麻呂の歌との歌句異同を示しているのはなぜか。逆説的だが、歌句異同こそが、人麻呂の歌が「古歌」として繰り返され、誦詠されていることを裏付けているのだろう。そして、これもまた、一種の対峙に他ならない。「古歌」の価値は、そのような中で醸成されているのであった。

更に、この歌群では、題詞に「当所」とある。左注ではないが、八三番歌左注同様に、歌の作者ではない遣新羅使人たちがこれらの歌を誦詠した、そのことを、歌の必然として提示しているのであろう。その上で、左注が、人麻呂歌との異同を示している。人麻呂の歌が、「古歌」として、新たに産み落とされたということなのではないか。従って、「古」であるということは、現在との距離として、理解不能性を抱え込みつつ、一方で、共有できる情を含み込んでおり、それ故、歌句の改変によって受容され価値化されていくものだということになる。

一〇二七番歌左注も、かたちは違えど、古歌として新たな価値が付与される、その場に迫ろうとしていたのではないだろうか。その場は、左注によって「口吟」の場として説明されている。「口吟」には以下のような例がある。

右一首、山上憶良臣沈痾之時、藤原朝臣八束使㆓河邊朝臣東人㆒令㆑問㆓所疾之状㆒。於㆑是、憶良臣報語已畢、有須拭㆑涕悲嘆、口㆓吟此歌㆒。（巻六・九七八）

右歌一首、伝云、或有㆓愚人㆒。斧堕㆓海底㆒而不㆑解㆓鉄沈無㆒㆑理㆑浮㆑水。聊作㆓此歌㆒口吟為㆑喩也。（巻十六・三八七八）

九七八番歌左注は、「涕を拭ひ悲しび嘆き」、高ぶった心情が吐露されたことをいう。歌のことばは、鼓舞の思いとして理解することも可能であろう。しかし、それに対して身体は悲嘆の情のみを雄弁に物語る。そのような身体が、この歌の悲嘆のみに説得力を与え、迫ってくる。それを表しているのが「口吟」の語であろう。三八七八番歌は、能登国の歌であり、「浮き出づるやと見むわし」と、相手を笑うような内容になっている。左注に拠れば、「鉄の沈み水に浮く理無きことを解」さない愚か者を眼前にしたことで生じた嘲りが、囃しことばなど、身体的説得力でもってその場で直接に示されているのであろう。

その場での心情を反映した歌が、身体を伴って提示されることで、身体行為のなまなましさが、その歌の現場性を保証するような働きをなすのであり、それが、安麻呂には、豊島采女の「口吟」が、本人の作であるという、なまなましい説得力をもって迫ってきたということではないだろうか。それ故、安麻呂の誤解も已むを得ないと左注は見ているのだ。結果、三方沙弥が歌を作り、その歌を豊島采女が「口吟」し、それを聞いた安麻呂が宴席の場で披露したという、歌の伝承の過程が明らかにされたということになるだろうか。しかし、「口吟」の場も、あくまで左注が仮説として生み出した空間に過ぎない。それは、どのような場なのか。

まず確認しておきたいのは、左注のいう三方沙弥歌、一二五番歌と一〇二七番歌との間には歌句異同が存在するということである。その異同がどの時点で生じたかは、今は措くけれども、例えば「妹」が「人」に変えられることで、豊島采女の歌としても違和感の生じないような表現になったと見ることは可能であろう。結果、「口吟」の作用と相俟って、豊島采女個人の心情を代弁するような歌へと変貌したのではないか。

その一方で、これはあくまで「口吟」であり、本来は、豊島采女とは関係のない、三方沙弥の妻を思う歌であったことも強調される。一〇二七番歌左注は、三方沙弥以来、詠み継がれてきた歌としても一首を価値づけている。この二重の意味を付与するのが、左注によって現出させられた「口吟」の場であった。(7)

四　継承される歌――他本との校合から――

一〇二七番歌左注は、三方沙弥作であると見ることで、豊島采女による「口吟」の場を創出していた。そのような事態をもたらしたのは、左注に内在する、歌の事情を詮索する姿勢であった。その際に用いられたのが、「或本」との校合という方法であった。

注意したいのは、一〇二七番歌とよく似た歌が、巻二にも見られるということである。そして、巻二でも、その歌は三方沙弥作とされている。但し、両歌の間には歌句異同があり、また、妻「苑臣」の字も異なることから、左注のいう「或本」は、巻二のもとになった資料ではないのだろう。左注も、巻二の歌には言及していないが、以下の例からすると、二首を、一首の歌の重複と見ている可能性が高い。

　　岡本天皇御製歌一首

暮去れば小倉の山に鳴く鹿は今夜は鳴かず寝ねにけらしも（巻八・一五一一）

　　泊瀬朝倉宮御宇大泊瀬幼武天皇御製歌一首

暮去れば小椋の山に臥す鹿し今夜は鳴かず寝ねにけらしも（巻九・一六六四）

　右、或本云、岡本天皇御製。不レ審二正指一、因以累載。

一六六四番歌も、よく似た歌が巻八に載せられており、左注「累載」はそのことをいうものである。一〇二七番歌左注が歌の重出に触れないのに対し、この場合では、むしろそのことが問題視されており、先後関係を含めた成立の事情が問題にされてきた[8]。しかし、左注の立場はそれとは異なり、両歌を同一視することで、本来ならば、この歌の作者は、雄略・崗本天皇のどちらか一方でなければならないと見るのである。

このことからすると、一〇二七番歌の場合も、「或本」が述べる内容は、巻二の題詞と概ね合致しており、左注の校合作業によって、その二首が歌句異同を超えて、同一歌として結びつけられていると考えるべきであろう。二首の間の歌句異同は、むしろ、豊島采女の「口吟」による伝承であるという左注の推測を保証しているとさえ言えるかもしれない。

このような左注の見方は、『萬葉集』に載せられた歌を広く俯瞰することによって生じている。左注は、他書を参照し、それと照らし合わせるにあたって、他の巻に収められた歌の存在をも意識しているのである。そして、享受する側が、俯瞰的に複数の歌を捉えるようなあり方は、実は、左注に限ったものではなく、歌をつくることにも通底するところがあるのではないか。それが、家持の追和（同）歌である。

山上臣憶良沈痾之時歌一首

士やも空しくあるべき万代に語り続ぐべき名は立てずして（巻六・九七八）

右一首、山上憶良臣沈痾之時、藤原朝臣八束使二河辺朝臣東人一令レ問二所疾之状一。於レ是、憶良臣報語已畢、有須拭レ涕悲嘆、口二吟此歌一。

（慕レ振二勇士之名一歌一首并短歌）

大夫は名をし立つべし後の代に聞き継ぐ人もかたりつぐがね（巻十九・四一六五）

右二首、追二和山上憶良臣作歌一。

追二同処女墓歌一首并短歌

古に　ありけるわざの　くすばしき　事と言ひ継ぐ　ちぬをとこ　うなひ壮士の　うつせみの　名を競争ふとたまきはる　寿もすてて　相争ひに　嬬問為ける　嬬嬬等が　聞けば悲しさ　春花の　にほえ盛えて　秋の葉の　にほひに照れる　惜しき　身の壮りすら　大夫の　語労はしみ　父母に　啓し別れて　家離り　海辺に出で立ち　朝暮に　満ち来る潮の　八隔浪に　靡く珠藻の　節の間も　惜しき命を　露霜の　過ぎましにけれ奥つ墓を　此間と定めて　後の世の　聞き継ぐ人も　いや遠に　しのひにせよと　黄楊小櫛　しかさしけらし生ひて靡けり（巻十九・四二一一）

四一六五番歌は、憶良が病床で詠んだ九七八番歌に追和したものであり、俯瞰的な捉え方が、顕著にあらわれたものと見ることができよう。憶良歌では「語り継ぐべき」とあり、未来へのまなざしが窺えるのみだが、四一六五番歌では、そのことを聞く後の人が、さらにそれを語り継いでいくという、継承の連鎖が詠み込まれており、継承の行為そのものが意識化されている。四二一一番歌も、同じ家持の作であり、「後の世の聞き継ぐ人」も、やはり、連綿と受け継がれていくことへの意識があるのだろう。

将来にわたってあることを継いでいこうとすることや、また、現在それが継がれていることは、例えば、四二一一番歌と同じうなひ処女伝承を詠んだ田辺福麻呂歌や高橋虫麻呂歌にも詠まれている。しかし、伝承の連鎖そのものへの意識は、追和（同）歌のように、起点と経由点をふり返り俯瞰することによって生じているのではないか。

そして、編纂という行為に携わったであろう家持において、このような意識が前景化されやすかったという点はあるだろう。そもそも、追和（同）歌とは、起点になる歌が存在してはじめて追和（同）たり得る筈である。従って、追和歌は、その対象となる歌の近くに配置されることが多い。それにも拘わらず、例えば、巻五・梅花の宴歌に追和する歌が、巻十七や巻十九に載せられるなど、巻五のふり返りが顕著に窺えるからである。だからこそ、継承を意識化した表現が、家持の追和（同）歌に特徴的にあらわれているのであろう。

しかし、追和という行為が、起点意識によって成立している以上、時間的連続性への意識は、家持歌に限らないのではないか。それは、家持以前、松浦佐用姫歌群にその萌芽が見て取れる。

　大伴佐提比古郎子、特被二朝命一奉二使藩國一。艤棹言歸、稍赴二蒼波一。妾也松浦［佐用嬪面］、嗟二此別易一、歎二彼會難一。即登二高山之嶺一、遥二望離去之船一、悵然断レ肝、黯然銷レ魂。遂脱二領巾一麾之。傍者莫レ不レ流レ涕。因号二此山一曰二領巾麾之嶺一也。乃作歌曰、

遠つ人松浦佐用姫夫恋に領巾振りしより負へる山の名（巻五・八七一）

　後人追和

山の名と言ひ継げとかも佐用姫がこの山の上に領巾を振りけむ（巻五・八七二）

　最後人追和

万代に語り継げとしこの岳に領巾振りけらし松浦佐用姫（巻五・八七三）

八七二・八七三番歌は、松浦佐用姫が大伴佐提比古を恋い慕って領巾振りをしたことが、山の名の由来になったことを知って詠まれた八七一番歌に追和したものである。歌は、佐用姫が、山の名として、或いは、伝承そのものを後の世まで語り継いでいくことを期待して領巾を振ったのではないかと推測する内容になっている。しかし、それに先立つ八七一番歌でも、領巾振りは、佐提比子を恋しく思うあまりの行為であったとされている。この落差は、契機となる出来事と、それを聞いて詠まれた八七一番歌という、時間差を含んだ二点を俯瞰することによって生じたものであろう。佐用姫の領巾振りが、八七一番歌というかたちで受け継がれていることを意識化することが、継

グの語にあらわれている。

従って、追和（同）歌は、その歌のみならず、起点となる、継承の対象となる歌までをもあわせて享受することを求める歌だということになるだろう。佐用姫関連歌群は、追和歌が連続して載せられており、その契機となった歌とあわせて享受するように配置されている。それは、家持歌のように、巻を隔てた追和（同）歌に顕著にあらわれているように、詠作の側から、時間的落差として歌を俯瞰することを求めてのことなのであろう。

これと対称的なのが、一六六四番歌左注や、一〇二七番歌左注ではないか。左注は、施注対象の歌のみではなく、他の巻をも俯瞰し、更には、「或本」などの他書との校合を行っている。そのことによって、左注は、一六六四番歌を、雄略の歌であり、それが崗本天皇の歌としても継承されてきたという、歌の抱える歴史そのものとして捉え返していくのである。

同様に、一〇二七番歌も、安麻呂によって、豊島采女の歌であると語り伝えられており、一〇二六番歌と共にあることで、歌の伝承が、この日の宴席における関心事のひとつであったことを物語っている。それ故、影山尚之氏(9)は、豊島采女という個人的な事情を背景に、この歌が享受されていたと述べる。しかし、左注は、豊島采女の歌であることを否定してしまう。左注の関心は、実は、宴席での披露の場には向けられておらず、歌の創作の場に向けられているのである。そして、実作者を明らかにすることによって、実は、豊島采女も、三方沙弥歌を伝えた存在であったとして、新たな歌の起源を呼び込んでいる。伝承の歴史を、更に過去に向けて延伸したことになるであろう。左注は、自ら、歌の起点とその経由点を生み出すことで、豊島采女への関心というよりも、歌が継承されていくこととして、この事態を捉え返していると見るべきであろう。このような事態をもたらしたのが、「或本」との校合であった。歌を俯瞰的に捉えていくこの行為は、左注において、歌が継承されることへの意識が先鋭化していくことを促す意味があったのではないだろうか。

おわりに

一〇二七番歌左注は、豊島采女作とされていることに疑念を抱き、それを明らかにする過程で、三方沙弥という実作者を発見してしまうものであった。そのような左注は、巻六における他の左注との影響関係において成立していると考えられる。それが「当時当所」という、歌の成立の瞬間を捉えようとする語に窺えるのである。

「当時」や「当所」の語は、歌の表現にとっての必然として、詠歌時の景や作者を要求する。このことを端的にあらわしているのが、家持の諸郡巡行歌群の題詞と歌との関係であった。しかし、必ずしもそれに成功するとは限らず、八二・八三番歌のように、歌に詠まれた景や季節が、その歌の披露された場と一致しない場合もある。このような歌と場の乖離を埋める観念として見出だされたのが、「古」であった。そのため、「古」であることは、その歌の表現にとっての本来的に必然であった事情はわからないままであるという、理解しがたさを抱え込む。だからこそ、巻四の聖武歌に対する左注や、巻十六の長年による添削が行われてしまうのである。

しかし、その一方で、「古」歌は、理解不能性を超えた、心情の共有によって、現在と過去を繋ぐものでもあった。その際、より誦詠の場との親和性を高めるために、歌句がもとの歌とは異なるかたちで受容されることもある。歌句異同のある歌が、受容されていくことで、「古」はひとつの価値として認められていく。従って、「古」とは、歌の表現と、その表現を生み出した必然との関係を理解できない、今の論理から見出だされた価値に他ならないのである。

一〇二七番歌左注は、この歌が、三方沙弥歌であることを、「或本」によって明らかにしている。それを支えるのが、豊島采女から安麻呂へと伝えられた、その瞬間を、「当時当所」として切り取ることであったのだろう。そのことによって、この歌は、三方沙弥に作られて以来、受け継がれてきた、「古」歌として価値化されることになるのではないか。

そして、そのような「古」歌が存在するということは、同時に、それが伝承されてきたからであるということをあらわしている。このような見方は、実は、追和（同）歌と対称的なあり方であり、他本と校合する左注の姿勢によって培われたものである。一〇二七番歌左注は、豊島采女の歌を、受け継がれてきた歌と見ることによって、歌の歴史を示してみせていた。聖武朝の一代史を紡ぐ巻六において、この左注は、宴席における他者詠披露の注釈を通して、古い層との連続性を見出だし、呼び込むという働きに貢献していたのではなかったか。

注

（1）藤原芳男「雲の上に鳴くなる雁の――右大臣橘家宴歌――」（『萬葉』第三六号、一九六〇・七）・伊藤博「歌群の復原」（『萬葉集研究』第一四集、一九八六・八）・橋本四郎「萬葉集の歌の場」（『古典集成』解説）・井上さやか『万葉集』橘諸兄家の「宴」――天平十年の古歌誦詠をめぐって――」（『中京大学文学部紀要』第三二号、一九九七・三）・影山尚之「豊嶋采女の恋の歌――右大臣橘家四首宴席歌考――」（『國語と國文學』第八五巻一号、二〇〇八・一）

（2）例えば、巻六冒頭の吉野行幸歌群には、「右、年月不レ審。但、以二歌類一載二於此次一焉。或本云、養老七年五月幸二于芳野離宮一之時作。」という左注が付されている。歌の年次が不明なので、その歌の「類」によって配置すると述べるこの左注は、歌を年次に従って配置する巻の方針とは相容れない。

（3）注1影山論文。

（4）吉井巌『萬葉集全注巻第六』「概説」、「萬葉集巻六について」（『萬葉集研究』第一〇集、一九八一・一一）

（5）新谷正雄「「今は漕ぎ出でな」考—万葉集巻1・八歌の意義を考える—」（『國語國文』第七四巻七号、二〇〇五・七）

（6）猪股ときわ氏は、このあたり、「「古」であることがまさしく「比来」を体現するものであることの逆説を発見して楽しんでいる」と述べる（「天平宮廷と風流」『歌の王と風流の宮』（森話社、二〇〇〇　※初出「後期万葉と風流」（『古代文学』第三〇号、一九九〇・三））。

（7）この左注は、本来的には、一〇二七番歌の実作者が豊島采女であることを疑い、それを明らかにしようとするものであった。それは、巻十九の巻末注記が端的に述べるように、歌の実作者を知ることは、左注にとっては、その歌を理解することと同義であったからである。巻六、特にその前半においては、歌の事情は、主に制作年次への拘りとしてあらわれるが、一〇二七番歌左注も、それらと同様に考えるべきであろう。時間軸に沿って、出自の明確な歌を並べてあることを確認することで、聖武朝の一代史を紡ぎ上げることに寄与している。しかし、巻六には、それと同時に、「年月不審」とされる歌の並置されることがある。そこでは、制作年次に代わって、「歌類」が配列の根拠として見出だされている。巻六冒頭の吉野行幸歌群では、年月の不一致を超えて金村と千年の歌が並べられることで、吉野行幸歌の表現の型が意識されている。それは、換言すれば、吉野行幸歌の根幹は、時を超えて共有し、受け継がれているものであるとの宣言なのではないだろうか。歌の価値とは、ひとつには、継がれていくことなのだろう。従って、一〇二七番歌左注は、安麻呂による説明を否定しながら、そのことによって、この一首を、受け継がれてきた歌として価値づけているのであろう。

（8）澤瀉久孝「傳誦歌の成立」『萬葉集の作品と時代』（岩波書店、一九四一）・小島憲之「「トガ野」の鹿と「ヲグラ山」の鹿」（『萬葉』第九号、一九五三・一〇）・中西進「雄略御製の傳誦」（『萬葉』第四二号、一九六二・二）・稲岡耕二「舒明天皇・斉明天皇（その一）」（『解釈と鑑賞』第三五巻一三号、一九六〇・一一）・曽倉岑「舒明天皇

「夕されば」の歌について」（『論集上代文学』第八冊、一九七七・一二）・野口恵子「《伝誦歌》の問題点―「夕されば小倉の山に」歌をめぐって―」（『研究紀要』（日本大学文理学部人文科学研究所）第五九号、二〇〇〇・一）・大浦誠士「初期万葉の作者異伝をめぐって」『万葉集の様式と表現』（笠間書院、二〇〇八　※初出『萬葉集研究』第二六集、二〇〇二・四）など。

（9）　注1影山論文。

大伴家持の訓注表現――『万葉集』巻第十九・四一六八の「毎年」と「としのは」をめぐって――

奥田和広

はじめに――「詠霍公鳥并時花歌」とその注

霍公鳥と時の花とを詠む歌一首〈并せて短歌〉

時ごとに（毎時尓）　いやめづらしく　八千種に　草木花咲き　鳴く鳥の　声も変はらふ　耳に聞き　目に見る
ごとに　うち嘆き　萎えうらぶれ　しのひつつ　争ふはしに　木の暗の　四月し立てば　夜隠りに　鳴くほと
とぎす　古ゆ　語り継ぎつる　うぐひすの　現し真子かも　あやめぐさ　花橘を　娘子らが　玉貫くまでに
あかねさす　昼はしめらに　あしひきの　八つ峰飛び越え　ぬばたまの　夜はすがらに　暁の　月に向かひて
行き帰り　鳴きとよむれど　なにか飽き足らむ

反歌二首

時ごとに（毎時）　いやめづらしく　咲く花を　折りも折らずも　見らくし良しも
年のはに（毎年尓）　来鳴くものゆゑ　ほととぎす　聞けばしのはく　逢はぬ日を多み　〈毎年、これをとしのは

といふ〈毎年謂之等之乃波〉

右、二十日に、未だ時に及らねども、興に依り予め作る。（⑲四一六六〜四一六八）(1)

当歌群は、天平勝宝二年（七五〇）三月二十日、越中における家持の詠である。題詞の「詠」や左注の「興」は中国の詩文を意識したものといわれ、題詞や左注といった外枠では詠物詩の型や「興」という詩論に向き合いながら当歌群を詠み、『万葉集』巻第十九に位置づけようとしていることや、その一方で実際の歌の表現は中国の詩文とは異なり、家持の独自な論理がはたらいていると考えられることが先行研究によって指摘されている(2)。

題詞では霍公鳥と時の花が並置されているが、歌においては霍公鳥と時の花とは対等ではなく、霍公鳥を恋う思いによって成り立っている歌といえる。長歌では、「時ごとに…草木花咲き」と折々の植物から詠み始め、霍公鳥とその季節である四月の景へと焦点化されていく。反歌も一首目が時の花を、二首目が霍公鳥を採りあげ、一見対等に両者を並置しているかのようにも見えるが、結局は霍公鳥への思いで締めくくられており、長歌の焦点化を繰り返している。左注の「未だ時に及らねども（雖未時及）」とは、まだ霍公鳥の季節の夏（立夏・四月）になっていないことをいうが(3)、あとわずかで到来する霍公鳥の季節を待ち焦がれる思いが、この歌群を貫いている。

この歌群の第二反歌の冒頭「毎年」に対して、歌末に自注の割注「毎年謂之等之乃波」が付されている。当歌の割注部分については、諸注釈では以下のように説明し、原文の表記に添って「毎年」霍公鳥はやって来る、と解釈している。

原文「毎年」は、四一六六、四一六七における「毎時」を「時ごと」と訓むように、ここもトシゴトと訓めるので、下にトシノハというと、注が付してある。（青木『全注』）

訓注は、原文「毎年尓」をトシゴトニと訓ませないための家持の自注と思われる。ただし、トシノハニと訓んでもトシゴトニと訓んでも意味は同じ。トシノハニが雅語であったということか。（伊藤『釈注』）

これら注釈書の「毎年」を「トシゴト」と訓ませないためという指摘は、その通りであろう。傍線を付したように、長歌の冒頭と第一反歌の冒頭が「毎時（ときごと）」で始まっており、注がなければ、そこからの連想で当然「毎年」は「としごとに」と訓むと考えられる。それを「としのはに」と訓ませるための注である。

しかし、「としのはに」という訓みだけを求めるなら⑤八三三「得志能波」、⑱四一二五「年乃波」、⑲四二六七「年之葉」のように誤解されずに伝える表記が他に可能である。加えて、歌の表記「毎年」と注の「としごと」とでは語義を異にする（後述）。本稿ではこのように注を必要とするような表記「毎年」を用い、かつそれを「としのは」と訓ませることの意味を考えたい。

一　『万葉集』における訓注の分布

まず全体像からみておこう。漢字の訓みを示す割注は「訓注」と呼ばれるが、(4) そのような注が『万葉集』の歌に付された例は九首・一〇例ある。

上に歌の原文を示し、下に〈　〉に入れて割注部分を示した。語句と割注が連続する例（⑤八九四など）はそのまま続けて示し、語句と割注が離れて、歌の末尾に割注が付されている例（⑨一七五九など）は間に「…」を入れて示した。このうち家持関係の歌は、歌番号に傍線を付した五例である。⑧一四六〇は家持への贈歌である。

巻五の山上憶良の好去好来歌（⑤八九四）二例

勅旨〈反云大命〉

船舳尓〈反云布奈能閇尓〉

巻八の春の相聞の末尾を飾る、紀女郎と家持の贈答歌群（⑧一四六〇）

戯奴〈変云和気〉

巻九の虫麻呂歌集所収、筑波関係歌群の末尾にある筑波嶺の嬥歌会の歌（⑨一七五九）

加賀布嬥歌尓　…〈嬥歌者東俗語曰賀我比〉

巻十六の宴席誦詠歌群中の一首（⑯三八一七）

田廬　…〈田廬者多夫世反〉

巻十六の無心所著歌（⑯三八三九）

懸有〈懸有反云佐義礼流〉

巻十六の戯笑歌群の一つ、痩せた人を笑う歌（⑯三八五三）

喫〈売世反也〉

巻十七の越中の風土を詠む歌（⑰四〇一七）

東風〈越俗語東風謂之安由乃可是也〉

巻十九の霍公鳥と時の花とを詠む歌（⑲四一六八）

毎年尓…〈毎年謂之等之乃波〉

巻十九の家持が坂上大嬢が坂上郎女に送るのに頼まれて作った歌（⑲四一六九）

見我保之御面…〈御面謂之美於毛和〉

山上憶良が一首・二例、高橋虫麻呂が一例、大伴家持関係が五例と、『万葉集』の中でも漢籍に詳しいとされる作者に偏っているが、その中でも特に家持に集中している。また、巻十六に三例あり、これも注目すべき偏りである。

注記の方法は、憶良は「反云～」、巻十六は「反」、紀女郎は「変云～」、虫麻呂は「曰～」、巻十七以降の家持は「謂之～」となっている。

二　反切の「反」「変」、引用の「曰」「云」と語釈の「謂之」

家持以前の訓注の例は、多く「反」「変」という字を用いて注を付けている。まずはこの先行例から検討を加えたい。「反」「変」を用いるものは、『万葉集』には六例を数える。「反」は憶良と巻十六に五例、「変」は紀女郎が家持に送った戯歌に一例ある。巻十六の三八五三は家持の例である。

・勅旨〈反云大命〉（⑤八九四）
・船舳尓〈反云布奈能閇尓〉（⑤八九四）
・田廬　…〈田廬者多夫世反〉（⑯三八一七）
・懸有〈懸有反云佐義礼流〉（⑯三八三九）
・取喫〈売世反也〉（⑯三八五三）
・戯奴〈変云和気〉（⑧一四六〇）

「反」については、漢籍における漢字音の注記方法である「反切」に拠っていることが注釈書などで指摘されている。(5) また、⑧一四六〇の「変」は「反」に通じるとされる。(6) 「反切」は仏教の翻訳と共に西域から伝えられ、(7) 中国での初出は梁の顧野王の『玉篇』という。[8] 古代日本においては原本系の『玉篇』が広く用いられたといわれ、[9] また、経書の注・疏や『文選』李善注など広く読まれていた漢籍にも多く見られるため、当時の知識人たちはこれらの方法をよく知っていたと考えられる。

ただし、このような反切の用例が古代日本のテキスト中にどれくらい見出せるかというと、『古事記』には例がなく、『日本書紀』に数例見えるのみである。[10] その他では『風土記』『懐風藻』にも見あたらない。

これらの反切の方法を、漢籍に詳しい憶良や虫麻呂、家持らが万葉歌の表記に応用したということになるだろう。しかし、武田『全註釋』[11] が「然るに日本では、ただ訓法を示すだけで、反切にはよらない」「読み方というほどの意に反の字を用いている」と述べているように、『万葉集』の「反」の用法は、先行する字書類や漢籍の反切のようにはなっておらず、ただ漢字の訓を示す方法となっている。

次に、「曰」「云」という形式について見ておこう。「曰」「云」という形式は次の五例である。

・勅旨〈反云大命〉（⑤八九四）
・船舳尓〈反云布奈能閇尓〉（⑤八九四）
・懸有〈懸有反云佐義礼流〉（⑯三八三九）
・戯奴〈変云和気〉（⑧一四六〇）
・加賀布燿歌尓　…〈燿歌者東俗語曰賀我比〉（⑨一七五九）

巻九の虫麻呂が「曰」で、残りの四例が「云」という形式で歌句の訓みを示している。また、歌以外にも題詞に二例見える（③四三一・⑥一〇二八）。

過二勝鹿真間娘子墓一時、山部宿祢赤人作歌一首〈并短歌　東俗語云可豆思賀能麻末乃弖胡〉（③四三一題詞）

十一年己卯、天皇遊二獦高円野一之時、小獣泄二走都里之中一。於レ是、適値二勇士一、生而見レ獲。即以二此獣一献二上御在所一副歌一首〈獣名俗曰牟射佐妣〉（⑥一〇二八題詞）

このような注記方法が、『万葉集』の外側に広がる同時代の他のテキストにどのようにあるか見てみると『古事記』『日本書紀』では、次のような例が多数ある。[12]

訓高下天云阿麻。下効此。（『古事記』上巻・初発の神々）

葉木国、此云播挙矩爾。可美、此云于麻時。」（『日本書紀』①神代上）

これらの「曰」「云」は、ともに漢籍の注記方法として、当時読まれていた『文選』李善注や経書類に引用の方法として多数見ることができる。例えば『文選』（両都賦序）李善注に、

史記曰、金馬門者、（…）傍有銅馬、故謂之金馬門。

鄭玄禮記注曰、矜、謂自尊大也。

とあるように、文献や学説、発言等を引用する際に用いる。このような引用の形式を漢字の訓みを示す注記として利用しているといえる。

最後に今回の例を含む「謂之」という形式について考察する。この形式を用いるのは以下の三例、家持越中期以降の用例である。

・東風〈越俗語東風謂之安由乃可是也〉（⑰四〇一七）
・毎年尓…〈毎年謂之等之乃波〉（⑲四一六八）
・見我保之御面…〈御面謂之美於毛和〉（⑲四一六九）

これらは、反切のような漢字の音を注記するための方法や、「曰」「云」のような引用の形式ではなく、語を説明

し、あるいは語を名づける際に用いる形式である。例えば、

宮謂之室。室謂之宮。牖戸之間謂之扆、其内謂之家。（『爾雅』釋宮第五）

四氣和謂之玉燭。四時和為通正、謂之景風。（『爾雅』釋天第八）

是以一國之事、繫一人之本、謂之風言天下之事、形四方之風、謂之雅。（『毛詩』大序）

などとある。このように、家持の「謂之」は、漢字音や「訓み」を示すというよりも、同義の語を示したり、別語に言い換えたり、新たに名づけたりする漢籍の注釈の形式に近く、それを用いて漢語に対して和語で注釈していることが分かる。『爾雅』の篇名に「釋―」とあると同様に、家持の注もまさにそのような「釋」す行為としてあったといえる。

付け加えておきたいのは、家持の用例は訓注（＝訓みの注）に限らないことである。家持には弟書持の死に際して詠んだ長歌（⑰三九五七）に、長大な自注割注を付している。漢字の訓みだけではなく、語句の意味も歌中に注記していくような、家持の表現方法の一環として捉える必要があるだろう。[13]

以上、『万葉集』の訓みを示す割注を形式の面から見てきた。これらの注は、形式の上からは、見てきたような漢籍の注記の累積を背後に抱えていることが分かる。そして、漢籍の注記をふまえて考えると、家持の注には先行例（憶良・紀女郎）の「反」「変」を用いて漢字の訓みを示す注や、「云」「曰」を用いて引用の形で訓みを示す注（坂上郎女・虫麻呂）とは異なる漢字表現の世界があるように思える。次に、当歌の注を含んだ表現について具体的に見ていくことにする。

三　『万葉集』の「毎年」をめぐる諸問題

『万葉集』には「毎年」という表記の歌語が四例ある。

年のはに（毎年）かくも見てしかみ吉野の清き河内の激つ白波（⑥九〇八）

年のはに（毎年）梅は咲けどもうつせみの世の人我し春なかりけり（⑩一八五七）

年のはに（毎年尓）鮎し走らば辟田川鵜八つ潜けて川瀬尋ねむ（⑲四一五八）

年のはに（毎年尓）来鳴くものゆゑほととぎす聞けばしのはく逢はぬ日を多み（⑲四一六八）

この四例の「毎年」は近年の注釈書では「トシノハ（ニ）」の訓を採用しており、それが定着しているといってよい。この「トシノハ（ニ）」という訓みの根拠として諸注釈書とも⑲四一六八番歌（当歌）の家持自注とされる割注[14]を指摘し、これによって他の三例の「毎年」を「トシノハ」と訓んでいる。

しかし、澤瀉久孝『萬葉集注釋』はこれらの「トシノハ」という訓について、（一）この訓が仙覚の改訓によりそれ以前は「トシゴトニ」と訓まれていたこと、（二）万葉集の「毎」の使われ方や訓みからも「トシゴト」と訓む可能性があること、（三）家持は「トシゴト」と訓まれる可能性があるからこそ自注を必要としたことを、たびたび指摘している。

金、元、類（十一・三七）、古（三・一〇オ、五・一七オ）、紀、細にトシコトニとあるを、西以下青トシノハニとして以後諸注も多くそれに従ふに至つた。（…）「毎年」を必ずトシノハと訓むにきまつてゐたならばさうした注も必要が無いわけで、一方に「月毎」（十三・三三二四）、「毎日」（十・二二五七）、「毎時尓」（一九・四一六六）

があり、又「年能波其登尓」（十八・四一二五）もあるところを見るとトシゴトニの訓もあつてよいと思はれる。（巻六・九〇八【訓釋】）

（家持の十九・四一六八自注について）さうした自注を要したといふ事はトシコトニとも訓まれた事を示すものだとも思はれ、むしろ他の作家の「毎年」はトシゴトニと訓むべきではないかと私は考へる（五・八三三、六・九〇八）（巻十・一八五七【訓釋】）

「年のは」の意味が（…四一六八の…）自注によって知られるが、「は」が「毎」でない事は、ここに「毎に」とあるのでわかる。（巻十八・四一二五【訓釋】）

また、以後の諸注釈書もこの指摘を引き継ぎ、訓として「としのは」を採用しつつも、「としごと」と訓む可能性を注記で指摘するものが散見される。(15)

「これ（＝家持の四一六八の自注）によって「毎年」とあるすべてをトシノハと読むのが仙覚以来の慣例であるが、その家持自身、七夕歌に「年のはごとに」（四一二五）とも言っており、トシゴトニと読む古点も顧みるに値する。」（『新全集』⑩一八五七頭注）

「下の訓注は原文の「毎年尓」をトシゴトニと読ませないために家持自身が加えたもの。しかし日葡辞書には「トシノハ、年の初め」とあり、四二六七などはその意味で用いている。一方、四一二五の「七夕の歌」に「行き変はる年のはごとに」ともあって、家持本人の用語としても一貫性がないかのようである。この注によって原文に「毎年」とある場合にはトシノハと読むのが通例だが、確実とは言えない。」（『新全集』⑲四一六八頭注）

「ただし、ここは「としごとに」と訓む説もある」（『新大系』⑩一八五七脚注）

これら先行研究の指摘するとおり、時や月といった時間に関係する例として、「毎日・ヒゴト」1例（⑩二一五七）、「毎朝・アサゴト」1例（⑧一六一六）、「朝夕毎・アサヨヒゴト」2例（⑩二一六四、⑬三二六二）、「毎夜・ヨゴト」1例（⑪二五六九）、「立月毎・タツツキゴト」1例（⑬三三二四）、「毎時・トキゴト」2例（⑲四一六六、⑲四一六七）、などの「毎」を「ゴト」と訓む例があり、『万葉集』の用例から判断すれば、「毎年」についても次点のように「トシゴト」と訓むほうが自然ともいえる。

重要と思われる指摘がすでに澤瀉『注釋』によって提出され、諸注釈書もそれを検討の価値のある説と認識し採り上げてきたが、そのような注記を加えながらも、本文にはトシノハ（二）という訓を採用し続けてきていることがわかる。『万葉集』にトシゴトの仮名書き例が存在しないことと、家持の自注を（記紀の訓注のように）他の「毎年」にも適用することで『万葉集』の「毎年」の訓みを確定できることが相互に補完しあっていると思われるが、家持の自注割注は、（これもすでに澤瀉『注釋』の指摘を引用したが）、他の訓みの根拠とするには注意が必要である。

四　『万葉集』の「としのは」——仮名書き例の検討

次に「としのは」という歌句がどのように用いられているか見ておこう。先に挙げた漢語表記の「毎年」4例を除く「としのは」は『万葉集』に10例ある（⑤八三三、⑩一八八一、⑯三七八七、⑰三九九一、⑰三九九二、⑰四〇〇〇、⑱四一二五、⑲四一八七、⑲四二六七、⑳四三〇三）。

その中で「としのは」の語義を考えるにあたり傍線を付した⑱四一二五と⑲四二六七の2例に注目したい。いずれも家持越中期の作である。

七夕の歌一首

天照らす　神の御代より　安の川　中に隔てて　向かひ立ち　袖振り交し　息の緒に　嘆かす児ら　渡り守
舟も設けず　橋だにも　渡してあらば　その上ゆも　い行き渡らし　携はり　うながけり居て　思ほしき　言
も語らひ　慰むる　心はあらむを　なにしかも　秋にしあらねば　言問ひの　乏しき児ら　うつせみの　世の
人我も　ここをしも　あやに奇しみ　行き変はる　年のはごとに（往更　年乃波其登尓）　天の原　振り放け見つ
つ　言ひ継ぎにすれ（⑱四一二五）

詔に応へむために儲け作る歌一首（長歌略）

天皇の御代万代にかくしこそ見し明らめめ立つ年のはに（立年之葉尓）（⑲四二六七）

⑱四一二五は家持による七夕を題材にした長歌の一節である。毎年繰り返す七月七日について「往更年乃波其登尓／ゆきかはるとしのはごとに」と詠んでいる。ここでは「としのは」は「ゆきかはる」と詠まれている。『万葉集』では他に「ゆきかはる」は3例（うち家持2例）「年月の行き変はるまで（年月乃行易及）」（⑪二七九二）、「行き変はる年の緒長く（去更年緒奈我久）」（⑲四一五四）、「あらたまの年行き帰り（荒玉乃年往更）」（⑲四一五六）である。特に当歌直前の歌群（⑲四一五四・四一五六・詠白大鷹歌・家持）に2例あることが注目され、この時期の家持が「年」をそのようなものと考えていたことが理解できる。

話を⑱四一二五「七夕の歌」の「としのは」に戻すと、家持は到来するある種の区切れ、節目のようなものとして七月七日を「としのは」と詠んでいることがわかる。[16] そして、そのように「ゆきかはる」ものである「としのは」にさらに「ごと（其登）」を加えて、「ゆきかはるとしのは」が繰り返されるたびに、天の原を振りさけ見て言い継いでゆこうと締めくくっている。七月七日という節目（としのは）と、それが繰り返されること（ごと）は別のもの・こととしてここにはあることがわかる。

次に、⑲四二六七（家持）の例を見てみると、ここには「たつとしのはに」とある。「としのは」は「立つ」ものという。たとえば『万葉集』の「立つ」を見てみると「春立つ」（⑩一八一二、⑩一八一九、⑳四四九〇、他）、「秋立つごと」（⑳四四八五）など、季節の到来を詠む例が散見される。

ひさかたの天の香具山この夕霞たなびく春立つらしも（⑩一八一二）

うちなびく春立ちぬらし我が門の柳の末にうぐひす鳴きつ（⑩一八一九）

時の花いやめづらしもかくしこそ見し明らめめ秋立つごとに（⑳四四八五・家持）

あらたまの年行き反り春立たばまづ我がやどにうぐひすは鳴け（⑳四四九〇・家持）

これらの季節と同様に、⑲四二六七の「としのは」も「立つ」ものとして詠まれている。

以上のように「としのは」の用例を見てみると、時の流れにおけるある種の区切れを意味する語としてあったこと、「ごと」の意は含まれない語であったことが分かる。年が繰り返される意や繰り返された年それぞれをいう漢語の「毎年」とは語義が異なるのは明らかであろう。

五　家持の訓注表現

それでは家持はなぜ意味の異なる「毎年」に対して「としのは」という語を注記したのか。このことを考えるのに先に採り上げた⑱四一二五の表現をもう一度見てみたい。⑱四一二五では「年のはごとに（年乃波其登尓）」とあった。七月七日の節目がやってくるごとに、という意であった。この表現を歌本文「毎年」と注「としのは」をあわせて表した形として、当歌⑲四一六八の表現を捉えることができるのではないか。すなわち、「毎年」という語に対して「としのは」という語を注記し、その重ね合わせによって五音で「としのはごと」に通じる「毎年＝としのは」が生み出されている、節目が毎年訪れる意を、「毎年」と「としのは」を重ねるようにして表現している、と。「謂之」という注釈の形式を用いて漢語「毎年」に和語「としのは」を注記することで「毎年」と「としのは」を同義の言葉として結びつけ、「毎年」である「としのは」という新たな意味が創り出されているのである。

同時代のテキスト『古事記』の訓注は、テキストの誤読を避けるように、解釈を一つに導くように付けられているという[17]。また、家持ら律令官人にとって、割注は、『文選』や経書類のテキストに付されたものとしてあったはずだ。いずれにしても、訓みを示す注記は、文意を限定する方向に向かうものであったと思われる。

しかし、今回採り上げた家持の訓みを示す注は、同時代の他のテキストのような意味を限定するという注のあり方からはみ出したものを抱えている[18]。表記された漢字・漢語とは異なる語義の和語を結びつけて歌の表現として利用する家持の方法の一つとして、当歌の訓注を理解すべきだろう。

さて、当歌の注がそのような表現であるとして、では、家持にとって「毎年」かつ「としのは」でなくてはならない理由とは何だったのだろうか。当歌群は長歌、第一反歌の冒頭ともに「毎時」で始まる。それに揃えるためには「毎年」で始めることが要請されているということは言えるだろう。巻第十九の問題か、この歌群の問題か、今はそれ以上のことを説明できる材料を持ち合わせていないが、「毎年」という表記を採用し、それによって歌群三首の歌い始めを揃えていることは確かである。

また、左注には「雖未及時依興預作」とある。四日後の三月二十四日「立夏四月節」（⑲四一七一題詞）、もしくはさらにその先の四月一日を来るべきその「時」として、待ち望む気持ち（四一六六歌にも「このくれの四月し立てばよごもりに鳴く霍公鳥」と詠む）がこの歌群を貫いていることは冒頭でも触れた通りだ。家持はほぼ二年前⑱四〇六六～四〇六九歌群（四月一日掾久米朝臣廣繩之舘宴歌四首）において、ほととぎすの到来を詠んでいる。[19]「うの花のさくつきたちぬ」と四月一日だからほととぎすが鳴くはずだという「暦日」に基づく時の節目を意識して詠む⑱四〇六六歌と、翌日の二日は「立夏節」に当たるのでほととぎすが鳴くはずだという「節気」の意識に基づいて詠む⑱四〇六八歌。二種類の時の節目（暦日・節気）を詠み分けているが、いずれも時の節目にほととぎすが鳴くという理想的な景に基づく（とらわれている）家持がそこにいる。

このような春から夏への節目に来鳴くほととぎす、夏とほととぎすの理想的な景を詠む家持にとって、「毎年」ではなく節目としての「としのは」という表現が必要とされているといえる。[20]そして暦と向き合いながら歌を詠み重ねる家持の態度は、巻第十九巻頭から三月三日の上巳節に向けて歌を詠み重ねていく家持[21]（⑲四一三九～四一五三）とも通底するだろう。

話を本歌の表現にもどすと、「毎年」という確実にくり返される過去から未来にわたる反復の中で目前に迫る「としのは」という節目を意識し、待ちこがれる詠み手家持がここにいて、この二つを同時に成り立たせる表現として、当歌の表記と割注が存在しているのである。

まとめ

越中という時空で歌を詠み重ねる家持がいる。⑱四〇六六～四〇六九歌群のほととぎす詠に見られる二種類の時の節目とほととぎすの取り合わせや、⑱四一二五の七夕詠「としのはごとに」の表現、巻第十九巻頭から上巳節に向かう歌々。注の形式から垣間見える漢籍との交流、また池主と漢詩文の贈答をしたり、長歌を賦として詠んだりすること。それらの積み重ねの上にこの⑲四一六六〜四一六八歌群の「毎年＝としのは」という表現があらわれてくる。

本稿では、大伴家持の自注の訓注とされる巻第十九・四一六八歌の注に着目し、家持の自注が歌の表現方法となっていることを明らかにしようと試みてきた。まず、家持後期の訓注は、反切の漢字音を注記する方法や引用する方法に学んだ先行例とは異なっており、語を以て語を釈す方法、語釈の方法に拠っていることを確認した。語の説明に別の語を以てするその方法を用い、歌表記にある漢語「毎年」とは意味の異なる和語「としのは」を結びつけていた。そして、そのような異なる二つの語の重ね合わせによって、「毎年」でありつつ「としのは」でもある「毎年＝としのは」すなわち、「毎年」おとずれる「としのは」という表現が生み出されていたのだった。このような表現がなぜ生み出されたのかについては、歌の表記「毎年」にこだわる家持と、夏と同時にほととぎすの到来を希求する家持、「としのは」にこだわる家持がいることを確認した。

以上が本稿のまとめであるが、今回対象とした注の他にも、家持には割注によって漢字の訓みを注記する歌がある（⑯三八五三、⑰四〇一七、⑲四一六九）。これらも今回の⑲四一六八と同様の方法、すなわち、割注を付して漢語表記と和語の二重性を歌表現として利用する方法として捉え直すことができるのではないかと考えている。また、家持の「謂之」という注記の用例は訓注（＝訓みの注）に限らない。弟書持の死に際して詠んだ長歌（⑰三九五七）に、長大な自注割注が見られるなど、漢字の訓みだけではなく、語句の意味も割注によって歌に挟み込んでいくような、家持の表現方法の一つとして考察すべきと思われる。今後の課題としたい。

注

（1）『万葉集』の引用は『新編日本古典文学全集』（小学館）によって読み下し本文を示し、必要に応じて原文を括弧（　）に括って示した。歌番号は丸数字が巻数、漢数字が旧国歌大観番号である。

（2）中西進「辞賦の系譜」（『中西進万葉論集第二巻　万葉集の比較文学的研究（下）』講談社、一九九五）、呉哲男「溺れる家持」（『古代日本文学の制度論的研究』おうふう、二〇〇三）、辰巳正明「依興歌の論」（『万葉集と中国文学』笠間書院、一九八七）、多田一臣『大伴家持』（第7・8章、至文堂、一九九四）、古舘綾子「家持の「興」と『文心雕龍』」（『大伴家持自然詠の生成』笠間書院、二〇〇七）。

（3）この年は四日後の三月二十四日が「立夏四月節」（⑲四一七一題詞）であった。もしくはさらにその先の四月一日、このいずれかを来るべきその「時」（雖未及時依興預作之）として待ち望んでいる（⑲四一六六歌に「このくれの四月し立てばよごもりに鳴く霍公鳥」と詠む）。

（4）小泉道「『万葉集』に存する訓注について」（『光華女子大学研究紀要』第二九号、一九九一・一二）

（5）武田祐吉『萬葉集全註釋　増訂版』（角川書店）⑤八九四「反というは、漢文で、字音を反切の法によつて示すをいう。反切の法とは、ある一字の音を、音のすでに知られている二字をもつて説明する法で、たとえば、抒は臣與の反というが如く、抒の音を示すに、臣の父音sと、與の韻とを併わせて、シヨであることを示すが如きである。然るに日本では、ただ訓法を示すだけで、反切にはよらない。勅旨とある字の、読み方は大命《おほみこと》であるというだけである。読み方というほどの意に反の字を用いている」。

（6）『新編全集』⑧一四六〇の頭注。「「変」は「反」に通じ、「反」は漢字音表記の反切を意味するが（…）、万葉集では共に訓注を表すのに用いている」。

（7）諸橋轍次『大漢和辞典』（大修館書店）、近藤春雄『中国学芸大事典』（大修館書店）、「反切」の項。

（8）『日本国語大辞典』第二版（小学館）

（9）芳賀紀雄「万葉集比較文学事典」（稲岡耕二編『別冊国文学　万葉集事典』學燈社、一九九三）に、「原本系『玉

篇』が、先行の辞書と諸書から、広く反切と訓詁を引き、しかも原文をも掲げるという便利さによって、上代において盛んに用いられたことは、特記してよい。『日本書紀』の訓注の反切、および字の訓詁、万葉集の表記、『令集解』の、天平十年（七三八）頃の成立とされる「古記」の訓詁など、多方面にわたっている。」とある。

(10) 前掲、注（4）、小泉道「『万葉集』に存する訓注について」に同じ。

(11) 前掲、注（5）、武田祐吉『萬葉集全註釋　増訂版』（⑤八九四）に同じ。

(12) 小学館、新編日本古典文学全集本に拠る。

(13) このように考えるならば本稿で採用している「訓注」という用語は適切ではないかもしれない。今回は慣例に従い用いたが、今後再検討していきたい。

(14) 青木生子『萬葉集全注巻第十九』（有斐閣）、伊藤博『万葉集釈注』、他多数。

(15) 注釈書の他に辞書類では『時代別国語辞典（上代編）』（三省堂、一九六七）に以下のような指摘がある。「としのは」【考】「第一例の家持の自注により、「毎年」とあるものをすべてトシノハと訓んでいるが、それでよいかどうかは疑問。日本書紀の古訓では、「毎年」（神代紀上）をトシゴトニと訓む。」

(16) 武田『全註釋』⑱四一二五「これは年の端の義であることが、この句によって推測される」

(17) たとえば山口佳紀氏は、新編日本古典文学全集『古事記』（小学館、一九九七）の「解説」（六『古事記』の用字法と訓読）で小松英雄『国語史学基礎論』以降の研究をふまえ、「訓注や声注などの性格が次第に明らかにされ、それらは文意や語義の理解を一定の方向に導くためのものであるという認識が定着しつつある。」「『古事記』は撰録者の意図するところを誤りなく読者に伝えるために、さまざまの工夫が凝らされている文章であるということができよう。」と述べている。

(18) かつて山上憶良「好去好来歌」（⑤八九四）の二つの注について、二方面への意識の表れとして論じたことがある（拙稿「山上憶良「好去好来歌」の細注について」（『学芸国語国文学』第三八号、二〇〇六・三））。憶良「好去好来歌」の注も通常の注とは異なるものを抱えてしまっているが、「反」を用いて訓みを限定し、文意を定めようとしている点で注の範疇に収まっているといえる。

(19)　猪股ときわ「大伴家持の異文化」(『歌の王と風流の宮』森話社、二〇〇〇)に学んだ。

(20)　直前の⑲四一五六～四一五八「潜鸕歌一首」にも「毎年」とある。しかしこの歌群の場合は暦日・節気と景とが、ほととぎすほど強く結びついていない。家持のほととぎすへの執着が「としのは」の注を必要としていることの裏返しとして考えることができるだろう。

(21)　巻十九巻頭からの家持の分析については前掲、注(19)猪股ときわ「大伴家持の異文化」「日付のある耳」(『歌の王と風流の宮』森話社、二〇〇〇)に学んだ。

殿前の梅、窓辺の梅

頼　國文

はじめに

中国からの渡来植物と見られる「梅」の名は、日本の古代文献である『古事記』『日本書紀』『風土記』には登場しない。日本古代の最初の漢詩集である『懐風藻』に葛野王や紀麻呂の詩句などに多く見られ、日本古代の梅は白梅であることが知られる。平安時代前期になって紅梅が移入された上に、題詠として梅を詠む漢詩も多く現れるに至っている。本文は平安朝の三大勅撰漢詩集と和歌集を対象として、紅梅の受容過程と梅の「暗香」の美意識をたどりたいと思う。ここで梅をテーマとするのは、古代日本文学が外来の漢詩を受け入れることで、どのような文学の達成あるいは詩的美学を達成したのかを考えるのに、極めて適切な素材であるからである。梅はもともとその実が珍重されて輸入されたものであったが、それが花へと関心が移り、さらに色や香りへの関心となり、さらには夜の闇の中に聞く梅の香りへと向かう過程は、中国の文学的素材と融和しながら日本文学が形成される問題でもある。梅はそうした日本文学の生成を考えるのに、最も相応しい材料である。

一　殿前の紅梅

紅梅が日本に入ったのは、平安時代になってからだと思われる。『続日本後紀』巻十八の承和十五（八四八）年正月壬午（廿一日）の条に、

上御二仁壽殿一。内宴如レ常。殿前紅梅。便入二詩題一。宴訖。賜レ禄有レ差。

とあり、これが日本における紅梅の記録の初出であると言われている。[1] しかしながら、平安時代の勅撰漢詩文集である『経国集』の詩句に、すでに「紅梅」が見られる。『経国集』巻十一には、「五言詠二殿前梅花一一首。平城天皇在二東宮一」があり、

仲春雖レ少レ暖。梅樹向レ鶯レ時。發レ艶將レ桃亂。傳レ芳與レ桂欺。
可レ攀猶可レ折。堪レ寄亦堪レ貽。儻有二鹽羹過一。能無レ致二味滋一。（80）

とある。この一首は「在二東宮一」という割注があり、平城天皇の即位以前の東宮時代、即ち延暦四（七八五）年十月より大同元（八〇六）年五月までということが分かり、延暦の桓武朝の作とされる。詩句の「發レ艶將レ桃亂。傳レ芳與レ桂欺」から、紅梅の「色・香」を形容しているものと思われる。『国風暗黒時代の文学　下Ⅰ』で、二句は「（紅梅）の花の艶美は桃の花のそれとまぎれるほどの美しさを外にあらわし、（紅梅）の花の芳香は桂の香ではないかと人をあざむくほどのよい香をこちらにもたらす」という注釈をする。この一首こそ平安文学史上において「紅梅」の初出ではないかと思われる。

平城皇太子の令製に対して、高村田使の「五言、奉レ和二殿前梅花一一首」がある。

忽見二春木。芳花一種催。素葩承レ日咲。黄蕊對レ風開。
舞蝶飛更聚。歌鶯去且來。和羹如可レ適。以レ此作二鹽梅一。(81)

この一首の「素葩承レ日咲。黄蕊對レ風開」により、白梅の花の咲くありさまを述べた対句がわかる。この唱和詩の頷聯「發レ艶將レ桃亂。傳レ芳與レ桂欺」と「素葩承レ日咲。黄蕊對レ風開」との対比によれば、東宮平城の御殿の前庭には、既に紅と白の梅が植えてあったと思われる。『枕草子』に「御前の梅は、西は白く、東は紅梅にて、少し落ちがたになりたれど、なほをかしきに(八三)」という風情は、平安遷都後の桓武朝の時からすぐ現れたのではないだろうか。即ち、紅梅の賞美の濫觴は平城皇太子の詩宴から始まったと思われる。

この唱和詩の詩題は「詠二殿前梅花一」であり、殿前の梅花を詩題とする初出の作であるが、「殿前の梅」の記事の初出は聖武朝の時である。『続日本紀』巻十三に見える天平十(七三八)年秋七月癸酉(七日)の条には、

天皇御二大蔵省一、覽二相撲一。晩頭、転御二西池宮一。因指二殿前梅樹一、勅二右衛士督下道朝臣真備及諸才子一曰、人皆有レ志、所レ好不レ同。朕、去春、欲レ翫二此樹一、而未レ及二賞翫一。花葉遽落、意甚惜焉。宜下各賦二春意一、詠中此梅樹上。文人卅人、奉レ詔賦之。因賜二五位已上絁廿匹、六位已下各六匹一。

という記事がある。秋七月のことで梅花の宴とは言い難いが、この記事によれば、聖武天皇は春に梅花を賞美することが出来なかったので、花も葉も落ちたが改めて梅の木を詠めと三十人の文人に命じたのだという。このことからすると、奈良朝宮中において梅花の宴は既に行われていたのではないだろうか。

日本古代の最初の漢詩集である『懐風藻』に、紀朝臣麻呂(七〇五年没)の「春日應詔」の作の詩句「階梅闘二素蝶一。塘柳掃二芳塵一」から見れば、「階梅」とは藤原京の宮殿の階段の前に植えられた梅であると思われ、それが実景だとすると、遅くとも文武朝にはすでに白梅が観賞の目的で宮廷の禁苑に植えられていたのではないかと考えら

れる。

「詠二殿前梅花一」という詩題の出現は、平安朝貴族の中国風文雅への憧憬が生み出したものだったと思われる。「殿前」は、御殿の前面の意、ここは東宮平城の御殿の前庭をさす。

梅の花を賞美の対象とするのは、中国の六朝期の詩から始まると言われる。六朝期の梅花を詠じた詩が見られ、それらはおおむね梅花が春の先駆けであることと、落花の美しさが鑑賞の主体である。漢籍の中に、「殿前」の例は、初唐王建「宮中三臺二首」の「池北池南草緑。殿前殿後花紅」（『全唐詩』巻二六「雑曲歌辞」）と李白「陽春歌」の「披レ香殿前花始紅。流レ芳發色繡戸中」（『同』巻二一「相和歌辞」）があるが、「殿前梅花」を詠む漢詩はないと思われる。『全唐詩』(2)を検索すると、初唐期の宮中の詩宴には、

綵蝶黄鶯未歌舞。梅香柳色已矜誇。（巻二、中宗皇帝「立春日遊苑迎春」）

剪レ綺裁レ紅妙春色。宮梅殿柳識二天情一。（巻四六、崔日用「奉レ和二立春遊苑迎春一應制」）

曲池苔色冰前液。上苑梅香雪裏嬌。（巻四六、崔日用「奉レ和下人日重二宴大明宮一恩中賜綵縷人勝上應制」）

宮梅間レ雪祥光遍。城柳含レ烟淑氣濃。（巻六九、閻朝隠「奉レ和三聖製春日幸二望春宮一應制」）

林中覓レ草纔生蕙。殿裏爭レ花併是梅。（巻九六、沈佺期「奉レ和二立春遊苑迎春一」）

などがあり、「宮梅」・「上苑梅」・「殿裏…梅」とのように、長安の禁苑の梅が描かれるが、梅花は都の花として鑑賞することはないと思われる。

唐の時代に、都の花として詠まれるのは、牡丹である。牡丹鑑賞の流行については、唐の舒元輿の「牡丹賦」の序（唐文粋巻六）に、

天后之郷西河也、有二衆香精舍一。下有二牡丹一、其花特異。天后嘆二上苑之有闕一、因命二移植一焉。

とある。則天武后が郷里から上苑に移し植えてから、次第に鑑賞されるようになったと言われる。また唐の韋叡の「松窓録」（太平廣記巻二〇四引）には、開元年間に初めて木芍薬、即ち今の牡丹を得て、紅・紫・浅紅・純白の四種を興慶池の東、沈香亭の前に植えたということが載る。(3)

『全唐詩』巻三六五、劉禹錫「賞二牡丹一」の詩に、

庭前芍藥妖無レ格。池上芙蕖淨少レ情。唯有二牡丹真國色一。花開時節動二京城一。

とあるように、牡丹の花の咲く時期になると、都中がどよめいている、いかにも国色、「天香国色」という言葉がある。なお、唐の宮廷の前に植えてあるのは、桂樹である。『全唐詩』巻九九、盧僎「題二殿前桂葉一」の詩には、

桂樹生二南海一。芳香隔二楚山一。今朝天上見。疑二是月中攀一。

とあり、桂樹が宮廷のシンボルとされている。それは芳香の樹木であるのみならず、月中の桂と言われるように、桂は月に生えているとするのが中国の伝統的な伝説である。宮中を月中に喩えるのがこの詩の主旨である。

紅梅が詩題として詠まれるのは、平安朝の勅撰漢詩集には一首のみである。『経国集』巻十一、「七言賜レ看二紅梅一探得二争字一應令一首。紀長江」

二月寒除春欲レ暖。揺山花樹梅先驚。即今紅蘂滿レ枝發。仙覽褰レ簾感興情。
香雜二羅衣一猶可レ誤。光添二粧臉一遂應レ爭。儻因レ委二質瑤堦側一。朝夕徒仰少陽明。(136)

この一首は、宮中（東宮御殿）の紅梅を観ることを許されて作ったものとされる七言詩である。仁明皇太子の令に応じたもので、天長期に入ってからの作である。仁明天皇の御代の承和十五年には、歴史上に紅梅の記録が現れている。

この一首の「二月寒除春欲レ暖。揺山花樹梅先驚」とあるのは、紅梅を二月のものとすることによる。普通の梅

は正月のものとすることが多く、冬の内に咲くとすることもあるから、それに比べると遅く咲くのである。「香雑㆓羅衣㆒猶可㆑誤」というのは、紅梅の香がうすものの香と混在し、どちらの香か分らない状態を述べたもの。平安貴族の生活の中で香を用いることが多くなったこととも係わるのであろう。

平安朝の漢詩に対して、和歌作品の上では、『古今和歌集』までに詠まれたものはすべて白梅と考えられている。紅梅を詠みこんだものは、勅撰集では『後撰和歌集』が最初で、私家集では古今撰者の躬恒、貫之そして兼輔あたりから詠まれ始めた。『後撰和歌集』(4)に、

前栽に紅梅をうゑて、又の春おそくさきければ　藤原兼輔朝臣

やどちかくうつしてうゑしかひもなくまちどほにのみにほふ花かな（巻一春上一七）

とある。この一首は、新日本古典文学大系の注釈によれば、延喜十（九一〇）年正月、兼輔三十四歳の時の作であった。平安漢詩と比べて、百年ぐらいの差がある。同じ『後撰和歌集』で、

紅梅の花を見て　みつね

紅に色をばかへて梅花かぞことごとににほはざりける（巻一春上四四）

という一首は、躬恒は紅梅の香りとの関係を問題にしている。『源氏物語』の紅梅巻に、「園に匂へる紅の、色にとられて香なん白き梅には劣れると言ふめるを」とあるように、紅梅は香りが白梅に劣るというのが、当時の常識であったらしい。このことは和歌の中にも反映されているらしく、

折りつれば袖こそにほへ梅花有りとやここにうぐひすのなく（『古今和歌集』春上三二・よみ人しらず）

わがやどのむめのさかりにくるひとはおどろくばかりそでぞにほへる（『後拾遺和歌集』春上五六・藤原公任）

というように、白梅の方では花から袖への移り香りが好んで詠まれているが、紅梅では香りを詠んだ和歌は、『続

詞花和歌集』の、

中原致時が家ちかどなりに侍りけるに、紅梅のさけりける、をうなしてをりにつかはしたりけるを、さいなみて木になんゆひつけけるときて、いひつかはしける　惟宗経泰

梅の香を袖にうつすとするほどにはなぬすむてふなはつきにけり（巻二十戯咲九五二）

の一首だけである。漢詩文における表現の影響も強いであろうが、やはり香りの点での劣りがこのような結果を生じさせたのだろうと思われる。

紅梅は白梅にくらべてやや香りが劣るとする世評もあったらしく、紅梅は匂い以上に紅の色をこそ愛でたもののようである。南宋の范成大の『范村梅譜』には、

紅梅、粉紅色、標レ格猶是梅。而繁密則如レ杏、香亦類レ杏。

とあり、紅梅の匂いは杏と似ているという記載がある。紅梅の香りが白梅と違うのは、宋の時代にも、一般的な常識であったのだろう。

紅梅が咲くのは白梅よりも遅いとすることもある。藤原兼輔の歌は「やどちかく」と「まちどほ」とを対照させたものであるから、必ずしも紅梅は常に遅く咲くということではないかもしれないが、予想よりも遅く咲いたとしている。あるいは、

二月ばかり、二条の大殿より、こうばいをいかがみるとてたまはせたれば（『周防内侍集』八六・詞書）

二月ばかりにある所に八かうおこなふときて、女ぐるまにのりくはりてちやうもんし侍りしに、まへなる紅梅の風にいたくちり侍りしかば、…（『基俊集』一八七・詞書）

など、紅梅の時期については二月とする例も見られる。近世の歳時記の類では、梅は正月のものとするが、紅梅は

二月としている。北宋の王安石の「紅梅」には、

　春半花纔發。多應不レ耐レ寒。北人初不レ識。渾作二杏花看一。

とある。春の半ばに漸く花を開くというのは、仲春に咲くことを意味し、白梅のように冬の寒さに耐えられないのだというのである。

中国において「紅梅」の賞美は、一般的に宋の時代から始まると思われる。宋の時代には、梅を詠む詩が中国歴代の中で最も多いと認められる。唐の時代では、梅は友人への思い、人事の感慨を寄託する花であるが[5]、宋の時代、梅は文学作品のなかで特別の地位を占めていた。梅は「花格」として詠まれるようになるからである。「花格」という言葉の起源は、中国の「比徳説」より生じたものである。「比徳説」というのは、人間には「人格」があるのと同様に、自然の花も「花格」を持つという説である。梅は宋の時代には、「花格」がトップレベルの花と認められている。梅を「国士」、「梅の香」を「国香」と詠むことからも、梅への高い尊重が見られるのである。それらを詠んだ例としては、

　天教二桃李一作二輿臺一。故遣二寒梅一第一開。

　憑レ杖幽人収二艾納一。國香和レ雨入二青苔一。（蘇軾「再和二楊公濟梅花一十絶」其の二）

　羅浮山下梅花村。玉雪為レ骨冰為レ魂。

　天香國豔肯レ相レ顧。知レ我酒熟詩清温。（蘇軾「松風亭下梅花盛開再用二前韻一」）

　淩厲冰霜節愈堅。人間乃有二此癯仙一。

　坐収二國士無雙價一。獨立二東皇太乙前一。（陸游「射的山觀レ梅」）

　吾國名花天下知。園林盡レ日斂二朱扉一。

燕穿二密葉一常相失。蜂戀二繁香一不レ記レ歸。（陸游「賞二梅花一至二湖上一」）

があり、「国香」・「国士無双」・「吾国名花」などと呼ばれている。さらに、千古の絶唱と評される林逋（和靖）の「山園小梅」の「疏影横斜水清淺。暗香浮動月黄昏」という詩は、宋代になって作られた。黄永武氏の『詩與美』によれば、「歳寒三友」の起源は宋の樓鑰の詩、

梅花屢見二筆如レ神一。松竹寧知二更逼真一。
百卉千花皆面友。歳寒祇見二此三人一。（「題三徐聖可知縣所藏二揚補之二畫一」）

による。[6] 梅・蘭・竹・菊を「四君子」とすることも、南宋の画壇をもって嚆矢とされる。[7] 紅梅が宋の時代になって広く詠まれることになった理由の一つは、江南の実際の風景を観たことが挙げられる。『范村梅譜』には、

紅梅猶是梅、而葉如レ杏、與二江梅一同開、紅白相映、園林初春絶景也。

と書いてある。紅白相映じて初春の風景は絶景だと称賛する。更に重要な原因は、紅梅は白梅と同じ「花格」を持つだけではなく、白梅の欠ける「艷」を持つことにある。『埤雅』には、

天下之美有下不レ得二而兼一者上。梅花優二於香一、桃花優二於色一。梅花早而白、杏花晚而紅。總龜云、紅梅清艷兩絶レ之、晏殊特珍賞レ之。

とある。紅梅は梅の「花格」と美しさの「艷」とを備えるので、文学において新しい好尚として詠まれたのである。

二　窓辺の梅香

日本古代の最初の漢詩集である『懐風藻』[8]の詩には、題詠としての梅の詩はないが、詩句として十六首の例が残

る。その中に梅の香を詠む詩句は五例がある。

求レ友鶯嫣レ樹。含レ香花笑レ叢。（8釋智藏「翫二花鶯一」）

柳絮未飛蝶先舞。梅芳猶遅花早臨。（22紀朝臣古麻呂「望レ雪」）

松風韻添レ詠。梅花薫帯レ身。（38田邊史百枝「春苑應詔」）

芳梅含レ雪散。嫩柳帯レ風斜。（75百濟公和麻呂「初春於二左僕射長王宅一讌」）

柳條未吐レ緑。梅蕊已芳レ裾。（82箭集宿禰蟲麻呂「於二左僕射長王宅一宴」）

最初の8の「花」について、小島憲之氏の『上代日本文学と中国文学　下』には、「梅とは断定できないが、梅を含めた花一般とみれば、上代にはかなり早くより梅の香をよんだ詩句のあることがわかる」という注釈がある。作者は天智〜持統朝頃の人で、入唐僧である。22の作者の紀朝臣古麻呂と38の作者の田辺史百枝は文武朝の人と認められる。75と82は長屋王宅の宴の詩である。だから、梅の渡来と同時に、遅くとも文武朝までには「梅の香」を詠む詩句があったことがわかる。しかしながら、以上の詩句を検討すると、「梅芳」・「梅花薫」・「芳梅」・「梅蕊…芳」などは、漢詩の常套句である。『懐風藻』の時代の詩人たちは、梅の香を認識しても、漢籍のそのまま襲用していたと思われる。

平安時代に入ってから、題詠として梅を詠む漢詩文が現れた。『経国集』巻十一の冒頭から、一連の梅の花を詠む詩羣がある。「詠二殿前梅花一」については前に述べたが、続いて、

「五言落梅花一首。平城天皇在二東宮一」

二月云過レ半。梅花始正飛。飄颻投二暮牖一。散亂拂二晨扉一。

蕚盡陰初薄。英疎馥稍微。再陽猶未聽。誰為惔二芳菲一。（82）

「五言奉レ和二落梅花一一首。小野岑守」

晩樹梅花落。輕飛競滿レ空。窓前將斂レ素。簾下未銷レ紅。

著レ面催二粧婦一。黏レ衣助二女工一。華篇終寡レ和。何獨郢之中。(83)

「同レ前。和氣廣世」

凌レ寒朱早發。競レ暖素初飛。送レ吹香投レ牖。迎レ光影拂レ扉。

蘂疎實漸見。葉細蔭猶微。願遇二重陽日一。承レ暉擅二芳霏一。(84)


の三首がある。この三首は散る梅の花を詠んだ東宮平城の作と臣下の奉和詩である。ここでは「落梅花」という詩題が注目される。「梅花落」という詩題は、『文華秀麗集』（巻中）の「楽府」の項目にも見え、嵯峨天皇、菅原清公の作が残る。嵯峨天皇の御製は、

鶊鳴梅院暖。花落舞二春風一。歴亂飄鋪レ地。徘徊颺滿レ空。

狂香燻二枕席一。散影度二房櫳一。欲レ驗二傷離苦一。應聞羌笛中。(67)


と詠まれる。頸聯に風に翻り乱れ散る梅花を「狂香」という語で、「その芳烈な香りは寝床に香りくすぶり、散り舞う影が格子窓のところを通りすぎる」と梅の香と落花を詠んでいる[9]。

梅の花を対象とした賞美は、六朝期の詩から始まると言われる。南朝宋の時代から、「梅花落」という笛中曲に歌詞を加えることで、梅の花の散る風景を「零落」や「飄蕩」と表現して、花の散る風情を愛で憐れむべきことを感じさせるのである[10]。なお、「梅花落」の中心的特徴は北辺の風景の中に梅花が散ることであるという。だから北辺の風景を模擬して、梅花を雪とさせる風が歌われることも想像することができる。「梅花落」における梅花と雪とのまがうことを詠むのは、すでに辰巳正明氏に指摘があり、

祇言㆓花是雪㆒。不㆑悟有㆑香來。（蘇子卿）
偏疑㆓粉蝶散㆒。乍似㆓雪花開㆒。（江總）
雪處疑㆓花滿㆒。花邊似㆓雪回㆒。（盧照鄰）

のように、梅の花の散ることを雪が降ることに譬えた例は「梅花落」に見いだされる(11)。

平城皇太子の「落梅花」という詩題は、漢籍のヒントを得た可能性もあるが、やはり東宮御殿の前庭に梅の落花の実景を詠む作であると考えられる。この三首の特徴としては、頷聯に、

飄颻投㆓暮牖㆒。散亂拂㆓晨扉㆒。（平城皇太子）
窓前將斂㆑素。簾下未銷㆑紅。（小野岑守）
送㆑吹香投㆑牖。迎㆑光影拂㆑扉。（和氣廣世）

とあるように、内裏の窓（牖）や扉や簾を通して見た落梅のようすを描写することが挙げられる。

平城皇太子の作の「飄颻投㆓暮牖㆒。散亂拂㆓晨扉㆒」とは、梅の花の朝夕に散る対句である。「暮牖」と「晨扉」という詩語は、中国の漢籍に用例はないと言われる(12)。それは平城皇太子が、内裏で梅花の落花を賞美しながら発想した漢語ではないかと思われる。次の頸聯に「蕚盡陰初薄。英疎馥稍微」というように、梅花の移ろいを述べた作者の観察はかなり細かい。このように平安朝に入ってから、宮廷の実景から梅を詠むことが見られる。

小野岑守の「窓前將斂㆑素。簾下未銷㆑紅」と和氣廣世の「淩㆑寒朱早發。競㆑暖素初飛」では、紅白の梅の散りぎわの対句が注目される。このような紅梅と白梅との対比の美しさは、『和漢朗詠集』まで、平安朝漢詩文にはあまり見ることがなかったと思われる。そのような中で、

仙臼風生空簸㆑雪　野鑪火暖未㆑揚㆑煙　紀斉名（『和漢朗詠集』九九）

のような「紅と白」の美を詠むのであるが、このような美意識は、それまでの漢籍の中には詠まれなかっただろうが、この詩宴で、東宮御殿の前庭に植えられてある紅白の梅の落花を詠んだと想像される。

和氣廣世の「送レ吹香投レ牖。迎レ光影拂レ扉」という、窓（牖）から流れ込み梅花の香を賞美することも、実景により生み出した平安朝独特の美学であろう。

中国文学には、六朝梁・庾肩吾「同二蕭左丞一詠レ摘二梅花一詩」の

窓梅朝始發。庭雪晩初消。折レ花牽二短樹一。攀レ叢入二細條一。

垂レ冰溜二玉手一。含レ刺冒二春腰一。道遠終難レ寄。馨香徒自饒。（『先秦漢魏晉南北朝詩』梁詩巻二三）

と、初唐・楊炯「梅花落」の、

窓外一株梅。寒花五出開。影隨二朝日一遠。香逐二便風一來。

泣對二銅鈎障一。愁看二玉鏡台一。行人消息斷。春恨幾裴回。（『全唐詩』巻五十）

などの窓から見る梅花を詠む例がある。さらに、王維の「雜詩」は、

君自二故郷一來。應レ知二故郷事一。來日綺窓前。寒梅著レ花未。（『全唐詩』巻一二八）

と詠じ、故郷にある窓前の寒梅に思いを馳せている例もあるが、梅花は都の花として、内裏の窓や簾などを通して梅を鑑賞することはないと思われる。

なお、『経国集』巻十一にある嵯峨上皇の御製一首に、

「閑庭早梅」

庭前獨有早花梅。上月風和滿樹開。純素不レ嫌二幽院寂一。濃香偏是犯レ窓來。

纖纖枯幹知二初暖一。片片寒葩委二舊苔一。自恨無レ因二佳麗折一。徒然老大野人栽。（101）

とあり、頷聯は、白梅の花の色と香との対比である。詩題の「閑庭の早梅」が強調される句で、窓から流れ込む梅の濃い香りが詠まれている。

『文華秀麗集』巻上の「遊覧」にある淳和天皇（当時は皇太弟）の詩の「春日侍二嵯峨山院一」には次のような句がある。

　嵯峨之院埃塵外。乍到幽情興偏催。鳥囀遥聞縁レ堦壑。花香近得抱レ窓梅。
　攢松嶺上風為レ雨。絶澗流中石作レ雷。地勢幽深光易レ暮。鑾輿且待莫二東廻一。[3]

この一首は、類聚国史にみえる弘仁七（八一七）年二月二十七日「幸二嵯峨別館一、命二文人賦レ詩一」の時の詩と言われる。「花香近得抱レ窓梅」により、禁苑だけではなく、嵯峨上皇の別邸にも窓辺に梅が植えられてあったことが分かる。この一首は平安朝漢文学の中では「窓梅」という詩語の初出であると思われる。

和歌で梅と窓とを取り合わせるのは、長承三年（一一三四）頃成立の『為忠家初度百首』に、「窓前梅」の題で、

　匂ひくる砌の梅の開くれば窓をも閉ぢず春の夜な夜な（三四）

などとあるのが最古と言われる[13]。平安初期の漢詩と比べて、三百年ぐらいの差があると思われる。

淳和天皇（当時は皇太弟）には次の作もある。

　「臥中簡二毛學士一」

　今年有レ潤春猶冷。不レ解三韶光着二砌梅一。風夜忽聞窓外馥。臥中想得満レ枝開。[29]

この一首の「風夜忽聞窓外馥。臥中想得満レ枝開」について日本古典文学大系では、「風の吹く夜ゆくりなくも窓の外の芳香をかいで、枝いっぱいに梅の花が咲き満ちていることを寝床の中で想像したわけである」という注釈をする。淳和天皇は弘仁元（八一〇）年九月に皇太弟となり、同十四（八二四）年四月即位した。私見によると、この

一首は平安文学史上において梅の「暗香」の美意識の初出ではないかと思われる。

右によって知られるように、当時の平安朝の詩は六朝や初唐の詩を模範として詠まれていたのであるが、「詠二殿前梅花一」、「落梅花」、「詠二庭梅一」、「閑庭早梅」、「賜レ看二紅梅一」という詩題が現れたのは、渡来植物の梅が平安朝に至りようやく宮廷行事の枠内に定着し、平安朝漢文学の新しいジャンルになったといえるだろう。その中で、梅の香の芳しさを詠んだ句を持つ作品が多く現れるに至っている。とくに、内裏の牖や窓を通して梅の香を賞美することが特徴として重要であろう。

『古今集』(14)の梅の歌では、巻一「春歌上」の十七首中、十三首が梅の香を詠んでいる。巻六の「冬歌」の中にも一首、梅の香を詠んだものがある。

暗部山にて、よめる　　　　貫之

梅花にほふ春べはくらふ山やみに越ゆれど著くぞありける(39)

月夜に、梅花を折りてと、人の言ひければ、折るとて、よめる　　　躬恒

月夜にはそれとも見えず梅花香をたづねてぞしるべかりける(40)

春の夜、梅の花を、よめる

春の夜の闇はあやなし梅花色こそ見えね香やはかくるゝ(41)

これらは延喜時代を代表する歌人たちの歌で、梅についてもっぱら香を取り上げている。色よりも香を詠むことが当時の梅花の歌の新風であったのだろうと思われる。この三首はいずれも夜の梅の香を詠んだ歌で、第一首と第三首は「くらふ」「夜の闇」が詠まれ、これは暗い闇の中に香る梅の花を詠んだものであり、何も見えない中に発見する梅の香りへの興味である。これは漢詩の「暗香」の趣を詠んだものと思われる。「暗香」は、平安歌人によ

って始めて取り上げられた。万葉人は月夜に咲く梅を詠んでも、この暗香は詠んでいない。「梅が香」を詠むことは、六朝以来例は甚だ多い。しかしそれは一般に昼間の芳香であって、夜の芳香は殆んど登場しない。

小島憲之氏によれば、和歌における夜の芳香を詠むのは、中唐に入って白氏文学集団の影響を受けた結果であるという[15]。小島氏の挙げる元稹と白居易の詩には八例見ることができる。

○元稹の例：

一、『全唐詩』巻三九六、「桐花」、

朧月上二山館一。紫桐垂二好陰一。可レ惜暗澹色。無レ人レ知二此心一。
満レ院青苔地。一樹蓮花簪。自開還自落。暗芳終暗沈。

二、『同』巻四〇一、「三月二十四日宿二曾峯館一夜對二桐花一寄二樂天一」、

微月照二桐花一。月微花漠漠。怨澹不レ勝レ情。低回拂二窗幕一。
葉新陰影細。露重枝條弱。夜久春恨多。風清暗香薄。

三、『同』巻四〇一、「春月」、

春月雖二至明一。終有二靄靄光一。不レ似二秋冬色一。逼レ人寒帶レ霜。
纖粉澹二虛壁一。輕煙籠二半床一。…風柳結二柔援一。露梅飄二暗香一。

四、『同』巻四二二、「雜憶五首」其の一、

今年寒食月無レ光。夜色才侵已上レ床。憶得二雙文通内里一。玉櫳深處暗聞レ香。

五、『同』巻四二二、「雜憶五首」其の三、

寒輕夜淺繞二回廊一。不レ辨二花叢一暗辨レ香。憶得二雙文朧月下一。小樓前後捉迷藏。

○白居易の例：

六、『同』巻四二五「答二桐花一」、

山木多二蓊鬱一。茲桐獨亭亭。葉重碧雲片。花簇紫霞英。
是時三月天。春暖山雨晴。夜色向レ月淺。暗香隨レ風輕。

七、『同』巻四三一「寄二元九一」、

月夜與二花時一。少逢二盃酒樂一。…蕙風晩香盡。槐雨餘花落。
秋意一蕭條。離容兩寂寞。況隨二白日一老。共負二青山約一。

八、『同』巻四四一「春夜宿直」、

三月十四夜。西垣東北廊。碧梧葉重疊。紅藥樹低昂。
月砌漏二幽影一。風簾飄二闇香一。禁中無二宿客一。誰伴二紫微郎一。

ここには元稹では「暗芳」・「暗香」・「暗聞レ香」・「暗辨レ香」が詠まれ、白居易では「暗香」・「晩香」・「闇香」が詠まれ、暗闇の中に香る梅花は唐代の詩人たちの繊細な感覚の中から生まれたものであることが知られる。ほかにも中唐詩人の詩では、

九、『同』巻三五三、柳宗元「早梅」、

早梅發二高樹一。迥映二楚天碧一。朔風飄二夜香一。繁霜滋二曉白一。
欲為萬里贈。杳杳山水隔。寒英坐銷落。何用慰二遠客一。

のように「夜香」が詠まれ、夜の梅への関心が高い。

宋の時代になると、梅の「暗香」を詠む詩が多くなる。その例としては、

牆角數枝梅。凌レ寒獨自開。
遥知不二是雪一。為レ有二暗香來一。（王安石「梅花」）
人間草木非二我對一、奔レ月偶挂成二幽昏一。
暗香入レ戸尋二短夢一。青子綴レ枝留二小園一。（蘇軾「花落復次二前韻一」）
江路雲低黲二玉塵一。暗香初探一枝新。
平生不レ喜凡桃李。看二了梅花一睡過レ春。（陸游「探梅」）
不レ隨二群艶一競二年芳一。獨自施レ朱對二雪霜一。
半依二修竹一餘真態。錯レ認二夭桃一有二暗香一。（韓元吉「紅梅」）

などがある。王安石の「梅花」詩には「暗香」により、白梅は雪ではないことが知られる。韓元吉の「紅梅」詩には、紅梅は「暗香」があるので、桃の花と区別することができる。このように、「暗香」は梅を賞美する時の重要な詩語となった。

　夜の花の香は、平安当時の漢詩にも採用される。小島憲之氏の『古今集以前』には、寛平元（八八九）年に開催された重陽節の詩宴の応製詩の題「惜レ秋翫二殘菊一」（『群書類従』巻一三四所収）の詩群の中に、

一叢寒菊咲千金。夜翫二殘榮一秋欲レ深。月桂混レ香依二檻外一。灯花和レ色隔二紗陰一。（島田忠臣）
九月秋將レ盡。天臨翫二菊芬一。色和庭上燎。香混閤中芸。（橘公緒）
三秋已盡變二冬律一。殘菊承レ霜一兩莖。香獨先レ梅飛二曉月一。色同二白雪一夕灯清。（源湛）

などの例のあることを挙げ、「この月の夜や闇夜に匂う花の香は九世紀承和期以来の平安人の詩心を煽る。上代の詩、或は漢風讃美時代の詩に、花の芳香を詠みはするものの、未だ夜の花の芳香が出現しなかったのは、中唐詩人

元・白の詩に原因がある」[16]と結論づけた。

しかしながら、元・白詩の影響をほとんど受けていない勅撰三大集の「梅の香」を詠む詩句を検討すると、淳和天皇の「風夜忽聞窓外馥。臥中想得満レ枝開」という一句から、「暗香」への賞美がすでに存在することが知られるはずである。

『本朝文粋』巻第十の「春夜陪二第七親王書斎一同賦二梅近夜香多一応レ教橘正通」では、

古詩曰、梅近夜香多。誠哉此語。夫梅之為レ花也、不レ能レ不二近栽一、香之迎レ夜也、可レ憐可二相賞一。是以我王喚二管弦於其前一、憶二旧曲一而対二飄落一、命二詩酒於其下一、催二新感一而望二芬敷一。

と、夜の梅の香りのことを述べている。この一首は村上天皇の第七皇子具平親王の邸で行われた詩会の時の橘正通の作である。梅を近くに植えるのは、夜の香りを聞くためであるという古詩の態度を評価し、梅を近くに植えて夜にその香りを迎えるのだという。闇の梅の香りは、古詩という規範（あるいは伝説）によるのであり、その規範を基としてその風流を実践するのである。そのような風流の態度が、平安知識人たちの梅の香りをめぐる詩歌を生み出したのである。

おわりに

平安時代の勅撰三大集である『凌雲集』『文華秀麗集』『経国集』は、中国の六朝時代から初唐までの漢籍の影響が窺える。平安初期は、小島憲之氏のいうように「漢風謳歌時代」であるが、この漢風謳歌時代は、年表でいえば嵯峨天皇の弘仁元（八一〇）年より淳和天皇の天長十（八三三）年に至るわずか二〇数年の文学期に過ぎないといわれる。桓武・平城朝はこの漢風謳歌時代の先駆に当たる部分である(17)。

そのような中で「詠二殿前梅花一」、「落梅花」（平城天皇）などの詩題の出現は、平安朝の独特の風雅を作り出したと思われる。詩宴で酒杯をあげて舶来の紅白の梅花を賞美しながら、梅の漢詩を詠ずることは大陸文人の風流を倣った平安朝貴族の文雅への接近であったと考えられる。

一方、「狂香燻二枕席一。散影度二房櫳一」（嵯峨天皇）、「純素不レ嫌二幽院寂一。濃香偏是犯レ窓來」（同）、「鳥囀遥聞縁レ堦砌。花香近得抱レ窓梅」（淳和天皇）、「風夜忽聞窓外馥。臥中想得滿レ枝開」（同）などの詩句に拠ると、平安京の内裏には、梅が好まれて窓辺に植えられていたことが知られる。夜の闇の中に香る「暗香」への好尚は、詩的世界と実生活での梅の愛好が重なる風流の世界から生まれた美意識に因るものであったといえるのではないか。

注

（1）詩番・本文は小島憲之『国風暗黒時代の文学　下Ⅰ』（塙書房）による。以下同じ。

（2）『全唐詩』（北京中華書局）による。以下同じ。

（3）蕭翠霞『南宋四大家詠花詩研究』（台湾・文津出版社、一九九四）第四章第三節「國豔」を参照。

（4）和歌の用例は『新編国歌大観』（角川書店）による。以下同じ。

（5）龔鵬程「知性的反省―宋詩的基本風貌」（黄永武・張高評編『宋詩論文選輯第一輯』所収、台湾・復文図書出版社、一九九八）には、「唐人詠梅、不過言其欺雪侵寒或藉以抒發年華流逝的感傷而已。宋人則透過知性的反省、探查梅花在人生及宇宙中的意義」とある。

（6）黄永武『詩與美』（台湾・洪範書店、一九八七）の「梅花精神的歴史淵源」には、「北宋的東坡雖有『松竹三益友』的詩句、所指為山水・松竹・琴酒、還不曾列入梅花」とある。

（7）黄永武（前掲書）の「梅花精神的歴史淵源」には、「『中国繪畫史北宋之水墨雜畫説』中、兪劍華説：『南宋而後以竹菊梅蘭為四君子、佔有文人畫之大部』」とある。

（8）詩番・本文は日本古典文学大系『懐風藻・文華秀麗集・本朝文粋』（岩波書店）による。以下同じ。

（9）小島憲之氏の『懐風藻・文華秀麗集・本朝文粋』（前掲書）の解説には、「梅花落」の詩題について、「本来の『歌う』という歌謡音楽的性格を離れて、机上で『つくった』ものであり、内容表現は中国楽府詩の模倣に過ぎない」とある。

（10）陳聖萌『唐人詠花詩研究』（台湾・国立政治大学大学院中国文学研究所修士論文、一九八二）には、「在六朝人的心目中、梅花之性輕蕩不實。鮑照的『揺蕩春風』、『零落逐風飈』、呉均的『飄蕩不依枝』、詩句間都充滿憐憫之情」とのようにある。

（11）辰巳正明「落梅の篇—楽府「梅花落」と大宰府梅花の宴—」（『万葉集と中国文学』、笠間書院、一九八七）参照。

（12）注1前掲書参照。

（13）小林祥次郎「梅史（二）—平安朝漢詩文—」（群馬県立女子大学『国文学研究』第二〇号、二〇〇〇・三）

（14）歌番・本文は、新日本古典文学大系『古今和歌集』（岩波書店）による。

（15）小島憲之『古今集以前—詩と歌の交流—』（塙書房、一九七六）参照。

（16）小島憲之「古今集への道—「白詩圏文学」の誕生—」（『文学』第四三巻八号、一九七五・八）

（17）小島憲之「桓武朝の文学」（『文学』第三五巻七号、一九六七・七）、「平城朝の文学」（『文学』第三五巻八号、一九六七・八）

平安京の歌と「こころ」

谷戸美穂子

一　平安京の「こころ」の表現

『大和物語』に次のような話がある。

この檜垣の御、歌をなむよむといひて、すき者ども集りて、よみがたかるべき末をつけさせむとて、かくいひけり。

　わたつみのなかにぞ立てるさを鹿は

とて、末をつけさするに、

　秋の山べやそこに見ゆらむ

とぞつけたりける。

（『大和物語』一二八段）

ここでは、「すき者」すなわち風雅な文化人たちが集まり、歌の上の句を出し、それに下の句をつけるということが行われている。そこで出されたのは、海の中に立っている鹿というものであった。通常あるはずのない姿をどう詠み解くか。檜垣の御は、海に山の鹿が映っている光景とし、一首を成り立たせている。

同じ『大和物語』には次のようなものもある。狩を好んだ天皇が、磐手という名のお気に入りの鷹を大納言に預けたが逃がしてしまう。大納言は天皇にあれこれ申しひらきをするが、何事もおっしゃらない。そこでさらに畏まり謝ると、天皇はたったひと言、

いはで思ふぞいふにまされる

といったという。この天皇の言葉は、話の最後に、

これをなむ、世の中の人、もとをばとかくつけける。もとはかくのみなむありける。

（『大和物語』一五二段）

とあるように、後の人々が、先ほどとは逆に、天皇のことばを末とみなし、本をさまざまつけたとする。

この話を出発点とし、鈴木日出男は『万葉集』の歌の特性として、上の句に物象を、下の句に心象を対応させる表現のかたちをみいだし「心物対応構造」と名づけた。それは、『万葉集』の下の句の心象に関する多大なる類型表現に対し、むしろ上の句の物象部分をいかに詠むかというところに歌の固有性をみた画期的な論であり、古代の歌のあり方を知る上で欠かせない視点を提示している(1)。

その上で、先の檜垣の御の歌について考えてみると、『万葉集』の歌が、共通の心象部に独自の物象部を付け加えることで歌を構成していたのに対し、ここでは逆に、物象部である上の句が先に提示され、いわばその物象の意味解きとして下の句が詠まれている。鈴木の論に沿って読めば、心象すなわち「こころ」を表現する側に興味が移っていることになる。これは、平安の歌が『万葉集』とは異なる方向性を持つことを端的に示していよう。

二　「ふるごと」と今の歌

平安期の歌をみると、本がはじめに詠まれ、末がそれにつけられるというものが圧倒的である。にもかかわらず『大和物語』一五一段の天皇のことばが、歌の末とされるのは、この天皇の特性にあろう。一五一段の天皇は「ならの帝」と語られる。しかし「なら」の名を持つこの天皇を、実在の御代に比定しようとすると、さまざま矛盾を引き起こしてしまう。それは平安人の考える前代を象徴させた意味合いを負うためである。(2) すなわち、「ならの帝」を通してここで語られているのは、平安の側からみた歌の本来的な像だということができる。末に本をつけるというのは古風なかたちと、すでに平安の人々に考えられていたのである。

実際、「いはで思ふ」の歌の本がどのようにつけられていったか追っていくと、『古今六帖』に、

こころにはしたゆく水のわきかへりいはで思ふぞいふにまされる

というものがみつかるのみである。『大和物語』のいう「とかくつけけり」の本の例が『古今六帖』の歌だと捉えると、他にも上の句をつけた歌があったはずだということになる。しかし、それにあたる歌はみつけることができない。「したゆく水」の歌は、『枕草子』(一四三段)にも登場しており、そこでは「知らぬ人」のない「ふるごと」といわれている。したがって、平安中期の時点では、『古今六帖』にある形で「いはで思ふ」の歌は把握されていたと思われる。むしろ、そうした「ふるごと」として流通していた歌の下の句を、「ならの帝」のことばとしたところに『大和物語』の主眼はあろう。心の素直な表出が歌であり、天皇の心にさまざまな物象がつけられることで歌は成立するのである。それが「ふるごと」であった。

では、「今」の歌のあり様とは、どういったものなのか。同じく『大和物語』に登場した檜垣の御は、承平・天慶頃に活躍した遊女といわれる。まさに平安の文化が開花しようとした時期にあたっている。その実態は定かではないが、歌をよくした風流人である。ここでは「よみがたかるべき末」の詠み方が問われている。あるはずのない景に対し、どう末をつけるか。その解釈の仕方は、二つあると考えられる。一つは、通常と異なる景から、通常とは異なる状態をよみとるもの。もう一つは、通常と異なる景を、通常の景によみかえすもの。檜垣の御の場合は、後者、あるはずのない景を、理解可能な、日常生活の中へ戻すかたちで詠み解いている。ここからは、本に末をつけるという形式だけでなく、歌の内容からも、平安の歌の特性がわかるのではないか。あくまで生活の範囲に歌はある。

三　題詠という方法

檜垣の御が歌を詠んだのは、風流を解する者たちの集いにおいてである。歌を中心として文化的な空間がつくりだされている。そこで末をつけることが求められた。

本を詠み、それに末がつけられる例は、平安に多くみうけられる。たとえば、

秋のころほひ、ある所に、女どもの、あまた簾の内に侍けるに、男の、歌の元を言ひ入れて侍りければ、

末は内より　　よみ人しらず

白露のおくにあまたの声すれば花の色色有と知らなん　（『後撰集』巻六秋中・二九三）

や、『伊勢物語』にもみられる、

女のもとより
かち人のわたれどぬれぬえにしあれば
とあるすゑを
又あふさかのせきはこえなむ
（『業平集』一七）

また、

つまどをならしておとづれければ、しらずがほにて女のうたのかみをいひければ、しもをつけける
藤原実方朝臣
たれぞこのなるみのうらにおとするはとまりもとむるあまのつり舟
（『続詞花集』九三六）

などがあげられる。これらは連歌につながるかたちとして、歌の本をよみ、それに末をつけるというものである。ここでの歌は必ずしも、物象・心象の対応にはなっていない。もし、平安の歌が心象に興味を移したというなら、物象を同じくする表現があってもいいはずだ。しかし、そういった物象を共通の上の句とする歌はほとんどみつからない。

平安の歌において、この関係はどうなっているのか。

檜垣の御の歌は、「よみがたかるべき末」とされていた。詠みにくいものを詠ませるということでいうと、次のようなものがみつかる。

九月ばかりに、人人あまたまうできて酒などたぶるに、さかななるあはびをみて、あはびといふ題なむよみにくかなる、むかしの上ずもしはあはびらうげのくるまなりけりとなん、そへてよみけるとまうせば
秋の花さまざまそむるたつたひめいろのあはひをいかでしりけむ
（『能宣集』三八五）

ここでは、「あはび」を歌に詠み込むことがいわれている。物名歌である。これは、物象を題として歌にしたものといっていい。すなわち、物象は歌の外にでてしまうのである。

そしてこの題ということは、

三条太政大臣家にて、歌人召し集めて、あまたの題詠ませ侍けるに、岸のほとりの花といふ事を　源重之
行く水の岸ににほへる女郎花しのびに浪や思ひかくらん（『拾遺集』一〇九七）

また、

大井川の行幸にさまざまの題どもをよませたましに《（ママ）》、水にうかぶといふ題を
いろいろにかけるころもを秋の水もみぢながすと人やみるらむ（『頼基集』二一）

など、「あまたの題」「さまざまの題ども」といわれるように、あらゆるものが対象になってくる。それは、

家の花を見て、いささかに思ひを述ぶという題（『拾遺集』一二七四）
題に月にのりてささらみづをもてあそぶ（『躬恒集』一〇）
草むらになくむしこゑたかけれど、なくかりよりはといふ題（『相如集』四三）
この身夢のごとしといふ題（『嘉言集』一七）

のような表現としての「もの」に留まらない、あらゆる題を可能にする。

四　古今集仮名序の「こころ」

このことは、和歌として最初の勅撰集、『古今集』の仮名序にかなり明確に意識されている。

やまと歌は、人の心を種として、万の言の葉とぞ成れりける。世の中に在る人、事、業、繁きものなれば、心に思ふ事を、見るもの、聞くものに付けて、言ひ出せるなり。

（『古今集』仮名序）

ここでは、「見るもの、聞くものに付けて」歌を詠むという。「もの」に触れることによって、もとにある「こころ」を、歌として表現できるのである。つまり、「もの」に触れ、そこから言える「こころ」を表現したものが「やまと歌」ということになる。(3) これは、六歌仙の歌の評ともつながっている。特に業平に対する、

心余りて、言葉足らず

との評は、象徴的に平安和歌の方向を示している。言葉が足りないとは、平安における歌の表現の仕方が変わったことを意味していよう。今までの方法では表現しきれなくなっているのである。それは、あふれる「こころ」をいかに歌の言葉に置きかえるかという問題でもあった。

鈴木日出男のいう心象とは、表現としての「こころ」をいう。しかしすでに平安の歌は、「こころ」自体が、多様な表現を求める。いやむしろ、表現の奥底に「こころ」の存在を見、言葉にされたものは、すべてその表れだといった方がいい。したがって、表現として心か物かということは問われない。それらあらゆる表現を通じて、本質にある「こころ」を問うのが平安の歌だろう。

それは次のような言い方にも表れている。

寛平御時、花の色霞にこめて見せずといふ心をよみてたてまつれとおほせられければ

藤原興風

山風の花のかかどふふもとには花の霞ぞほだしなりける

（『後撰集』七三）

かかるほどに、宮す所なやみたまひければ、あつまりさぶらふ、きくら人といふ人して、はじめのをとこ、

しもにおはせよといはせたれば、うしとおもふ心をしばしといふ心をいはせたれば
よひのまにはやなぐさめよいその神ふりにしとこもうちはらふべく
かへし
わたつうみとなりにしとこをいまさらにはらはばそでやあわときえなむ
（『伊勢集』一四・一五）

『後撰集』詞書にある、「花の色霞にこめて見せずといふ心」とは、『古今集』の歌、
春の歌とて、よめる　良岑宗貞
花の色は霞にこめて見せずとも香をだにぬすめ春の山風
（『古今集』春下・九一）

を、『伊勢集』の「うしとおもふ心をしばしといふ心」とは、
（題不知　読人不知）
うしと思ふ心をしばしなぐさめむ後によひとをあはれと思はむ
（堀河具世筆本『拾遺集』一三五四）

の歌を、それぞれさす。これらの表現では、歌をさして「こころ」といっており、歌が「こころ」を表すものだという理解を端的に表していよう。そして、『後撰集』では、「花の色霞にこめて見せず」の歌の持つ「こころ」が、新たな歌の題として提示されているのである。つまり、「こころ」をめぐる表現は、一つなのではなく、いくつもあり得るのである。題を共通させても、その表現は多様にある。たとえば、「おなじ心」を詠んだ歌には、

夏夜、ふかやぶが琴ひくをききて　藤原兼輔朝臣
みじか夜のふけゆくままに高砂の峰の松風ふくかとぞきく
おなじ心を　つらゆき
葦引きの山した水はゆきかよひことのねにさへながるべらなり
（『後撰集』一六七・一六八）

七月八日のあした　　兼輔朝臣

たなばたの帰る朝の天河舟もかよはぬ浪もたたなん

おなじ心を　　つらゆき

あさとあけてながめやすらんたなばたはあかぬ別のそらをこひつつ

（『後撰集』二四八・二四九）

などがある。「こころ」は同じでも、歌としては異なっている。

先に、題には「あまた」あり、あらゆるものが歌を詠むきっかけとなることを確認した。そして、同じ題であっても、その題の「こころ」を歌に表現する仕方はさまざまだ。つまり、歌は、いくらでも詠めることになる。

五　歌合の「こころ」と「ことば」

歌のこうした「こころ」の多様性を、どう言葉に表すのか。それを競ったものが、平安の歌のあり方を代表する、歌合の場だと考えられる。応和二年（九六二）五月四日庚申に行われた内裏歌合をみてみる。

応和二年五月四日庚申の夜、明日は五日時鳥を待つといふ題を給はせてよませ給へる、さて合はせさせ給ふ。殿上人・女方。

この歌合は、庚申待の夜に当座即詠で行われた小規模な会で、九番一八歌の歌が残されている。題には「明日は五日時鳥を待つ」とある。ただ「時鳥」というのではなく、かなり場面が細かく設定されている。それでも歌合が開けるほど、歌の表現は多様なのである。先ほどの例でいえば、「明日は五日時鳥を待つ」という題に対し、「同じ心」の歌が並べられていることになる。実際、この歌合においても、歌の「こころ」が明らかに意識されている。

判詞の残っている歌についてみてみると、

一　夜もすがらまつかひありて時鳥あやめの草にいまもなかなむ　右兵衛督博雅朝臣
　「題の心たがへり。」とて負く。

五　しのびつつなきわたりつる時鳥あすもいつかと待たれこそすれ　蔵人右衛門少尉藤原重輔
　「明日をのみ待ちて、こよひの心なし。」とて負く。

一二　あやめ草ねをふかくこそ堀りて見め千歳も君とわかむとぞおもふ　靫負蔵人
　「これも題の心なし。」とて持。（内裏歌合応和二年）

とあり、すべて「こころ」が問題にされている。「題の心」とあることからは、「明日は五日時鳥を待つ」の題の内側に、「こころ」の存在をみ、それを歌の表現にうまく移しかえられているかどうかが試されているといえる。つまり、「こころ」をある共通した本質として捉え、一つ一つの歌は、その共通した「こころ」の個別的な表現とするあり方である。この場合でいえば、まず題があり、その題の「こころ」を正しく理解した上で、「こころ」を歌すなわち「ことば」に置きかえる必要があるのである。だから、一二歌のように、「明日は五日」ということから「あやめ」をひきだしても、「時鳥待つ」への「こころ」がなければ、歌の表現として足りないということになる。また、「待つ」こころが詠まれていても、明日に重心があったり（五歌）、「まつかひある」（一歌）ことを想定してしまっては「こころ」に「たがふ」とされるのである。

ここからもわかるように、歌を詠むにあたっては、まず「こころ」が捉えられているかどうかが求められる。

しかし、もともと「こころ」は先にあるものなのではない。『古今集』仮名序に戻れば、歌は「心に思ふ事を、見るもの、聞くものに付けて、言ひ出せる」のであった。「見るもの、聞くもの」によって、「こころ」はうまれてくるのである[4]。そして、それを「種」とし、「ことば」に表したものが歌なのである。仮名序はいう。

> 古の世ゝの帝、春の花の朝、秋の月の夜ごとに、侍ふ人々を召して、事につけつつ、歌を奉らしめ給ふ。或は、花を添ふとて、便りなき所に惑ひ、或は、月を思ふとて、知るべなき闇に辿れるこころ〴〵を見給ひて、賢し、愚かなりと、知ろし召しけむ。

ここでもまた、歌は「事につけつつ」詠まれるという。そして、その歌を通して「こころ」を知るのである。「古」とあるのだから、これは「今」とは異なる、もとのかたちとして捉えていることになる。そうした「古」の理想世界を代表する時代として、仮名序は「ならの御時」をあげている。

> 古より、かく伝はる内にも、ならの御時よりぞ、広まりにける。かの御世や、歌の心を、知ろし召したりけむ。かの御時に、正三位、柿本人麿なむ、歌の仙なりける。これは、君も人も、身を合せたりと言ふなるべし。秋の夕べ、竜田河に流るる紅葉をば、帝の御目に、錦と見給ひ、春の朝、吉野山の桜は、人麿が心には、雲かとのみなむ覚えける。
> （『古今集』仮名序）

ここでは、「ならの御時」を「歌の心」を知る時代としている。「こころ」を知ることが、歌にとっての理想なのである。古橋信孝は、この部分「君も人も、身を合せたり」に注目し、

> 秋の夕べの竜田川に流れる紅葉も春の朝の吉野の山の桜も、帝と人麿は錦、雲と同じに見ていることが語られている。天皇も臣下も同じ心をもつことが理想であり、歌はそのあらわれだったのである。

とする。(5)「古」の理想世界では、天皇も臣下も同じ心のもとに、「こころ」を素直に表現することができた。「こころ」の表現は、天皇が詠んでも臣下が詠んでも同じ一つの歌になるということであろう。

そしてそれが発現されるのは、古橋も指摘するように、吉野や竜田といった宮中を離れた場、具体的にいえば、行幸にあたる。仮名序が語る歌の理想は、実際に自然に触れることで、「こころ」があらわれ、歌になるというのだ。

『古今集』の「今」の時点において、行幸はほとんど行われていない。歌が詠まれる新たな場は、宮中内裏における歌合として成立していく。あるいは、屏風歌や題詠、これらはすべて実際に自然に触れるということを前提とせずとも、歌詠みを可能にしている。これにともなって「こころ」も、実際の感情だけでなく、こういう時にはこうした心の動きをするということが想定されることで、詠むことが可能になっていく。

歌の本来的なあり方としては、何かに触れることで起こる「こころ」を、「ことば」に置きかえるのであり、その「こころ」の表現はただ一つであると想定される。しかし実際には、歌は現実に起こる以外の「こころ」をも表現していくことになる。その時に、「こころ」の表現も、さまざま分化していくと考えられる。

六 「こころ」の多様性

『古今集』は、すべての歌に「題」を求める。題のわからない歌は「題しらず」である。すなわち、もともと「題」はあったのがわからなくなっていると把握するのである。そしてこの「題」ということが、平安の歌がみいだした歌を詠む時の基本的なあり方だといえる。仮名序は、「見るもの、聞くもの」によることで「こころ」が表せるとした。この「見るもの、聞くもの」は、平安期には多く「題」というかたちで示される。実際に触れたもの以外の「もの」についても、歌を詠むことができるようになるのである。
そして題の「こころ」は、ただ「ことば」に置きかえるだけではよいとはされない。歌合の判詞をみてみる。

五番　萩　左　備前助一品宮御乳母
秋はぎをさく野べごとに尋ねつつ露もおとさずみるよしもがな
右　阿闍梨
すがるなくあたのおほ野をきてみればいまぞ萩はら錦おりける
左の歌、かみのもじづかひいひにくくて、露もおとさずなどいふ心、今もいにしへもいひふるしたることなれば、めづらしげなし、右の歌、あたのおほ野などいへるほど、いとをかしう思ひよりたり、はぎのにしきをおるなどいへるこそ、いまぞこのはは錦おりけるなどいへるふるき歌の心ちせられて、めづらしげなけれどもおほかたいひなれたる心ちせられてぞ
玉にぬく露とはみれどこ萩はらおれるにしきにしかじとぞ思ふ
（若狭守通宗朝臣女子達歌合　五番九・一〇歌）

ここでは、評価の基準として「めづらしげ」ということがあげられている。左歌は、今も昔も言い古した表現なので、新鮮味がない。右歌は、古い歌の心持ちがして、同じく新鮮味はないが、言いなじんでいる気がする、とされる。両者の判定は微妙ではあるが、右歌の勝ちとなっている。この差は、歌として「こころ」があらわされる時の「ことば」の差だということができよう。左歌で、批評の対象となっているのは「露もおとさず」という表現である。判詞では、この言葉自体が「めづらしげなし」とされる。対して右歌は、「萩はら錦おりける」の表現につい

て、「いまぞこのはは錦おりける」など古歌の「心」が連想させられるといっている。「心」としては、めづらしげはないが、表現がかえられている分だけ、微妙に勝ったと判断されるのである。

「めづらしげ」ということは、「心ばへ」というかたちでもいわれている。

しらに　弁君

わかれゆく秋をしらになくしかもなみだをさへやとどめかぬらん

もりのぶのあそむ

あだし野の草むらにのみまじりつるにほひをいまや人にしられむ

このもりのぶのあそんのあだしのは、野の名たかからねばにや、有りどころしる人すくなし、又、かみに花もみえず、しもに花もみえず

おぼつかなあだし野みれば花もなしそらににほふといふやなにそも

このうた、ことなる心ばへなけれどもそへどころすくなきに、いま一もじくはへて、しらにといへるところすこしまされり

（女四宮歌合　七・八歌）

二番　鶯　左勝　順

こほりだにとまらぬ春の谷風にまだうちとけぬうぐひすのこゑ

右　兼盛

わかやどにうぐひすいたく鳴くなるは庭もはだらに花やちるらん

左歌のこころばへいとをかし、右歌、よしなき花ちらすもことなる興なく、ことばもよろしからず、以

左為勝

（内裏歌合天徳四年　三・四歌）

「女四宮歌合」では「ことなる心ばへ」が、求められるべきものとしてあげられている。「こころ」が歌として、少しずつ変えられていくところに価値をみるのである。「心ばへ」は、「こころ」を現実の歌にあらわした、そのあらわしようだといえる。一回的なその歌において表現のかもす雰囲気、それがよいかどうか、「天徳四年内裏歌合」でいえば、「ことなる興」や「ことば」がよいかどうかということが求められている。

このように歌は、もとにある「こころ」を共通させて把握させながら、それを「ことば」に次々詠みかえていくことが求められるのである。それは「心ばへ」のちょっとした差であるということができよう。一回的な状況によりふさわしいものとして「ことば」にこだわるのが平安の歌だといえる。[6]

七　平安京の歌の広がり

はじめに引いた、ならの帝の「いはで思ふぞいふにまされる」の歌は、『古今六帖』にあるかたちで、かなり広く流通していたことが『枕草子』に知られる。それはこの歌が、平安の人の心に深く共感させるものであったからだろう。それゆえ『大和物語』において、この歌の起源が語られることになる。

いはで思ふぞいふにまされる

『大和物語』は、この下の句のみがもとのかたちであったという。つまりこの部分こそが、歌の中核と捉えられているのである。この歌が語っているのは、「こころ」を「ことば」に表すことの難しさであろう。「ことば」に表した途端、「こころ」のままではないような気がしてしまうのである。それは、「ことば」の表現が多様化することと関わっている。「こころ」を表す「ことば」が細分化されればされるほど、細かな「こころ」の違いを表すことができる。しかしまた一方で、どこまで「ことば」をつくしても、どこか正確でない、あるいはすべてを表し切れていないという気持ちを伴うことになる。ちょっとした差異が、異なるものとして感じられるのである。

この違いということは、さまざまな個別性に対しても感じられていく。『伊勢物語』には、次のような歌が載せられている。

むかし、男、いかなりけることを思ひけるをりにかよめる。

思ふことといはでぞただにやみぬべきわれとひとしき人しなければ

（『伊勢物語』一二四段）

これは、自分と他人とを区別する感覚であろう。人格の違い、固有性が強く意識されてくるのである。自分にとって正しい「ことば」であっても、それが他人にとっても共感しうるものかどうかはわからないのである。

それはつまり、

思ふより言ふはおろかになりぬればたとへて言はむ言の葉ぞなき

（『伊勢集』二六）

身のうきを言はばはしたになりぬべし思へば胸のくだけのみする

（『伊勢集』二一八）

のように、「ことば」にすることはできないということにつながっていく。

「ことば」がすべてを表さないのだとすると、言うのをやめるか、ひたすら言葉を尽くしていくかのどちらかになる。歌は、むしろ後者の方向をとる。「こころ」を「ことば」に置きかえていくことの難しさを自覚しながら、今の状況、感情に一番合った表現を求めて次々詠みかえていくのである。前掲の歌も、表現をあきらめたわけではない。「ことば」にしえないという思いを、歌によって解消しようとしているのである。

『古今集』仮名序「やまと歌は人のこころを種としてよろづの言の葉とぞ成れりける」とは、歌の表現が「こころ」に通じるということへの絶対的な宣言である。この理念によって初の勅撰和歌集は編まれることを可能にした。(7) 歌と「こころ」の関係は、『古今集』撰集の前段階とされる古歌の献上に際して詠まれた長歌のなかにも、

織れるこころも　八ちぐさの　言の葉ごとに　すべらぎの　仰せかしこみ　巻々の　中につくすと…

（古歌奉りし時の目録の、その長歌　貫之『古今集』雑体・一〇〇二）

くれ竹の　世ゝの古言　なかりせば　伊香保の沼の　いかにして　思ふこころを　述ばへまし…

（古歌に加へて奉れる長歌　壬生忠岑『古今集』雑体・一〇〇三）

とでてくる。「こころ」が歌の本質としてあげられているのである。歌はあくまで「こころ」を表すものと理解される。歌徳説話ができるのも、歌のそうした力を前提とする。

貫之は後年『土佐日記』の中で歌について、阿倍仲麻呂の言葉に託し、

わが国にかかる歌をなむ、神代より神も詠ん給び、今は上中下の人も、かうやうに別れ惜しみ、喜びもあり、悲しびもある時には詠む

としている。喜び、悲しみを最もよくあらわすのが歌だというのだ。仲麻呂の歌、「青海原振り放け見れば春日なる三笠の山に出でし月かも」の「こころ」は、唐土の人にも通じたという。(8) そしてこの歌は、

さて、今、当時を思ひやりて、ある人の詠める歌、

都にて山の端に見し月なれど波より出でて波にこそ入れ

（『土佐日記』承平五年［九三五］一月廿日）

と、「今」の状況に合わせて詠みかえられていくのである。

歌は、物事の奥底にある「こころ」を表すという壮大な文学観を掲げながら、(9) 次々「ことば」を新たにうみだし

ていくことになる。「はした」な「ことば」を用いつつ、「こころ」に近づこうとするのが、平安の歌のめざすところであり、この「こころ」を想起することで、歌の世界は、題詠や代作など、実際の感情とは別のものまで詠みうる広がりを持ちえたのである。(10)

注

(1) 鈴木日出男「和歌の表現における心物対応構造」(『古代和歌史論』東京大学出版会、一九九〇)。
(2) 谷戸「『古今和歌集』仮名序と「ならの帝」」(『日本文学』第五四巻四号、二〇〇五・四)。
(3) 猪股ときわは、「こころ」が歌の規範となることについて論じる(「歌の「こころ」―浜成の『歌式』と「無心所著歌」」『歌の王と風流の宮』森話社、二〇〇〇)
(4) 歌としては「物ごとに秋ぞかなしきもみぢつつうつろひゆくを限りとおもへば」(『古今集』秋上・一八七)、「月見れば千々にものこそかなしけれわが身ひとつの秋にはあらねど」(『古今集』秋上・一九三)のように詠まれる。
(5) 古橋信孝「郊外文学論―「世を宇治山」―」(『講座平安文学論究』第十三輯、風間書房、一九九八)
(6) こうした「ことば」への意識が、物名や掛詞、縁語などの表現をうみだしていくことにつながる。
(7) 藤井貞和は『古今集』仮名序が「心とことば」を論じることについて、『万葉集』の「正述心緒」や「寄物陳思」をふまえた「古風な、しかし古びない課題として、あるいは少々手垢のついた議論として、『古今和歌集』仮名序は「心とことば」を持ちこんでいる」とする(「古今集の心と詞―「色好みの家」「乞食の客」―」『古今和歌集研究集成』第一巻、風間書房、二〇〇四)。仮名序が歌の本質を論じるにあたって、「古風な」課題を選んできたことは、歌の理想時代として「なら」の帝が置かれたことに重なっていよう。歌の理想あるいは本質の根拠を「古」の世界のなかに探し、理論化するのが『古今集』仮名序の方法である。「こころ」についても、『万葉集』以来の蓄積や、『歌経標式』の序文を引きうけた形で、仮名序が和歌論に仕立てあげたものと考える。決して新たな視点ではない。しかしここにおいて「こころ」が歌の本質として明確に意識されたことが、その後、歌合の判詞「題のこころ」や、詞書にみられる「〜のこころ」など、歌における「こころ」の価値概念化を導くことになる。

（8）「かの国人聞き知るまじく思ほえたれども、言の心を、男文字に様を書き出だして、ここの言葉伝へたる人に言ひ知らせければ、心をや聞き得たりけむ、いと思ひの外になむ賞でける」（『土佐日記』承平五年一月廿日）。

（9）仮名序によって明確にされる、歌は物事の本質「こころ」を詠むものという文学観は、仮名による表現こそが、人の心を伝えるのだとの精神をうむことにもなる。そしてこの、文学とは人の心を表現するものとの考えは、現代の私たちをも規定する文学観となってくるのである。

（10）それに対して、平安の仮名散文は、むしろ語れることは物事の片端にしか過ぎないというところからはじまる。（『土佐日記』「それの年の十二月の二十日あまり一日の日の戌の刻に、門出す。そのよし、いささかに物に書きつく」「忘れ難く、口惜しきこと多かれど、え尽くさず。とまれかうまれ、疾く破りてむ」、『蜻蛉日記』「すぎにし年月ごろのこともおぼつかなかりければ、さてもありぬべきことなんおほかりける」）そして、その片端こそが、最も大切な部分で真実に近いとするのである。

旅の歌の系譜としての『土佐日記』の和歌

今井俊哉

一　万葉の旅の歌――その一般的表現

律令制の成立によって、国家が整備され、地方が生まれ、それによって都と地方、さらには国外へと行き来する「旅」が生まれた。「旅」は制度の中で必然化されたと言える。もちろん「旅」の原義は、家から離れ家以外の場所で泊まることである[1]が、そうした「旅」の中に制度上「公務としての旅」が位置づけられたことになる。その旅での状況は『万葉集』の中に多く伺うことができる。例えば柿本人麻呂が瀬戸内海でよんだ羇旅歌八首[2]は、その旅の歌の特質をうまくあらわしていよう。八首中から三首を引く。

粟路《あはぢ》の　野嶋《のしま》の前《さき》の　濱風《はまかぜ》に　妹《いも》が結《むす》ビシ　紐《ひも》吹《ふ》キ返《かへ》ス（巻三・二五一[3]）

留火《ともしび》の　明大門《あかしおほと》に　入《い》ル日《ひ》ニか　榜《こ》ギ将別《わかれなむ》　家《いへ》ノ當《あたり》不見《みず》（二五四）

天離《あまざか》ル　夷《ひな》の長道《ながち》ゆ　戀《こ》ヒ来《く》レば　明《あかし》ノ門《と》より　倭嶋《やまとしま》所見《みゆ》〈一本に云はく「家門《いへ》ノ當《あたり》見《み》ゆ」〉（二五五）

二五一番歌では、旅立ちの際に「妹」が結んだ衣服の紐を淡路の野島の浜風が吹き返すさまをよむ。順風であれ逆風であれ、海上交通で重要となる風は、土地の神の神意を表すものだろう。仮にそれが望ましくない風であったとしても、紐を結んだ「妹」と彼女の待つ家との繋がりを意識することで、当座の不安を解消することができる。二五四番歌では明石海峡に沈む日を目に、振り返らずその日の停泊地へ向かうさまをよむ。あえて家の方角を見ないのは、行く先と定めた浦への安全を考えた行為だろうか。しかし、それでも家との繋がりは確認されている。二五五番歌は二四四番歌とは逆方向に、地方からの長い道のりを経て、明石海峡から大和の方向を眺めた歌である。自らの海路の延長上にそれはある。二五五番歌には「一本に云はく」のかたちで異伝が伝わるが、これは遣新羅使一行が旅中によんだ歌の三六〇八番歌と一致する。おそらくは伝承された人麻呂歌を、一行の中でよみ替えたものが異伝として巻三に編入されたと推測される。明石海峡から「家門ノ當」が見えるとは想像しがたいから、これは誇張された表現だが、それゆえ元歌の「倭嶋所見」以上に家との繋がりが意識されている。興味深いのは、この三六〇八番歌が新羅からの旅の帰りではなく、往路の際によまれている点だ。無事帰還することを予祝するかのように、人麻呂歌は遣新羅使一行の中で愛誦されていた。

古代の旅は危険を伴う。万葉の律令官人たちが旅の歌の中で、ことさら家や妹との繋がりを意識するのは、逆説的に行路死人歌の表現から見てとれる。

　玉藻吉《たまもよ》シ　讃岐《さぬき》ノ國《くに》は　國《くに》からか　雖見《みれど》モ不飽《あかず》　神《かむ》からか　幾許貴《ここだたふと》き　天地《あめつち》ノ　日月《ひつき》と共《とも》ニ　満《た》リ将行《ゆかむ》　神《かみ》の
御面《みおも》と　次《つ》ギ来《きた》ル　中《なか》の水門《みなと》ゆ　船浮《ふねう》ケて　吾《わ》ガ榜《こ》ギ来《く》レば　時《とき》ツ風《かぜ》　雲居《くもゐ》に吹《ふ》クに　奥見《おきみ》レば　とゐ浪立《なみた》チ
邊《へ》ヲ見《み》レば　白浪散動《しらなみさわ》ク　鯨魚《いさな》取リ　海《うみ》を恐《かしこ》ミ　行《ゆ》ク船《ふね》の　梶引《かぢひ》キ折《を》リて　彼此《をちこち》の　嶋《しま》は雖多《おほけど》　名細《なぐは》し　狭岑《さみね》
の嶋《しま》の　荒磯面《ありそも》に　廬作《いほり》て見《み》レば　浪音《なみおと》の　茂《しげ》キ濱邊《はまへべ》を　敷妙《しきたへ》の　枕《まくら》に為《な》シて　荒床《あらとこ》ニ　自伏《ころふ》ス君《きみ》が　家知《いへし》ラ
ば　往《ゆ》キても将告《つげむ》　妻知《つまし》ラば　来《き》も問《と》ハましを　玉桙《たまほこ》の　道《みち》だに不知《しらず》　鬱悒《おほほ》シく　待《ま》チか戀《こ》フらむ　愛《は》シき妻《つま》

等《ら》は（讃岐《さぬき》の狭岑《さみね》の島にして、石《いは》の中の死人を見て、柿本朝臣人麻呂《かきのもとのあそみひとまろ》が作《つく》る歌一首〈并せて短歌〉・巻二・二二〇）

人麻呂の「石中死人歌」より、その長歌だが、右は前半の「玉藻吉シ」から「中の水門ゆ」までは土地讃めとなる。その中航海のさまが詠まれ、ここでも神意の風「時ツ風」とそれに伴う「とゐ浪」がよまれる。この風のためであるのか、人麻呂[4]一行は讃岐国の狭岑嶋に宿ることとなる。これが予期せぬ停泊だった可能性もあるが、ここで「浪音の　茂キ濱邊を　敷妙の　枕に為シて　荒床ニ　自伏ス君」行路死人に出会うこととなる。行路死人歌がよまれる意味合いのひとつに、旅中で不幸にも亡くなったその者の魂を鎮魂することがある。ここでは行路死人の魂を「家」や「妻」と結びつける表現をとることで、そこへ戻してやることだ。しかし、行路死人はいっぽうで自分らの望ましくない未来の可能性も示している。寄港した地に行路死人があった場合、それが特に臨まない寄港の際であったとき、旅中の不安は大きいものとなる。この可能性としての望ましくない未来は表現上切り離しておく必要がある。行路死人は家や妻との繋がりが絶えたからこそ、ここで空しくなっている。それが「家知らば」「妻知らば」という仮定にあらわれる。自分たちは家とも妻とも繋がりをもっている。だからこそここの行路死人とは違うのだ、と望ましくない未来を切り離す。『万葉集』の旅の歌の中で、家や妻との繋がりがことさら強調されるのは、なにも望郷の思いからだけではない。家や妻と繋がっているからこそ、旅の無事が確認されるのだ。

二　万葉の旅の歌—任国での歌

旅の年限が長くなれば、例えば国司として地方に赴任する場合、妻を同行する場合がある。例えば神亀四年ころに大宰府の長官として赴任した大伴旅人は妻を伴い大宰府に下っていたし、天平十八年に越中守として赴任したその息子、大伴家持の場合もその妻、坂上大嬢を伴って下向していたことが、巻十九の四一八四番歌の、家持の妹が都から贈った歌でわかる。(5) こうした場合、都に残した妻との繋がりから旅の安全を祈るという表現は（表現上ではとり得るとしても）難しくなる。

ここで重要となるのがいわゆる「地方文化圏」である。旅人の場合も家持の場合も赴任先で和歌世界を共有する文化圏を形成していた。旅人の場合は山上憶良らとの筑紫文化圏、家持の場合は大伴池主、田辺福麻呂らとの越中文化圏である。彼らは中央から離れてある状態を共有する官人らとともに、都ではない土地に「都的」な空間を創設する。ただ旅人が「遠の朝廷」と呼んだ大宰府が、まさに大陸からの先進文化の第一接収地であり、また遣外使派遣の中継地であり、同時にかつての新羅征伐への出発地として歴史的な場所でもあり、また肥前国風土記で記される土地にも近い場所だったのと比べ、家持の越中はそういう地理的歴史的優位性の部分では大宰府のそれと比べだいぶ劣るところがあった。したがってそこで形成された文化圏もだいぶ異なったものになる。いや、むしろ越中文化圏のありかたのほうが、筑紫文化圏のもつ特殊性よりも他の地方と同様な普遍性をもっていたかもしれない。

ここで家持が越中でよんだ「越中三賦」から「二上山の賦」と「立山の賦」を見てみよう。長歌のみ引用する。

伊美都河泊《射水川》　いゆき《行》めぐれる《巡》　たまくしげ《玉櫛笥》　布多我美《二上》山は　はるはな《春花》の　さける《咲》さかり《盛》に　あきのは《秋葉》の　にほ
へるとき《時》に　出デ立チて　ふりさけ《振放》見れば　かむ《神》からや　そこばたふと《尊》き　やま《山》からや　見がほし《欲》からむ
すめかみ《皇神》の　すそみ《裾廻》のやま《山》の　之夫多尓《渋谿》の　さき《崎》のありそ《荒磯》に　あさなぎ《朝凪》に　よ《寄》するしらなみ《白波》　ゆふなぎ《夕凪》に　み《満》
ちく《来》るしほ《潮》の　いやまし《増》に　た《絶》ゆることなく　いにしへ《古》ゆ　いま《今》のをつつ《現》に　かくしこそ　見るひと《人》ごとに
かけてしの《偲》はめ（二上山の賦一首［この山は射水郡に有り］・巻十七・三九八五）

二上山（布多我美山）は高岡市と氷見市にまたがる標高二七四メートルの山で、巻十六の三八八二番歌に見える二上山と同じかと言われる(6)。「はるはなの　さけるさかり」と「あきのはの　にほへるときに」と春秋の循環から「ふりさけ見」てとらえた、山讃めの歌であり、それは「いにしへゆ　いまのをつに」と永続性の中で讃美し続けられる。

いっぽうの立山は北アルプスは飛騨山脈の北部の標高三〇一五メートルの山である(7)。

あまざかる《天離》　ひな《鄙》に名かかす　古思《越》のなか《中》　くぬち《国内》ことごと　やま《山》はしも　しじにあれども　かは《川》はしも　さはにゆけ《行》ども　すめかみ《皇神》の　うしはきいます　尓比可波《新川》の　その多知夜麻《立山》に　とこなつ《常夏》に　ゆきふり《雪降》しきて　おばせる《帯》　可多加比河波《片貝川》の　きよき《清》瀬に　あさよひ《朝夕》ごとに　たつきり《立霧》の　おもひすぎ《思過》めや　ありがよひ《通》　いやとしのは《年》に　よそのみも　ふりさけ《振放》見つつ　よろづよ《万代》の　かたらひ《語》ぐさと　いまだ見ぬ　ひと《人》にもつげ《告》む　おと《音》のみも　名のみもきき《聞》て　ともしぶるがね（立山の賦一首〈并せて短歌〉［この立山は新川郡にあり］・巻十七・四〇〇〇）

「やまはしも　しじにあれども」「かははしも　さはにゆけども」という、多くの山川から選択されるという表現は讃美の型であり、さらに「とこなつに　ゆきふりしきて」と、季節ならざる雪がよまれる。それは赤人の富士山歌(8)で「時じくそ　雪は落《ふ》りける」と詠まれるように、また天武天皇の吉野讃歌(9)で「時無クそ　雪は落《ふ》りける　間無クそ　雨は零《ふ》りける」とよまれるように、こうした時空を越えた雪は、聖なる空間の讃美表現に連なるものである。

興味深いのは、讃美の型の違いはあれ、二上山も立山も「すめかみ」との繋がりの中で位置づけられ讃美されている点である。立山では「すめかみの　うしはきいます」治める山と詠まれ、二上山も「すめかみの　すそみのやま」裾を巡る山とよまれる。「すめかみ」は各地を治める諸々の国津神をさすと言われるが、同時に「すめろき」

と同じく、皇祖神も意味する。即ちこれらの自然は皇祖神を中心に抽象化・理念化・概念化されたものとして、皇祖神の延長上あるいは同一化したものとらえることができよう。標高三〇〇メートル足らずの二上山と標高三〇〇〇メートル超の立山が表現上同一視されるということは、一つに、越中の荒々しい、むきだしの自然をそのままに表現しうる術がなかったことを意味しよう。「賦」という表現形態は、そうした越中の自然をとらえ得ない、これまでの和歌表現の脆弱さ・限界を意識した謂いではないか。だが、脆弱さとは言うが、むしろ表現上のこうした抽象化の強靱さこそが都と鄙を一体化させる。そしてそれら山々の自然が「皇祖神」の支配下にあることを述べる、むしろそちらのほうが重要だろう。そもそも越中の二上山も、大和の二上山を意識して名付けられたものだ。鄙にあって、都との繋がりを意識させる、鄙にありつつもそこは同じく皇祖神の支配下にあると意識し、そのように表現すること、それが家持の旅のありかたであった。

前に「文化圏」と述べたが、旅人にせよ家持にせよ、赴任先において都との繋がりを意識しつつ、そこに律令官人たちが共有する景を形成すること、それが「文化圏」であった。

三　古今集の旅の歌

地方の成立とそこを繋ぐ「旅」の状況は、その後の平安期においても大きな変化はないと考えうるのだが、こと「和歌」のジャンルにおいて、この「旅」というもの、あるいはその「旅」という状況が和歌の対象とされることは、『古今集』的世界では縮小化されてくる。(10) 例えば『万葉集』の場合、「羈旅」と記された歌は、巻七の目録に九一首、巻一二の目録に五三首、これ以外に題詞に「羈旅」の文字を含むものは二八首ある。加えて巻十五の遣新羅使一行の歌一四五首があり、これに諸々の行幸従駕歌を含めれば、『万葉集』における旅の歌はかなり膨大な数に上ることは明らかである。いっぽう『古今集』の部立「羇旅」に収録された歌は一六首に過ぎない。いっぽうで「離別歌」は四一首あり、『古今集』での旅は旅中のものよりもその旅立ちの際のものに偏っていることになる。ここでは『古今集』の巻第九「羇旅」の歌を見てみよう。詞書抜きで列挙してみる。(11)

天《あま》の原《はら》ふりさけ見れば春日《かすが》なる三笠《みかさ》の山に出《い》でし月かも（四〇六・安倍仲麿）
わたの原八十《やそ》島かけて漕《こ》ぎ出でぬと人には告《つ》げよ海人《あま》の釣舟《つりぶね》（四〇七・小野篁）
都出でて今日みかの原 泉川《いづみがは》川風寒し衣《ころも》かせ山（四〇八・よみ人知らず）
ほのぼのとあかしの浦の朝霧に島隠《しまがく》れゆく船をしぞ思ふ（四〇九・よみ人知らず）
唐衣《からころも》着つつなれにしつましあればはるばる来ぬる旅をしぞ思ふ（四一〇・在原業平）
名にしおはばいざ言問《ことと》はむ都鳥我が思ふ人はありやなしやと（四一一・在原業平）
北へ行く雁《かり》ぞ鳴くなる連れて来《こ》し数は足らでぞ帰るべらなる（四一二・よみ人知らず）
山隠す春の霞ぞうらめしきいづれ都のさかひなるらむ（四一三・乙）
消えはつる時しなければ越路なる白山の名は雪にぞありける（四一四・凡河内躬恒）
糸によるものならなくに別れ路の心細くも思ほゆるかな（四一五・紀貫之）
夜を寒み置く初霜を払ひつつ草の枕にあまたたび寝ぬ（四一六・凡河内躬恒）
夕月夜《ゆふづくよ》おぼつかなきを玉匣《たまくしげ》ふたみの浦はあけてこそ見め（四一七・藤原兼輔）
狩り暮らしたなばたつめに宿借らむ天の川原に我は来にけり（四一八・在原業平）
一年《ひととせ》に一度《ひとたび》来ます君待てば宿貸す人もあらじとぞ思ふ（四一九・紀有常）

このたびは幣《ぬさ》もとりあへず手向山もみぢの錦《にしき》神のまにまに（四二〇・菅原道真）

手向けにはつづりの袖も裁《き》るべきにもみぢに飽ける神や返さむ（四二一・素性法師）

一六首中四首（四一〇、四一一、四一八、四一九）は『伊勢物語』の歌と重複し、またそれと類似した詞書を持つ。加えて、この巻は長文の詞書きや作歌事情を補足した注が多く、またよみ人知らず歌が三首と少ない。四〇六番歌の安倍仲麿の渡唐や四〇七番歌の小野篁の隠岐国配流のように、さらには『伊勢物語』と、巻第九の多くは旅の物語と併せ伝承された歌が収められていると見える。それは四〇九番歌の注で人麻呂作かとされていたり、四一二番歌の注で長い物語が付加されていたことからも想像されよう。これらの伝承歌は『万葉集』の旅の歌の表現に通ずるものが多い。仲麿歌は唐土にあって三笠山の都との繋がりをよむ歌であるし、篁歌も「人には告げよ」と都人との繋がりをよむことで、配流先からの無事帰還を願う歌と読める。業平の四一〇、四一一番歌もともに都へ残してきた女性を想起する歌で、こうしたよみぶりは『万葉集』の旅中で都やそこに残した妻を思う歌の表現に繋がるものがある。

ここで興味深いのは、四〇八番歌や四一四、四一七番歌以降の、地名をよみこんだ羇旅歌である。四〇八番歌では都を出て「三日」に「みかの原」におり、泉川の川風が寒いので衣を「貸せ」と「鹿背《かせ》山」を掛詞としてよみこむ。四一四番の躬恒の歌は、永続的に雪をかぶっているさまをよむ点で、『万葉集』の赤人の富士山歌や家持の立山の賦と同様の土地讃めの表現だ。しかし、ここではその雪山の白さを「白山」というその地名の根拠に結びつけているところに注目したい。四一七番の兼輔の歌では「ふたみの浦」という地名を箱の「蓋」「実」としてとらえることで「開けて」「明けて」の掛詞に繋げている。つまり地名の「名」のありようこそに歌の発想の骨子がある。これは四一八番の業平歌でも同様で、「天の川」という名の地に来たからこその「たなばたつめに宿借らむ」であるし、四一九番の道真歌も「手向山」という名であるからこそ神に幣を手向けるという発想が生まれる。
歌によみこまれた地名、それは「歌枕」である。尚侍藤原満子が兄の右大将藤原定国の四十の賀を行ったときの四季の絵の屏風を飾った歌が『古今集』巻第七の賀にみえる。

春日野に若菜摘みつつ万代《よろづよ》を祝ふ心は神ぞ知るらむ（三五七・素性法師）
山高み雲居《くもゐ》に見ゆる桜花心の行きて折らぬ日ぞなき（三五八・凡河内躬恒）
めづらしき声ならなくに時鳥《ほととぎす》ここらの年を飽かずもあるかな（三五九・紀友則）
住《すみ》の江《え》の松を秋風吹くからに声うち添《そ》ふる沖つ白波（三六〇・凡河内躬恒）
千鳥鳴く佐保《さほ》の川霧立ちぬらし山の木《こ》の葉も色増さりゆく（三六一・壬生忠岑）
秋来《く》れど色も変らぬ常磐山《ときはやま》よそのもみぢを風ぞかしける（三六二・坂上是則）
白雪の降りしく時はみ吉野《よしの》の山下風《やましたかぜ》に花ぞ散りける（三六三・紀貫之）

ここでは春の歌に春日野、秋に住吉、佐保、常磐山、冬に吉野の「歌枕」が見え、屏風にはこれらの地が描かれていたと推測される。夏には歌枕が見えないが、他の歌から想像するに、ここにもなんらかの地が描かれていた可能性があろう。例えば『古今集』で時鳥は「音羽山」三例「石上の布留」一例とともによまれている。

音羽《おとは》山今朝《けさ》越え来れば時鳥梢《こずゑ》はるかに今ぞ鳴くなる（巻第三・夏・一四二・紀友則）
石《いそ》の上《かみ》ふるき都の時鳥声ばかりこそ昔なりけれ（巻第三・夏・一四四・素性法師）
音羽山木高《こだか》く鳴きて時鳥君が別れを惜しむべらなり（巻第八・離別・三八四・紀貫之）
ちはやぶる　神の御代《みよ》より　呉竹《くれたけ》の　世々にも絶えず　天彦《あまびこ》の　音羽《おとは》の山の　春霞　思ひ乱れて　五月雨《さみだれ》の
空もとどろに　さ夜《よ》ふけて　山時鳥　鳴くごとに　誰も寝覚《ねざ》めて…（巻第一九・雑躰・一〇〇二・紀貫之）

音羽山と時鳥は『後撰集』でも

　有りとのみ音羽の山の郭公《ほととぎす》聞きにきこえてあはずもあるかな（巻第四・夏・一五八・よみ人知らず(12)）

とよまれており、描かれていたのは音羽山だった可能性はあろう(13)。

　この賀の屏風はいわゆる名所絵ともなっていたわけで、こうして絵と歌によって、その場所その土地を象徴的に掌握することになる。『袋草紙』では天皇の即位祭である大嘗祭で、「屏風歌をもつて絵所に下す。もし和歌に通ふこと有るの時は、所々の名に詞を書きて先づこれを進《たてまつ》り、和歌は追つて進る(14)」と、悠紀・主基に選ばれた両国が屏風歌を献上したことを伝える。さらに、この屏風歌の献上は承和の代、すなわち仁明天皇代から行われるようになったと伝え、光孝天皇即位の以降の歌人らを挙げる。つまり、土地の絵と歌の所有はその土地を支配し従属させるに等しい。歌枕はその土地の言語的な掌握なのである。

　『古今集』の羇旅歌に戻ろう。歌のよみ手が旅先で地名をよみこむのは、こうした所有の論理が働いていよう。と同時に、自身が中央と同じ言語空間に身を置くことを明かし立てるものだったろう。これは家持が越中で都と等しい文化圏を創造しようとした行為を極度に抽象化したものといえよう。見知らぬ旅先にあって、しかしながらそれでもそこは中央・都と等しい言語空間で結ばれているのを確認すること、それはとりもなおさず旅中の安全を保証するものでもある。旅の歌にあって、歌枕はそのように機能する。これが『古今集』羇旅歌の表現のひとつのありかただった。

四　土佐日記の旅の歌――日記中の地名から

『土佐日記』(15)を旅日記として、そして旅の歌の集積としてながめた場合、こうした『万葉集』や『古今集』の旅の歌の表現はどのように踏まえられているのだろうか。

まず前節でふれた「地名」の問題から始めたい。『土佐日記』には登場順に挙げていけば以下の地名が見える。

大津《おほつ》・浦戸《うらど》・鹿児《かこ》の崎《さき》・大湊《おほみなと》・池《いけ》・奈半《なは》・宇多・室津《むろつ》・羽根《はね》・春日野《かすがの》・土佐《とさ》の泊《とまり》・阿波《あは》の水門《みと》・沼島《ぬしま》・たな河・和泉《いづみ》の灘《なだ》・黒崎《くろさき》・箱《はこ》の浦《うら》・小津《をづ》・石津《いしづ》・住吉《すみのえ》・難波《なには》・鳥飼《とりかひ》・和田《わだ》の泊《とまり》・鵜殿《うどの》・山崎《やまさき》・曲《まがり》・島坂《しまさか》・桂川《かつらがは》(16)

このうち春日野は若菜にかけて、和歌中にみえるもので、その場の地名ではない。土佐国に属するのは羽根（位置的には室戸のほうが東にある）までであって、それ以降は畿内に入ってからの地名である。このうち和歌でよまれたものは以下のものになる。

あさぢふの丶べにしあればみづもなきいけにつみつるわかな丶りけり（承平五年一月七日）
まことにてなにきくところはねならばとぶがごとくにみやこへもがな（一月十一日）
けふなれどわかなもつまずかすがの丶わがこぎわたるうらになければ（一月二十九日）
たまくしげはこのうらなみた丶ぬひはうみをか丶みとたれかみざらむ（二月一日）
ゆけどなほゆきやられぬはいもがうむをづのうらなるきしのまつばら（二月五日）
いまみてぞみをばしりぬるすみのえのまつよりさきにわれはへにけり（二月五日）
すみのえにふねさしよせよわすれぐさしるしありやとつみてゆくべく（二月五日）

いつしかといぶせかりつるなにはがたあしこぎそけてみふねきにけり（二月六日）
ひさかたのつきにおひたるかつらがはそこなるかげもかはらざりけり（二月十六日）
あまぐものはるかなりつるかつらがはそでをひでゝもわたりぬるかな（二月十六日）
かつらがはわがこゝろにもかよはねどおなじふかさにながるべらなり（二月十六日）

ここからも分かるように、二月一日以降、つまり畿内和泉国に至った後の歌が殆どである。土佐国の歌枕は時代が下って『新勅撰集』や『夫木抄』に「室戸」がみえるのみで、道中の阿波国の歌枕「鳴門」も「阿波の水門」とあるのみで、歌はよまれていない。比率からみた場合、一月三十日までの畿外でよまれた歌は三十四首、畿内の歌は二十五首で(17)、地名がよみこまれた和歌の割合は、畿外で8・8パーセント、畿内で32パーセントである。畿内では三首に一首の割で、歌に地名がよみこまれているのに対し、畿外では一割に満たない。まさに畿内では、そこに戻ってきたことを確認するかのように、地名を縫いつつ和歌がよまれてゆく。逆に、畿外の特に土佐国での歌は大きな意味をもつだろう。

一月七日条の「あさぢふののべにしあればみづもなきいけにつみつるわかななりけり」の歌は、正月七日の若菜摘みにかけて、池の地に住む女性が、長櫃で贈り物を届けた際に添えられた歌である。浅茅の生える荒れた地であり、池は地名であるから水があるわけでもない、と自身の贈り物を謙遜しつつ挨拶したものだ。この「池」の地に関しては、江戸末期土佐在住の国学者、鹿持雅澄の『土佐日記地理弁』に「小湖アルヨリオヘル地名ナリ。ソノ小湖ハ今モ存リテ人ノヨクシレルトコロナリ」とある(18)。池の地名はこの「小湖」由来なのはあきらかだろうから、それを「水もなき」と詠むのは、土地の側の者が、自らの地名起源を否定するものともよめる点で興味深い。しかし、そのよみぶりはその「池」の地を「名」で捉えたもので、歌枕の表現をもっている。

一月十一日の羽根については、その部分を引用しよう。

十一日　あかつきにふねをいだして、むろつをおふ。ひとみなまだねたれば、うみのありやうもみえず。たゞ、つきをみてぞ、にしひむがしをばしりける。かゝるあひだに、みなよあけて、てあらひ、れいのことゞもして、ひるになりぬ。いまし、はねといふところにきぬ。わかきわらは、このところのなをきゝて、「はねといふところは、とりのはねのやうにやある。」といふ。まだをさなきわらはのことなれば、ひとゞゝ、わらふ。ときに、ありけるをむなわらはなむ、このうたをよめる、

まことにてなにきくところはねならばとぶがごとくにみやこへもがな

とぞいへる。をとこもをむなも、いかでとく京へもがなとおもふこゝろあれば、このうたよしとにはあらねど、「げに」とおもひて、ひとゞゝ、わすれず。この、はねといふところとふわらはのついでにぞ、また、むかしへびとをおもひいでて、いづれのときにかわするゝ。けふはまして、はゝのかなしがるゝことは。くだりしときのひとのかずたらねば、ふるうたに、「かずはたらでぞかへるべらなる」といふことをおもひいでて、ひとのよめる、

よのなかにおもひやれどもこをこふるおもひにまさるおもひなきかな

といひつゝなむ。

奈半の泊を出航し、室津へ向かう途中、羽根という地を通過する。ここで「わかきわらは」が「このところのなをきゝて」その地の名前が鳥の羽根のようだ、と言う。羽根という地は現在の高知県室戸市に羽根町として残る。文字通り鳥の「羽根」の字があてられており、萩谷氏はこの地が「鳥が両翼をひろがた形になっている」と述べるが[19]、この地名が地形から由来するものとは限るまい。例えば浪の当たる場所としての「波根」でもよいわけで、

ここで「わかきわらは」は「このところのなをきゝて」、地名の音に反応して発言したのであって、「はね」という音から「鳥の羽根」を連想し、新たな意味づけをした、新たな地名起源を与えた、とみるべきだろう。そしてそれを受け、別の「をむなわらは」が歌をよむ。この「をむなわらは」は一月七日条で、貫之との贈答を狙い割籠を持って訪れた男に返歌した女童であろう。「わかきわらは」の新たな地名起源を「をむなわらは」は和歌という、都の言語空間を代表するものの中に定位させる。これはあらたな歌枕の創造といってよい。しかもそれは、名前のとおり鳥であるなら飛ぶように都へ帰りたい、という都と彼の地を結びつける歌でもあった。

この和歌を受けて、日記は赴任先で亡くなった女児の追悼へと移る。童たちのやりとりが、子を失った「ひと」の喪失感を呼び覚ましたわけだ。この流れを受けてよまれるのが「よのなかにおもひやれどもこをこふるおもひにまさるおもひなきかな」の歌である。この歌は『後撰集』雑一[20]や『大和物語』[21]に収められた、藤原兼輔の

人の親の心は闇にあらねども子を思ふ道にまどひぬるかな

と同発想の歌である。兼輔は貫之のパトロン的存在だったが、貫之土佐赴任中の承平三年に亡くなっている。作者貫之の立場から歌の背後に兼輔追悼の意味合いも込めたというのは萩谷氏の『全注釈』で指摘するところである。

しかし、それ以上に注目したいのが、ここで前に引いた、『古今集』羇旅四一二番の歌「北へ行く雁《かり》ぞ鳴くなる連れて来《こ》し数は足らでぞ帰るべらなる」が引歌として提示されている点だ。実はこの歌は左注を伴っている。

この歌は、ある人、男女もろともに人の国へまかりけり、男まかり至りてすなはち身まかりにければ、女、一人京へ帰る道に、雁の鳴きけるを聞きてよめる、となむいふ。

そもそも、この「北へ行く」の和歌は、無常を詠んだ歌として、雑の部に入っていてもおかしくない内容をもつ。それが羇旅の部立てに収められているのは、この注の伝承に由来すると考えてよい。津軽地方では「雁風呂」の伝

承を伝える。雁は海を渡るとき枝を咥えて飛び、疲れると海上にその枝を落としてそこで休むという。目的地に着けば枝は必要なくなるため、浜に捨てられるが、帰るとき再び自分の枝を拾い去ってゆく。しかし、この地で命を落とした雁のぶんの枝が浜に残る。その枝を集め風呂を焚いて亡くなった雁を供養したというのが雁風呂の物語だ。これと同様の伝承が伝わっていたかはさだかでないが、来たときの雁の数を数えていたわけではないだろうから、帰るときに雁の数は減っているものなのだ、という情報乃至伝承が、すでにこの歌の外側にはなくてはならないだろう。自己の欠落感を雁の鳴き声に照応させる、という発想なくしてこの引歌はなりたたない。『八雲御抄』では雁は「とこよの国」から渡ってくるとするが、こうした異界とを繋ぐという認識もあったろう。

さらに考えるべきは『古今集』でこの歌の直前が、業平の「名にしおはばいざ言問《ことと》はむ都鳥我が思ふ人はありやなしやと」の歌である点だ。そもそもこの場面は「わかきわらは」が「はね」という地名に反応し、「鳥の羽根のようだ」と言ったことから、「をんなわらは」が「名前のとおり羽根であるなら」飛ぶように都へ帰りたいものだ、と歌を詠むところから始まっている。つまり名前に感応すること、そして都を想起させ、それを繋ぐ役割をするのが鳥であること、という点で、『古今集』四一一番の業平歌に重なる。「をんなわらは」の歌は『古今集』の「名にしおはば」の歌を「ひと」に想起させ、さらにそれに続く「北へ行く」の歌を連想させる。つまりここでの亡児追懐の流れは、「現在いる童たち」から「失われた童」というものだけでなく、背後に『古今集』の配列を想起させ、その規範意識をその場にあるもののなかに共感としても喚び起こしていると言える。

五　土佐日記の和歌——亡児追懐に底流するもの

この日記の亡児追懐の流れは、もっと大枠で、『古今集』のみならず、『万葉集』のある歌群を引き寄せていると考えられる。それは大伴旅人亡妻挽歌群である。まず巻三の四五一番歌からのものを引く。

人《ひと》もなき　空《むな》シキ家《いへ》は草枕《くさまくら》　旅《たび》に益《ま》サリて　辛苦《くるし》かりけり（巻三・四五一）
妹《いも》と為《し》て　二作《ふたりつく》りし　吾《わ》ガ山斎《しま》は　木高《こだか》ク繁《しげ》ク　成リニけるかも（四五二）
吾妹子《わぎもこ》が　殖《う》ヱし梅《うめ》ノ樹《き》　毎見《みるごと》ニ　情咽《こころむせ》つつ　涕《なみた》し流《なが》ル（四五三）

大宰府で妻を亡くした大伴旅人が、都の自邸に帰った際の歌である。これを『土佐日記』の最終場面を比較してみよう。

京にいりたちてうれし。いへにいたりて、かどにいるに、つきあかければ、いとよくありさまみゆ。きゝしよりもまして、いふかひなくぞこぼれやぶれたる。いへに、あづけたりつるひとのこゝろも、あれたるなりけり。なかがきこそあれ、「ひとついへのやうなれば、のぞみてあづかれるなり」「さるは、たよりごとに、ものもたえずえさせたり」「こよひ、かかること」と、こわだかにものもいはせず。いとはつらくみゆれど、こゝろざしはせむとす。さて、いけめいてくぼまり、みづゝけるところあり。ほとりにまつもありき。いつとせむとせのうちに、千とせやすぎにけむ、かたへはなくなりにけり。いまおひたるぞまじれる。おほかたの、みなあれにたれば、「あはれ」とぞ、ひとゞゝいふ。おもひいでぬことなく、おもひこひしきがうちに、このいへにてうまれしをむなごの、もろともにかへらねば、いかがはかなしき。ふなびとも、みなこたかりてのゝしる。かゝ

るうちに、なほかなしきにたへずして、ひそかにこゝろしれるひとゝいへりけるうた、

むまれしもかへらぬものをわがやどにこまつのあるをみるがゝなしさ

とぞいへる。なほあかずやあらむ、またかくなむ。

みしひとのまつのちとせにみましかばとほくかなしきわかれせましや

わすれがたく、くちをしきことおほかれど、えつくさず。とまれかうまれ、とくやりてむ。

京の家に帰宅し、「いりたちて、かどにいる」と、その家は管理を任せていたにも関わらず「いふかひなくぞこぼれやぶれたる」状態で、家を預けた人の心も荒れてしまったのだ、と嘆く。そしてさらに庭の記述が続く。庭は池風に窪まって水に浸かったところもあり、そのほとりには松も生えて、五年の間に千年も過ぎたのか、と思わせる荒れようであった。そのなかの新たに生えた「こまつ」が、逆に不在の「子供」を意識させる。「むまれしも」の歌はまさにその心情を踏まえたもので、「みしひとの」の歌では、その樹齢の長さから長寿を象徴する「松」と等しい命を得ていたら、こうした悲しい別れはしなかっただろうにと嘆く。

旅人のほうの三首は、まず一首目で、人もいないむなしい家は旅のそら以上にくるしいものだという妻の不在を嘆く述懐がされ、次の歌は荒れた庭を見て、それを妻とふたりして作ったことを思い出し、現状その庭は「木高ク繁ク」荒れてしまったことを嘆く。そして最終歌は亡くなった妻が植えた梅の木を見て、それを見るたびにむせび泣きする、という歌である。『土佐日記』の結末部分とは、荒れ果てた庭が時間の経過を象徴し、その間に失われた者は帰っては来ないという不在感を抱く点で共通するものがある。『土佐日記』における亡児追懐記事は、文学的虚構であるという読解がある。長谷川政春氏は亡児追懐記事は、他の記事から連想される従属的テーマであり、老身の作者の死の意識を幼者に投影させ転化させたものとみる(22)。ここで、亡児追懐記事が虚構であるか否かの即断

は避けたいが、そこに長谷川氏が述べるように、都鄙の関係は空間的ではなく時間的に捉えるべきものであり、貫之のもつ旅の時間は過去の負の時間として認識されるという点は首肯される。これは大伴旅人の場合も同様である。失われた過去という枠組みで「旅」を捉える視点は、既にこの万葉歌群の中に見えた。

だが、あつかう歌の題材、感興の焦点となる植物は旅人の「松」と『土佐日記』の「梅」とで異なっている。旅人の場合、なぜ着目されるのが「梅」だったのかといえば、それは大宰府で催された「梅花の宴」がからんでくるだろう。大宰府旅人邸で行われたこの梅花の宴にちなんだ歌は、『万葉集』巻五の八一五から八四六番歌に三二首、員外の故郷を偲ぶ歌（八四七、八四八）の二首を挟んで、八四九から八五二番歌の四首の追和歌が収められている。この宴は天平二（七三〇）年正月十三日に行われたもので、妻の死は神亀五（七二八）年頃と推測されるため、この段階で既に妻を失っていることになる。

この時代の「梅」は外来種で、旅人以前の歌人はこの花をほとんどよんでいない。『万葉集』巻一、巻二には梅の花の歌はなく、巻三の三九二番歌(23)に初出だが、この歌をよんだ大伴百代は、旅人とほぼ同時代の人物であり、彼も大宰大監であった。大宰府は大陸との入り口であったから、こうした外来種の花を賞美するにふさわし先進的環境だったろう。旅人の亡妻追悼歌群の四五三番歌「吾妹子が殖ヱし梅ノ樹」では、大宰府出発以前に、旅人とともに妻が自邸に梅を植えていたことになり、これは当時としてかなりモダンな選択であり、都では珍しい庭であったはずだ。旅人は梅花を見ればそれをともに植えた妻を思い、また華やかだった筑紫の邸での梅花の宴を思い起こしたはずで「毎見ニ情咽つつ涕し流ル」といやが上にも「孤独」の募る状況といえる。

では、『土佐日記』における「松」とは何だったろうか。日記中の松に関わる記事は、承平五年一月九日、一月二十二日、一月二十九日、二月一日、二月五日、二月九日、そして帰宅した二月十六日にみえる。以下その用例を追ってみよう。

一月九日の条では、宇多の松原の松が、鶴とともに長寿を願う言祝ぎのように詠まれる。

かくて、宇多のまつばらをゆきすぐ、そのまつのかずいくそばく、いくちとせへたりとしらず。もとごとになみうちよせ、えだごとにつるぞとびかよふ。おもしろしとみるにたへずして、ふなびとのよめるうた、

みわたせばまつのうれごとにすむつるはちよのどちとぞおもふべらなる

とや。このうたは、ところをみるに、えまさらず。

この「みわたせば」の歌は、貫之の以下の歌と同発想のものだ。

わが宿の松の梢に棲む鶴は千代のゆかりと思ふべらなり（貫之集　第一　五一）(24)

これは延喜十五（九一五）年十二月に、康子女王に息子藤原保忠が五十賀を奉った際の屏風歌で、貫之が土佐に出発する十五年前の歌である。宇多の松原を前に、かつての屏風歌のようにその風景にあった歌を記そうと試みたわけだが、「ところをみえるに、えまさらず」と、結局それは実際の構図を前に優ることはできなかったと記す。だがこの謂いは、裏を返せば、屏風歌のありかた、果てはかつての五十の賀の場での詠唱すら相対化しかねないものにみえる。萩谷氏は『全注釈』で、この記述は帰京後にはめ込もうとしたもので、「類型的な屏風歌としては最も自信のあった延喜十五年十二月康子女王五十賀の屏風歌を取り上げて、これに些少の手を加えて、この歌を作ったもの」としている。しかし「かつての日、船上から見た宇多の松原の印象が、そのような題詠的表現をもってしては、とうてい描き尽くせないものであることを貫之自身は知っていた。まして、土佐日記の文中では、これを即境的な当座の詠作として発表しなければならない。そこで貫之自身、かつての実景を前にして絶句した時と同じ挫折を心の中で味わうこととなったのだろう」と述べている。だが、実際にいつ詠んだか、後の挿入であるかが問題な

のではない。ここでは歌のもつ、こうした類型性こそが重要だろう。歌ことばをもって伝えるための景としてはその類型性に依拠する共通感覚がなければ意味がない。そうした共通感覚によりかかった上で、実際の景はそれ以上だった、と語りで補足すれば十分であるのだ。

同時にこの場所が「宇多のまつばら」であるのが注目される。「宇多」は、日記中地名表記が漢字でなされている唯一の例で、貫之が土佐に赴任した直後に崩御した宇多上皇を意識した表記であるとの指摘がある。[25] この宇多の地は現在その所在が未詳である。『地理弁』では赤岡の北西の兎田《うさいだ》とし、[26]『大日本地名辞書』も赤岡、岸本より手結崎辺りの海岸か[27]と推測しているが、はたして、彼の地はもとよりあったものか。これは新たなる宇多上皇にささげる「歌枕」の創造ではなかったか。歌枕が、見知らぬ旅先にあって、それでもそこは中央・都と等しい言語空間で結ばれているのを確認する行為に繋がり、それが旅の安全を保証してゆくことは第三節でふれた。前にみた「羽根」という地も同様に、都へとの繋がりを意識するものだったが、「宇多」という地を、永続性の象徴たる松原を景物として「歌枕」として記しおくことは、ひいては宇多上皇への鎮魂へと繋がってゆくだろう。

一月二十二日の「松」は童の歌にみえるものだ。

こぎてゆくふねにてみればあしひきのやまさへゆくをまつはしらずや

船の上という詠み手の視点、対岸の山、その間の松が題材とされているもので、船が進むにつれ、本来動かないはずの山も移動する、ということを「松は知らないのか」と、童ならではの発想でよまれたものだが、本来永続性を象徴する松のその不動性に疑義がはさまれるかたちとなり、異色の歌となっている。すなわち、松であっても永続ではないのではないか、という謂いだ。

つづく一月二十九日の「松」は、その日が子の日であったために小松引きにちなんだものである。

けふは子日なりければ、きらず。むづきなれば、京のねのひのこといひいで、、「こまつもがな。」といへど、うみなかなれば、かたしかし。あるをむなのかきていだせるうた、

おぼつかなけふはねのひかあまならばうみまつをだにひかましものを

とぞいへる。「うみにて、子日のうたにて」は、いかゞあらん。

そこから、小松がないなら、せめて海松だけでも引こうと詠まれるが、長谷川氏が指摘するように[28]、これは最終場面での子松への伏線となっていよう。同時にこの日は「とさのとまり」と土佐の地を思い起こさせる記述もあり、直截的に亡児追懐の行われていない場面ではないものの、子松、子の日とあわせそれを想起させるものがある。

二月一日の「松」は「黒崎の松」で

くろさきのまつばらをへてゆく。ところのなはくろく、まつのいろはあをく、いそのなみはゆきのごとくに、かひのいろはすはうに、五色にいまひといろぞたらぬ。

地名の黒、松の青、磯の波は白、貝の色は蘇芳の赤と、五行説でいうところの黄色を欠いている。北の黒、東の青、西の白、南の赤に対して、黄色は中央を表す色で、ここでは中央を欠くとしていることが注目される。つまり中心の欠如なのだ。

二月五日の「松」は和泉の灘から小津に向かう途中の松原の松である。

五日　けふ、からくして、いづみのなだよりをづのとまりをおふ。まつばら、めもはるゞゝなり。これかれ、くるしければ、よめるうた、

ゆけどなほゆきやられぬはいもがうむをづのうらなるきしのまつばら

行けどもまだ行き尽くせぬのは、妹が紡ぐ緒ではないが、小津の浦の岸の松原である、という意味の歌で、「う

む」は糸を紡ぐ「績む」と「倦む」つまり、長々と続く松原に飽きる、の掛詞であろう。長大な松原というのは表現的には景の讃美表現だが、景観が変化しないがゆえに「苦しければ」とそれじたいは旅のつらさの表出にもなっている。

同じ二月五日には石津の松原の「松」も歌も詠まれる。

いしづといふところのまつばらおもしろくて、はまべとほし。また、すみよしのわたりをこぎゆく。あるひとのよめるうた、

いまみてぞみをばしりぬるすみのえのまつよりさきにわれはへにけり

ここに、むかしへびとのはは、ひとひかたときもわすれねばよめる、

すみのえにふねさしよせよわすれぐさしるしありやとつみてゆくべく

となむ。「うつたへにわすれなむとにはあらで、こひしきこゝちしばしやすめて、またもこふるちからにせんとなるべし」

このあたりは住吉の松と重なるものだが、ここでの松はその常緑性から長寿を言祝ぐよみぶりとはなっていない。それは詠者自身の老いを相対化させる存在でしかない。しかも、この「いま見てぞ」の松の歌に対し、その後の「むかしへひと」は、その松の歌とは別に、住吉の景物であった「わすれぐさ」に対象を移し、亡き子を偲ぶ思いへと没入してしまう。これは歌枕である住吉の景物が「わすれぐさ」だけでなく「姫松」もあるからで、「むかしへひと」の心中では一首目の「松」から「姫松」そして「姫小松」へと連想が働いたゆえの歌である。であれば、ここであらためて一首目の「いまみてぞ」の歌をみたときに、ここに亡児、まさにそれが女児「姫」であればこその追悼が隠されていると見ることも可能だろう。死にし子顔よかりき、ではないが、己の老いを意識すればするほ

ど、幼いまま亡くなった女児は永続化してゆく。たとえ「ある人」がそこまで意識していなかったとしても、二首目の「むかしへびとのはは」は亡き子を意識して受け取ったに違いない。それゆえに「わすれぐさ」への歌に繋がっていったと考えられる。また、あえて「姫松」とよまず、「松」とのみしていることにも注意したい。本来住吉の松は幾代も経た老松であったはずで、岸の姫松はそれへの愛称だ。それをここではあえて姫松とよまず松とのみ詠むことで、その異称を喚起させていることになる。五日の最後に荒れた海を静めるための代償として鏡を求めた住吉の神に対し、「いたく、すみのえ、わすれぐさ、きしのひめまつなどいふかみにはあらずかし」忘れ草や岸の姫松など優雅な神ではなかったのだ、と書き手がその神の強欲さを批判するが、ここで「ひめまつ」と記されることで、二首の連関がさりげなく示されるかたちになっている。

二月九日の「松」は渚の院の松で、ここでは業平と惟喬親王の故事を伝えるものとしての「千代へたる松」として位置付けられている。

かくて、ふねひきのぼるに、なぎさの院といふところをみつゝゆく。その院、むかしをおもひやりてみれば、おもしろかりけるところなり。しりへなるをかには、まつのきどもあり。なかのにはには、むめのはなさけり。ここに、ひとゞゝのいはく、「これ、むかし、なだかくきこえたるところなり」「故これたかのみこのおほんともに、故ありはらのなりひらの中将の、『よのなかにたえてさくらのさかざらばゝるのこゝろはのどけからまし』といふうたよめるところなりけり」いま、けふあるひと、ところににたるうたよめり。

ちよへたるまつにはあれどいにしへのこゑのさむさはかはらざりけり

また、あるひとのよめる、

きみこひてよをふるやどのむめのはなむかしのかにぞなほにほひける

とい ひつ ゝ ぞ、みやこのちかづくをよろこびつゝのぼる。かくのぼるひとゞゝのなかに、京よりくだりしときに、みなひと、子どもなかりき、いたれりしくにゝてぞ、子うめるものども、ありあへる。ひとみな、ふねのとまるところに、こをいだきつゝ、おりのりす。これをみて、むかしのこのはゝ、かなしきにたへずして、

なかりしもありつゝかへるひとのこをありしもなくてくるがゝなしさ

といひてぞなきける。ちゝもこれをきゝて、いかゞあらむ。かうやうのことも、うたも、このむとてあるにもあらざるべし。もろこしも、こゝも、おもふことにたへぬときのわざとか。こよひ、うどのといふところにとまる。

「しりへなるをかにには、まつのきどもあり。なかのにはには、むめのはなさけり」の前半を受け「ちよへたる」の歌が詠まれ、後半を受け「きみこひて」の歌がよまれている。「ちよへたる」の歌に関しては、『論語』子罕《しかん》編の「歳寒くして、然る後に松柏の凋《しぼ》むに後《おく》るるを知るなり」を踏まえているのは既に複数の注釈書が指摘している。(29)寒さが厳しくなっても、松や柏は未だに緑であることから、不遇の時にあってその人の真価が知れる、という意味だが、そこから凋落した惟喬親王に最後まで付き添った業平の忠誠心をよみこむことも可能で、また、紀貫之の、彼の土佐在任中に亡くなった、藤原兼輔への忠誠心を、重ね見ることができる、と言われる。(30)貫之集に以下の歌が見える。

京極の中納言（兼輔）うせ給ひてのち、あはたに住むところ有りける、そこにゆきて松と竹とあるを見て

松もみな竹もわかれをおもへばや涙の時雨ふる心ちする（巻第八　七九一）

かげにとて立ちかくるればから衣ぬれぬ雨ふる松のこゑかな（七九二）

主人を失った庭の松と竹が変わらずある光景から、一首目は松や竹を吹く風にそれが亡き主人を悼んで泣いてい

る声に聞こえる、とするものだが、ここにも件の論語の引用意識が読みとれる。また七九二番歌の「かげにとて」の歌は、「同じ中将（兼輔）のみもとにいたりて、かれ是松のもとにおりゐて、酒などのむついでに」の詞書で貫之集第九にも載るものだ。別伝を持つのかもしれないが、元来宴席歌であれば、歌意は、松の陰にということで、そこに立ち隠れるとまるで衣を濡らさず降る雨のように松を吹く風が聞こえることだ、となって、兼輔の庇護下にあり、なおそこでの貫之の忠誠心を示す歌となるだろう。これを追悼歌のかたちで改めて兼輔邸で再度よんだものとなれば、この松を吹く風はとたんに涙の声となって響いてくるはずだ。

二首目の「君恋ひて…」の歌は百人一首でも有名な貫之歌

人はいさ心も知らず故里《ふるさと》は花ぞ昔の香ににほひける（古今集・巻第一・春歌上・四二）

を想起させる。変わってゆく人事と変わらぬ自然の対比だが、前の大伴旅人の場合の亡き妻を思わせる植物が「梅」であったことを思い合わせたとき、梅と松とが重なる意味でも興味深い。

こうして、都の自邸の松に繋がってゆくわけだが、その前にこの二月九日条の後半では

なかりしもありつゝかへるひとのこをありしもなくてくるが、なしさ

と、改めて亡児追懐が行われていることに注意しておきたい。都から下ったときは子どもがいなかった夫婦に赴任先で子どもが生まれたのを見て母が詠んだ歌である。主人を失った家とその主人への思いは業平から兼輔へと展開し、しかし一日の終わりには最終的に亡き子への思いへと回収されてゆく。旅先で生まれた子は、日記の最終場面で「いまおひたるぞまじれる」と新たに庭に生えた子松への伏線でもある。

ここで、あらためて『土佐日記』の松を用例を整理してみれば、それは素直に永続性の象徴へとは繋がってゆかないことが確認される。一月五日条の宇多上皇や、二月九日の藤原兼輔など、むしろ亡き人への思いをそこに濃厚

に残しつつ、一月二十九日や二月五日のように亡き子への思いへと連接させてゆくものだった。一月二十二日の童の歌も、そこに亡児追懐の記述は含まれないものの、やはり亡き子を想起しうるものであったし、一見華やかに見える二月一日の「黒崎の松原」も中心が空洞化した空虚なものだった。

『土佐日記』と大伴旅人亡妻挽歌群の表現上の相似はこれだけに留まらない。旅人自身、自邸に帰る途次、折に触れ亡き妻を思う歌を詠んでいた。

　天平二年庚午《かのえうま》の冬十二月、大宰帥《だざいそち》大伴卿、京に向かひて道に上る時に作る歌五首

吾妹子《わぎもこ》が　見《み》し鞆浦《とものうら》の　天木香樹《むろのき》は　常世《とこよ》ニ有《あ》レど　見《み》し人そなき（巻三　四四六）

鞆浦《とものうら》の　礒《いそ》の室《むろ》ノ木《き》　将見毎《みむごと》ニ　相見《あひみ》し妹《いも》は　将所忘《わすれえめ》やも（四四七）

礒《いそ》ノ上《うへ》に　根《ね》蔓《ば》フ室《むろ》ノ木《き》　見《み》し人《ひと》を　何在《いづら》と問《と》ハば　語《かた》リ将告《つげむ》か（四四八）

　右の三首は、鞆の浦に過る日に作る歌

妹《いも》と来《こ》し　敏馬《みぬめ》の埼《さき》を　還《かへ》ルさに　獨《ひとり》し見《み》レば　涕《なみた》ぐましも（四四九）

去《ゆ》クさには　二吾《ふたりわ》ガ見《み》し　此《こ》ノ埼《さき》を　獨過《ひとりす》グレば　情悲《こころがな》シも〈一云「見もさかずきぬ」〉（四五〇）

　右の二首は、敏馬の崎に過る日に作る歌

四四六番歌から四四八番歌は梅の木ではなく、往路に妻とともに見た「ムロノキ」を今は一人で見るというもので、特に四四八番歌の「何在と問ハば」は、『土佐日記』の承平四年十二月二十七日条の

　あるものとわすれつゝなほなきひとをいづらとゝふぞかなしかりける

の歌を想起させるものがある。『土佐日記』では問う対象は明示されておらず、ふつうにいまちょっと我が子が見えないから、わが子が亡くなったことを忘れて「どこへいったの」と尋ねてしまうという内容の歌である。いっぽ

う旅人のほうは、亡くなったことを意識しつつ、いま亡くなった妻は「どこにいるのか」という方向で詠まれている。そういう意味ではこの二者は共通するものではない。しかしながら、ムロノキや敏馬の崎など、旅先の景物に反応しつつ、亡くした者のことを想起し、その不在を改めて感じる、という根幹の発想は、この後に続く、『土佐日記』の亡児追懐歌群と共通する性質をもっている。

実のところ『万葉集』の挽歌で、場所の移動に伴い、その景に触発されるかたちで亡き人を悼む、というかたちの挽歌は旅人以前には存在しなかった。柿本人麻呂以前の挽歌は宮廷の殯宮挽歌が中心であり、そういう意味で人麻呂が自身の妻の死を詠んだ「泣血哀慟歌」は特殊な存在だった。天皇や、皇子、皇女といた宮廷人を哀悼対象としていた挽歌は、大伴旅人ら『万葉集』第三期の歌人たちによって、身近な者を対象としたものへと移っていった。そうした中で旅の歌と挽歌というふたつの流れの中で歌をよんだ大伴旅人は、その表現母体として、自身の旅と娘の死を綴る貫之の先蹤となっていたと考え得る。

『万葉集』の訓読作業は『後撰集』の撰者たちである「梨壺の五人」から始まったことは、『本朝文粋』巻十二「奉行文」の伝えるところである。だからといって紀貫之が『万葉集』を見ていなかったとは考えにくい。「梨壺の五人」の一人である紀時文は貫之の子であり、『万葉集』の訓読の命が出た天暦五（九五一）年は、貫之は亡くなったと『本朝世紀』が伝える天慶八（九四六）年ないし、『古今集目録』の伝える天慶九年の四、五年後である。貫之の卒年は七十代後半かと推定され、すでに『万葉集』解読の任にあたるには高齢すぎた面もあるだろう。しかし、貫之がそれを目にしなかった可能性もゼロではないと考えうる。貫之生前に菅原道真撰の『新撰万葉集』は編まれていたし、そもそも『古今集』の仮名序に人麻呂と赤人を引き、「人麻呂は赤人の上に立たむことかたく、赤人は人麻呂の下に立たむことかたくなむありける」という評するには、彼らの歌を知らねばできなかったろう。

貫之が『土佐日記』で歌をよむ際、当然ながらその背後には自身がつくりあげた『古今集』を規範とする歌ことばの世界、宮廷の言語空間があった。しかし旅日記という枠組みの中でその世界を構成するとき、その先には『万葉集』からの旅の歌の伝統、特に大伴旅人の表現も受け継がれていたと考えられる。

注

(1) 例えば「秋田苅ル　客《たび》の廬《いほ》りに　しぐれ零《ふ》リ　我ガ袖沾《ぬ》レヌ　干《ほ》ス人無シに」(巻十・二二三五)や「鶴《たづ》ガ鳴《ね》の　所聞《きこゆ》田井に　いほり為《し》て　吾客《われたび》ニ有リと　妹《いも》に告ゲこそ」(巻十・二二四九)などのように、一時的に家を離れ、田へ仕事へ行きそこで泊まる際も「旅」とよまれた。

(2) 巻三・二四九番歌から二五六番歌

(3) 万葉集本文は塙書房『万葉集』の西本願寺本をもとに私に校訂した。基本的に正漢字および地名表記は原字のまま残し、万葉仮名はかなに書き改めた。また漢文表記を用いている部分は原文の形態を残し、送りがなや添え仮名等、後に私に補ったものはカタカナで記してある。

(4) 律令官制下の旅であるから、それが個人的な旅であるとは考えられない。人麻呂はおそらくなんらかの任務を帯びた一行の一人だったと考えるべきだ。

(5) 山吹《やまぶき》の　花《はな》執《と》リ持《も》チて　つれもなく　かれにし妹《いも》を　しぬひつるかも

(6) 澁谿《しぶたに》の　二上山《ふたがみやま》に　鷲《わし》そ子《こ》産《む》と云《い》フ　指羽《さしは》にも　君《きみ》が御為《みため》に　鷲《わし》そ子《こ》生《む》と云《い》フ(巻十六・三八八二)

(7) 実際の立山は三〇〇三メートルの雄山と三〇一五メートルの大汝山、二九九九メートルの富士ノ折立の三つの峯の総称である。

(8) 天地《あめつち》の　分《わか》レシ時《とき》ゆ　神《かむ》さびて　高《たか》ク貴《たふと》き　駿河《するが》なる　布士《ふじ》の高嶺《たかね》を　天《あま》ノ原《はら》　振《ふ》リ放《さ》ケ見《み》レば　度《わた》ル日《ひ》の　陰《かげ》も隠《かく》サひ　照《て》ル月《つき》の　光《ひかり》も不見《みえず》　白雲《しらくも》も　い去《ゆ》キはばかり　時《とき》じくそ　雪《ゆき》は落《ふ》リける　語《かた》リ告《つ》ギ　言《い》ヒ継《つ》ギ将往《ゆかむ》

不盡《ふじ》の高嶺《たかね》は（巻三・三一七）

(9) 三吉野《みよしの》の　耳我《みみが》ノ嶺《みね》に　時無《ときな》クそ　雪《ゆき》は落《ふ》リける　間無《まな》クそ　雨《あめ》は零《ふ》リける　其《そ》ノ雪《ゆき》の　時無《ときな》キガ如《ごと》　其《そ》ノ雨《あめ》の
間無《まな》キガ如《ごと》　隈《くま》も不落《おちず》　念《おも》ヒつつぞ来《く》ル　其《そ》ノ山道《やまみち》を（巻一　二五番歌）

(10) これは名田からの税収を確保する名体制のもと遙任が増加し、実際に任国に赴任する国司が減少していたことと
も関係するかもしれない。

(11) 古今和歌集の引用は小町谷照彦訳注『古今和歌集』（ちくま学芸文庫、二〇一〇）による。

(12) 後撰和歌集の引用は新日本古典文学大系（岩波書店、一九九〇）による。

(13) いっぽう『古今和歌六帖』では「岩瀬の杜」「奈良思の丘」と併せて詠まれている歌が見える。「もののふのいは
せのもりの時鳥今もなかぬか山のこかげに（四四一五）」「もののふのいはせのもりのほととぎすいたくななきそ我
がこひまさる（四四二三）」「ふるさとのならしのをかのほととぎすことづてやりきいかにつげきや（二八六〇）」

(14) 『袋草紙』の引用は新日本古典文学大系（岩波書店）による。
（以上角川書店『新編国歌大観』より）

(15) 『土佐日記』の本文は、萩谷朴『土佐日記全注釈』（角川書店、一九六七）による。一部改行等、私に改めた。

(16) 仮名表記の地名にはルビを付した。

(17) 短歌体のものに限り、楫取りや童の歌う舟唄は含まない。ただし二月五日条で、楫取りの発言が短歌体をなして
いたもの「みふねよりおふせたぶなりあさきたのいでこぬさきにつなではやひけ」はこれを含めた数である。

(18) 井手幸男・橋本達広著『土佐日記を歩く―土佐日記地理弁全訳注』（高知新聞社、二〇〇三）

(19) 萩谷朴『土佐日記全注釈』所収「土佐日記の旅」

(20) 『後撰集』　巻第十五・雑一・一一〇二番歌

(21) 『大和物語』　第四十五段

(22) 長谷川政春『紀貫之論』（有精堂、一九八四）

（23）烏珠《ぬばたま》の　其《そ》ノ夜《よ》の梅《うめ》を　手《た》忘《わすれる》レて　不折来《をらずき》ニけり　思《おも》ヒしものを（巻三・三九二）
（24）『貫之集』の本文は『新編国歌大観』（角川書店）による。
（25）鈴木知太郎校注の岩波文庫本（一九七九）や、品川和子校注の講談社学術文庫本（一九八三）など。
（26）竹村義一『土佐日記の地理的研究』（笠間書院、一九九七）もこれによる。
（27）今井卓爾『土佐日記　譯注と評論』（早稲田大学出版部、一九八六）もこれによる。
（28）注22
（29）萩谷朴『全注釈』や品川和子の講談社学術文庫本など。
（30）萩谷朴『全注釈』

表出する序者――『新撰和歌集』序をめぐって――

坂倉貴子

一　紀貫之の序

日本の序文史を考える上で、古代において一つの大きな画期をなしたのは紀貫之である。漢文で書かれるものであった序を、彼は『古今和歌集』で仮名による序を創出し、それは以後の勅撰和歌集にとどまらず、近世には狂歌集の序にも転用された(1)。

貫之は、現存の範囲内で三つの序を残している。『古今集』仮名序、「大堰川行幸和歌序」、そして『新撰和歌集』序である。

「大堰川行幸和歌序」は、『古今著聞集』巻十四「亭子院御時大堰川行幸に紀貫之和歌の仮名序を書く事」に残されている和歌の仮名序の通称で、本話は本文頭書に「抄入之」の三字があり、後の書入話であることが示されている。説話の内容から、大堰川行幸で催された和歌会の記録を纏める際に付された序と見られている。序の内容としては、大堰川の川辺の景が帝の心にかなって素晴らしかったこと、勅命により歌題が出されたこと、それに臣下たちが一心に応えて和歌を詠み、後世まで残すべきものになったことなどが書かれている。この序が、和文ながら中国の四六騈儷体の影響を濃く受け、対句を多用するなど、漢詩文の影響を強く受けていることについては既に指摘がなされている。また、本話の冒頭には、「亭子院の御時、昌泰元年九月十一日、大井川に行幸ありて」とあるが、この行幸は他資料には認められないばかりか、むしろ『古今著聞集』の年次と齟齬をきたすような記載が多数認められており、物議を醸してきた。大堰川行幸の年紀に関しては渡辺泰氏の論(2)に詳しいのでここでは割愛するが、実際に貫之序が書されたのは延喜七年と見るのが妥当、というのが現在多くを占める説のようである。

この大堰川行幸和歌が実際はいつの催しであるのか、また、序は果たして本当に貫之の手に成るものか。その信憑性はともかく、貫之は、おそらく『古今集』の仮名序執筆前後に「大堰川行幸和歌」の序を仮名で書き、結果二つの仮名序を残したことになる。

その上で、改めて注目すべきは『新撰和歌集』序であろう。「大井川行幸和歌」序や『古今集』仮名序、『土佐日記』など、仮名による文学作品で有名な紀貫之だが、彼が晩年、土佐赴任中に撰集したと見られる『新撰和歌集』の序は真名によるものである。『新撰和歌集』の写本が残るほか、『本朝文粋』巻十一・和歌序にもこの序が収められている。(3)

新撰和歌序

玄番頭従五位上紀朝臣貫之上

昔延喜御宇。屬世之無爲。因人之有慶。令撰進萬葉外古今和歌一千篇。更降勅命抽其勝矣。傳勅者。執金吾藤納言。奉詔者。草莽臣紀貫之。貫之未及抽撰。分憂赴任。政務餘景漸以撰定。抑夫上代之篇。義尤幽而文猶質。下流之作。文偏巧而義漸疎。故抽始自弘仁至于延長詞人之作。花實相兼而已。今之所撰玄之又玄也。非唯春霞秋月漸艶流於言泉。花色鳥聲鮮浮藻於詞露。皆是以動天地感神祇厚人倫成孝敬。上以風化下。下以諷刺上。雖誠假名於綺靡之下。然復取義於教誡之中者也。爰以春篇配秋篇以夏什敵冬什。各各相鬪之兩兩雙書焉。慶賀哀傷離別羇旅戀歌雜歌之流。各又對偶。摠三百六十首分爲四軸。蓋取三百六十日關於四時耳。貫之秩罷歸日。將以上献之。橋山晩松愁雲之影已結。湘濱秋竹悲風之聲忽幽。傳勅納言亦已薨逝。空貯妙辭於箱中。獨屑落涙於襟上。若貫之逝去。歌亦散逸。恨使絶艶之草復混鄙野之篇。故聊記本源以傳末代云爾。

現代では仮名文学作者としての側面が強い貫之だが、『本朝文粋』が編纂された十一世紀には、漢文による序も評価を得ていたものと思われる。たしかに、『古今著聞集』所収の大堰川行幸和歌序も、仮名で書かれてはいるものの、その内容は四六騈儷体や対句表現などを彷彿とさせる漢文的表現に溢れるという評価を得ていた。

『新撰和歌集』は四巻から成り、巻一に春秋の歌一二〇首、巻二に夏冬の歌四〇首、巻三に賀哀二〇首と別旅二〇首、巻四に恋雑一六〇首を収め、それぞれの部類の歌が一首ずつ交互に配列されている。このような形態の歌集は後にも先にも本集のみである。また、歌の約八割が『古今集』からの撰入歌であり、残りの二割はそれ以外からの採歌であることが確認されている。詞書・作者名は一切無く、目録として「春秋」「夏冬」などの部類名が記されているほかは、ただ和歌だけが配されている。

このように、歌集が示す配列の目新しさや、貫之単独の編纂によることから、貫之晩年の和歌観を知る点で高い評価を受ける一方、『古今集』のように歌集の範として後に普及していかなかったことや、ほとんどが『古今集』からの採歌であるため、収載歌の目新しさに欠けるとも言われてきた。それ故、研究史上、十分に注目されてきたとは言い難い。

二　本序における〈心〉の有りようをめぐって

『新撰和歌集』の序は元来、「序の行文は、貫之の悲涙をもって綴られている」[4]、「序巻末部に看取される挫折感は深く重い」[5]、「一篇の悲痛な漢文の序」[6]などのように、貫之の「悲哀」が語られるものとして読まれてきた。

中でも神田龍身氏は本集の序について、「この漢文こそが貫之テクスト群の中で、ある意味でもっとも本音を吐露したものとなっている」「醍醐帝の崩御や兼輔の死の悲しみ、そして撰定した和歌集を献上するあてのない絶望感が直截に語られている」「この序を読む限り貫之の孤独な叫び以外でない」とし、さらに本序が漢文で書かれていることにも踏み込んで、本序が公の立場を保ちつつ本音を吐露したものであることを指摘する[7]。たしかに、『古今集』仮名序のような渾身の仮名作品を残しておきながら、その後、逆行するように漢文で序を綴ったことの意味を考えるべきである。

『古今集』仮名序は、その成立以前に既に真名序が成立しているとの見方が強い。大井川行幸和歌序も、漢字題で和歌を詠み、漢籍を下敷きにして仮名で序を付すという、漢字との交渉の中で生み出されたものである。完全なる仮名文学作品と見られることのある『土佐日記』も、冒頭に「男もすなる日記」とあるように、「真名日記を仮名で忠実になぞることを意図した作品」[8]であり、真名が前提の文学であった。仮名文学は未だ独立した存在ではなく、仮名文学の前提には必ず漢文学が横たわっていたのである。ここに、自己の思いを述べる文体としての漢文の姿が立ち上がってくる。言い換えれば、〈伝える〉文体としての仮名の限界を主張するものとして、首肯できる指摘であると思う。しかし、この序が貫之個人の悲痛な思いを綴ったと考えられる所以は、漢文で書かれていること以外に、具体的にどのようなところにあるのだろうか。

そもそも書物の序文は、読者の作品本編の読みに影響を与えるものとして、作品と読者とを仲介できる視点を有している。書物の内部に位置しながら、作品本編を対象化し、本編からははみ出したところで作者と読者の間に位置するような視点である。序には、〈作品世界〉と〈読まれること〉との狭間で、多少の差はあるにしても、どちらも視野に入れながら生産するという視点が内包されているはずである。そのような仲立ちをする序文があることによって、読者の読みの方向もある程度規定される。読まれるべき作品世界への道標となるもの。それが、序である。(9)

本編となるテクストを世に送り出すことを想定した時点において、その著作の経緯や意図を、本編とは異なる次元で言語化したものが序文であるとするならば、作品本編よりは比較的（あくまで比較的）、〈読まれること〉という読者に寄り添った視点で書かれるものとなろう。序文作者は、その書物の最初の読者となるわけである（ただし、純粋な読者ではなく本編執筆者（編纂者）というフィルターをも通すことになる）。

そうした特性を考えれば、序は、本編執筆時と同様の意識ではなく、本編執筆の経緯や意図を外部に示す点で、より現実に即したものとなる。このことから、執筆者の考えや、史書類には残されていない史実が読み取りやすいと考えられてきた文章でもある。実際、我々近代読者は、序文の記載内容から作家そのものの価値観であったり考え方であったり、あるいは史料的価値を見出そうとしてきた。

しかし、中国より受容した「序」なるものが一つの文学ジャンルである以上、日本古代の序も、一定の〈型〉に則って書かれたにちがいない。すべての序の内容が、必ずしも現実に即したノンフィクションであるとは言い切れないことに注意すべきである。日本独自の仮名の序ですら、その始発期に成る『古今集』では、漢籍の表現や漢文序を下敷きにせざるを得なかった事実がある。ましてや、それ以前の、漢文でしたためる勅撰書物の序執筆において、先行する序の〈型〉を大きく無視することなど有り得なかったのは想像に難くない。ただし、それらは〈型〉だけで記せるものでもない。その中に、序者（編者）の思い、書物への期待、その書物オリジナルの意義など、書物の読み手に対して訴えたい「何か」があって、はじめて執筆が可能になるのである。〈型（＝ことば・言語）〉と〈心（＝書き手の想い）〉とが合わさって、はじめて文学たり得たはずだ。そのようにして書かれたからこそ、「序」は、一つの文学ジャンルとして成立し、『本朝文粋』などアンソロジーへの収載対象ともなっていった。つまり、序は文学であるという自明の考えに帰着する。

では、序に表出してくる〈心〉の見分けをどうするか。『新撰和歌集』の序が、本音の表出であると見える所以は、漢文で書かれていることの他に、他の序と比較してどのようなところにあるのだろうか。まずは、序の〈型〉を知ることから始めよう。

三　〈型〉から外れた序

日本古代の序には、「書序」「詩序」「和歌序」「譜序」といった種類がある。『新撰和歌集』の序は、『本朝文粋』では「和歌序」の中に分類されているが、「和歌序」に分類されるうち『古今集』『新撰和歌集』を除いては、ほとんどが和歌会（宴）の序で、本集の序とは著しく体裁を異にする。したがって本論では『本朝文粋』に載る他の「和歌序」は今回の対象とせず、書物に伴う序を以下に行う比較の対象とする。また、比較をより明確なものにするため、『新撰和歌集』と編纂契機を同じくする勅撰系統の書物の序に絞って見ていくことにした。実際に探してみると、貫之以前の書物の序において、この『新撰和歌集』のように、勅命によって編纂が始まり、かつ個人撰者の手に成った書物は極めて少ない。序を伴う古代書物のほとんどは複数撰者の手に成っているのであり、序の内容以前に、そうした物理的形式の面でも『新撰和歌集』序は特異な性質を持つことを先に述べておく。

それでは、内容の面で『新撰和歌集』の序が何を述べているか最初から整理してみよう。

序の書き出しは、醍醐帝の治世が素晴らしかったこと、そしてそれが理由となり和歌集編纂の勅命を醍醐帝が下したことを記す。

昔延喜御宇。屬世之無爲。因人之有慶。令撰進萬葉外古今和歌一千篇。更降勅命抽其勝矣。傳勅者。執金吾藤納言。奉詔者。草莽臣紀貫之。

世がよく治まっていることが勅撰集編纂の前提となることは、礼楽思想に基づいた序の記述として極めて類型的なものである。たとえ実際の政情がどうであれ、それとは関係なしに聖朝を讃美するのである。

例えば、次に挙げる勅撰漢詩集『凌雲集』序でも、治世を讃美する表現（以下用例の□囲み部）、その後に編纂の勅命が下ること（同じく以下傍線部）が示されるし、

伏惟皇帝陛下。握裒紫極。御辨丹霄。春臺展熙。秋茶翦繁。睿知天縱。艶藻神授。猶且學以助聖。問而增裕也。屬世機之靜謐。託琴書而終日。歎光陰之易暮。惜斯文之将墜。爰詔臣等。撰集近代以来篇什。

『文華秀麗集』序でも以下のように、詩文が豊かにあふれる世の様子を言い、その後に集編纂の勅命が下ったことを序で説明している。

自厥以来。文章間出。未逾四祀。巻盈百餘。豈非□□[10]儲聽。製文之無虚月。朝英國俊。摛藻之靡絶時哉。或氣骨彌高。諧風騷於聲律。或軽清漸長。映綺靡於艶流。可謂輅變椎而增華。氷生水以加厲。英聲因而掩後。逸

價藉而冠先。至瓊環與木李齊暉。蕭艾将蘭芬雑彩。寔由緹末異。篋笥仍同者矣。正三位大納言兼行左近衛大将陸奥出羽按察使臣藤原朝臣冬嗣。奉勅命臣等□□[11]焉。

『経国集』序も同様である。

方今梁園臨安之操。贍筆精英。縉紳俊民之才。諷託驚抜。或強識稽古。或射策絶倫。或苞蓄神奇。或潜摸旧製。伏惟皇帝陛下。教化簡樸。文明鬱興。以為伝聞不如親見。論古未若徴今。爰詔正三位行中納言兼右近衛大将春宮大夫良岑朝臣安世。令臣等鳩訪斯文也。

以上のように、表現は集により様々だが、勅撰漢詩三集の序では、同じ主旨の記述が見られるのであった。

そしてこのような記載の方法は、以下に挙げる『古今集』両序にも見られ、後の勅撰和歌集にも受け継がれていく序の〈型〉なのである[12]。

陛下御宇于今九載仁流秋津洲之外恵茂筑波山之陰、淵変為瀬之声寂寂閉口砂長為巌之頌洋洋満耳、思継既絶之風欲興久廃之道、爰詔大内記紀友則御書所預紀貫之前甲斐少目凡河内躬恒右衛門府生壬生忠峯等各献家集并古来旧歌曰続万葉集、於是重有詔部類所奉之歌勅為二十巻名曰古今和歌集

（『古今集』真名序）

かかるにいますべらぎのあめのしたしろしめすことよつの時ここのかへりになむなりぬる、あまねきおほむうつくしみのなみやしまのほかまでながれ、ひろきおほむめぐみのかげつくば山のふもとよりもしげくおはしまして、よろづのまつりごとをきこしめすいとまもろもろのことをすてたまはぬあまりに、いにしへのことをもわすれじふりにしことをもおこしたまふとて、いまもみそなはしのちの世にもつたはれとて、延喜五年四月十八日に大内記きのとものり、御書のところのあづかりきのつらゆき、さきのかひのさう官おほしかふちの

みつね、右衛門の府生みぶのただみねらにおほせられて、万えふしふにいらぬふるきうたみづからのをもたてまつらしめたまひてなむ（『古今集』仮名序）

『新撰和歌集』序の続きを見よう。冒頭に続く箇所には、序者自身（紀貫之）が集編纂の勅命を賜ってから完成までの間に、土佐へ赴任することになり、土佐の地で時間をかけて編纂作業を進めたことが記されている。

貫之未及抽撰。分憂赴任。政務餘景漸以撰定。

本序のように赴任が理由になることはあまりないが、類似するものとして、何らかのアクシデントにより編纂が予定通り進まないことを述べる序はある。『日本後紀』序に「聖綸重疊、筆削遲延」、『日本三代実録』序に「爾乃時屬揖讓、朝廷務般。在此際會、蹔停刑緝」などとある通りである。また、序で勅撰集の勅命により編纂が始まったと主張する『大江千里集』も、「臣奉命以後魂神不安遂臥重痾延以至」とあり、勅命により始まった集の編纂が遅々として進まなかったことを記している。

これに続く『新撰和歌集』序の箇所、すなわち編纂方針や書物の情報を明示する記述は、序の典型的なスタイルと言って良い。その中で、『古今集』真名序以上に『詩経』大序を多く引用した以下の部分は、単に秀歌が愛でるためだけにあるのではなく、和歌の政教主義的側面を称揚している。

皆是以動天地感神祇厚人倫成孝敬。上以風化下。下以諷刺上。…

『凌雲集』序の冒頭に「文章者経国之大業。不朽之盛事」とあるように、『新撰和歌集』序もウタの大義について述べていることから、この歌集が紀貫之個人の享楽などではないことが示されているのである。ここまで、『新撰和歌集』序は、「序」としての典型を大きく外れたものではないことが分かる。

ところが、序後半の上献に関する部分にくると、大きく序の典型を外れてくる。通常の勅撰書物の場合は、以下のように上献の事実や謙辞、結語を以て序が締めくくられることを確認したい。

并録三巻、謹以献上。臣安万呂、誠惶誠恐、頓々首々。（『古事記』序）

臣之此撰。非臣独断。…更無異論従此定焉。臣岑守謹言。（『凌雲集』序）

臣謬以散材。忝侍詮簡。重承天渙。虔制茲序。臣仲雄上。（『文華秀麗集』序）

臣等学非飽蹠。智異聚沙。朱愚出上。逼以厳命。…謹上。（『経国集』序）

臣等才非司馬。識異董狐。代匠傷手、流汗如漿。謹詣朝堂、奉進以聞。謹序。（『日本後紀』序）

臣等生謝龍門、種非虎乳。殊恐、…謹詣天闕、奉進以聞。謹序。（『日本文徳天皇実録』序）

臣等生謝含章、辭非隠核腐毫淹祀、靦汗失魂謹詣朝堂、奉進以聞。謹序。（『日本三代実録』序）

臣等勤非簡要、道謝清通。…然恐愆厳制、致粛霜於秋官、謹序。（『延喜式』序）

これに対し、『新撰和歌集』の序は、和歌の選定を終えいよいよ帰京して醍醐帝に集献上という時に、実は既に醍醐帝は崩御しており、また自身に勅命を伝達した「納言」（藤原兼輔か）も逝去していた、つまり、本集の行き場のなさが語られる。勅撰書物の序の〈型〉から一変、肩すかしを食ったように上献が叶わなかった方向に序は急展開するのである。

貫之秩罷歸日。將以上献之。橋山晩松愁雲之影已結。湘濱秋竹悲風之聲忽幽。傳勅納言亦已薨逝。

ここにおいて、『新撰和歌集』の序は異彩を放つ。

序結びの以下の部分には、自らの「死」によって歌集が失われることへの抵抗が記されている。

空貯妙辭於箱中。獨屑落涙於襟上。若貫之逝去。歌亦散逸。恨使絶艶之草復混鄙野之篇。故聊記本源以傳末代云爾。

ここまで人の「死」が知の埋没に繋がるという意識が見られる序は日本古代では珍しい。「死」が原因ではないが、失われることへの抵抗、という意味では、『凌雲集』の序が「文章者経国之大業。不朽之盛事」と書き出しておきながら、編纂動機を記した箇所「歎光陰之易暮。惜斯文之将墜」で、時の有限なることと、時間とともに優れた文学作品が失われることへの懸念が書かれている。

また、斎部広成の個人編纂による『古語拾遺』[13]の序も、「愚臣不言、恐絶無傳」とあるように、自らの進言がなければ遺漏が失われると主張する。

しかし、これらは完成した作品そのものが失われる悲しみを言うのではなく、未だ書物となっていない情報が失われることへの抵抗である。『凌雲集』や『古語拾遺』は「失われる」ことへの抵抗が書物の編纂動機になっているのに対して、『新撰和歌集』は、「失われる」ことへの抵抗が序に完成した書物の「本源」を記すことだったのである。この点においても、『凌雲集』や『古語拾遺』の序と種類を同一にできるものではない。

本序のように、人の「死」が描かれる序で典型的なものに六国史の序がある。史書類では、『日本書紀』には序が存在せず、『続日本紀』は一巻が現存しないため、『日本後紀』[14]の序からその構成を探ってみる。六国史の序はほとんどが似たような〈型〉のもとに書かれる。すなわち、勅撰史書の序執筆に必要な構成要素は、以下の九項目である。

1、史書の意義
2、今帝の治世讃美　＊先帝の際に編纂が始まった場合はそれも記載。
3、編纂の勅命　＊先帝の際に編纂が始まった場合はそれも記載。
4、過去に編纂が遅々として進まなかったこと

5、編纂方針
6、書誌情報
7、謙辞
8、日付
9、署名

六国史の序は、概ね以上の流れに則って書かれるが、これらの序においてもう一つ特徴的なのが、編纂の途中で誰かが逝去しており、それを序に記しているという点である。

『日本後紀』の序は、左に示す通り、①史書の意義→②過去（嵯峨・淳和）の治世と満たされない人民→先々帝（嵯峨）の勅命と先帝（淳和）の勅命。間に編纂者が「獨」になった事実→④編纂に精を出したこと→⑤今帝（仁明）の治世讃美→⑥編纂が遅々として進まなかったこと→⑦今帝（仁明）の勅命→⑧編纂方針、書誌情報→⑨謙辞、日付、署名、の順で展開するが、その間の③と⑦（以下傍線部）において、嵯峨天皇が藤原冬嗣、藤原緒嗣、藤原貞嗣、良岑安世に編纂を命じたが、緒嗣以外の三人が逝去したこと、後に淳和天皇が清原夏野、直世王《なおよおう》、坂上今継《さかのうえのいまつぐ》、藤原吉野、小野岑守、島田清田《しまだのきよた》に編纂を続けることを命じ、仁明天皇の代になってさらに編纂を命じ、完成したことが記される。

①臣緒嗣等、討論綿書、披閲囊策。文史之興、其來尚矣。無隱毫釐之疵、載錙銖之善。炳戒於是森羅、徽猷所以昭晰。史之爲用、蓋如斯歟。②伏惟前後太上天皇、一天兩日、異体同光。並欽明文思、濟世利物。問養馬於牧童、得烹鮮於李老。民俗未飽昭華、薜羅早収渙汗。③弘仁十年、太上天皇、勅大納言正三位兼行左近衛大將陸奥出羽按察使藤原朝臣冬嗣、正三位行中納言兼民部卿藤原朝臣緒嗣、參議從四位上行皇后宮大夫兼伊勢守藤

原朝臣貞嗣、參議左衛門督從四位下兼守右大弁行近江守良岑朝臣安世等、監修撰集。未了之間、三臣相尋薨逝、緒嗣獨存。後太上天皇、詔副左近衛大將從三位兼守權大納言行民部卿清原眞人夏野、中納言從三位兼行中務卿直世王、參議正四位下守右近衛大將兼行春宮大夫藤原朝臣吉野、參議從四位上守刑部卿小野朝臣岑守、從五位下勲七等行大外記兼紀傳博士坂上忌寸今繼、從五位下行大外記嶋田朝臣清田等、續令修緝。④屬之讓祚、日不暇給。⑤今上陛下、稟乾坤之秀氣、含宇宙之滴精。受玉璽而光宅、臨瑤圖而治平。仁孝自然、聿修鴻業。⑥聖綸重疊、筆削遲延。⑦今更詔左大臣正二位臣藤原朝臣緒嗣、正三位守右大臣兼行東宮傅左近衛大將臣源朝臣常、正三位行中納言臣藤原朝臣吉野、中納言從三位兼行左兵衛督陸奥出羽按察使臣藤原朝臣良房、參議民部卿正四位下勲六等臣朝野宿禰鹿取、令遂功夫。仍令前和泉守從五位下臣布瑠宿禰高庭、從五位下行大外記臣山田宿禰古嗣等、銓次其事、備釋文。錯綜群書、撮其機要。⑧瑣事細語、不入此録。接先史後、綴叙已畢。但事縁例行、具載曹案。今之所撰、弃而不取。自延暦十一年正月丙辰、迄于天長十年二月乙酉、上下四十二年。勒以成四十卷、名曰日本後紀。其次第列之如左。⑨庶令後世視今、尚今之視古。臣等才非司馬。識異董狐。代匠傷手、流汗如漿。謹詣朝堂、奉進以聞。謹序。

承和七年十二月九日

左大臣正二位臣藤原朝臣緒嗣

正三位守右大臣兼行東宮傅左近衛大將臣源朝臣常

正三位行中納言臣藤原朝臣吉野

中納言從三位兼行左兵衛督陸奥出羽按察使臣藤原朝臣良房

參議民部卿正四位下勲六等朝野朝臣鹿取

前和泉守従五位下臣布瑠宿禰高庭

『続日本後紀』の序は、①史書の意義→②過去の治世、しかし長らく史書が編纂されず埋もれそうになっていること→③先帝（文徳）の勅命と先帝（文徳）の死→④今帝（清和）の治世讃美→⑤史書の不完全さへの不満→⑥今帝（清和）の勅命→⑦編纂が遅々として進まなかったことと、その弁解→⑧編纂に携われなかった者（良相・善男・貞守）と、残った者（良房・善縄）→⑨編纂方針、書誌情報→⑩謙辞、日付、署名、という流れで記述が続く。

①臣良房等竊惟。史官記事、帝王之跡攅興、司典序言、得失之論對出。憲章稽古、設沮勸而遠凬、貽鑒將來、存變通而不朽者也。②伏惟、先皇帝、體元膺籙、司契脩機。夢想華胥之彊、拱默大庭之觀。承和撫運、歴稔惟長。善政森羅、嘉暮狼藉。未編簡牘、恐或湮淪。③爰詔太政大臣従一位臣藤原朝臣良房、右大臣従二位兼行左近衛大将藤原朝臣良相、大納言従三位民部卿兼太皇太后宮大夫臣伴宿祢善男、參議正四位下行民部大輔臣春澄朝臣善縄、散位従五位下臣縣犬養大宿祢貞守等、因循故實、令以撰修。筆削之初、宮車晏駕。白雲之馭不返、蒼梧之望已遥。④今上陛下、河清而後興、社鳴而乃出。其道徳即尭与舜、其城郭則義將仁。四海常夷、万機多暇。⑤校文芸閣、嫌舊史之有虧。留睠蘭臺。恨先旨之未竟。⑥重勅臣等、責以亟成。⑦臣等奉勅廻遑、不敢懈緩。事多差互、尚致淹延。⑧其間、右大臣良相朝臣嬰痾里第、收影北邙。大納言善男宿祢犯罪公門、竄身東裔。散位貞守且參其事、不遂斯功、出吏邊州。没蹤京兆。唯臣良房与式部大輔善縄、辛勤是執、以得撰成。⑨起自天長十年二月乙酉、訖于嘉祥三年三月己亥、惣十八年。據春秋之正體、聯甲子以詮次、考以始終、分其首尾。都為廿巻、名曰續日本後紀。夫尋常碎事、為其米塩、或略弃而不收。至人君擧動、不論巨細、猶牢篭而載之矣。⑩臣等識非南童、才謝馬班。謬參撰修、伏慙淺短。謹詣朝堂、奉進以聞。謹序。

貞觀十一年八月十四日

太政大臣従一位臣藤原良房
參議正四位下行式部大輔臣春澄朝臣善縄

ここでも③に示す通り、はじめ文徳天皇が編纂の勅命を下したが崩御したこと、それを受けて次代の清和天皇が重ねて編纂の命を下し完成に至ったことが記される。

『日本文徳天皇実録』の序は、『菅家文草』に、菅原道真の代筆によるとの記事がある序である。①史書の意義↓②今帝（清和）の治世讃美↓③今帝（清和）の勅命↓④編纂が進まなかったこと、年名・音人の死↓⑤今帝（清和）の勅命↓⑥良香の死↓⑦編纂方針、書誌情報↓⑧謙辞、日付、署名、の順で書かれており、⑤において、清和天皇が藤原基経、南淵年名《みなぶちのとしな》、都良香、大江音人に編纂を命じたが、年名と音人が死去、そこでさらに勅命が下って菅原是善を加え、完成・成立したことが書かれる。

①臣基經等、竊惟、自古人君王者、莫不因天度。而叙憲章、立日官而平暦數。故姫漢之千餘載、善悪呈理於掌中、齊梁之百年、昏明析徴於眼下者也。②伏惟、太上天皇清和、孝治有日、文思垂風。先皇之起居、庶幾聖主之言動。③去貞觀十三年、詔右大臣兼行左近衛大将臣藤原朝臣基経、中納言従三位行民部卿兼春宮坊大夫臣南淵朝臣年名、參議正四位下行左大弁辨大江朝臣音人、外從五位下行大外記善淵朝臣愛成、正六位上行少内記都宿祢良香、散位嶋田朝臣良臣等數人、據舊史氏、始就撰修。④三四年來、編録粗略。適屬揖讓、刀筆暫休。今上陛下陽成、武子文孫、重熙累洽、追尋前業、逾勸勒修。數月以降、大納言正三位年名、參議從三位左衛門督音人、天不憖遺、奄然下世。⑤至元慶二年、更勅摂政右大臣臣基經、令參議刑部卿兼行勘解由長官近江守臣菅原朝臣是善等、與前修史者文章博士從五位下兼行大内記越前権介都朝臣良香、從五位下行大外記嶋田朝臣良臣等、専精實録、潭思必書。⑥良香愁斯文之晩成、忘彼命之早殞、注記随手、亡去忽焉。臣等百倍筋力、參合精

誠、銘肌不遑、鞅掌從事。⑦起自嘉祥三年三月己亥、訖于天安二年八月乙卯、都盧九年、勒成十巻。春秋繋事、鱗次不愆、動靜由衷、毛擧無失。唯細微常語、麁小庶機、今之所撰、弃而略焉。名曰日本文徳天皇實録。取諸雖百世可知也。⑧臣等生謝龍門、種非虎乳。殊恐、謬缺文於聖訓、忝直筆於明時。謹詣天闕、奉進以聞。謹序。

元慶三年十一月十三日

右大臣正二位臣藤原朝臣基經

參議刑部卿正四位下兼行勘解由長官近江守臣菅原朝臣是善

從五位下行大外記臣嶋田朝臣良臣

『日本三代実録』の序は、①史書の意義→②先帝（宇多）の治世讃美→③先帝（宇多）の勅命→④能有の死、宇多の譲位、編纂が進まなかったこと→⑤今帝（醍醐）の治世讃美→⑥編纂動機→⑦今帝（醍醐）の勅命→⑧左遷や転任→⑨編纂に精を出す→⑩編纂方針、書誌情報→⑪謙辞、日付、署名、の順に展開する。③と⑦には、例によって宇多天皇が編纂を命じたが、のち撰者の一人である源能有《よしあり》が死去し、勅命を下した宇多天皇が譲位、編纂作業が中断したが、醍醐天皇の代に勅命が下って編纂が再開され完成した経緯が書かれている。

①臣時平等、竊惟。帝王稽古、咸置史官．述言事而徵廢興、甄善惡以備懲勸．開闢之辰、日暮於手披之處、遂初之跡、俄頃於目閲之間者也。②伏惟、太上天皇生知至聖、性植純仁．體耀魄而居宸、平泰階而建極、彝倫攸敘、憲竄該擧。以為、始自貞觀、爰及仁和、三代風猷、未著篇牘．若闕文之靡補、恐盛典之長虧。③詔大納言正三位兼行左近衛大將皇太子傅陸奥出羽按察使臣源朝臣能有、中納言兼右近衛大將從三位行春宮大夫臣藤原朝臣時平、參議勘解由長官從四位下兼守右大辨行春宮亮臣菅原朝臣道真、從五位下行大外記兼播磨權大掾臣大藏朝臣

善行、備中掾從六位上三統宿禰理平等、因循舊貫、勒就撰修。④四五年來、大納言能有朝臣拜右大臣、奄然殞逝。既而捜採稍周、條流且辨・天皇、倦負扆於九重、輕脫屣於萬乘。宸旒應厭、凝神默於姑射、淨居有勸、落飾於魔宮。爾乃時屬揖讓、朝廷務殷。在此際會、蹔停刑緝。⑤今上陛下、承累聖之寶祚、順兆民之樂推・天縱雄才、嗤漢武於大略德尚恭己、法虞舜之無為。⑥思欲遵前旨之草創、從即日之財成。⑦敕正三位守左大臣兼行左近衛大將臣藤原朝臣時平、正三位守右大臣兼行右近衛大將臣菅原朝臣道真、從五位上行勘解由次官兼大外記參河權介臣大藏朝臣善行、大外記正六位上臣三統宿禰理平等、⑧賚其叅譁、亟有頭角右大臣道真朝臣坐事左降、歘向西府洎斯文之成立、值彼臣之謫行。大外記理平賜爵遷官、不遂其業。⑨臣等、強勉專精、經引積稔、編次究數、筆削畢功⑩起於天安二年八月乙卯、訖于仁和三年八月丁卯、首尾三十年、都為五十卷、名曰日本三代實錄今之所撰、務歸簡正、君舉必書、綸言遐布、五禮沿革、萬機變通、祥瑞天之所祚於人主、灾異之所誡於人主。理燭方策、撮而悉戴之。節會儀注、烝嘗制度、蕃客朝聘。自餘諸事、永式是存、粗舉大綱・臨時之事、履行成常、聊標凡例、以示有之矣・開委巷之常、乖教世之要、妄誕之品、棄而不取焉。⑪臣等生謝含章、辭非隱核腐毫淹祀、覥汗失魂謹詣朝堂、奉進以聞。謹序。

延喜元年八月二日

左大臣從二位兼行左近衛大將臣藤原朝臣時平

從五位上行勘解由次官兼大外記臣大藏朝臣善行

このように、序の内容が確認できるすべての六国史においては、その編纂中に誰かが逝去しており、いったん編纂作業が滞って書物の成立も消えかかる。しかし、下命者や編者が亡くなっても、その仕事は公的に次世代へ受け継がれ、完成が目指されるものであった。そのようなことを、六国史の序は主張するのである。

『新撰和歌集』序では、はっきりと書かれてはいないが、実際の紀貫之は、おそらく土佐赴任中すでに醍醐帝と兼輔の訃報に接していた。六国史のように貫之をフォローするかたちで次世代に受け継がれることもなかったが、それでも貫之は編纂を中断しなかったのである。このような史書の序とのあり方を比較すると、この序を他の六国史と同様に扱って単なる次代の朱雀帝への上献の序と見るには、今一歩異なる観点からの考察が必要であろう。この序が誰へ向けて書かれたものであったのかということについては今ここで述べる用意はないが、改めて考えるべき問題点であろう。

ともかく、以上のような点によって、『新撰和歌集』序の後半部分は、それまでの序の〈型〉から脱却した、貫之の思いが読み取れるものに見えるわけである。

四　登壇する序者

見てきたように、『新撰和歌集』は典型的な勅撰序の〈型〉から外れた序を持つと見ることができる。それは、集団で編纂を行う他の勅撰系書物とのそもそもの特性の違いや、奏覧前に下命者が崩御したという特別な事情によるものはもちろん大きいだろう。しかし、もう少しこの序に貫之の意志が垣間見える部分はないだろうか。

注目したいのは、本序において、序の書き手でもある編纂者が、「貫之」として序の中に複数回登場することである。

奉詔者。草莽臣紀貫之。貫之未及抽撰。分憂赴任。（中略）貫之秩罷帰日。将以上献之。橋山晩松愁雲之影已結。湘濱秋竹悲風之聲忽幽。（中略）若貫之逝去。歌亦散逸。恨使絶艶之草復混鄙野之篇。

書物の序では、しばしば序の執筆者自身を序に登場させることがある。といっても、日本古代の書物の序は、大抵が自序（書物の執筆や編纂に携わった者による序）であるし、その中で「蓋聞《けだしきく》…」や「庶《ねがはくは》…」等の書き方がなされていれば、「聞」や「庶」の主語は当然、序の執筆者自身であろう。『経国集』序の「冀映日月而長懸。争鬼神而将奥」という文句は、類型的な表現であるにせよ、序者自身の、集への期待が込められた一文である。したがって、自身をわざわざ呼称を用いて序の中に登場させる場合に着目しなくとも、書かれた文章そのものがすなわち執筆者そのものなのだ、と言われれば、そうなのかも知れない。しかし、敢えて呼称を用いて自身を序の中に登壇させる場合と、そうではないものとには、根底に何らかの相違があると思われるのである。

便宜上、漢文の序を有する平安前期までの日本の書物を以下の三つに大別する。

1、勅撰系書物［（例）勅撰漢詩集、六国史、令、格式など］

（特徴）序者は序に「臣」「臣＋名」「臣＋名＋等」として登壇する

2、非勅撰系書物［（例）空海、紀長谷雄の著作など］

（特徴）序者は序に「予」「余」として登壇する

3、その他［（例）漢訳仏典、景戒の著作など仏典関係］

（特徴）序者は序に様々な呼称で登壇する

3に分類されるものを除き、古代日本において序を有する書物を探してみると、勅撰でかつ集団編纂によるものが圧倒的に多い。そして、序の中での序者自身の呼称は、自然、書物の特性によって規定されることになる。すなわち、序者が自身を序の中で「臣」と規定することは、貴人を読者として想定していたことを意味するであろう、というようにである。

また勅撰系の書物で、かつ序者と編者が同一の場合（ほとんどがこのパターンであるが）においては、ほぼ必ず、序者が、少なくとも一度は序中に固有名で登場する。それは、序者が編纂の勅命を受けたことを明示する箇所においてである。かつて序者が天皇から編纂の命を受けた旨の叙述は、自身が正当な編者であり、また「勅撰」という書物の権威を規定する上でも外せない。『新撰和歌集』序で言えば、右に挙げた用例の傍線部「奉詔者。草莽臣紀貫之。」に当たる。

こうした文脈の中で序の表舞台に登壇する序者は、たしかに序者自身ではあるが、その場面を客観的に眺める視点で対象化された、いわば物語の登場人物的〈私〉である。したがって、『新撰和歌集』序において紀貫之は一度自身を「草莽臣紀貫之」と規定してはいるけれども、勅命によって編纂が開始した書物であれば、これは極めて類例的な叙述方法であり、自己の称というよりも客観的な視点での呼称に近い。前節で挙げた六国史の例を仮に挙げるとするならば、まさに傍線部に該当する箇所である。

そして、それ以外の場面で序者が表れる場合は、「臣」と称する。例えば、『古今和歌集』真名序では以下のように、自身たちのことを述べるのに、「臣等」という呼称が用いられている。

> 於是重有詔部類所奉之歌勒為二十巻名曰古今和歌集、臣等詞少春花之艶名窃秋夜之長況哉進恐時俗之嘲退慙才芸之拙、適遇和歌之中興以楽吾道之再昌、嗟乎人丸既没和歌不在斯哉

『古事記』序も「臣」の立場で書かれているものであった。

> 臣安萬侶言。夫混元既凝。氣象未效。無名無爲。誰知其形。然乾坤初分。參神作造化之首。陰陽斯開。二靈爲群品之祖。所以出入幽顯。日月彰於洗目。浮沈海水。神祇呈於滌身。故太素杳冥。因本教而識孕土産嶋之時。元始綿［辶貌］。頼先聖而察生神立人之世。寔知懸鏡吐珠。而百王相續。喫劔切蛇。…

『歌経標式』序に「臣浜成言」「臣含恩遇奉侍聖明」、『新撰姓氏録』序に「臣等歴探古記、博觀舊史、文駁辭蹟、音訓組雜」「臣等奉敕、謹加研精、捃摭群言、沙汰金礫」とあり、『令義解』序、『弘仁格』序、『貞観格』序、『延喜格』序などもすべて序者が自身を指すときは「臣」を用いているのである。

実はこれは、『養老令』においてはっきりと示されたルールでもあった(15)。

凡皇后皇太子以下。率土之内。於天皇太上天皇上表。同稱臣妾名。【對揚稱名。】皇后皇太子。於太皇太后皇太后率土之内。於三后皇太子上啟。稱殿下自稱皆臣妾。【對揚稱名。】（『養老令』儀制令第三　皇后條）

ここでは、「率土」つまり国内の庶人は、天皇や太上天皇に文書を奉る際には「臣」ないし「妾」と自称し、続けて自分の名を言うこと。ただし、対面して称揚する際には、自分の名のみを言うことが令によって明文化されている。

この『養老令』の規定は、『唐律疏義』進書表にも次のように見られるものであった。

臣無忌等言。秦以前、君臣通称朕。尚書虞書「帝曰『来禹、汝亦昌言』禹曰『帝、予何言。予思日孜孜』」則是臣於君前、尚称予也。秦制天子称朕、臣下称臣。漢以後因之。唐儀制令「皇太子以下、率土之内、於皇帝皆称臣」（進律疏表）

つまり、漢より以後、天子は「朕」と自称し、臣下は「臣」と自称し、唐・儀制令に「皇太子以下、率土之内、皇帝における、皆臣と称す」とあるというのである。

こうした令を遵守するかのように、勅撰集の序者は一貫して「臣」として序に登壇する。

史上初となる勅撰和歌集の仮名序を執筆し、御書所預を務めた貫之がこの事実を知らぬはずはあるまい。個人的な思いを述べるならなぜ「余」や「我」を用いなかったか。それは、この歌集が個人的な思いから発した編纂によるものではなく、「臣」としての立場で編纂したことを記すために他ならない。『新撰和歌集』序に登壇する「貫之」という呼び名は、文書を綴る時ではなく、天皇に対面した時の自己の呼称なのである。加えて、この序には日付がない。序の署名「玄蕃頭」は九四〇〜九四五年の貫之の官職である。紀貫之の没年については、古今和歌集目録、三十六人歌仙伝、勅撰作者部類のいずれもが天慶九年（九四六）とする一方、『和歌体十種』を手がかりにして、天慶八年（九四五）八〜十月とする説もある。(16) いずれにせよ、序の署名を行ったのは既に晩年といってよい。六国史の序は、例え勅命者や編者に死が訪れようとも、必ず次の王朝に引き継がれ、成立に至るものであった。しかし『新撰和歌集』は、勅命者や勅命伝達者の死によって次世代の王朝へ受け継がれることなく、貫之の手元を離れる機会もないまま「空貯妙辭於箱中（空しく妙辭を箱中に貯）」えられていたのである。序中後半の「貫之」という呼称は、自身の死期を敏感に感じ取った貫之が、醍醐天皇により近い「臣」となっての嘆きではなかろうか。

したがって、序の後半は〈型〉から外れ自己の思いを表出したものではあるが、公的立場を離れたわけではない。漢文の〈型〉を学び尽くした者による序と言えよう。

なお、「応制詩の述懐」の変遷に注目した滝川幸司氏は、菅原道真までの応制詩の尾聯、すなわち述懐部に、天皇賛美に徹する抽象的表現から個別詩人の心情を吐露する過程が見られるとした。(17) 応制詩述懐部では、詠者自身が詩の中に「臣」の呼称で登場し、自身の思いを徐々に〈型〉を崩しながら述べるようになる。もちろんそこに王朝讃美という大枠の〈型〉は存在するが、その中にも〈個〉の色々な思いが表現されるようになるのである。平安前期における〈個〉の問題として、興味深い指摘であると思う。

以上、『新撰和歌集』序が、主に以下のように指摘される所以について主に勅撰系書物の序の〈型〉と比較しながら見てきた。

①時代的に漢文が本音を綴るための文体であること。（仮名文に「述べる」文体としての限界があったこと）

②本序が公的立場を崩さず〈私〉を表出させる序であること。

なお考えるべきは序と歌集の内容との関係についてであるが、これについては機会を改めて考察したい。

注

（1）鈴木健一「『古今集』仮名序の江戸的享受」（『古今集新古今集の方法』笠間書院、二〇〇四）。

（2）渡辺泰「大井河行幸御幸の年紀について」（『広島大学国語国文学会国文学攷』第二八号、一九六二・五）。

（3）『新撰和歌集』序の本文は群書類従本に拠った。

（4）手崎政男「『新撰和歌』の編集における貫之の意図」―〝花実相兼〟ということの意味するもの―」（『富山大学文理学部文学紀要』第一二号、一九六三・二）。

（5）樋口芳麻呂「新撰和歌の成立―序を中心に―」（『国語と国文学』第四四巻一〇号、一九六七・一〇）。

（6）菊田茂男「貫之の悲嘆―『土佐日記』の精神的構図―」（『文芸研究（東北大学）』第一三三集、一九九三・五）。

（7）神田龍身『紀貫之―あるかなきかの世にこそありけれ―』（ミネルヴァ書房、二〇〇九）。

（8）渡辺秀夫『平安朝文学と漢文世界』（勉誠社、一九九一）。

（9）拙稿「『新撰万葉集』上巻序文に関する一考察」（『韓国と日本を結ぶ昔話』東京学芸大学重点研究費報告書、二〇一〇・二）。

（10）二字欠。「叡智」「叡慮」などの意をもつことばか。「文全体で、皇太子のご聡明のために、詩文も作られない月はない」と岩波日本古典文学大系『文華秀麗集』の頭注にある。

（11）二字欠。「撰集せしめられた、の意か」と岩波日本古典文学大系『文華秀麗集』の頭注にある。

（12）拙稿「勅撰和歌集序の様式―仮名序を中心に―」（『学芸古典文学』第四号、二〇一一・三）、「勅撰集序の様式―真名序を中心に―」（同五号、二〇一二・三）。
（13）八〇七年成立。序中に書名の明示がなく、上表文の体であり、「召聞」あっての編纂であったことが書かれる。
（14）なお、『日本後紀』の巻一を含めた三〇巻は散逸しているが、『類聚国史』巻第一四七によってその序を知ることができている。
（15）本文は『国史大系』に拠った。
（16）久松潜一・実方清／編『日本歌人講座2』（弘文堂、一九六〇）。
（17）滝川幸司「応制詩の述懐」（伊井春樹編『日本古典文学研究の新展開』笠間書院、二〇一一）。

光源氏における「孝」と密通

趙　秀全

はじめに

賤しい竹取の翁がかぐや姫を発見する『竹取物語』や、清原俊蔭の波斯国への漂流譚に始まる『うつほ物語』は、都の周縁を舞台としたり、都から異国へ漂流したり、物語としては遠心的な様相を呈している。こうした初期物語に対して、『源氏物語』は冒頭において「いづれの御時にか」という時間軸を標榜し、あくまで都の中心である宮中を舞台とすることを宣言している。(1) この宮中を中心とする宮廷文学の作者は、言うまでもなく道長の娘で一条天皇の中宮である藤原彰子に仕えた紫式部という女性である。

一条天皇も紫式部の才学を賞讃しているが、和漢の学問に通じる彼女の才学は、古今を通じて高く評価されている。中国の経書の一つであり、孝道を説いた『孝経』の存在についても、彼女は認識していたと思われる。

寛弘五年（一〇〇八）九月一一日、中宮彰子は一条天皇の第二皇子・敦成を出産するが、皇子誕生の経過は、『紫式部日記』に以下のように記されている。

夜さりの御湯殿とても、さまばかりしきりてまゐる。儀式同じ。御文の博士ばかりや替りけむ。伊勢の守致時の博士とか。例の孝経なるべし。また、挙周は、史記文帝の巻をぞ読むなりし。七日のほど、かはるがはる。（『紫式部日記』・一三九〜一四〇頁）[2]

右は御湯殿の儀の一部である。いわゆる御湯殿の儀は通常朝夕二度にわたって行われており、明経・紀伝博士がこの場に立ち合い、漢籍を朗読するのが通例になっていた。すなわち『孝経』の「天子章」、『史記』の「五帝本紀」・「魯世家」、『毛詩』の「大明章」、『礼記』の「中庸篇」、『漢書』の「文帝紀」、『後漢書』の「明帝紀」、『周易』の「乾卦」など、めでたい漢籍の章節が朗読されるのである。右の「夜さりの御湯殿」とは、つまり夕時の儀である。傍線部のように、『孝経』と『史記』を読んだであろうと推測まじりの筆致ではあるが、紫式部が『孝経』を知っていたことが確認できよう。

本稿では、『孝経』に関する知識を有していた紫式部が、「孝」を物語の一つの要素としてどのように描いたのか、光源氏と藤壺との密通を通して考察していくことにする。

一　法的立場からみる密通

光源氏と藤壺の密通により、二人の間には不義の子である後の冷泉帝が誕生する。この秘事は終始物語の水面下にあって、当事者の人生を悩ます種となる。藤壺は桐壺帝から人一倍寵愛を受けている妃であり、光源氏にとって母同然の存在のはずであった。しかし、成長するに従い、光源氏はこの「母」に当たる女性に魅了されて思慕の念を禁じ得なくなり、ついに不義密通にまで至るのである。しかし、それにより生まれた不義の子である冷泉帝の即位が果たされ、光源氏の地位と権力が確固たるものになり、ついには太上天皇に準ずるような位にまで昇りつめることになる。要するに、『源氏物語』の世界では、この不義が光源氏の栄華への道のりを阻止するのではなく、むしろ、彼を栄華の頂点へと導く原点のように位置づけられているのである。以下、物語中において、光源氏の密通と「孝」がどのように描かれていくのか、考察していきたい。

桐壺帝は、光源氏の母更衣の没後、更衣に瓜二つである藤壺の宮をこの上なく寵愛する。そうした中、帝が藤壺に対し、光源氏を大切にするよう依頼する場面がある。

帝「な疎みたまひそ。あやしくよそへきこえつべき心地なんする。なめしと思さで、らうたくしたまへ。つらつき、まみなどはいとよう似たりしゆゑ、かよひて見えてたまふも似げなからずなむ」など聞こえつけたまへれば、(3)

（桐壺①・四四頁）

「らうたくしたまへ」とあるように、帝は光源氏の世話を依頼しており、常に近侍する二人を擬似母子のように思っていることが窺える。しかし、この擬似母子の間に密通が生じてしまうのである。やや強引ではあるが、法的な立場から二人の密通を罪に問おうとすれば、『養老律』（七五七年施行）の名例律に見える「不孝」の罪ということになろう。「不孝」の条にある「奸父祖妾」（父祖の妾を奸せる）ことは、「不孝」の罪にあたるのである。なお、これに適応する量刑は二年半となる。だが、物語では二人が法的制裁を受けたとは、無論どこにも描いていない。

藤原氏が政治の主導権を握った摂関政治の隆盛により、律令体制は次第に崩壊し、律令の条文の実効性も弱まったことは周知のとおりである。しかし、それでも后が帝以外の男性と通じたことにより罰せられた実例もある。山本利達氏は『扶桑略記』と『日本紀略』から、その実例を挙げている(4)。

（寛弘八年）九月廿二日。陽成太上天皇之母儀皇太后藤原高子。興二東光寺善祐法師一。竊交通云々。仍廢二后位一。

至二于善祐法師一。配二流伊豆講師一。

（『扶桑略記』・一六三〜一六四頁）[5]

廿二日庚子。停二廃皇大后藤原朝臣高子一。清和后。陽成院母儀。事秘不レ知。

（『日本紀略』・五四五頁）[6]

密通が露見した皇太后藤原高子は后位を廃され、東光寺善祐法師は伊豆に流されており、ともに罰を逃れられなかった。これに対し、光源氏と藤壺の密通は、終始公になることなく秘密のままであったため、法的な懲罰には至っていない。物語の作者はあえて露見させない手法を用い、二人の身柄を拘束することを選ばなかったのであろう。

二　「不孝」への認識

ところで、作中において、光源氏には自分の「不孝」に対する認識があるのかどうか、物語の展開に即しながら検証していきたい。

光源氏はわらわ病にかかり、療養のため、北山に住む聖のもとを訪れることになる。

僧都、世の常なき御物語、後の世のことなど聞こえ知らせたまふ。わが罪のほど恐ろしう、あぢきなきことに心をしめて、生けるかぎりこれを思ひなやむべきなめり、まして後の世にいみじかるべき思しつづけて、かうやうなる住まひもせまほしうおぼえたまふものから、昼の面影心にかかりて恋しければ、

（若紫①・二一一〜二一二頁）

と、光源氏は僧都の話を聞いた後、「わが罪」を意識し、世を捨てたいという思いを抱いている。しかし、藤壺に生き写しである紫の上を垣間見てからは、その面影が心から離れなくなる。「わが罪のほど恐しう」について、多屋頼俊氏は「藤壺に引かれる心、それは正しくないとか善くないとかゆう批判を越えた、どうすることもできない

深くきびしいものであることを知るにつけて、このようにならねばならなかった宿業に思い至る、それが「わが罪のほど恐しう」の意味である」と指摘している。(7) また、阿部秋生氏も「罪であると知りながら、その罪の中に足を踏み入れることを選ぼうとするのが、ここの源氏の意志である」と、この場面における罪障意識を指摘している。(8)

このように、光源氏は密通に至る以前、すなわち藤壺に恋心を抱いた時点で、すでに「わが罪」と意識しているのである。さらに、阿部氏が指摘したように、光源氏には、その罪に慄きながらも、罪の世界に自ら入り込もうとするかのような意識があるように思われる。事実、物語は北山から都に戻った直後の光源氏が里下がりの藤壺と逢瀬を果たし、思いもよらず不義の子が生まれることになるのであるが、こうした展開から見れば、光源氏が感じた「わが罪」は、むしろ藤壺との逢瀬、さらには不義の子誕生のための伏線でさえあるかのように看て取れる。

次に、桐壺帝、藤壺、光源氏が、誕生したばかりの皇子に揃って対面する劇的な場面に注目したい。

帝「皇子たちあまたあれど、そこをのみなむかかるほどより明け暮れ見し。されば思ひわたさるるにやあらむ、いとよくこそおぼえたれ。いと小さきほどは、みなかくのみあるわざにやあらむ」とて、いみじくうつくしと思ひきこえさせたまへり。中将の君、①面の色かはる心地して、恐ろしうも、かたじけなくも、うれしくも、あはれにも、かたがたうつろふ心地して、涙落ちぬべし。物語などして、うち笑みたまへるがいとゆゆしううつくしきに、②わが身ながらこれに似たらむは、いみじういたはしうおぼえたまふぞあながちなるや。

（紅葉賀①・三二九頁）

帝は光源氏への愛情を示しながら、可愛らしい皇子の誕生を喜び、同時にこの皇子が光源氏の幼少の頃に似ていると語る。帝の言葉はきわめて緩やかに表現されているものの、それを受け取る二人の緊張感が伝わってくる。傍線部①のように、父の言葉を耳にした光源氏の胸には、畏怖や歓喜など、様々な思いが込みあげている。光源氏は、藤壺との間に起こした罪により、桐壺帝に対する自責の念を抱いてはいるが、しかし傍線部②のように、その感情は意外なところへ転換してしまう。すなわち、自分に似ている皇子だからこそ、自分自身が大切にしなければならないという父としての愛情へと転換する。それにより、自らの罪を贖い、我が身を守ろうとするのである。後の光源氏の須磨退去と思い合わせると、「いみじういたはしうおぼえたまふ」という感情は、光源氏の保身的な態度の現れであり、父桐壺帝への配慮とは無縁であると言わざるを得ない。

桐壺帝の愛情のもとで日々を送っていた光源氏であるが、桐壺帝の崩御後、右大臣方の勢力が台頭し、藤壺中宮、左大臣ら光源氏方はひどく抑圧されることになる。さらに、光源氏と右大臣の娘である朧月夜との密通が発覚する。弘徽殿大后ら右大臣方はこの事件を契機として、光源氏を排除するため、彼に謀反の罪を着せようと画策する。この情勢を感じた光源氏は、先の藤壺の出家退去を受け、ついに自ら須磨退去の道を選択する。いよいよ都を離れる日が近づき、光源氏は故桐壺院の墓参に出る間際に、挨拶を兼ねて藤壺中宮のもとへ参上する。

源氏「かく思ひかけぬ罪に当たりはべるも、思うたまへあはすることの一ふしになむ、空も恐ろしうはべる。惜しげなき身は亡きになしても、宮の御世だに事なくおはしまさば」（須磨②・一七九頁）

と、藤壺に対してひたすら謀反の罪が無実であることをアピールしている。さらに傍線部は光源氏による東宮への配慮、すなわち、東宮が無事に帝位に就くようにとの願望であり、光源氏の退去も藤壺中宮の出家と同様に、子の将来を守りたいという心境によるものである。したがって、須磨に下ることは密通の罪障への贖いであると同時に、わが子の即位に備えて力を温存する手立てということができよう。

なぞや、かくうき世に罪をだに失はむと思せば、やがて御精進にて、明け暮れ行ひておはす。（須磨②・一九三頁）

右は須磨に謫居している光源氏が日々仏に精進する場面で、光源氏は仏の力で罪障を滅ぼしたいと願っている。ここでの罪は、謀叛罪さらに帝の妃（朧月夜）との密通による罪ではなく、藤壺との罪障を想起させる。

さて、光源氏が須磨から召還された後、朱雀帝はまもなく東宮に譲位する。その後、藤壺の合意を得たうえで、光源氏は故六条御息所の娘で、自分の養女でもある斎宮を冷泉帝の女御として入内させる。彼は斎宮女御に恋情を抱きながら、時には反省の情をも見せる。

かうあながちなることに胸ふさがる癖のなほありけるよ、とわが身ながら思し知らる。これはいと似げなきことなり、恐ろしう罪深き方は多うまさりけめど、いにしへのすきは、思ひやり少なきほどの過ちに仏神もゆるしたまひけん、と思しさますも、なほこの道はうしろやすく深き方のまさりけるかな、と思し知られたまふ。

（薄雲②・四六四頁）

光源氏は斎宮女御、のちの秋好中宮と春秋の優劣について論じながら、秋好中宮への恋心を抱くが、光源氏の罪障意識、すなわちかつての藤壺との罪意識が再度喚起される。これより光源氏の政治的地位は上る一方となる。それにしても、例の好き心をなかなか押さえられず、ついに秋好中宮に心中を漏らしてしまい、中宮の嫌みを買ったことが、この直前の場面において語られている。そこで光源氏は冷静になり、反省するようになったのである。特に、藤壺との秘事に照らして反省することにより、冷泉帝の妃を犯すという「王権侵犯のタブー」を巧みに避けたのであろう。それはともかく、「恐ろしう罪深き方」とはやはり藤壺との密通による恐怖であり、その罪が光源氏の人生に影を落としていることがここでも想起される。しかし、若い頃の過ちは「仏神もゆるし」、「不断の御念仏」（薄雲②・四六五頁）によって許されるだろうと、光源氏は思い込んでいる。

なかなか飽かず悲しと思すにとく起きたまひて、さとはなくて所どころに御誦経などせさせたまふ。苦しき目見せたまふと恨みたまへるも、さぞ思さるらんかし、行ひをしたまひ、よろづに罪軽げなりし御ありさまながら、この一つ事にてぞこの世の濁りをすすいたまはざらむ、とものの心を深く思したどるに、いみじく悲しければ、（朝顔②・四九五頁）

朝顔巻で紫の上に藤壺との関係を漏らしたことにより、藤壺の亡霊が光源氏の夢枕に立ち、ひどく彼を責めたてる。そこで光源氏は、成仏できない藤壺のため、ひそかに供養を行う。生前、熱心に勤行を行った藤壺ではあるが、成仏しておらず、その原因はただ自分との密通の一件にあると光源氏は考えている。右の心理描写は、まさに藤壺の成仏を妨げていた自分の行為を責め咎めるものであり、光源氏の自責の念の表出であろう。

ここまで見てきたように、光源氏は藤壺との密通に対して罪の意識を抱いてはいるものの、それは仏教的な意味での罪障意識であり、父である桐壺帝に対して「不孝」を犯したことによる罪障意識ではない。また、物語において、この事件に関して、藤壺と光源氏には、親密な間柄である桐壺帝への裏切りによる畏怖と負い目の意識はあるものの、(9)深く反省しているようにも描かれていない。

このように、物語では法的あるいは儒教的な立場からすると「不孝」という罪を犯しているにも関わらず、光源氏の罪意識は希薄である。しかし、密通は「宮廷家族圏における家父長権の侵害としての（中略）、いわば慣習化した家族法下の罪」(10)でもあり、こうした視点からすると、光源氏にはそうした意識はないものの、やはり父の尊厳を損なうという「不孝」を犯していると考えられるのである。

三　密通の行方――因果応報――

「孝」は外来思想ではあるが、日本の政治・社会に深く影響を及ぼし、天皇をはじめとするそれぞれの身分体系の内部にまで溶け込んでいる。たとえ表面的であれ、親への孝行が要求されることに変りはない。「不孝」と認定されることは、人間性を否定されることにもつながり、社会あるいは朝廷からも追放されかねないほどであった。ところで、すでに述べたように、物語では光源氏と藤壺との不義は、光源氏の「不孝」の意識としては語られていない。もとより光源氏は、物語世界においては、絶対者として超現実的なまで理想化された人物であり、その「不孝」が語られないのも当然かもしれない。男女の恋情が親子の倫理にかかわる「不孝」をも超越しているのである。かといって、作者はその不義を見過ごしているわけではない。やがて、柏木と女三の宮の密通事件を契機として、光源氏の犯した若き日の罪が目の前に再現されるからである。つまり、藤壺との宿世での罪障が、すでに現世において報いられることになるのである。

故院の上も、かく、御心には知ろしめしてや、知らず顔をつくらせたまひけむ、思へば、その世のことこそは、いと恐ろしくあるまじき過ちなりけれ、と近き例を思すにぞ、恋の山路はえもどくまじき御心まじりける。

（若菜下④・二五五頁）

柏木と女三の宮の密通を発見した光源氏の心中は右のように語られている。この直前に、光源氏は柏木の女三の宮への消息文を見てしまう。真相を知った光源氏は、自然と自らの過去の「過ち」を思い合わせ、まさに自らの歩んできた道が現実に繰り返されていることに、複雑な思いを巡らすのである。右には、「故院」とあるように父の桐壺帝への配慮が見られるものの、傍線部のように、親への「不孝」は、少なくとも不義の当事者においては問題視されていない。だが、作者は光源氏と藤壺との不義に対して、「因果応報」という仏教的な手段を用いることにより、その不義を不問に付すことなく、罪障の報いを描いていくのである。

柏木と女三の宮との密通後、女三の宮は妊娠し、やがて男の子を出産することになる。男子誕生の知らせを受けた光源氏は、この不祥事によって心の揺れを見せつつも、以下のように思いを巡らしている。

わが世とともに恐ろしと思ひし事に報いなめり、この世にて、かく思ひかけぬことにむかはりぬれば、後の世の罪もすこし軽みなんや、と思す。（柏木④・二九九頁）

かつて恐ろしく思った自分の罪業は、このような形で現世において報いられてしまった、こうして、後の世での罪は軽くなるのであろう、という思いである。「後の世の罪もすこし軽みなんや」について、多屋頼俊氏は「安易な利己的解釈に落ち付いてしまわれた」としている(11)。こうして、一見して仏教的な理念から出発した光源氏の罪障意識は、結局、不義に対しての都合のよい口実になるのである。

田中徳定氏は「光源氏が心中に来世での罪を観じていた背景には、今まで述べてきたような、「不孝」の罪は堕地獄の因となるのだという考え方が底流にあった」と指摘し(12)、光源氏自身が父桐壺帝に対して行ったことを「不孝」の行為であると意識していると見なしている。確かに、我々の基準または物語外の物差しで見ると、光源氏には「不孝」の認識があるかもしれない。しかしこれまで見てきたように、光源氏に「不孝」の意識は認められず、また光源氏を「不孝」の人物に造型することも、やはり考えにくい。仏教にしても儒教にしても、「孝」は大前提であり、それゆえ、仏教の経典や『日本霊異記』のような仏教説話においても、人間が「不孝」を犯すと地獄に落ちるといったような発想が自ずと生じてくるのである。

四　光源氏の孝心

　以上、述べてきたように、光源氏の不義と「不孝」とは関わらないものであるが、だからといって、作者は「孝」を軽んじているかというと決してそうではない。薄雲巻では、夜居の僧都から出生の秘密を知らされた冷泉帝が、今まで父を知らなかったことを「不孝」と思い、帝位を光源氏に譲ろうとする。柏木巻に見える柏木は、親に先立つことを罪と思っている。また浮舟巻では、浮舟が入水する前に親に先立つことを罪としている。このように、やはり作者は親への「孝」を重視しているように思われる。また光源氏について、その「不孝」を語らない一方、彼を造型する中で、「孝」的要素を織り交ぜることに意匠を凝らしている。以下、光源氏の「孝」について見ていきたい。桐壺帝の亡くなった直後に、

　後々の御わざなど、孝じ仕うまつりたまふさまも、そこらの親王たちの御中にすぐれたまへるを、ことわりながら、いとあはれに、世人も見たてまつる。（賢木②・九八頁）

と、光源氏が父のために供養する場面がある。ここで「そこらの親王たちの御中にすぐれたまへるを、ことわりながら」とあるように、光源氏の親を思う「孝」は他人より優れていることが強調される。さらに、

　さやかに見えたまひし夢の後は、院の帝の御事を心にかけきこえたまひて、いかでかの沈みたまふらん罪救ひたてまつることをせむと思し嘆きけるを、かく帰りたまひては、その御いそぎしたまふ。神無月に御八講したまふ。（澪標②・二七九頁）

とあり、須磨から都に帰還した光源氏が、早速、父桐壺院の追善供養を行ったことが語られる。明石巻では、故桐

壺院の亡霊が須磨にいる光源氏の夢枕に立ち、窮境に陥った我が子を思うゆえに成仏できないでいることを告げる。そして故院の亡霊は光源氏を明石に導き、都の朱雀帝を諭し、それにより光源氏は再び都へ召還される。さらに、冷泉帝への譲位と光源氏の栄華に多くの影響を及ぼすことになる。ゆえに、光源氏は上京した今、親の恩に報いるために追善供養を行い、院の霊魂を慰めようとしているのである。

故父桐壺院への追善供養には、亡き親へ「孝」を尽くす「孝子光源氏」[13]の形象が認められよう。桐壺院が朱雀帝に告げた遺言の中に、天皇「親政」という理想が込められていることはすでに述べたことがある[14]。さらに桐壺院は、朱雀帝にだけではなく、光源氏にも自分の遺志を伝えていたことが作中から確認できる。すなわち、

大将にも、朝廷に仕うまつりたまふべき御心づかひ、この宮の御後見したまふべきことをかへすがへすのたまはす。（賢木②・九七頁）

とあるように、桐壺院は主として光源氏に二つのことを要求している。よく朝廷に仕えることと、東宮（後の冷泉帝）の後見になることである。朝廷に対する奉仕とは、言うまでもなく兄の朱雀帝によく奉仕し、臣下として「忠」を果たすということである。また東宮の後見になるのも、臣下として「忠」を果たすことである。朱雀帝の治世の前期において、光源氏は右大臣方に追放され、朝廷のへの奉仕が実現できなかった。しかし、須磨から帰還した後に朱雀帝への奉仕を果たす。そして冷泉帝の御世になると、光源氏は有力な後見として帝を補佐し、朝廷に仕える。しかもそれと同時に、外戚を排除し、天皇の親政を確保することに貢献したと言えよう。したがって、光源氏は故桐壺院の遺志を守る孝子であることが明らかなのである。

五　唐の晋王と光源氏

物語の中では、密通の不義そして親への「孝」のいずれもが、その行為として光源氏の一身に具現されている。そこでは密通と「孝」が交錯するものの、密通が「不孝」につながることはない。ところで、作者の紫式部はどこから想を得て、光源氏の密通と「孝」を描いたのであろうか。次に唐の史実と『源氏物語』との関わりを通して、改めてその点について考えてみたい。

寛弘二年（一〇〇五）十一月十三日、一条天皇の子・敦康親王の書始の儀が執り行われ、その竟宴の場では道長をはじめとする官人たちにより作文会が催された。郭潔梅氏は、その詩群に見られる『旧唐書』と『貞観政要』からの引用に注目し、桐壺帝の光源氏への寵愛は、唐の太宗が子の晋王（唐高宗）を寵愛したことを典拠とした可能性があり、また、光源氏が父の妃である藤壺に抱いた恋情は、晋王が父の妃である武則天（後の則天武后）に抱いた恋情に一致すると指摘している。[15]また藤本勝義氏は「光源氏の元服の儀には、「西宮記」などに出ている「一世源氏」の元服だけではなく、「親王」などのそれが参照されている。さらに、「栄花物語」で光源氏に重ねられた敦康親王については、その元服に平安初期の元服の儀が踏襲されており、光源氏の元服には、紫式部の見聞した親王らの元服の儀が生かされていると考えられる[16]」と述べており、敦康親王と光源氏との元服の共通性を指摘している。

このように、一条天皇と敦康親王、桐壺帝と光源氏、唐の太宗と晋王（高宗）という三組それぞれに内在する関係性には、共通項を見出すことができる。一条天皇は中宮定子を亡くし、敦康親王を秘蔵っ子と思っており[17]、親王の書始の儀には、天皇の丹精こめた配慮が見られる。定子より遅れて入内した彰子中宮の実子・敦成皇子がまだ生まれる前のことであり、道長を後見とした敦康親王の立太子はもはや既定路線であった。と同時に、一条天皇の敦康親王への寵愛ぶりは、噂として世にも伝わっている。藤原為時を父に持ち、宮廷世界の近くにいる紫式部が、天皇周辺のことを聞き逃すはずはなかろう。

さらにこの時代は、唐の太宗の言行録である『貞観政要』が広く読まれていた。敦康親王の書始の儀で詠まれた漢詩群への影響や(18)、長保二年（一〇〇〇）二月六日に大江匡衡が行成から借りた『貞観政要』を返却した件（『本朝文粋』巻七）などにも、『貞観政要』の流行が示されている。詩群や『権記』（長保二年六月二〇日条）では、漢の文帝と明帝さらに唐の太宗を引き合いに出し、一条天皇が、「寛仁の君、好文の賢帝」として賞賛されている。紫式部が彰子中宮に仕え始めたのは、寛弘二年か三年の十二月二九日と一般に見なされているようである(19)。したがって、宮仕えの前後において、紫式部は一条天皇の敦康親王への寵愛ぶりを直接目にしたか、少なくとも耳にはしていたであろう。要するに、桐壺帝の光源氏への寵愛ぶりは、遠くは『旧唐書』に描かれた史実、そして同時代的には朝廷で見聞したであろう出来事から想を得た可能性が考えられるのである。さらに、『旧唐書』に見られる晋王と武則天との密通というよく知られた唐の史実に触発されながら、光源氏の密通を描いたのではないか。

ところで、晋王と則天との密通はどのような経緯で収束したのであろうか。ここで『旧唐書』の関連記事を取り上げながら、皇帝の位に就いた晋王が「密通」への批判を抑えた経緯を見ていきたい(20)。

①（永徽）六年、高宗将廃二皇后王氏一、立二昭儀武氏一為二皇后一、召二太尉長孫無忌、司空李勣、尚書左僕射于志寧及遂良一以レ籌二其事一。（中略）遂良曰、「皇后出自二名家一、先朝所レ娶、伏事二先帝一、無衍二婦徳一。先帝不レ豫、執二陛下手一以語レ臣曰、『我好児好婦、今将レ付レ卿。』陛下親承二徳音一、言猶在レ耳。皇后自此未レ聞二有レ衍一、恐不レ可レ廃。臣今不レ敢二曲従一、上違二先帝之命一、特願再三思審。愚臣上忤二聖顔一、罪合二万死一、但願不レ負二先

朝厚恩㆒、何顧㆓性命㆒。」遂良致ㇾ笏於㆓殿陛㆒、曰、「返㆓陛下㆒此笏。」仍解ㇾ巾叩ㇾ頭流血。帝大怒、令㆓引出㆒。長孫無忌曰、「遂良既是受㆓先朝顧命㆒、有ㇾ罪不ㇾ加ㇾ刑。」翌日、帝謂㆓李勣㆒曰、「冊㆓立武昭儀之事㆒、遂良固執不ㇾ従。遂良既是受㆓顧命大臣㆒、事若不ㇾ可、当㆓且止㆒也。」勣対曰、「此乃陛下家事、不ㇾ合ㇾ問㆓外人㆒。」帝乃立㆓昭儀㆒為㆓皇后㆒、左遷㆓遂良㆒潭州都督。顕慶二年、転㆓桂州都督㆒。未ㇾ幾、又貶ㇾ為㆓愛州刺史㆒。

（『旧唐書』巻八〇・列伝三〇・遂良伝・二七三八～二七三九）

②（永徽六年）冬十月己酉、廃㆓皇后王氏㆒為㆓庶人㆒、立㆓昭儀㆒為㆓皇后㆒、大赦㆓天下㆒。

（『旧唐書』巻四・本紀四・高宗・七四頁）

③（顕慶二年）八月丁卯、侍中、潁川県左授刺史、中書令兼太子詹事、南陽侯来済左授台州刺史、皆坐ㇾ諫立㆓武昭儀㆒為㆓皇后㆒、救㆓褚遂良之貶㆒也。

（『旧唐書』巻四・本紀四・高宗・七六頁）

右の①～③はすべて則天の立后をめぐる記事である。永徽六年（六五五）、高宗（晋王）は王皇后を廃し、則天を皇后とした。しかし、長孫無忌・李勣・褚遂良らの猛反発を招き、特に褚遂良は殿上において自身の命を賭して、則天の立后への反対を貫いた。結局、褚遂良はこの件で左遷されることになる。しかも彼だけではなく、③のように、褚遂良に連座して来済らも罪に問われることになり、同じく左遷を免れることはなかった。このような経緯のもと、高宗は則天を后の位置に就かせ、二人の密通の顛末も、多くの大臣の犠牲の上に収束したのである。

六　むすびにかえて

晋王と光源氏の密通は、その行為を客観的に見ると、自分を愛する親を裏切るような「不孝」の罪にあたる。にもかかわらず、前者は天下に君臨する権力者として、後者は物語に登場する理想者として、孝子としての性格が付与されている。(21)

『旧唐書』の場合、帝王になった晋王が父の妃だった武則天を再び宮中に迎え入れたことにより、その密通は自然と露見するが、しかし臣下の意見と誡めを強引に押しのけ、絶対的な権力の行使により密通への逆風を鎮静化することに成功する。政治の表舞台においては、晋王の「孝」なる皇帝としての尊厳に変りはなく、この話は史実として完結している。一方、『源氏物語』の場合、晋王の受けた臣下たちによる猛反発という外圧は、光源氏における罪障意識の内在化へと置き換えられ、仏教的な「宿世」でその罪への解釈を示しながら、因果応報といった手法で密通の罪を鎮めようとしたことが認められる。光源氏が「不孝」の人物として語られることもない。さらに、光源氏と藤壺の密通は、晋王の史実のように、それだけでは完結せず、柏木と女三の宮の密通へと相似的に転生し、唐の史実を超えた新たな物語へと創造的な展開を見せている。密通を犯したことへの報いが現世でもたらされた光源氏は、後世での罪も少しは軽減されるであろうと意識しており、仏教的な理念を背景とするそうした罪障意識も、結局は不義に対する口実のように描かれている。しかし、物語で光源氏の「不孝」は語られてはいないが、語られない「不孝」が、より際立つという構図をそこに認めることができよう。

いうまでもなく、『源氏物語』には仏教的影響が色濃く反映されており、物語の罪意識の基調をなしている。しかし物語では、仏教的に見ると不条理であるかのような、善悪を超えた愛執の念がしばしば描かれる。それは「孝」という視点から見ても、同様のことがいえるであろう。光源氏の犯した密通は、とりもなおさず父に対する「不孝」ではあるが、そのことは語られないまま、しかし一方では、光源氏は「孝」的要素を備えた人物として描かれており、ここにもまた一見不条理なようでありながら、そこを超越した物語の展開が認められるのである。

以上のように、光源氏における「孝」ないし「不孝」のあり方は、藤壺との密通という『源氏物語』における重要なテーマを考えていく上で、新たな視点を提供してくれるのである。

注

(1) 河添房江『源氏物語と東アジア世界』(NHKブックス、二〇〇七)を参照。
(2) 本文引用は『新編日本古典文学全集　紫式部日記』(小学館、一九九四)により、頁数を示す。
(3) 本文引用は『新編日本古典文学全集　源氏物語』による。なお、引用に際して、私に改めたところがある。
(4) 山本利達「源氏物語の密通と罪」(『奈良大学紀要』第二九号、二〇〇九・三)
(5) 本文引用は『新訂増補国史大系　扶桑略記』(吉川弘文館、一九九九年新装版)により、頁数を示す。
(6) 本文引用は『新訂増補国史大系　日本紀略』(吉川弘文館、二〇〇〇年新装版)により、頁数を示す。
(7) 多屋頼俊「源氏物語における宗教観」(『国文学』第三巻-五号、一九五八・四)
(8) 阿部秋生『光源氏論—発心と出家』(東京大学出版会、一九八九)、七三頁による。
(9) 今西祐一郎氏は「罪意識の基底—源氏物語の密通をめぐって—」(『国語と国文学』第五〇巻-五号、一九七三・五)の中で、『源氏物語』中の密通にしばしば見える「おほけなし」という語に注目し、親密な間柄に対して、自分の非なることの意識、すなわち負い目の意識があることを見出し、密通当事者の「おほけなし」という意識は、原理的に「罪の意識」としての意義を担い得ているものであると指摘している。
(10) 野村精一「藤壺の「つみ」について」(『源氏物語の創造』桜楓社、一九七五年増訂版)
(11) 多屋頼俊『源氏物語の思想』(法蔵館、一九五二)、六八頁による。
(12) 田中徳定『孝思想の受容と古代中世文学』(新典社、二〇〇七)、一八八頁による。
(13) 玉上琢彌『源氏物語評釈　三』(角川書店、一九六五)、二五七頁による。

（14）拙稿『古代天皇における孝徳』（『アジア遊学151　東アジアの王権と宗教』勉誠出版、二〇一二・三）を参照。
（15）郭潔梅「『源氏物語』と唐の歴史―桐壺巻の後半にみえる「父帝の寵愛」をめぐって―」（『和漢比較文学』第二九号、二〇〇二・八）
（16）藤本勝義「源氏物語の準拠と紫式部時代の史実―光源氏の元服と薫の出家志向をめぐって―」（日向一雅編『源氏物語　重層する歴史の諸相』、竹林舎、二〇〇六）、二一頁による。
（17）たとえば、『栄花物語』には「御才深う、心深うおはしますにつけても、上はあはれに人に知れぬ私物に思ひきこえさせたまひて、よろづに、飽かずあはれなるわざかな、かうやは思ひしとのみぞ、うちまもりきこえさせたまへる。」とある（『新編日本古典文学全集　栄花物語①』〔小学館、一九九五年〕・四六〇〜四六一頁）
（18）拙稿「平安漢詩にみる「孝」」（『知性と創造』四号、日中人文社会科学学会、二〇一三・二）
（19）角田文衞『紫式部伝―その生涯と『源氏物語』―』（法蔵館、二〇〇七）を参照。
（20）以下『旧唐書』の本文引用は『中華書局　旧唐書』（一九七五）による。なお、引用に際し、私に訓点を施し、漢字を改めたところがある。
（21）同注（18）

玉鬘十帖の『伊勢物語』引用群——若草と二条后、または光源氏の現在——

吉野　誠

はじめに

次に、伊勢物語に正三位を合はせて、また定めやらず。…「…在五中将の名をばえ朽さじ」とのたまはせて、宮［＝藤壺］、

見るめこそうらふりぬらめ年へにし伊勢をの海人の名をや沈めむ（絵合②三八一）[1]

『源氏物語』絵合巻において、「物語」（正確には物語絵だが）としての『伊勢物語』に言及がなされ、藤壺はこのように称揚した。これは光源氏との密通と出産、光源氏の流離と復活といった展開を再認し、その運命を受容したものとみてよかろう。古来多く議論されてきたように、『源氏物語』の根幹に関わるものとして『伊勢物語』はある。いま厖大な研究史の一々を挙げることはしないが、藤壺を起点として、紫の上、女三宮、と連なる〈紫のゆかり〉のみならず、朧月夜、六条御息所、源典侍といった光源氏をめぐる女性たちとの恋愛の諸相において、あるいは、須磨明石への流離の形象において、さらには夕霧と雲居雁など周辺の人物たちの人間模様において、『源氏物語』

の表現は読者に『伊勢物語』との往還運動を求め、重層的な物語世界を生成している。とりわけ絵合巻の言及は、現存の諸本と寸分違わず同じものであるとは言えないにせよ、『源氏物語』の世界内に「物語」としての『伊勢物語』が存在することを指し示している。

では、絵合巻より少し後、玉鬘十帖においてはどうか。実は古注釈いらい、玉鬘十帖のいくつかの箇所に『伊勢物語』引用がそれぞれ指摘されている。後に詳述するが、

・胡蝶巻での光源氏の玉鬘への「若草」歌—四十九段
・常夏巻での光源氏の感懐「関守強くとも」—五段
・真木柱巻での鬚黒の感懐「盗みもて行きたらまし」—六段

などである。こうした表現についてはそれぞれ先行する論考があるが[2]、単発的なものとして扱うのではなく、同じ『伊勢物語』に基づくという点を重視して、複合的に、いわば引用群として見なすに足るだけの連関性は見出せないだろうか。さらに私見によれば、行幸巻の大原野行幸や真木柱巻でも鬚黒の感懐以外の箇所に、『伊勢物語』の引用を指摘できるように思われる。

思えば玉鬘十帖の淵源である帚木巻の冒頭は、「忍ぶの乱れや、と疑ひきこゆることもありしかど…」とあって（帚木①五三）、『伊勢物語』初段「春日野の若むらさきのすりごろもしのぶの乱れかぎりしられず」を踏まえている。その初発から光源氏の行動は『伊勢物語』の「昔男」との往還のなかで語られてきていたのであった。同じ帚木巻冒頭で、光源氏は「あながちにひき違へ心づくしなることを御心に思しとどむる癖なむあやにくにて、さるまじき御ふるまひ…」と評されたが、玉鬘十帖においては、自制する光源氏が「これよりあながちなる心は、よも見せたてまつらじ。」（胡蝶③一八八）とあって、これと呼応するかたちで表現されている。玉鬘十帖の『伊勢物語』引用と、

それ以前の『伊勢物語』引用との構成上のこのような呼応関係に関しても考究する余地があるだろう。

本稿では、以上の問題意識に基づき、玉鬘十帖における『伊勢物語』引用をたどり、その相互関係、あるいは玉鬘十帖以前の引用との呼応関係の存在を検討したうえで、玉鬘と、他ならぬ光源氏を描きだす玉鬘十帖の物語世界の特性を明らかにすることを試みたい。

一 「若草」引用ふたたび——胡蝶

玉鬘巻、初音巻に続く胡蝶巻では、太政大臣・光源氏が引き取った、内大臣（もとの頭中将）と亡き夕顔との子・玉鬘をめぐる求婚譚が本格的に始まる。求婚者たちは玉鬘を光源氏の実子と信じ込んでいる。そしてこの巻の終盤で、養父を自認する当の光源氏が、玉鬘への欲動を抑えきれずその懸想心を玉鬘本人の前で表明してしまう。実事には及ばないものの、手を捉え、滑り込むように「近やかに臥」す光源氏に、玉鬘は「うたて」と感じ、「身ぞ心憂」く思う。その翌朝、光源氏は次の歌を贈る。

「うちとけてねもみぬものを若草のことあり顔にむすぼほるらむ
幼くこそものしたまひけれ」と、さすがに親がりたる御言葉も、（胡蝶③一九〇）

この歌は、古来指摘されるところであるが、「むかし、男、妹のいとをかしげなりけるを見をりて／うら若みねよげに見ゆる若草を人のむすばむことをしぞ思ふ／と聞えけり。返し、／初草のなどめづらしき言の葉ぞうらなくものを思ひけるかな」[3]という『伊勢物語』四十九段を引用して詠んだものである。玉鬘は知らないが、光源氏においては、これより前に紫の上に玉鬘への執心を察知され「うらなくしもうちとけ頼みきこえたまふらんこそ心苦し

けれ」（③一八四）と言われたことを承けてこの表現を選び取ってしまった、というあたりが読みどころであろう。(4)

しかし、引用といってもただ四十九段が重ね合わされたものと見なすのでは浅かろう。一方の玉鬘が、これより少し前、都に馴化していないなか「昔物語を見たまふにも、やうやう人のありさま、世の中のあるやうを見知りたまへば」（③一八三）と語られたことを考え合わせたい。玉鬘は、「昔物語」を媒介に、都の人情や世態風俗を自らのものにしていった女君なのである（螢巻での物語論も、玉鬘が物語を耽読するのを諫めるところから始まる）。光源氏の『伊勢物語』引用はこの少し後に位置する。光源氏の歌は、自らの昨晩のふるまいを、『伊勢物語』四十九段よろしく光源氏が玉鬘に言い寄っていると玉鬘が想定しているかのように見なしかつそれを否定する（加えて光源氏の内面においては紫の上の疑念を自らに言い聞かせるように払拭する）、という体のものと読み解かれるのである。「若草」＝若々しいあなた（ただしそう若くもないのだが）に対し『伊勢物語』のごとく「うら若みねよげに」見て言い寄ったように思ったかもしれない、だがそれはあなたの幼さゆえの機微のわからなさによる誤解であって、実際には「うちとけてね」たわけではないのに何を「ことあり顔に」悩んでいるのだろうか、と光源氏は「親がる」のである。

だが読者は光源氏の打ち消しをその通りには受け取らない。「親がる」ことで打ち消したのは、「若草」の奪取を欲望する「若さ」であり「色好み」であるが、それは本当に打ち消せるのか。すでに胡蝶巻では右近の目を通して「親と聞こえんには、似げなう若くおはしますめり、さし並びたまへらんはしも、あはひめでたしかし、と思ひゐたり。」（③一七九）とあって、光源氏の「若さ」が強調されていた。胡蝶巻の語りに誘導されるかぎり、光源氏の「親がり」はポーズのように見える。読者においては四十九段が仮定するような「若草」の領略が実現可能性をもちうるものとして想定され、物語は進行してゆくだろう。

そもそも「若草」とはかつての光源氏の紫の上との関係において重要な語であった。

手に摘みていつしかも見む紫のねにかよひける野辺の若草（若紫①二三九）

この光源氏の独詠は、言うまでもなく『古今和歌集』「紫の一本ゆゑに武蔵野の草はみながらあはれとぞ見る」（巻十七雑上・八六七）(5)を引歌とする。『伊勢物語』四十一段で、「むらさきの色こき時はめもはるに野なる草木ぞわかれざりける」と詠まれた直後の「武蔵野の心なるべし。」という評言に引用される歌であり、同じ若紫巻で『伊勢物語』四十九段を引用して尼君たちが紫の上を評して交わす「若草」「初草」歌とあいまって、光源氏と（藤壺―）紫の上との物語に底流してゆく。栗山元子氏は、「若草」が正篇において紫の上と玉鬘にしか用いられないことを指摘し、二者の「若草」引用が類似することを辿って玉鬘に「第二の〈紫上〉が生産される可能性」を見て取る(6)。玉鬘の存在が紫の上の在り方を問うものとしてあることを示して十分に首肯されるが、私見にひきつければ、胡蝶巻が若紫巻と同じ『伊勢物語』四十九段の引用をすることで逆に両者の差異が明確になる、つまり、胡蝶巻の光源氏の屈折がより明らかになってしまう、という効果がここに期待されているのではないかと思われるのである。

また、「紫」といえば、胡蝶巻の前半で光源氏の弟・螢兵部卿宮もまたこの『古今集』八六七番歌を引用し、「紫のゆゑ」たる兄の娘（と思い込んでいる）・玉鬘への恋情を、「むらさきのゆゑに心をしめたればふちに身なげん名やはをしけき」（胡蝶③一七〇）と光源氏に訴えている。図式的な物言いになるが、若き日に紫の上に光源氏が詠んだ歌の引用元と同じ引用を、いま螢宮が屈折なく詠み、他方で、同様の引用に見えて実は内実の異なる『伊勢物語』的恋愛の実現可能性を孕みつつもそれを自制して打ち消してみせている――歌を詠む光源氏が対置されることによって、光源氏の置かれた状況の屈折ぶりが浮き彫りになるという構成をここに指摘できる。そしてその屈折とは懸想と自制の葛藤なのであるが、語りの誘導にのるならば、それは同時に、若さと老いの葛藤でもあるのだった。

二　「関守」とは誰のことか―螢・常夏

胡蝶巻の次巻は螢巻である。光源氏は螢巻の「物語論」では『伊勢物語』に言及しない(7)。一考するに、「物語」論の場面の後半にあたる、明石の姫君に与えるべき「物語」を検討する場で『伊勢物語』が挙げられないのは当然であろう。帝の妻となるべき女性との恋愛を描く二条后章段をその中核とする『伊勢物語』を、これから春宮入内を控え、将来は后となるべき明石の姫君に与えるはずもないからだ。

姫君の御前にて、この世馴れたる物語などな読み聞かせたまひそ。みそか心つきたるもののむすめなどは、をかしとにはあらねど、かかること世にはありけりと見馴れたまはむぞゆゆしきや。（③二一五）

と光源氏は述べている。『伊勢物語』は「世馴れたる物語」の究極であるといえ、后がねの教育においては第一級の危険物なのではないか(8)。そして明石の姫君に関しては光源氏の「物語」管理は成功するように見える。

だが玉鬘においてはどうか。「物語」論の前半では、光源氏は玉鬘に物語について「ここらの中にまことはいと少なからむを、かつ知る知る、かかるすずろごとに心を移し、はかられたまひて」（螢③二一一）といいつつも、「みなかたがたにつけたるこの世の外のことならずかし」、「ひたぶるにそらごとと言ひはてむも、事の心違ひてなむありける」（③二一二）とも「物語」を評している。「物語」の功罪を知悉したかのような言辞であるのだが、しかし、「物語」とは管理しうるものなのであろうか。また「物語」を知悉することなどできるのだろうか。この問いについては、河添房江氏は「光源氏は恋愛や親子の情をあつかった古物語を、玉鬘をたくみに言いくるめ支配するための媒体として利用しようとした。そこに、光源氏の男としての権力性も浮かび上がってくる。／しかし彼の言動は玉鬘の心を繋ぎとめえず、当然のようにその反発を招いていく。」と述べ、さらに、玉鬘の古物語の愛読を、光源氏の管理を相対化するものとしており示唆的であるが(9)、先の問いに関してその『伊勢物語』の場合については、次節以降で論点となるであろう。ひとまずその問題は脇に置き、次巻・常夏巻でもやはり、光源氏が『伊勢物語』を主体的に引用している点を指摘しておきたい。

光源氏は、玉鬘の処遇を考えあぐねたあげく、次のように思いをめぐらせる。

さてここながらかしづき据ゑて、さるべきをりをりにはかなくうち忍び、ものをも聞こえて慰みなむや、かくまだ世馴れぬほどのわづらはしさこそ心苦しくはありけれ、おのづから、関守強くとも、ものの心知りそめ、いとほしき思ひなくて、わが心も思ひ入りなば、繁くとも障らじかし、と思しよる、いとけしからぬことなりや。（常夏③二二五）

今のまま「世馴れ」ない玉鬘と通ずるのは「心苦し」いが、自らの邸に住まわせ続けて「ものの心知りそめ」つまり夫が通うようになれば「心苦し」さも覚えずに済むだろう、そこで折々、「関守」の目を盗んで逢うのでよいのではないか。――「関守強くとも」とは、一読して「人しれぬわが通ひ路の関守はよひよひごとにうちも寝ななむ」という『伊勢物語』五段の引用と知れる。『伊勢物語』五段は、いわゆる二条后章段のうちの重要な一段である。そして、かつての光源氏の藤壺との密通、それと平行する朧月夜との恋愛、さらに須磨への流謫は、『伊勢物語』の二条后章段や狩の使章段、東下り章段が響き合って表出されてきたことが当然思い起こされてよい(10)。

五段において「関守」は女のいる邸（家）の「あるじ」を喩えた表現である（そして後人増補ともされる章段末尾で「二条后」の「兄たち」とされる）。若き日の光源氏にあっては、藤壺を妃とする桐壺帝や、朧月夜を妻（正確には尚侍であるが）や娘とする朱雀帝や右大臣が「関守」であったといえる(11)。これに比して、常夏巻の光源氏による引用の在り方にはある種の曲折を見出さざるをえない。すなわち、ここでの「あるじ」とは、玉鬘を「かしづき据ゑ」る光源氏でなければならない。だが、光源氏は「関守」を、自分ではなく、玉鬘に「世馴れ」を与える者、つまり玉鬘の将来の夫を指すものとして用いているのである。この「関守」を破る者＝光源氏、という引用は、ある種の強引さによって初めて成立するものといえる。

玉鬘十帖への二条后章段引用に関しては、高木和子氏に既に言及があるが、氏はこの箇所については、「本来「関守」は、夫たる男の側からみた源氏であるはずなのだが、逆になっているのは、光源氏こそ恋の主人公だということであろう」とする。[12] しかし、光源氏が引用の主体であることを鑑みてもう少し歩を進めるべきであろう。光源氏は強引に、自身を「関守」の妨害を突破しようとする「昔男」に擬えているのである。かつての状況の反復と、「かしづき据ゑ」ることへの言及は、光源氏の意図とは別に、読者に彼自身が用いている「関守」引用の強引さを印象づける機能を果たしている。あるいはそう機能するように表現が敷設されている、と言い換えてもよい。

そしてこの強引さは、光源氏の置かれている現在の状況のいくつかを物語るだろう。まず、玉鬘を結婚させてまで密通しようとする点に関して、光源氏が今なお密通への欲望を持つということ。また、前節のとおり「若さ」と「老い」の問題が前景化している状況を考えあわせれば、光源氏は『伊勢物語』によって自らの恋の営為に賦活を図っているのではないかということ。しかし同時に、光源氏にもはやかつてのような、権力に挑む若き「昔男」像が適合しない可能性を読者に示唆しもするのではないかということ。こうした問題が物語の俎上にあがりつつ、「けしからぬこと」と語り手が評し収めて、とりあえず光源氏においてはその問題点は対象化されずに終わる。しかし、のちに思わぬ方向から『伊勢物語』が引用されて、この問題点が改めて問い返されていく。

三　二条后と翁、起源への遡及――大原野行幸（1）

行幸巻の冷泉帝大原野行幸では、光源氏の側にあった『伊勢物語』引用がとつぜん他者によってもたらされる。冷泉帝の大原野行幸については、後藤祥子氏、浅尾広良氏、加藤静子氏、竹内正彦氏らの論考があり[13]、いまはその詳細は繰り返さない。文徳天皇の代から断絶していたが、仁和二年十二月十四日の光孝天皇芹川行幸で復活をみた野行幸は、「仁明―陽成系から仁明―光孝系への交替に伴う旧儀の復興機運」に基づくものである[14]。醍醐天皇の延長六年十二月五日大原野行幸（『吏部王記』逸文）はこの芹川行幸に連なる野行幸で、『源氏物語』の冷泉帝大原野行幸は、この醍醐天皇大原野行幸の次第に類似する。

この冷泉帝大原野行幸は、嵯峨―仁明―光孝―宇多―醍醐（／桐壺帝）―（光源氏）―冷泉帝、という直列的系譜意識をことさらに示威する『源氏物語』冷泉朝の種々の盛儀――玉鬘十帖の二度の男踏歌や藤裏葉巻での六条院行幸など[15]――といっけん軌を一にしているように思われる。この盛儀のさなか、冷泉帝は、この行幸に参列せず六条院にある光源氏に、参加を促す歌を詠む。光源氏はこれに応じず、冷泉帝を賛美する返歌を詠んだようだ。

かうて野におはしまし着きて、御輿とどめ、上達部の平張に物まゐり、御装束ども、直衣、狩の装ひなどにあらためたまふほどに、六条院より、御酒、御くだものなど奉らせたまへり。今日仕うまつりたまふべく、かねて御気色ありけれど、御物忌のよしを奏せさせたまへりけるなりけり。蔵人の左衛門尉を御使にて、雉一枝奉らせたまふ。仰せ言には何とかや、さやうのをりの事まねぶにわづらはしくなむ。

A　雪ふかきをしほの山にたつ雉のふるき跡をも今日はたづねよ

たまふ。

太政大臣の、かかる野の行幸に仕うまつりたまへる例などやありけむ。大臣、御使をかしこまり、もてなさせ

B　をしほ山みゆきつもれる松原に今日ばかりなる跡やなからむ

と、そのころほひ聞きしことの、そばそば思ひ出でらるるは、ひが事にやあらむ。（行幸③二九二）

A・Bの歌のやりとりは、先述の仁和二年十二月十四日の光孝天皇芹川行幸の際に詠まれた、次に挙げる『後撰和歌集』巻十五雑一の巻頭二首を踏まえている。

仁和のみかど［＝光孝］、嵯峨の御時の例にて、芹川に行幸したまひける日　在原行平朝臣

嵯峨の山みゆきたえにし芹川の千代のふる道あとはありけり（一〇七五）

おなじ日、鷹飼ひにて、狩衣のたもとに鶴の形を縫ひて、書きつけたりける

翁さび人なとがめそ狩衣今日ばかりとぞたづも鳴くなる（一〇七六）

行幸の又の日なん致仕の表たてまつりける[16]

旧来の注釈は一〇七六番歌のみを引くが、加藤氏が述べるように、この並べられた二首の両方を考えるべきである。[17]在原行平は、光孝天皇による芹川行幸を、「嵯峨の山」すなわち嵯峨天皇が頻繁に行いつつ途絶していた野行幸を復活させ継承しえたものとして讃える。[18]そして、鷹飼として供奉し狩衣を着ることへの感懐を詠む。『西宮記』巻十七の「野行幸」に「鷹飼王卿、大鷹飼、地摺狩衣、綺袴、玉帯、…」とあり、「仁和年中芹川行幸之日、王卿皆着摺衣」と例示されるそれである。[19]なお「今日ばかり」の「かり」は「狩り」が掛けられている。「この歌には行幸を最後として長年精励してきた官人としての道をみずから断ち切るのだという強い感慨が表されていよう。「嵯峨の山」の歌が賀歌であるのに対して、この歌は天皇賛仰とみずからの記念のために鶴の絵を縫いつけて従駕

した奇異なる行為の説明歌であって、私的な感慨を表白した歌であるといえよう。[20]」と評されるとおりである。

Ａ歌で冷泉帝は「ふるき跡」を「たづ」ねることを光源氏に要請する。これは、『後撰集』歌を想起させ、その芹川行幸のように、この大原野行幸も古来の盛儀――桓武・嵯峨天皇の代に盛んに行われた――の継承を意図して行われたものであることを証し立てる。そもそも、行平歌が村上天皇勅撰の『後撰集』雑歌の巻頭に来ている点も見逃せない。「雑の部の配列構成がよくわからないために、明確にすることはできない。ただ、『後撰集』の撰進を下命した村上天皇は、仁明天皇ののち文徳・清和・陽成と続いた皇統に対して、光孝天皇の後胤に属する天皇である。光孝天皇祝賀の歌を巻頭に据えたのは、そのことを撰者が配慮したからであろうとはいえそうである。[21]」とあるのに従えば、行幸巻がこの二首を引用した意義はなお重くなる。冷泉帝は、村上天皇との対比をもって語られてきた帝だからである。[22]冷泉帝行幸は、系譜や継承という問題と分かちがたく結びついて語られている。

しかし、注意すべきは、冷泉帝は継承の確認を詠んだのではない点である。冷泉帝は、大原野＝「小塩山」において「ふるき跡」を「今日」「たづねよ」という、起源への遡及を求める指向性を持った歌を詠んだ。それは、同様に起源への指向性を持ち、「大原」「小塩山」の代表的な歌を擁し、二条后章段の掉尾に位置づけられもする、『伊勢物語』七十六段をも招来してしまうのではないか。[23]

むかし、二条の后の、まだ春宮の御息所と申しける時、氏神にまうでたまひけるに、近衛府にさぶらひけるおきな、人人の禄たまはるついでに、御車よりたまはりて、よみて奉りける。

大原や小塩の山も今日こそは神代のこともおもひいづらめ

とて、心にもかなしとや思ひけむ、いかが思ひけむ、しらずかし。

二条后章段の後日譚にして、また翁章段の初発としても位置づけられる段である。「春宮の御息所」（二条后）の大原野参詣に供奉する「翁」は、「氏神」ゆかりの地（大原野神社は春日大社の神々を京に勧請した藤原氏の氏社である）を詣でる藤原氏の将来の后の栄達を寿ぐ。しかしその言祝ぎの背後に、かつて若き日に（＝「神代のこと」）関わりを求めた女との現在の位地の懸隔（「よみて奉りける」と敬語がつくのもこれを強調する）への秘めた思いを詠む。『伊勢物語』は業平歌をこのように仕立て上げたのであった。

もちろん冷泉帝のA歌と「大原や…」歌とでは状況が異なる。しかし、玉鬘十帖で二条后章段の引用が複数なされ、そして何よりも、「昔男」と二条后との関係が重ね合わせられる光源氏と藤壺との間に生まれた不義の子・冷泉帝がこの歌を詠む、という点において、七十六段が喚起される必然性は認めてよいと考えられる。

思えば、光源氏は玉鬘とのやりとりのなかで、母・夕顔と重ね合わせることはありながらも、玉鬘が求める父・内大臣という自らの起源に遡及することを求める玉鬘を、はぐらかし続けている。時に起源を自分に都合のいい方へとさりげなく改変しようとしてすらいる。「（光源氏）知らずとも尋ねてしらむ三島江に生ふる三稜のすぢは絶えじを／（玉鬘）数ならぬみくりやなにのすぢなればうきにしもかく根をとどめけむ」（玉鬘③一二三）、「（光源氏）ませのうちに根深くうゑし竹の子のおのが世々にや生ひわかるべき／（玉鬘）今さらにいかならむ世か若竹の生ひはじめけむ根をばたづねん」（胡蝶③一八二）、「（光源氏）思ひあまり昔のあとをたづぬれど親にそむける子ぞたぐひなき／（玉鬘）ふるき跡をたづぬれどげになかりけりこの世にかかる親の心は」（螢③二一四）、「（光源氏）なでしこのとこなつかしき色を見ばもとの垣根を人やたづねむ／（玉鬘）山がつの垣ほに生ひしなでしこのもとの根ざしをたれかたづねん」（常夏③二三三）とあるように、光源氏は玉鬘の起源に関わる問題に言及しつつも、玉鬘が真に求める内大臣との対面と実子としての認知については触れず、時に親としての自らをそこに介在させていく、極端にいえば起源を改変していく。玉鬘は巧みな切り返しでみずからが求める起源の問題に引きつけようとするけれども、現実にはなかなか対面の実現に至らない。この、起源への遡及をはぐらかし、改変をはかる光源氏の玉鬘への対し方は、そのままに、光源氏の冷泉帝への対し方を表すものとしてある、と言えないだろうか。すなわち起源への遡及をはぐらかしてきた光源氏は、思わぬところで自らがはぐらかしてきた大秘事＝冷泉帝の出生の問題への遡及を厳しくつきつけられる。それが大原野行幸の贈答歌なのである。冷泉帝は、薄雲巻で自らの出生の秘密を知り、少女巻に至り「木伝ふ花の色やあせたる」(少女③七三)ものとして自らの治世を捉え返していた。玉鬘十帖のあと藤裏葉巻では、准太上天皇位を光源氏に与えることでようやく彼なりの解消が果たされる。してみると、玉鬘十帖とは、玉鬘を語りながらも、一面においては、冷泉帝を、そしてそれは同時に、光源氏そのひとの現在を、複層的に語るものとしてある、といえよう。

それのみならず、冷泉帝による七十六段の喚起は、光源氏を「翁」に擬えてしまう。花井滋春氏が、「76段には、そうした社会通念から逸脱していこうとする昔男の俤はなく、社会の中でしか行動しえない自分を自覚して、我が身を律してしまおうとする姿が見られるにすぎない。そこに、嘗ての昔男とは違う「翁」の登場する所以がある。その意味で、この76段こそが、昔男の真に挫折した姿を描きとっている段、或いは、社会の枠組の中に搦め捕られた晩年の姿を反映している段と言えるのではないかと思われるのである。」「76段は、そうした翁像の始発として位置付けるにはふさわしい段であったといえる。なんとなれば、昔男の自由奔放な情熱を象徴する最右翼の物語が二条后譚だったからである。昔男の、社会的規範を逸脱していく始発に二条后譚があったとすれば、社会的規約の中に埋没していく始発もまた、二条后譚であった。そこに両者の著しい対極構造が認められるのである。[24]」と述べるのは、これまで光源氏が二条后章段の「昔男」に擬せられ、或いは第二節に見たようにいま強引に自らを擬えていることと、ここで七十六段が喚起されたことで、光源氏の若さと老い、また出生の秘密の回避という問題群が前景化されていることとの関係を考えるとき、きわめて示唆的であろう。玉鬘十帖において、光源氏は内大臣家の子息たちに「何となく翁びたる心地」（常夏③二二四）、「やうやうかやうの中に厭はれぬべき齢」（同③二二七）、玉鬘に「盛り過ぎたる人」（篝火③二五九）などとは述べるが、それは聞き手を意識しての発言であり、年齢に関する内省の吐露とは捉えにくい。先に引用したとおり、右近は「親と聞こえんには、似げなう若くおはしますめり」と語る。第三者から見れば光源氏は依然、若さを持つ存在として描かれている（というよりも右近にとっては光源氏は若くなければ困るのである）。そうした展開のなかで、突如、光源氏が他者から「翁」であることを否応なくつきつけられるのが大原野行幸なのである。(25)

四　引用回避の光源氏──大原野行幸（2）

なおも本文を読み進めたい。贈歌Aの直後、「太政大臣の、かかる野の行幸に仕うまつる例などやありけむ」と語り手は語る。光源氏は返歌しつつついに行幸に参上しない。

なお「かかる野の行幸に仕うまつる例」について、『源氏物語奥入』は仁和二年十二月十四日の芹川行幸に、親王たちや左右大臣とともに、「太政大臣〈藤原朝臣〉」（＝藤原基経）の参列があったことを載せる。(26) 事実であれば、光源氏は、基経が現実には参列した野行幸に、同じ太政大臣でありながら参列していないことになる。

だが、従来、光源氏が企図した盛儀はこのようではなかった。「良房の大臣と聞こえける、いにしへの例になずらへて、白馬ひき、節会の日々、内裏の儀式をうつして、昔の例よりもこと添へていつかしき御ありさまなり。」（③七〇）という少女巻での言及に、光源氏の関わる盛儀の在り方が端的に示されている。すなわち、継承すべき旧例に準拠しつつ、それに新たな趣向を加えて新例を創出していく在り方である。B歌もそうした在り方に即した内容であろう。しかし、ここでの光源氏は、かつて太政大臣が参列したはずの盛儀に参加していない。参加しないことで新例を創出したようにも読めない。語り手が韜晦しながらことさらに太政大臣の参列について語ったゆえに、光源氏の不参が、それもネガティブな印象をもって、際立ってしまうのではないか。大原野行幸を冷泉朝の盛儀の一例として他と同列に置く見解は多いが、むしろこの行幸は、他に比べて同列には語れない異質な問題を孕んでいるといってよい。

その不参の理由は、多く玉鬘の存在に求められる。後文で光源氏が玉鬘に「かのこと［＝尚侍出仕］は思しなびきぬらんや」と問うて玉鬘に「よくも推しはからせたまふものかな」と思わせている（行幸③二九四）ことにより、玉鬘に冷泉帝の美質を印象的に捉えさせる意図によるもの、例えば「彼の不参加が帝を玉鬘に鮮明に印象づけ、尚侍としての出仕を促そうとする」（『新編全集』頭注）という理解が一般的だ。しかし、光源氏の返歌Bを考え合わせると、別の側面も見えてくる。冷泉帝の『後撰集』一〇七五番歌を踏まえた贈歌Aを承け、光源氏は一〇七六番歌を引用して返歌Bを詠んだ、とまずは解せるが、両方の歌の内容と引用の在り方を考えると、ただ引用したと見なすその先があるように思われる。光源氏は、冷泉帝の「ふるき跡をも今日はたづねよ」とある懇請を、「今日ばかりなる跡やなからむ」と今回の行幸の賛辞に詠み換えたことによって、受け流しているのである。そして、「狩り」（野行幸）を「今日ばかり」と詠みこむこと自体は一〇七六番歌をなぞっているように見えながらも、実のところ、「翁さび」という謙辞も、老いの自覚の文脈において「今日ばかり（参列も今日かぎり）」とうたうことも、一切踏まえていない。ここに、冷泉帝の出生の問題からの回避と、冷泉帝に突きつけられた老いの問題からの回避を読み取るべきではないだろうか。

さらに言えば、一〇七六番歌は、七十六段に同じく翁章段の一とされる『伊勢物語』百十四段として物語化されている。

　むかし、仁和の帝、芹河に行幸したまひける時、いまはさること、にげなく思ひけれど、もとつきにけることなれば、大鷹の鷹飼にてさぶらはせたまひける。すり狩衣のたもとに書きつけける。

　　おきなさび人なとがめそかりごろも今日ばかりとぞ鶴も鳴くなる

　おほやけの御けしきあしかりけり。おのがよはひを思ひけれど、若からぬ人は聞きおひけりとや。

百十四段で「翁さび」と詠む男（ただしこの段では「昔男」とも「翁」とも呼称されない）は『後撰集』では明瞭に在原行平である。「昔男」は在原業平とおぼしいが、兄・在原行平の詠も、「昔男」が行平と同時に登場する段以外においては業平歌と渾然一体のものとして扱われ、愁嘆や不遇を背後に潜ませる物語の基調に寄与していく(27)。その姿勢は『源氏物語』においてもそうであった。かつて光源氏が須磨に下向するなかで、「うらやましくも」と『伊勢物語』七段が引用され、「櫂の雫もたえがたし。」と同じく五十九段が引用され、そして「おはすべき所は、行平の中納言の藻塩たれつつわびける家居近きわたりなりけり」と、「昔男」と行平の流離のイメージ（『古今和歌集』巻十八雑下・九六二）と渾然一体になって流離の光源氏が形象されていった（須磨②一八七）。后を犯した罪を背負うかのごとく須磨に流離する光源氏＝在原業平＝在原行平という構図と、この行幸巻の贈答二首は照応すると見るべきではないか。

くわえて、百十四段を一読して気づくのは、『伊勢物語』初段との照応である。「「鷹狩」「もとつきにける」、また和歌を「摺狩衣の袂に書きつけ」たという行為も、すべては、この物語の発端、すなわち「初段」に、逆上ろうという意識の表出に他ならないのではないだろうか(28)」という指摘が既にある。帚木冒頭に初段の引用があるのは先に触れた。また冷泉帝の大原野行幸に参加する「近衛の鷹狩」は、「狩衣」を「乱れ着つつ」あった。「乱れ着る」という語は読み落とすべきではなく、『河海抄』が示すように初段の「狩衣」「しのぶの乱れ」を想起させるものとみてよいだろう。付言すれば、「翁」は七十四段では「近衛府にさぶらひけるおきな」であった。このように、「昔男」（初段・二条后章段＋行平歌）／「翁」（翁章段・二条后章段の後日譚・行平の後日譚）、の関係と、かつての光源氏／現在の光源氏、の関係とが、連関したかたちで表出されているさまがたどれるのである。二重三重の意味で、光源氏は行平歌をそのままになぞるわけにはいかない。参列して冷泉帝とうり二つであることが知れることを避けた、というのではない(29)、引用のレベルにおける自らの老いの認定の回避、そして秘密の露見の回避、という構造が、大原野行幸の引用表現にはあるように考えられるのである(30)。

そう考えると、玉鬘の求婚譚のなかに位置づけて理解されてきたこの直後の玉鬘の歌も、従来とは異なった相貌を呈してくる。すなわち、光源氏から行幸での冷泉帝に心引かれたことを言い当てられた玉鬘は「うちきらし朝ぐもりせしみゆきにはさやかに空の光やは見し」と詠み、はぐらかす（③二九四）。だが、霧で「朝ぐもり」した中の「光」とは、冷泉帝の光輝の否定にもなってしまうのではないか。かつて桂の院にあって光源氏は「久かたの光に近き名のみしてあさゆふ霧も晴れぬ山里」と宮中の冷泉帝に詠み、これは「行幸待ちきこえたまふ心ばへなるべし」と語り手に評された（松風②四二〇）。行幸によって、「霧」は晴れなければならない。そういえば玉鬘とは、のちに薫の和琴を聞いて、知らず知らず柏木との秘密の父子関係を言い当ててしまう存在でもあった（竹河⑤七二）。玉鬘は、知らず知らずにここで冷泉帝の「光」への疑義を提起してしまっているのではないか。それゆえに光源氏は、返歌において「あかねさす光は空にくもらぬを…」と、冷泉帝を光輝あるものと言挙げし、歌い改めなければならない。光源氏―冷泉帝の存立が危うさを孕むものであることが玉鬘によって示されるのである。

五　女を盗まれる光源氏――真木柱

ほかにも、行幸巻にはもう一箇所、『伊勢物語』との語句の通底を思わせる箇所がある。大宮の目を通した光源氏の威儀は「ありしにまさる御ありさま、勢ひ。」（行幸③三〇九）と語られるが、この「ありしにまさる」という表現は、『伊勢物語』百一段の歌「咲く花の下にかくるる人を多みありしにまさる藤のかげかも」にある。これ以外に『伊勢物語』ではほかに四十段にしか見えず（「いでていなばたれか別れのかたからむありしにまさる今日は悲しも」）、また、『源氏物語』中には他に若紫巻にしか見えない（「この月ごろは、ありしにまさるもの思ひに」①二二五。懐妊した藤壺に対する光源氏の思いを語るもの）、用いられる頻度がきわめて少ない表現である。[31] 百一段は、「在原の行平」の「はらからなる」男が、「おほきおとどの栄花のさかりにみまそがりて、藤氏の、ことに栄ゆる」ことを詠んだと語られる段であり、この歌が藤原氏の専横に対する揶揄や諷刺か、あるいは藤原良近に対する挨拶か、諸説あるが、藤原氏の栄花を詠み込んだ歌であることは間違いない。『伊勢物語』百一段の「在原」氏の男が置かれた政治的状況に対する逆転を見てとらせる引用表現である。この百一段はやはり第一部前半で引用されており、「蔭にも隠させたまへ」（花宴①三六五）とあった。朱雀帝の治世となったことで得た藤原氏右大臣家の権勢を踏まえた発言である。行幸巻の百一段引用はこの花宴巻の百一段引用の反復となる。政治的地位の逆転を示すというだけでなく、本稿で確認してきた玉鬘十帖の展開のなかに置くのであれば、盗む側の男であろうとするにも関わらず、権力を持った「関守」の側に位置づけられる存在であることを証立ててしまうのである。

そして、玉鬘求婚譚は、真木柱巻で鬚黒が玉鬘を得るという予想外の結末を迎える。玉鬘は宮中に尚侍として出仕するが、そこで冷泉帝と次のようなやりとりをする。

「などてかくはひあひがたき紫を心に深く思ひそめけむ

濃くなりはつまじきにや」と仰せらるるさま、いと若くきよらに恥づかしきを、違ひたまへるところやあると思ひ慰めて聞こえたまふ。宮仕の臈もなくて、今年加階したまへる心にや。

「いかならん色とも知らぬ紫を心してこそ人はそめけれ

今よりなむ思ひたまへ知るべき」と聞こえたまへば、（③三八五）

「紫」とは冷泉帝の配慮で玉鬘が従三位（礼服の色は浅紫）に加階したことを指すものという。贈歌はその染色を題材に、心を寄せつつもついに縁遠かった玉鬘との関係を詠んだものであるが、そこに付された「濃くなりはつまじき」「紫」とは、胡蝶巻で光源氏が『伊勢物語』の「若草」引用によって幻想していた玉鬘の領略が、ついに不成立に終わったことを代行的に確認するものといえないか。冷泉帝と言葉を交わす「恥づかしさ」を紛らわせるために、という文脈にありながらも、玉鬘は冷泉帝と光源氏を同一視している。光源氏＝冷泉帝においては、ついに玉鬘を手に入れられなかったのであった。この衣の色を与えるやりとりは『伊勢物語』四十一段そのものを背後に想起させるものとすら見なしうるのであるが（最も「あてなる」男による、「緑」ならぬ紫の衣服の贈与を詠む）、そこまで言わずとも、後文で冷泉帝はやはり玉鬘に、「野をなつかしみ」と述べていて(32)、「野」の「花」としての女というイメージをもって玉鬘が位置づけられていることが看取される(33)。こうしたイメージの複合のなかで、「野」の「若草」＝「紫」を得られなかった光源氏が喩の世界において改めて確認されるのである。

さて、鬚黒は、慌てて玉鬘を自邸に戻すことにする。

六条殿ぞ、いとゆくりなく本意なしと思せど、などかはあらむ。女も、塩やく煙のなびきける方をあさまし

と思せど、盗みもて行きたらましと思しなずらへて、いとうれしく心地落ちゐぬ。（真木柱③三八九）

ここに引用が二箇所指摘される。一つは「須磨の海人の塩焼く煙風をいたみ思はぬ方にたなびきにけり」という『古今和歌集』所収歌（巻十四恋四・七〇八）である。題知らず、読み人知らずのこの歌は、『伊勢物語』百十二段に「むかし、男、ねむごろにいひちぎりける女の、ことざまになりにければ」と語られて物語化する。鬚黒による玉鬘の奪取はまさに「ことざま」たる事態であったといえよう。

引用の二箇所め、「盗みもて行きたらまし」と「思しなずら」える鬚黒の「盗みもて行」く、とは、『伊勢物語』二条后章段、直接的な言辞でいえば六段の「からうじて盗みいでて」「盗みて負ひていでたりけるを」という表現を想定したものとみてよい。「思しなずらへて」とあるとおり、鬚黒は玉鬘の奪取を、『伊勢物語』の「昔男」に自らを擬すという主体的な引用によって認識していることになる。ここに鬚黒による「昔男」幻想を見出すことができる。このとき、「関守」にあたるのは当然光源氏ということになるわけだ。ここに至り、玉鬘十帖において、第一部前半の『伊勢物語』引用を反復するかたちで複層的に織りなされてきた『伊勢物語』引用は、決着を迎えたように見える。

だがさらに――、引き取られたあとの玉鬘を偲ぶ光源氏の歌、「かきたれてのどけきころの春雨にふるさと人をいかにしのぶや」（③三九二）は、高木氏の指摘するように、二条后章段の流れに置けば『伊勢物語』二段や四段を思わせるものと感得される。とくに四段は、女に対して「本意にはあらで、心ざしふかかりける人」とある。冷泉帝はこれより前、玉鬘が退出する直前に「人より先に進みにし心ざしの、人に後れて、気色とり従ふよ。昔のなにがしが例もひき出でつべき心地なむする」（③三八七）と述べていて、これは『平中物語』を指すものかとも古注釈は解しているが、「気色とり従ふ」に該当する本文が見あたらない以上は決しがたい。『平中物語』を仮定するぐらいであれば、むしろ、同じ二条后章段にあたる『伊勢物語』六十五段の男の振る舞いを指したものと見てもよいかもしれない。ともあれ四段は（そして六十五段も）、二条后との恋がついに果たされなかった寂寥が漂う章段であるが[34]、そこには愛する者との離別はあっても、「翁」はいない。光源氏は依然として『伊勢物語』の「昔男」としてあり続けようとしているのであった。

むすび

玉鬘十帖における複数の『伊勢物語』引用を検討し、章段間のつながりや呼応によって、引用同士が関係づけられ、物語世界がより複層的に組み上げられている様態を確認した。のみならず、その引用群の多くは、『源氏物語』第一部前半の『伊勢物語』の引用元と重複するという特徴を有していた。本稿ではこれを反復とみなし、その差異や変化を以て玉鬘十帖の展開に寄与する在り方をもつものとして意義づけた。それは〈玉鬘十帖における『伊勢物語』引用〉というよりも、〈玉鬘十帖における「第一部前半の『伊勢物語』引用」引用〉というべきものである。これらは、過去からつながりを持ち、しかし過去との懸隔も露呈しつつある、玉鬘十帖の時点における光源氏の現在を描くためにたいへん有効な方法であったと考えられる。「現在における〈記憶〉の反芻によって、過去がこれまで思いも寄らなかった相貌を見せ、そのような過去に照らしだされることによって、現在もまた新たな展開を生んでいく、といった仕組みを抱えている。」という評言[35]は玉鬘十帖の本質をよく示しているが、それを表現において方法的に成立させている重要な一つが『伊勢物語』引用群なのである。

「玉鬘求婚譚の中心課題はむしろ光源氏の玉鬘思慕の詳細を追うことにあった」という[36]。玉鬘十帖は玉鬘という新たなヒロインを語るのと同時に、光源氏その人を語る巻々としてあるわけだが、光源氏の玉鬘との特異な関係は、ふたたび、今度は半ば強引なまでに『伊勢物語』の「昔男」幻想をまとい、そのことで成立しうるはずであった。光源氏はある意味では「物語」を知悉し、御しているかのようだ。しかし実際には光源氏は、『伊勢物語』に、「翁」＝老いを与えられかけてしまう。光源氏はこれを回避するものの、「関守」を破るつもりが、逆に女を盗まれる側に否応なく立たされている現実に、否応なく直面せざるをえない。

また、語られるのは男女関係の在り方にとどまらない。少女巻から梅枝・藤裏葉巻に至る政治状況に対して、玉鬘十帖は律儀にその状況と伴走し、光源氏の現在が直面しているいくつかの論点を提起し続けているといえる。その最も枢要な点、秘密の子・冷泉帝の存在が、玉鬘十帖では大原野行幸の中で焦点化される。『伊勢物語』引用群は（光源氏にとっては思わぬかたちで）その隠蔽したい起源への遡及を訴求する。光源氏はやはり『伊勢物語』引用によりそこからの回避をはかるが、それは逆に回避しようとしている問題点を露呈することにもなる。これらは、知悉しえたはずの「物語」の側からの報復とすらいえるかもしれない。

かつての引用の在り方が光源氏に盗む側の「昔男」の印象を与えていたことからの懸隔や変容が、その反復される引用群によって際立って表出されていく。『伊勢物語』を引用しそれを乗り越えて獲得しえた栄華が、同じ『伊勢物語』によってその内実の問い直しをはかられていく。そうした構造が見いだせる表現世界を、玉鬘十帖は有しているのだといえよう。

注

（1）『源氏物語』本文は、『新編日本古典文学全集』（小学館）本による。「②三八一」は二巻三八一ページを表す。

（2）近年の研究においては、西耕生「玉鬘十帖と伊勢物語四十九段―「いもうとむつび」の物語史―」（『文学史研究』第二九号、一九八八・一二）、栗山元子「玉鬘物語の表現構造―再生産される「若紫物語」」（『早稲田大学大学院文学研究科紀要』（第三分冊）第四三号、一九九八・二）、丹藤夢子「柏木といもうとへの恋―玉鬘・弘徽殿女御を中心に―」（『物語研究』第一〇号、二〇一〇・三）が四十九段引用を、高木和子「玉鬘十帖論」（『源氏物語の思考』風間書房、二〇〇二）が五、六段などの二条后章段を取り上げる。

（3）『伊勢物語』本文は、『新編日本古典文学全集』（小学館）本による。

（4）（2）の西論文。

（5）『古今和歌集』本文は、『古今和歌集』（ちくま学芸文庫、二〇一〇）による。

（6）（2）の栗山論文。ただし、四十九段の兄妹婚引用の位置づけについては、近親婚である共通性に基づいてそのまま光源氏と玉鬘の擬似的父娘関係に重ね合わせるのではなく、いったん光源氏が「親が」って打ち消している点を重く捉えたい。『伊勢物語』の「女」の親たちは、娘の結婚や恋愛を許容・促進・禁止する管理者であり、恋愛する主体や客体存在ではない。

（7）なお、光源氏が玉鬘の姿を螢を投げ入れて螢宮に見せる趣向について、『伊勢物語』三十九段の影響が古注釈で指摘される。螢を投げ入れた「源の至」が「天の下の色好み」と語られている点は注意される。

（8）これは、娘（養女であるが）を帝に入内させるはずが、娘は月に帰ってしまう筋立てを持つ（と思われる）『竹取物語』に関しても同様であろう。なお、玉鬘十帖における『竹取物語』の引用については、秋山虔・後藤祥子・三田村雅子・河添房江「共同討議　玉鬘十帖を読む」（『国文学』一九八七・一一）、本橋裕美「冷泉朝の終焉―玉鬘物語をめぐって」（『学芸古典文学』第二号、二〇〇九・三）など。本稿は光源氏による『伊勢物語』の主体的引用という観点を重視しているが、本橋論文はその『竹取物語』引用の場合を考究している。

（9）河添房江「螢巻の物語論と性差」（『源氏物語時空論』東京大学出版会、二〇〇五）。

（10）三谷邦明「藤壺事件の表現構造―若紫巻の方法あるいは〈前本文〉としての伊勢物語」（『物語文学の方法Ⅱ』有

精堂、一九八九）ほか。
(11) ちなみに朧月夜に関しては、若菜上巻での交情に際して「関守の固からぬたゆみにや、いとよく語らひおきて出でたまふ。」（④八四）と語られる。若き日の光源氏と朧月夜との恋愛は「関守」が固かったのである。
(12) （2）の高木論文。
(13) 後藤祥子「冷泉院の横顔―「行幸」巻の大原野行幸について―」（『源氏物語の史的空間』東京大学出版会、一九八六）、浅尾広良「冷泉帝の大原野行幸」（『源氏物語の准拠と系譜』翰林書房、二〇〇四）、加藤静子「大原野行幸の準拠と物語化」（久保木哲夫編『源氏物語の鑑賞と基礎知識　行幸・藤袴』至文堂、二〇〇三）、竹内正彦「野に行く冷泉帝―『源氏物語』「行幸」巻の大原野行幸をめぐって―」（『國學院雑誌』第一〇六巻七号、二〇〇五・七）。
(14) 榎村寛之「野行幸の成立―古代の王権儀礼としての狩猟の変質―」（『ヒストリア』第一四一号、一九九三・一二）。「野行幸」の基本文献として多く学んだ。ただし野行幸が〈見せる〉儀礼という要素を持つという指摘の当否には慎重でありたい。
(15) 浅尾広良「六条院行幸での朱雀院―「宇陀の法師」をめぐって」（前掲『源氏物語の准拠と系譜』）、袴田光康「男踏歌と宇多天皇―『源氏物語』における〈帝王〉への回路―」（『源氏物語の史的回路』おうふう、二〇〇九）。光源氏が、明石の姫君にも同様に文化の直列的継承を仕組んでいることは、吉野誠「『源氏物語』「前の朱雀院」考―梅枝巻の薫物伝授から―」（倉田実編『王朝人の婚姻と信仰』森話社、二〇一〇）で言及した。
(16) 『後撰和歌集』本文は『和泉古典叢書』（和泉書院）本による。
(17) （13）の加藤論文。
(18) 「嵯峨の山」は実際の地名ではない。「只帝の御名によせて嵯峨の山とは読める也」（『岷中抄』）。
(19) 『西宮記』本文は『改訂増補故実叢書』（明治書院、一九九三）本による。
(20) 杉谷寿郎「後撰和歌集」（窪田章一郎［ほか］編『鑑賞日本古典文学　古今和歌集・後撰和歌集・拾遺和歌集』角川書店、一九七五）。なお、諸注指摘するように、実際の在原行平の致仕は仁和三年四月十三日である。

(21)(20)に同じ。
(22)吉野誠「歴史をよぶ絵合巻―冷泉「聖代」の現出―」(『学芸国語国文学』第三五号、二〇〇三・三)で詳述した。
(23)小林正明「伊勢物語を読む」(鈴木日出男編『竹取物語伊勢物語必携』學燈社、一九九三)の「老いゆく」の項に、簡略にではあるが既に言及がある。
(24)花井滋春「伊勢物語の翁とその語り」(『むらさき』第二二号、一九八五・七)。
(25)(13)の竹内論文では、「源氏によって仮構された〈聖代〉を揺るがしかねない響きを帯び」るものとし、「実父を慕うものにとどまらず、自身が帝としてここにあることの根源的な違和感を表明し、皇統を継ぐものとして光源氏を位置づける可能性を持つもの」と評する。真相をあばきかねない冷泉帝の歌の在り方に着目している点は本稿の趣旨と重なる。ただし大原野行幸を藤原氏に対する帝の君臨と位置づける点などはなお熟考を要すようにも思われる。贈答歌の内容の理解や『伊勢物語』引用の在り方に関しても見解が異なる。参照されたい。
(26)『奥入』の本文は『大成』本による。以降の注釈にこの記事は引き継がれるが、『日本三代実録』の同日条には太政大臣の参列に関する言及は見えない。他の行幸の例を考えると太政大臣の参加が国史に見えないのは不審か。
(27)福井貞助「在原行平と伊勢物語の構造」(『弘前大学人文社会』第二二号、一九六〇・一二)ほか。
(28)河地修「『伊勢物語』の実名章段と和歌」(『伊勢物語論集』竹林舎、二〇〇三)。
(29)少女巻の朱雀院行幸で「同じ赤色を着たまへれば、いよいよ一つものとかかやきて見えまがはせたまふ。」(少女③七一)とあり、藤裏葉巻の六条院行幸でも「ただ一つものと見えさせたまふを、」(藤裏葉③四六二)と繰り返されるので、ただ同一視されることを秘密の露見につながるとして避けたというのは理由にあたらない。
(30)大原野行幸の実施については、野分巻の野分を冷泉帝の秘事に関する天変であると見なしてのものとする見解がある。中西紀子「大原野行幸における源氏不参加―准拠と草子地頻発の背景―」(『王朝文学研究誌』第九号、一九九八・三)、春日美穂「『源氏物語』「野分」巻の冷泉帝―「御前の壺前栽の宴」を中心に―」(『中古文学』第八九号、二〇一二・六)。

（31）『源氏物語』以前の物語・日記類では管見のかぎり見あたらない。和歌では私家集に数例見いだせるが、いずれも恋の歌に関わって用いられるのみである。
（32）「春の野にすみれ摘みにと来し我ぞ野をなつかしみ一夜寝にける」（『萬葉集』巻八、一四二四、山部赤人）。『古今集』仮名序に引く。
（33）なお、これは藤袴巻での夕霧と玉鬘との贈答歌、「おなじ野の露にやつるる藤袴あはれはかけよかごとばかりも」「たづぬるにはるけき野辺の露ならばうす紫やかごとならまし」とも対応していよう。夕霧＝冷泉帝＝光源氏において「紫のゆかり」が幻想されていく。「夕顔の露の御ゆかり」（玉鬘③一二〇）とありながらも、玉鬘は「紫のゆかり」幻想のなかに囲繞されかけていくのである。
（34）（2）の高木論文では、「哀傷にも似た、喪失の深い寂寥に耐える彼の内面にこそ、彼の物語主人公たるゆえんがあることを、如実に物語っていよう。」「玉鬘物語の顛末には、『伊勢物語』二条后の逸話の引用が濃厚なのだが、これは、単なる禁忌の恋という特殊な設定を越えて、恋の典型的一局面として普遍化し、恋三の部と恋五の部という、ともに巻頭に業平歌を据えて配列する『古今集』の秩序と無縁に発想されたものではないと思われる。」とする。「光源氏の王者性」を所与のものとしている点は本稿の観点とは異なる。
（35）（2）の高木論文。
（36）小町谷照彦「光源氏と玉鬘（2）」（秋山虔［ほか］編『講座源氏物語の世界』第五集、有斐閣、一九八一）。

呼称が描く夕霧の恋――「男」・「男君」・「女」・「女君」呼称をもとに――

麻生裕貴

一　『源氏物語』の「男」・「男君」・「女」・「女君」呼称

物語において恋がどのように描かれているかを分析していく際に、「男」・「女」あるいは「男君」・「女君」呼称がキーワードの一つとなることはいうまでもない。先行研究でも、これらの呼称に注目した多くの論が展開されてきた。また、これらの呼称がどのような意味を持っているのかについても、『源氏物語』を中心に様々な論考が見られる。本稿も「男」・「男君」・「女」・「女君」呼称に注目することで『源氏物語』の恋がどのように描かれているのかを読み取っていこうとするものであるが、これらの呼称がどのように解釈されてきたのか、まずは先行研究を概観してみたい。なお、「男」・「男君」・「女」・「女君」という語は、その全てが登場人物たちの恋を描いているわけではない。一般名詞としての「男」・「女」や、下仕えを表す「男」・「女」、高貴な家の子息・子女であることを表す「男君」・「女君」もある。しかし、本稿が注目するのは登場人物の恋を描く呼称であるので、それ以外の用例は検討の対象とはしない。

「男」・「女」、あるいは「男君」・「女君」呼称の機能について、最も早く言及したのは玉上琢彌氏であろう。(1)玉上氏は、屛風歌の詞書で登場人物を「男」・「女」と呼ぶのは「歌物語そのままであり、作り物語とてもそのクライマックスたる男女出会いの場では、物語中の呼び名を捨てて、この「男、女」となる。大臣上達部であっても「男君」であり、どの姫君も「女君」となる」とし、屛風絵・屛風歌から歌物語・作り物語に通ずる系譜を指摘する。また清水好子氏も、「作中人物はさまざまの社会的地位にあり、さまざまの人間関係にあるけれども、「おんな」といわれ「おんなぎみ」と呼ばれるときは狭く狭く限られて、ただ男に対する女として見られているのである。したがって、それらのあらわれるのはいずれも恋の場面、源氏物語でいえばクライマックスの場面であるわけだ」とし、(2)神作光一氏も、「男」・「男君」という呼称は「女」・「女君」に対応する呼称であり、「物語のクライマックスと呼ぶにふさわしい緊迫した場面」や「作中人物のさまざまの社会的地位や身分や人間関係やをかなぐり捨てた文字通り男と女の恋物語の場面」に現れるものだと指摘した。(3)また、「男」・「女」、「男君」・「女君」呼称の機能とは異なるが、「女」呼称は「恋する相手の男の視点によって捉えられた視点者的呼称」と「女君自身の体現の現れである体現者的呼称」とに分けられるとした小泉俊氏の指摘(4)も重要であろう。

ここまでに挙げたものは「男」・「女」と「男君」・「女君」を同様に扱っているようであるが、両者の相違点を検討したものもある。佐久間啓子氏は、身分低くどこの誰とも知れぬ女性や作者がその人柄やふるまいに対して批判的である女性に用いられるのが「女」呼称であり、それに対して「女君」呼称は、源氏が愛する女性や作者が支持する女性に用いられると分析する。(5)「男」・「女」と「男君」・「女君」の間に身分の差を見ることは後の研究にも引き継がれるところであり、私見としても異論はない。また、「作者」という言葉でまとめてしまっている点には問題があるものの、「君」が附属するか否かは必ずしも身分だけに左右されるわけではなく、その呼称を用いる主体の評価も関わってくるということを述べた点でも重要な指摘である。(6)他には、身分高い女性に「女」呼称が用いられるのは、不倫の危機を伴うなど切迫した恋情の高まりや危機的な感情を表す場面であるという論、肉体的交渉そのものを描く場面や男女の官能ないしは女心、生身の女のきざまれる場面であるという論がある他、「女君」はヒーローである「男君」に対するヒロインの呼称であるとする論、(11)『うつほ物語』や『落窪物語』では、「女」呼称は女性の立場の弱さを表すのに対して、「女君」呼称は対等な関係の夫婦、ひいては妻としての安定を表し、『源氏物語』では、「男」・「女」呼称は「個の問題」として語られる場合に、「男君」・「女君」呼称は周囲との関わりの中での問題として語られる場合に用いられるとする論などもある。(12)このように「男」・「女」と「男君」・「女君」呼称の違いは様々に論じられているが、全ての用例に当てはまるような区分けの仕方を見出すことは難しいように思われる。「君」という尊称による敬意の有無が何に起因するものなのか、個々に検討していく必要があるだろう。

以上、まとめきれていない部分もあるが、「男」・「女」、「男君」・「女君」に関する先行研究を概観してきた。そこには数々の重要な指摘が見られるのだが、こと『源氏物語』についていえば、重要な視点が抜け落ちているように思われる。それは、「男」・「男君」の対となる女は誰なのか、あるいは「女」・「女君」の対となる男は誰なのかである。『源氏物語』において、その答えは単純にそばにいる男、女とは限らず、また必ずしも一人に限定されるわけでもない。また、「女」・「女君」呼称に対して「男」・「男君」呼称は圧倒的に少なく、(13)そのため、「男」・「男君」呼称が用いられている場面はより注目すべきだといえよう。この二つの視点が、今後の研究には求められると考える。(14)

これを踏まえ、本稿では夕霧の二つの恋の物語、すなわち、雲居雁との恋物語と落葉の宮との恋物語を扱う。「女」・「女君」呼称に対して「男」・「男君」呼称は圧倒的に少ないのにも拘わらず、夕霧と雲居雁を語る場面では、複数箇所で「男」・「男君」呼称と「女」・「女君」呼称が同時に現れるのだ。『源氏物語』において、同じ男女の組が複数の場面で同時に「男」・「男君」と「女」・「女君」として語られる例は他には見られない。ここに、夕霧と雲居雁を語る際の特殊性を指摘できる。一方、夕霧と落葉の宮との関係ではといえば、夕霧には「男君」呼称が用いられるのに対し、落葉の宮には基本的に「女」・「女宮」呼称は用いられない。そのような関係も非常に珍しい。このような特殊な呼称の用いられ方は何を意味するのか考えたい(15)。

二　雲居雁との恋

少女巻における重要な物語の筋の一つが、夕霧と雲居雁の恋物語であるが、それは次のように語り始められる。

1　冠者の君、ひとつにて生ひ出でたまひしかど、おのおの十にあまりたまひて後は、御方異にて、「睦ましき人なれど、男子にはうちとくまじきものなり」と父大臣聞こえたまひて、け遠くなりにたるを、幼心地に思ふことなきにしもあらねば、はかなき花紅葉につけても、雛遊びの追従をも、ねむごろにまつはれ歩きて、心ざしを見えきこえたまへば、いみじう思ひかはして、けざやかには今も恥ぢきこえたまはず。（中略）女君こそ何心なく幼くおはすれど、男は、さこそものげなきほどと見きこゆれ、おほけなくいかなる御仲らひにかありけん、よそよそになりては、これをぞ静心なく思ふべき。（少女③三一―三二）

同じく大宮のもとで育った二人であるが、十歳を過ぎた頃から、内大臣の采配で離れて暮らすことになってしまった。そんな中で、夕霧は幼心に雲居雁を恋い慕うようになっている。この語り始めの場面から、夕霧の呼称が「男」になっており、それと対応して雲居雁の呼称が「女君」になっている。さらに、同じ少女巻において、夕霧と雲居雁が「男君」と「女」・「女君」として語られる場面がもう一箇所ある。

2　いとど文なども通はんことのかたきなめりと思ふにいとなげかし。物まゐりなどしたまへど、さらにまゐらで、寝たまひぬるやうなれど、心もそらにて、人しづまるほどに、中障子を引けど、例はことに鎖し固めなどもせぬを、つと鎖して、人の音もせず。いと心細くおぼえて、障子に寄りかかりてゐたまへるに、女君も目を覚まして、風の音の竹に待ちとられてうちそよめくに、雁の鳴きわたる声のほのかに聞こゆるに、幼き心地にも、とかく思し乱るるにや、「雲居の雁もわがごとや」と独りごちたまふけはひ若うらうたげなり。いみじう心もとなければ、「これ開けさせたまへ。小侍従やさぶらふ」とのたまへど、音もせず。御乳母子なりけり。独り言を聞きたまひけるも恥づかしうて、あいなく御顔も引き入れたまへど、あはれは知らぬにしもあらぬぞ憎きや。（中略）

あいなくもの恥づかしうて、わが御方にとく出でて御文書きたまへれど、小侍従もえ逢ひたまはず、かの御方ざまにもえ行かず、胸つぶれておぼえたまふ。女、はた、騒がれたまひしことのみ恥づかしうて、わが身やいかがあらむ、人やいかが思はんとも深く思し入れず、をかしうらうたげにて、うち語らふさまなどを、疎ましとも思ひ離れたまはざりけり。またかう騒がるべきこととも思さざりけるを、御後見どももいみじうあはめきこゆれば、え言も通はしたまはず。おとなびたる人や、さるべき隙をも作り出づらむ、男君も、いますこしものはかなき年のほどにて、ただいと口惜しとのみ思ふ。（少女③四八—五〇）

皆が寝静まった頃、夕霧は雲居雁の部屋を訪ねるが、中障子には鍵が掛かっていた。障子越しに雲居雁の独り言を耳にするも、二人は結局会えずじまいである。翌朝、夕霧は雲居雁に文を認めるが、それを届ける伝もいない。一方の雲居雁の方は、二人の仲について内大臣に咎め立てされたことを恥じるばかりである。このように、夕霧と雲居雁が複数の場面で「男」・「男君」と「女」・「女君」として語られる。では、なぜそのような特殊な呼称の組み合わせが用いられるのであろうか。

それを考える際に注目したいのが、二人の幼さの描写である。引用1では、夕霧の恋は「幼心地に」と但し書きがされており、雲居雁に至っては「何心なく幼くおはすれど」と、夕霧と対置してもさらに幼さが強調されている(16)。また引用2においても、雲居雁が思い悩む描写では「幼心地にも」との前置きが加えられるし、さらに、内大臣の咎め立てを恥ずかしく思うばかりでそれによって自分や夕霧がどうなるかといった発想はわかないという。雲居雁は、恋物語のヒロインとなるにはあまりにも幼く、夕霧を慕う心にしても子供のそれでしかないようである。一方の夕霧も、雲居雁に比すればいくばくか大人びてはいるものの、それが「幼心地」であることには変わりない。加えて、特に雲居雁の幼さの描写は他にも随所に見られる。少女巻において二人の恋物語は重要な位置を占めているにも拘わらず、当の本人達はその主人公としてははなはだ頼りないのである。語り手は、そんな二人を「男」と「女」として位置づけることで、恋物語の主人公たる人物に仕立て上げようとしているのではないか(17)。

しかしそう考えたときに、疑問が生じる。すなわち、二人の幼さが問題ならば、なぜことさらにその幼さを語るのかということである。幼さが強調されなければ、二人の恋を語るのに特殊な呼称を使う必要もない。にも拘わらず、二人の幼さ（特に雲居雁の幼さ）を執拗に語るのは、二人の恋が、その幼さがあって初めて成り立つものだったからではないだろうか。

まず、二人が幼いからこそ周囲の人物に油断ができ、恋を育む隙が生まれたということがあるだろう。内大臣が夕霧と雲居雁との仲を知って大宮を責めた際、大宮にとってそれは「夢にも知りたまはぬこと」（少女③四三）であったが、大宮が二人の関係を想像だにしなかったことには、二人の幼さを無視できまい。

そして、夕霧は幼い雲居雁の記憶によって恋情を維持しているのでもあった。1の場面において、夕霧が「雛遊び」をする雲居雁の相手をしていたことが語られていた。そんな夕霧が、雲居雁との関係を遮断されてしまって久しい蛍巻において、明石の姫君の「雛遊び」の相手をする場面がある。

3　まだいはけたる雛遊びなどのけはひの見ゆれば、かの人のもろともに遊び過ぐしし年月の、まづ思ひ出でらるれば、雛の殿の宮仕いとよくしたまひて、をりをりにうちしほれたまひけり。（蛍③二一七）

「雛遊び」をする幼い明石の姫君を見て、夕霧は雲居雁と過ごした年月を思い涙する。雲居雁の幼さを象徴するような「雛遊び」を契機とすることで、夕霧はその想いを募らせるのである[18]。

また河添房江氏は、雲居雁に対して多く語られる「何心（も）なし」という性質が、「幼さという欠点ばかりでなく、皇統の血をひく紫の上や女三の宮、そして雲居雁の疑いもしらぬ高貴性や、無垢な性格のもつ一種の魅力のようなものを象徴しているとみるべきなのかもしれない」とし、「この夕霧の忘れがたい（筆者注・何心なく思い合った幼な恋の）記憶こそ、玉鬘十帖の時間を経ながらも、内大臣の頑なまでの意地を翻意させた原動力でもあった」と結論づけている[19]。

少女巻で夕霧が想いを寄せたのは幼い雲居雁なのであり、その記憶があったからこそ夕霧は恋情を胸に抱き続け、藤裏葉巻でついにその想いを実らせるに至ったのである。そのため、少女巻で雲居雁の幼さを語らないわけにはいかなかった。そんな描写とのバランスを取るために、「男」・「女」、「男君」・「女君」呼称が用いられているのである。少女巻より先の二人の恋の行方を知っている〈語り手〉[20]が、結末までを考慮しながら、幼い二人を「男」・「女」、「男君」・「女君」呼称を用いて語っているのではないだろうか。

ところで、実は二人の恋が成就する藤裏葉巻においても「男」・「女」、「男君」・「女君」呼称が同一の場面で用いられている。(21)

4　男君は、夢かとおぼえたまふにも、わが身いとどいつかしうぞおぼえたまひけんかし。女は、いと恥づかしと思ひしみてものしたまふも、ねびまされる御ありさま、いとど飽かぬところなくめやすし。「世の例にもなりぬべかりつる身を、心もてこそかうまでも思しゆるさるめれ。あはれを知りたまはぬも、さまことなるわざかな」と恨みきこえたまふ。「少将の進み出だしつる葦垣のおもむきは、耳とどめたまひつや。いたき主かな。『河口の』とこそ、さし答へまほしかりつれ」とのたまへば、女いと聞きぐるしと思して、

「あさき名をいひ流しける河口はいかがもらしし関のあらがき

あさまし」とのたまふさま、いと児めきたり。（藤裏葉③四四〇—四四一）

5　をかしき夕暮のほどを、二ところながめたまひて、(23)あさましかりし世の、御幼さの物語などしたまふに、恋しきことも多く、人の思ひけむことも恥づかしう、女君は思し出づ。古人どもの、まかで散らず、曹子曹子にさぶらひけるなど、参上り集まりて、いとうれしと思ひあへり。男君、

なれこそは岩もるあるじ見し人のゆくへは知るや宿の真清水

女君、

なき人のかげだに見えずつれなくて心をやれるいさらゐの水

などのたまふほどに、大臣、内裏よりまかでたまひけるを、紅葉の色におどろかされて渡りたまへり。昔おはさひし御ありさまにも、をさをさ変ることなく、あたりあたりおとなしく住まひたまへるさま、はな

やかなるを見たまふにつけても、いとものあはれに思さる。中納言も、気色ことに顔すこし赤みて、いとど静まりてものしたまふ。あらまほしくうつくしげなる御あはひなれど、女は、またかかる容貌のたぐひもなどかなからんと見えたまへり。男は、際もなくきよらにおはす。古人どもも御前に所えて、神さびたることども聞こえ出づ。ありつる御手習どもの、散りたるを御覧じつけて、うちしほれたまふ。「この水の心尋ねまほしけれど、翁は言忌して」とのたまふ。

　そのかみの老木はむべも朽ちぬらむ植ゑし小松も苔生ひにけり

男君の御宰相の乳母、つらかりし御心も忘れねば、したり顔に、

　いづれをも蔭とぞたのむ二葉より根ざしかはせる松のすゑずゑ

老人どもも、かやうの筋に聞こえあつめたるを、中納言はをかしと思す。女君はあいなく面赤み、苦しと聞きたまふ。（藤裏葉③四五六―四五八）

夕霧と雲居雁の恋物語が再燃したとき、その恋の始発点である少女巻と同じく二人は「男」と「女」として語られる。そして、幼い恋の舞台となった三条殿に二人が戻り、その恋物語が決着することで、以後二人が同じ場面で「男」と「女」として語られることはほとんどなくなるのである。

二　落葉の宮への恋

夕霧の恋物語の相手となるもう一人の女君が落葉の宮である。[22] その落葉の宮との恋を語る夕霧巻においても、夕霧に「男」・「男君」呼称が用いられている箇所がある。

6

かく心強けれど、今はせかれたまふべきなれねば、やがてこの人をひき立てて、推しはかりに入りたまふ。宮はいと心憂く、情なくあはつけき人の心なりけりとねたくつらければ、若々しきやうには言ひ騒ぐともと思して、塗籠に御座一つ敷かせたまて、内より鎖して大殿籠りにけり。これもいつまでにかは。かばかりに乱れたちにたる人の心どもは、いと悲しう口惜しう思す。男君は、めざましうつらしと思ひきこえたまへど、かばかりにては何のもて離るることかはとのどかに思して、よろづに思ひ明かしたまふ。（夕霧④四六七―四六八）

7

男は、よろづに思し知るべきことわりを聞こえ知らせ、言の葉多う、あはれにもをかしうも聞こえ尽くしたまへど、つらく心づきなしとのみ思いたり。（夕霧④四七八）

8

かうのみ痴れがましうて、出で入らむもあやしければ、今日はとまりて、心のどかにおはす。かくさへひたぶるなるを、あさましと宮は思いて、いよいよ疎き御気色のまさるを、をこがましき御心かなとかつはつらきものあはれなり。塗籠も、ことにこまかなる物多うもあらで、香の御唐櫃、御厨子などばかりあるは、こなたかなたにかき寄せて、け近うしつらひてぞおはしける。内は暗き心地すれど、朝日さし出でたるけはひ漏り来たるに、埋もれたる御衣ひきやり、いとうたて乱れたる御髪かきやりなどして、ほの見たてまつりたまふ。いとあてに女しう、なまめいたるけはひしたまへり。男の御さまは、うるはしだちたまへる時よりも、うちとけてものしたまふは、限りもなう清げなり。故君のことなることなかりしだに、心の限り思ひ上がり、御容貌まほにおはせずと、事のをりに思へりし気色を思し出づれば、まして、かういみじう衰へにたるありさまを、しばしにても見忍びなんやと思ふもいみじう恥づかし。

（夕霧④四八〇）

いずれも夕霧が落葉の宮に迫る場面であるが、一見して気付くように、落葉の宮には「女」呼称ではなく「宮」呼称が用いられている。しかも、落葉の宮にはかつて柏木に対する「女宮」呼称が複数用いられていたのであった。その対比からしても、ここに夕霧と落葉の宮の気持ちの乖離が看取されよう。落葉の宮を我がものにしようとする夕霧であるが、引用6では落葉の宮は塗籠に籠ってしまう。また、夕霧が言葉を尽くして落葉の宮を説得しようとする引用7でも、落葉の宮は「つらく心づきなし」と思うばかりである。そして、ついに二人が契りを交わす引用8の場面にあっても、落葉の宮は「宮」のままである。お互いに想いを温めあっていた雲居雁との恋とは対照的に、落葉の宮との物語は、終始心が通わないままなのである。

ただし、落葉の宮が「女」と呼ばれる例も全くないわけではない。

9　かくて、御法事に、よろづとりもちてせさせたまふ。事の聞こえ、おのづから隠れなければ、大殿などにも聞きたまひて、さやはあるべきなど、女方の心浅きやうに思しなすぞわりなきや。（夕霧④四五九）

10　なよらかにをかしばめることを好ましからず思す人は、かくゆくりかなることぞうちまじりたまうける。されど、年経にけることを、音なく気色も漏らさで過ぐしたまふけるなりとのみ思ひなして、かく女の御心ゆるいたまはぬと思ひよる人もなし。とてもかうても宮の御ためにぞいとほしげなる。（夕霧④四六五—四六六）

これらの場面では、落葉の宮が夕霧に対する「女」として語られている。しかし注意したいのが、それは他の人物の意識を投影しての語りにおいてであるということだ。

引用9では、夕霧が一条の御息所の法事を主催したと聞いた致仕の大臣が、「女方」＝落葉の宮を無分別であるように感じていると語られている。ここでの「女」という呼称には、致仕の大臣の意識が投影されていると見て良かろう。そして、致仕の大臣が落葉の宮を無分別と評価した原因となったこと、すなわち夕霧が法事を主催したことは、「世間に自分を落葉の宮の夫と思わせる手段」[23]であった。そんな夕霧の思惑通りにことを解釈した致仕の大臣が、落葉の宮を夕霧に対する「女」と捉えたことが、この呼称が用いられている所以である。次に引用10だが、落葉の宮が夕霧になびいていないと考える人はいないと語る際に、「女」呼称が用いられている。これは、落葉の宮が夕霧になびいたと考えている世間の人々の意識を投影してのものであろう。

このように、落葉の宮を夕霧に対する「女」と捉える人々の意識が介入したときのみ、落葉の宮は「女」と呼ばれる。そのように限定的である証拠に、引用10は「女」呼称の直後、草子地において「宮」呼称が用いられている。ここに、実際には夕霧になびいていない落葉の宮、そしてそれを知っている語り手に対して、夕霧の策略に見事にはまってしまった世間の人々の認識のずれが端的に表れている。そして、落葉の宮が「女宮」ではなく「女」と呼ばれていることからは、後ろ盾を失った彼女の世間的な評価が下がっていることが窺えよう。

ここで、夕霧巻における雲居雁の呼称にも注目してみたい。夕霧巻においては、落葉の宮に「女」・「女君」呼称が用いられない一方で、雲居の雁には随所で「女」・「女君」呼称が用いられる[24]。

11　かやうの歩きならひたまはぬ心地に、をかしうも心づくしにもおぼえつつ、殿におはせば、女君のかかる濡れをあやしと咎めたまひぬべければ、六条院の東の殿に参でたまひぬ。（夕霧④四一三）

12　宵過ぐるほどにぞこの御返り持て参れるを、かく例にもあらぬ鳥の跡のやうなれば、とみにも見解きたまはで、御殿油近う取り寄せて見たまふ。女君、もの隔てたるやうなれど、いととく見つけたまうて、這ひ寄りて、御背後より取りたまうつ。（夕霧④四二七）

13　いと苦しげに言ふかひなく書き紛らはしたまへるさまにて、おぼろけに思ひあまりてやは、かく書きたまうつらむ、つれなくて今宵の明けつらむ、と言ふべき方のなければ、女君ぞいとつらう心憂き。（夕霧④四三三）

14　女君、なほこの御仲のけしきを、いかなるにかありけむ、御息所とこそ文通はしもこまやかにしたまふめりしか、など思ひえ難くて、夕暮の空をながめ入りて臥したまへるところに、（夕霧④四四六）

15　日たけて、殿には渡りたまへり。入りたまふより、若君たちすぎすぎうつくしげにて、まつはれ遊びたまふ。女君は、帳の内に臥したまへり。（夕霧④四七二）

16　女も、昔のことを思ひ出でたまふに、あはれにもありがたかりし御仲のさすがに契り深かりけるかなと思ひ出でたまふ。（夕霧④四七五）

これらの例では、夕霧のことを想い、落葉の宮と夕霧の仲に苦悩する「女」としての雲居雁の姿が描かれている。しかし、そこで夕霧が「男」として語られることはないのである。

唯一、夕霧にも「男」呼称が用いられているのが次の場面である。またこれは、前述の藤裏葉巻以降、夕霧と雲居雁が揃って「男」と「女」とされる唯一の例でもある[25]。

17　大輔の乳母いと苦しと聞きて、ものも聞こえず。とかく言ひしろひて、この御文はひき隠したまひつれば、せめてもあさり取らで、つれなく大殿籠りぬれば、胸はしりて、いかで取りてしがなと、御息所の御文なめり、何ごとありつらむと、目もあはず思ひ臥したまへり。女君の寝たまへるに、昨夜の御座の下など、さりげな

> く探りたまへどなし。隠したまへらむほどもなければ、いと心やましくて明けぬれど、とみにも起きたまはず。女君は、君達におどろかされて、ゐざり出でたまふにぞ、我も今起きたまふやうにてよろづにうかがひたまへど、え見つけたまはず。女は、かく求めむとも思ひたまへられぬをぞ、げに懸想なき御文なりけりと心にも入れねば、君達のあわて遊びあひて、雛つくり拾ひ据ゑて遊びたまふ、文読み手習など、さまざまにいとあわたたし、小さき児這ひかかり引きしろへば、取りし文のことも思ひ出でたまはず。男は他事もおぼえたまはず、かしこにとく聞こえんと思すに、昨夜の御文のさまもえ確かに見ずなりにしかば、見ぬさまならむも、散らしてけると推しはかりたまふべし、など思ひ乱れたまふ。（夕霧④四三〇—四三一）

夕霧は一条の御息所に落葉の宮への想いを認めた文を送ったが、その返事を雲居雁に隠されてしまった。そして、夕霧はなんとかその手紙を見つけようとしているという場面である。ここで注意したいのが、「女」である雲居雁を前にしても、夕霧は落葉の宮のことばかり考えているということだ。そんな夕霧の様は、ちょうど「男」呼称が用いられている部分、「男は他事もおぼえたまはず」という言葉に端的に表れている。そう考えたとき、確かにこの場面で夕霧は「男」と呼ばれてはいるものの、その対となる「女」に雲居雁を置くことには躊躇せざるを得ない。つまり、夕霧は落葉の宮に対する「男」として位置づけられていると考えられるのである。同じ場面で揃って「男」・「女」呼称が用いられているがゆえに、かえって夕霧と雲居雁の意識の差が露呈してしまっている。しかも、夕霧は「男君」ではなく「男」とされており、落葉の宮への恋に没頭する夕霧の様が示されてもいるのである。

四　おわりに

恋の場面を表す「男」・「女」呼称であるが、『源氏物語』においてはそれが同時に現れることは珍しい。少女巻および藤裏葉巻の夕霧と雲居雁の例は、その数少ない例である。そして少女巻の二人は、幼さゆえに恋物語の主人公たるには心許なくもありながら、その幼さこそが二人の恋を保証するものでもあった。〈語り手〉はその恋の行く末まで語ることを想定し、二人を恋物語の幼い主人公として位置づけるために、「男」・「女」、「男君」・「女君」呼称を用いているのではないか。

しかし夕霧巻に入ると、同一の場面で二人に「男」・「女」、「男君」・「女君」呼称が用いられることはほとんどなくなる。雲居雁が「女」であり続ける一方で、夕霧は雲居雁に対する「男」ではなくなってしまうのである。そんな二人の関係は、かつて二人の恋を語るのに寄与した「男」・「女」呼称を同時に使うという方法によって、かえって明確に示されてしまう。夕霧は落葉の宮に対する「男」になってしまったのだ。しかし一方の落葉の宮を、語り手は夕霧に対する「女」として位置づけることはない。世間の人々の目からは「女」であった落葉の宮だが、夕霧と契りを交わす場面に至っても、落葉の宮が「女」になることはないというのが実情であった。そしてそれは、落葉の宮が柏木に対しては「女宮」とされていたことによってより際立っている。このように、夕霧と雲井雁、柏木と落葉の宮、夕霧と落葉の宮の恋を描く「男」・「男君」・「女」・「女君」（女宮）呼称は、それぞれが対応し合うことにより、男女の気持ちのすれ違いを見事に描き出しているのである。

このような対応関係を考えれば、呼称は単にその場面に合わせて選ばれているだけとは思われない。より広範な場面との対応関係を意識しながら、緻密な計画性のもとに選ばれ、配されているのだといえよう。[26] 夕霧の二つの恋もまた、そうした巧みな呼称の選択のもとに描かれ、規定されているのである。

注

（1）玉上琢彌「屏風絵と歌と物語と—源氏物語の本性（その三）」（『源氏物語評釈別巻一　源氏物語研究』角川書店、一九六六）。
（2）清水好子『源氏物語の女君　増補版』（塙書房、一九六七）。
（3）神作光一「源氏物語の男性像—「男」「男君」と呼ばれる場面をとおしての一考察—」（山岸徳平・岡一男監修『源氏物語講座　四』有精堂、一九七一）。
（4）小泉俊「玉鬘の呼称—視点者的呼称・体現者的呼称—」（『王朝文学研究誌』第一号、一九九二・九）。
（5）佐久間啓子「源氏物語における「女、女君」について」（早稲田大学平安朝文学研究会編『平安文学研究　作家と作品』有精堂、一九七一）。
（6）長谷川成樹「源氏物語における呼称をめぐって—「女君」を中心に—」（『日本文学研究』第二三号、一九八四・一）でも「作者」という言葉を用いた同様の指摘が見られる。また、森本元子「源氏物語の「女」考」（『源氏物語の探究』第八輯、風間書房、一九八三・六）では「作者」ではなく「語り手」という言葉を用いているが、「男」・「女」、「男君」・「女君」呼称が用いられるのは必ずしも地の文だけではないため、なお不十分である。
（7）田中恭子「「女君」について—源氏物語の人物呼称から—」（『中古文学』第一六号、一九七五・九）。
（8）前掲注（6）森本論文。
（9）宮川葉子「源氏物語姫君考」（『緑岡詞林』第七号、一九八三・三）。
（10）森一郎『源氏物語生成論』（世界思想社、一九八六・四）。

(11) 西田禎元「『源氏物語』ヒロインの呼称」(『創価大・言語文化研究』第六号、一九八六・三)。

(12) 園明美『源氏物語の理路　―呼称と史的背景を糸口として―』(風間書房、二〇一二・三)。

(13) これは物語全般にいえる傾向である。ただし歌物語はその例外であり、『伊勢物語』は「男」一九四例、「女」一四六例、『大和物語』は「男」一〇三例、「女」一二七例、『平中物語』は「男」二〇八例、「女」一二三例と、男性への「男」呼称も非常に多い。これは、歌物語の無記名性と関わっていよう。なお、『伊勢物語』と『平中物語』で「男」呼称の方が多いのは、『伊勢物語』は在原業平の一代記のような体裁をとっており、『平中物語』は平貞文を主人公としているため、「女」との恋を語る章段以外にも「男」呼称が用いられるなど、「男」の登場回数が多いことにもよるだろう。恋の場面以外にも「男」呼称を用いるという意味でも、歌物語は特徴的である。

(14) 拙稿「薫・匂宮・中の君を描く呼称―宿木巻を中心に―」(『学芸古典文学』第六号、二〇一三・三)において、このような視点からの考察を試みている。

(15) なお、夕霧や雲居雁、落葉の宮という高貴な人物に対しては、「男君」あるいは「女君」・「女宮」という呼称を用いるのが普通であろう。しかし、そんな三人に対して「男」・「女」呼称が用いられる例もある。その意味を全ての例に見出すことはまだできておらず、今後の課題としたい。

(16) 引用1で夕霧の呼称が「男」なのに対して雲居雁の呼称は「女君」であるという問題を、森一郎「源氏物語の人物造型と人物呼称の連関(二)」(『源氏物語の主題と表現世界―人物造型と表現方法―』勉誠社、一九九四)は雲居雁の幼さによって説明する。つまり、「「男」の情念で一途に積極的」な夕霧は「男」と呼ばれるのに対し、幼い雲居雁は「「女」の情念そのものになって燃えている」わけではないことで「女君」と呼ばれているというのだ。たしかにこの場面だけに限っていえば筋が通っているが、他の例で幼い雲居雁に「女」呼称が用いられているという問題がある。なお検討が必要であろう。

(17) 幼子の恋、「男」呼称と「女」呼称とくれば、真っ先に想起されるのは『伊勢物語』二十三段であろう。夕霧と雲居雁の恋が『伊勢物語』二十三段をモチーフにしていることは阿部好臣「夕霧の恋―システム破壊の視座―」

（『物語文学組成論Ⅰ　源氏物語』笠間書院、二〇一一・一一）などでも論じられているところである。とすれば、夕霧と雲居雁が「男」と「女」として語られるのも、『伊勢物語』と対応させてのものという発想も湧いてくる。しかし、『伊勢物語』二十三段においても「男」・「女」呼称が用いられるのは二人が成長してからであり、幼い夕霧と雲居雁に「男」・「女」、「男君」・「女君」呼称が用いられるのと同じレベルで扱うべきではない。

(18) 阿部好臣「「遊び空間」六条院の組成―大人の「遊び」・子供の「遊び」―」（『物語文学組成論Ⅰ　源氏物語』笠間書院、二〇一一・一一）。

(19) 河添房江「あいなく御顔も引き入れ給へど―幼な恋の輝きと強度」（『国文学　解釈と教材の研究』四五巻九号、二〇〇七・七）。

(20) 筆者は様々な視点を使い分けながら最終的に物語をまとめ上げる主体を〈語り手〉と位置づけている。詳しくは拙稿「紫の上との対比に見る玉鬘の呼称―特殊な視点による造形―」（『物語研究』第一〇号二〇一二・三）を参照。

(21) 国冬本では引用4の「男君」は「男」、二例目の「女」は「女君」、引用5の「女」は池田本では「女きみ」、「男」は麦生本・阿里本では「男君」と、「君」の有無に多少の異動がある。なお、引用4の一例目の「女」は国冬本では「女房」となっているが、文脈的に明らかに雲居雁を指しており、誤写であろう。また、引用5の一例目と三例目の「女君」は御物本のみ「ひめ君」となっているが、それ以外ではいずれも「女君」であり、同時に「女」・「女君」呼称が用いられていることからも、「女君」の本文を取るべきであろう。

(22) 麦生本・阿里本では引用6の「男君」は「おとこ」、引用7の「男」は「男君」であり、「君」の有無に多少の異動がある。また、国冬本には引用8の「宮は」はなく、同じく引用8の「男」は「とこ」となっているが、誤写であろう。

(23) 『新編日本古典文学全集』頭注。

(24) 引用16の「女」は、河内本系の諸本及び別本系の諸本では「女きみ」。

(25) 一例目の「女君」は保坂本・国冬本では「女」、「女」は麦生本・阿里本では「女君」、「男」は別本系の諸本では

「おとこ君」であり、「君」の有無に異動が見られる。また、一例目の「女君」は阿里本では「女宮」であるが、宮家でない雲居雁にはもちろん不適切である。

（26）そのような呼称の選択については、注（14）論文、注（20）論文でも論じている。

＊『源氏物語』の本文・巻数・頁数は『新編日本古典文学全集』に拠り、池田亀鑑編『源氏物語大成』をもとに一部私に改めた。

垣下親王のいる風景

新山春道

はじめに

「垣下親王」という表現がある。大部の作品である『源氏物語』において、所謂第三部、宇治の物語に偏在して僅か二箇所に語られるだけであることと、それが総称に近く特定の作中人物に限らないことや、ある一定期間の持続的な地位である八省卿等と異なり「小忌親王」と類似する一回性の強い立ち位置であるが為に、従来ほとんど顧慮される事がなかった表現といって良い。掲出すると以下の通りである。

賭弓の還饗の設け、六条院にて、いと心ことにしたまひて、親王をもおはしませんの心づかひしたまへり。……兵部卿宮、常陸の宮、后腹の五の宮と、ひとつ車にまねき乗せたてまつりて、まかでたまふ。……寝殿の南の廂に、常のごと南向きに中少将着きわたり、北向きに対へて垣下の親王たち、上達部の御座あり。（匂兵部卿）

二月の朔日ごろに、直物とかいふことに、権大納言になりたまひて、右大将かけたまひつ。……右大臣殿のしたまひけるままにとて、六条院にてなんありける。垣下の親王たち、上達部、大饗に劣らず、あまり騒がしきまでなん集ひたまひける。この宮もわたりたまひて、……（宿木）(1)

以上が、『源氏物語』の中に語られる「垣下の親王」の全てである。前者は、夕霧の六条院における賭弓の還饗の様子を語ったもので、そこに「垣下親王」の存在が語られている。当該部については、『新全集』頭注に「賭弓で活躍した中・少将を饗応するために親王、上達部が相伴する」と見えるような理解に、古注釈以来ほぼ一定しており特段問題とはされてはいない。「垣下」という文言を当該饗応において実際に席が設営された場所であると字義通り解したところから、その人品について「よき人達にあらず人数外の衆也」と見当違いの注釈を展開した『弄花抄』に見える付随的解釈について、『孟津抄』(2)が、「中少将を本として宮達相伴なれはその外の衆は垣下に可着歟大饗の時はみこたち上達部なと残らす着座なれは垣下までも下臈の輩は可着ゆへたるへし」と、さらに問題をいたずらに拡大した私案を寄せているのをみる程度である。

一方、後者は、六条院における薫の任右大将（権大納言を兼任）の饗応である。そこに「垣下親王」の存在が語られているのであるが、当該部においても「垣下親王」それ自体については、前者同様現代注における取り扱いは、『新全集』の「正客以外の相伴役」といった範囲を大きく踏み越えるものは見あたらない。むしろ、古注釈において『河海抄』が、「公卿に列して公事をつとむる親王也　大饗」と施注し、併せて「大将初任饗ノ尊者ニ兵部卿宮を請申たる也　親王尊者例可勘」(3)と注記したことが端緒となって、以降、注釈の蓄積がみとめられる事態が、かえって目を引くくらいである。古注の論点は、『花鳥余情』が、「大将より上首の公卿はむかはさるなり　親王はむかふ　その時大将のつき所かはる事あり　匂宮も垣下の座に請し申さる丶也……垣下とはいふへし尊者とはいふへからす」(4)と記すように、①新任大将が配下の官吏に対して供する饗応であるから、列席する「公卿」の品格は、大将よりも劣位に限られるが、親王についてはその限りではない。故に親王は招請の対象となり、また臨席を賜るという栄誉に浴することが叶った場合には、式の作法の一部がそれに応じて変更される[5]、ということや、②親王は、あくまでも「垣下」という相伴の立場であり、主賓として上席に座る「尊者」ではない、という点に集中している。また、③「大饗」と施注した点について、『花鳥余情』以下「大饗にはあらす……大将には大饗あるへからす」と、原則、官費負担で催行される太政官の供応儀礼「大饗」[6]は、東宮・皇后・大臣に挙行主体が制限され、「尊者」の存在が発生するのも「大臣大饗」の事案であることから、その訂正に意を用いている。一見不可解にもみえる古注の拘泥ぶりであるが、前者の匂宮巻の注釈において『孟津抄』が言及していたことからも解るように、「垣下親王」と「大饗」とは一体不可分の関係にあるのであり、そこにこそ両場面の基底に共通して隠潜する問題の本質が存在すると考えられるのである。

『源氏物語』において、「垣下の親王」と和語表現に転換された「垣下親王」は、本来「大臣大饗」に固有の存在と言えるものであった。ところが、その「垣下親王」が、物語において語り出される時、それは「賭弓の還饗」であり、「任大将の饗応」の場においてなのである。物語と史実との狭間に横たわる、この明らかな齟齬の示すところは、一体何なのであろうか。「異例」というよりも「違例」と、非難の対象となる事を免れ得ない事態を描き出す事で、物語は一体何を表現しようとしているのか。上記の事案が、大きな問題となるだろう。また併せて、「垣下親王」の存在が物語に語り出されるのは、第三部に限定されるという事実。この意義についても、考究の射程の及ぶところとならねばならない。主要人物の催行する行事の、表現上の格上げを企図した措置であるという理解をするにしても、それが、第一部・二部の光源氏を中心とした華やかな宮中世界を中心とする物語に一切語り出されていない事は、かえって奇異の念を禁じ得ないからである。

一　先行研究「垣下親王」

「垣下親王」については、『国史大辞典』や『平安時代史事典』などの日本史を専門に取り扱う百科事典類や、『日本国語大辞典』（第二版ともに）・『角川古語大辞典』といった大部の辞典類に立項すらされない事項である。饗宴などにおける相伴を意味する「垣下」という項目に包摂されて一括処理され、単なる相伴役とは完全に別個の特殊な存在である「垣下親王」については、「大臣大饗などでは、親王・一世源氏が勅命により垣下座につき尊者に盃をすすめ、相伴役をつとめた(7)。」と『国史大辞典』が「垣下」の本文項目中の最末尾において付随的に記載するのを見るにとどまっている。

記述の存在それ自体が特記事項となるのであるが、それもそのはずで『国史大辞典』の「垣下」執筆担当は、「垣下親王」について、おそらく最初に言及した倉林正次氏(8)なのであった。氏は、大臣大饗の構成要素の一つとして「垣下親王」の存在を取り上げ、『江次第抄』に見える「是以㆓勅命㆒親王一世源氏等著㆓垣下座㆒、相㆓助盃酌㆒也」という記述から、「垣下親王」は、外形上は共通する「垣下」という文言を冠されながらも、「客」としての存在の「垣下」の人々とは正反対の立場の、主人側において人々の接待にあたる役割を帯びた存在である事を指摘したのである。つまり、宴席における性格が「垣下」という饗応「客体」と同一で、ただその身分が「親王」という異なる存在である、という理解とは完全に逆方向の、宴席における性格は主人方で、饗応「主体」であり、なおかつその身分が「親王」という特殊な存在である、ということになるのである。この一点に鑑みる限りでも、現代注が饗応「客体」として、物事の本質を大きく見誤った逆方向の注釈態度に陥ってしまっている事が推認出来るであろう。

さて、大臣大饗の一構成要素として触れる程度にとどまった倉林氏の論考以降、「垣下親王」を正面に据えて論じたのは管見に入る限り山下信一郎氏に限られている。(9) 多岐にわたる儀礼研究の中の大臣大饗を占める部分的な要素であり、淵源や位置づけ・機能など、儀礼についての本質的な部分についての議論がなされている現状において、考究の射程が及ばないことは無理からぬこととといわざるを得ないだろう。ましてや、作品の主要人物に据えられる事の少ない親王の、しかも劇的な人間模様が繰り広げられる場面として作品中に設定される事もなかった臣下主体の饗応儀礼について、文学において研究が存在しないのは、これまた当然の帰結といわざるを得ないだろう。

しかしながら、「垣下親王」についての考究は、前掲山下氏によって意は尽くされていると言える。氏は、故実書『北山抄』の記述を軸に「大臣大饗」における親王の役割を確認し、親王と尊者との禄・牽出物授受の順序と品格序列の齟齬から、親王が饗応主体の大臣家側の存在として大饗に参画していることを立証し、併せて従来から通説的地位にあった「親王が尊者（＝正客）になることもある」という理解を完全に否定・修正したのである。

二　「垣下親王」の史実

では、ここで『源氏物語』成立以前の記録類を参観して史実における垣下親王の実態を確認したい。以下に、恒例の大臣大饗と臨時の新任大臣大饗とを年次の古い順に掲出し、新任大臣大饗には「＊」を付して提示した。なお、垣下親王については、典拠本文に名前が確認出来る場合には、個別に親王名を掲げ、「垣下親王」等のように一括表示で詳細が不明の場合には典拠本文のままに掲載をした。ただし、天暦三年師輔大饗の事例等で確認されるように、『九暦』などの他の史料から重明親王の他に垣下親王の参列が確実なのであるが、『吏部王記』の場合、日記中の記述からは、記主重明親王の他の親王の存在を見出だす事が出来ない場合が多分に存在する。従って、『吏部王記』の記事の場合には、他の親王参列を推認し「重明親王（他）」と提示した。また、その他史料においても、垣下親王の参列が推認されながら、一部の親王の名前の他には具体的な存在が不分明の場合にも同様の掲出形式をとった。なお、同一の大饗の記録であっても典拠が異なる場合には、統合する事をせずに年次・名義を省略した上で、典拠ごとに併記する形式を取っている。

催行年次	催行名義	垣下親王	典拠
＊延喜十四（９１４）年八月二十五日	忠平任右大臣大饗	垣下親王四人	『貞信公記』
延長八（９３０）年一月四日	忠平左大臣大饗	重明親王（他）	『吏部王記』
承平六（９３６）年一月四日	忠平左大臣大饗	重明親王（他）	『吏部王記』
＊承平六（９３６）年八月十九日	忠平任太政大臣大饗	？重明親王（他）	『吏部王記』
		？親王北面	『西宮記』
承平七（９３７）年一月十日	忠平太政大臣大饗	垣下親王七所	『貞信公記』
		重明親王（他）	『九暦』
承平八（９３８）年一月四日	忠平太政大臣大饗	重明親王（他）	『吏部王記』
天慶二（９３９）年一月四日	忠平太政大臣大饗	重明親王（他）	『吏部王記』
天慶四（９４１）年一月四日	忠平太政大臣大饗	重明親王（他）	『吏部王記』

天慶四（941）年一月五日	仲平左大臣大饗	垣下親王等遅集	『九暦』
天慶五（942）年一月五日	仲平左大臣大饗	元平・有明親王	『九暦』
天慶六（943）年一月十日	忠平太政大臣大饗	重明親王（他）	『吏部王記』
天慶八（945）年一月五日	実頼右大臣大饗	（上臈）敦実・元平・元長・重明 （下臈？）式明・有明・章明	『九暦』
天慶八（945）年一月五日	実頼右大臣大饗	敦実・重明親王（他）	『吏部王記』
天暦二（948）年一月五日	師輔右大臣大饗	敦実・元平・元長・重明	『九暦』
天暦三（949）年一月十一日	実頼左大臣大饗	重明・式明・有明・章明	『九暦』
天暦三（949）年一月十二日	師輔右大臣大饗	重明・式明・有明・章明	『九暦』
天暦三（949）年一月十二日	師輔右大臣大饗	重明親王（他）	『吏部王記』
天暦七（953）年一月四日	実頼左大臣大饗	重明親王（他）	『九暦』
天暦七（953）年一月五日	師輔右大臣大饗	重明親王（他）	『九暦』
天暦十一（957）年一月十四日	師輔右大臣大饗	元平親王（他）	『九暦』
天徳四年（960）年一月十二日	師輔右大臣大饗	（為平親王）	『九暦』
安和二（969）年一月十一日	師尹右大臣大饗	親王以下	『日本紀略』
天禄二（971）年一月五日	伊尹右大臣大饗	盛明親王（他）	『日本紀略』
天禄三（972）年一月十三日	伊尹太政大臣大饗	親王	『日本紀略』
＊年次未詳	新任大臣大饗	「簡略化する」	『九暦』

右のように管見の限りでは、二十三例を数える事例を確認出来た。総数は、前掲山下氏の論考を数量的には上回るが、大臣大饗における垣下親王の参画がみとめられる時期の上限と下限の幅を新たに拡充・更新し得る事例は提示し得てはいない。従って、最古の事例は、物語作品に見える事例のため、氏がいったん留保して注において提示した『大鏡』基経伝の藤原良房の大臣大饗における時康親王の参列記事であり、最下限は、右に示した『日本紀略』の「太政大臣家大饗。親王及左大臣《兼明》以下向レ之。」という非常に簡略な記事で、そこから垣下親王の参画を推認した、天禄三年という事になるだろう。これは、川本重雄氏が『権記』『小右記』に見える、従来の垣下親王の職分を臣下が代行した記事から、「十世紀の後半以降」には、正月恒例の大臣大饗への親王参加が消滅[10]するという、職分遷移の過程から為された指摘とも矛盾しない。

したがって、大臣大饗への垣下親王の参列というのは、上記のような経緯から広く見積もって、基経任参議の貞観六年（八六四）以降から十世紀末までの、およそ百年あまりの時期に存在した大臣大饗の催行実態と推認されるのである。これは、前掲倉林氏が『史料綜覧』より摘出された大臣大饗の実施例に鑑みる時、室町中期の長禄二年（一四五八）足利義政任内大臣大饗まで脈々と続く六百年あまりの大臣大饗の、その初期における催行態様であったということが出来るであろう。そして、『権記』『御堂関白記』『小右記』など、『源氏物語』成立に時間的に近接する記録類からは「垣下親王」の記事を既に確認できないところから、『源氏物語』執筆時には親王の大臣大饗への参列実態は消滅していたとおぼしいこと、その一方で『源氏物語』が準拠しているとされる、醍醐・村上朝は、大臣大饗に垣下親王の参画がみとめられる時期に相当するということをあらかじめ確認しておきたい。

では、この「垣下親王」であるが、諸記録類の記事を参観して解るように、正月の恒例行事である「大臣大饗」に固有の事象であることが明白である。

前掲二十三の事例の内、三例については、臨時の「任大臣大饗」における記述であるが、神谷氏の指摘によれば定式化をみるのは承平六年（九三六）八月十九日の忠平任太政大臣大饗以降であるという。氏の見解に依るならば、延喜十四年の忠平任右大臣大饗における「垣下親王」の参画は、定式化以前の特異例として取り扱う事が出来、また、『九暦』の年次未詳記事にみられる「垣下親王座対公卿」の文言も、延長八年（九三〇）ごろから天徳四年（九六〇）までの記事の内、比較的早い時期の記事と推定すれば、同様に定式化以前の催行態様を記したものと解することも一応は可能であろう。また、告井幸男氏が、中世における「大臣大饗」において、一世源氏・親王が不在であったとしても、それぞれの「座」の設営がなされた事実を指摘し、弓場始において天皇の出御如何にかかわらず、天皇親射の設備がいったんは設営されることを類例として掲げたように[11]、「任大臣大饗」における垣下親王「座」の設営も同様に考えられる可能性を否定するものではないだろう。「大臣大饗」として、「垣下親王」の存否にかかわらず「座」の設営だけはなされ、『九暦』の年次未詳記事は、その次第を記録したものと充分考えられるのである。従って、「垣下親王座」の設営をもって、即「垣下親王」参画と一対一対応せず、後述のごとく、諸故実書類が「任大臣大饗」の式次第に、一切「垣下親王」存在の痕跡を留めていないことと矛盾しないのである。

だが、定式化するその先例となった承平六年八月十九日の忠平任太政大臣大饗に、重明親王が現実に「詣太政大臣第」と参加している事実は動かし難いものである。これはどのように解し得るものであろうか。まず、それぞれの記述を確認したい。

以左大臣忠平（藤原）為太政大臣、……、余問右大臣（藤原仲平）於親族舞踏事、大臣云、不行已久、即退云々、共詣太政大臣第、

設客座于寝殿、簾前施屏風、尊者座在西頭（東向）、納言已下（南向西上）、親王対納言、但親王座加土敷、……、

太政大臣参内、奏慶退、諸卿引到其第、主客拝畢、依次席定、立机備饗、参議已上用黒柿引象机・簀薦、弁・

少納言用支佐木机、無簀、……、親王随就設茵・机云々、……、畢主公授尊者禄、即贈馬一疋、先唱名、賜三局史生禄如大饗云々、（『吏部王記』）(12)

転任人不レ設レ饗、太政大臣設レ饗、内大臣不レ設（……貞信公、任二太政大臣一時、尊者横座、主人南面、親王北面云々、）（『西宮記』巻二・大臣召）(13)

やや長大になってしまうが、後述の関係上必要と思われる範囲を摘出した為であり、ご容赦いただきたい。『吏部王記』の記述を追うと、忠平が太政大臣に任命された為、右大臣仲平と共に太政大臣邸を訪れたところ、寝殿に饗応の座が設営されており、その設営された「座」の中には、波線を付したように「親王」の「座」も設営が為されていたこと、その席の向きや使用される調度類など、故実として「親王座」の設営態様を記録することが、その意識の中心にあることが窺えるであろう。この点は親王の座が主人と向かい合う形を取ることを割注の中に特に記録した『西宮記』も類同と言え、また先に取り上げた『九暦』の年次未詳記事の記録態度も軌を一にするものといえる。つまり、あくまでも「座の設営をどのように行ったか」ということが記述の中心なのであり、現実に「垣下親王」が参画しているかどうかは問題とはなっていないのである。

さらに記事を追うと、忠平が参内をしてお礼言上の後、諸卿を「任大臣大饗」の饗所となる邸宅に引き連れ拝礼。その後、それぞれが設営された席に着き、机が立てられ、饗応がはじまるのであるが、ここでも記述は、「黒柿引象机」等のようにそのそれぞれに用いられた調度類の細目の記録に中心が遷移していっているのである。そして、「親王」であるが、「随就設茵・机」と見えるから、当初からの参画は想定されておらず、万が一現実に来訪があった場合には、その時になって初めて饗応の対応をすると理解することが出来るであろう。さらに、記事は賜禄へと進むが、ここにおいて記述は「尊者」禄・「史生」禄にとどまり、左記に示すように諸故実書類の「大臣大饗」において式次第の最末尾に記されている「親王」禄については、全く触れられていないのである。この点も、「座」の設営はあるものの現実における親王の参画は想定されていなかったという事実を推認させるものとなるだろう。

ここで、前掲神谷氏が『江家次第』から「任大臣大饗」の式次第をまとめられ「大臣大饗」と対比された一覧表を、必要な部分のみ抄出・参考にしながらそれぞれの大饗における親王の参与の度合いを確認したい。

		拝礼	饗宴	賜禄
任大臣大饗	兼宣旨→（数日）→任大臣儀→			史生禄／外記・史・弁・少納言禄 参議・納言・尊者禄
大臣大饗	親王家へ使者 蘇甘栗使 掌客使			史生禄／外記・史・弁・少納言禄 参議・納言・尊者禄 親王禄・引出物

臨時となる「任大臣大饗」には、饗宴等の準備の必要上、就任を通達し自身で吉日を選択するよう事前に下す「兼宣旨」が先行する。先行日数については「数日」としたが、「吉日」を個々人で選択出来るために、「兼宣旨」から現実における「任大臣大饗」催行までに要した期間は、平安時代後期の二十八の事例で十二・五七日を中央値に、最短二日・最長二十四日と、前後に相当程度の振幅が存したことが確認出来る。[14] 就任儀礼に相当する「任大臣儀」が宮中にて執り行われ、饗禄勅許を得て即日【饗宴】へと移行してゆくのであるが、ここで【　】で示した範

囲が、『北山抄』『江家次第』に「新任饗」として記述の見られる部分であり、(15)【拝礼・饗宴・賜録】で構成される広義の【饗宴】に相当する式次第でもある。

　これに対して、恒例の「大臣大饗」では、【①親王家に「垣下親王」としての参画を招請する使者を発遣し、②尊者を招来する掌客使を差遣する一方で、③朝廷より賜る蘇甘栗を手にした蘇甘栗使の来訪を受ける、という三点が、広義の【饗宴】に先行する。これらの存在が「任大臣大饗」と大きく異なる式次第となる。一覧表からは割愛したが、拝礼の後に行われる狭義の「饗宴」においても「任大臣大饗」では見られなかった史生関連の諸次第や三献における鷹飼渡・奏楽・左右舞などの芸能が存在する点が際だっているといえる。そして、賜禄においても「親王禄・引出物」の存在する点が大きな相違点としてあげられる。ここでも同様に【　】で示した範囲が『西宮記』『北山抄』『江家次第』に「臣家大饗」などの表記で記述のみとめられる部分となるが、記事が「早旦、差レ使（五位）。奉レ遣二諸親王家一。」（『北山抄』）と、親王招請に始まり、「親王禄（割注略）、尊者退（割注略）」（『西宮記』）と、尊者退下に連接して垣下親王への賜禄記事が記されているように、その式次第においては「垣下親王」の存在を絶対要件としているのが明白なのである。また、狭義の「饗宴」においても「主人（割注略）并親王勧レ盃」（『北山抄』）と一献勧盃を垣下親王の職分とするほか、史実においては、兵部卿元長親王・中務卿重明親王（天暦二年右大臣師輔大饗）が、二献をも担当したことや、大臣と共に「帰胡徳曲」を式部卿敦実親王が唱歌（天慶八年右大臣実頼大饗）、「雅楽」と「音声」を中務卿重明・兵部卿元長・弾正尹元平親王が奏したこと（天暦二年右大臣師輔大饗）などに見られるように、「大臣大饗」において親王達は、単に臨席するというのではなく、「垣下親王」として様々な形で大饗の場に参与していることが知られるのである。

　以上のように、「任大臣大饗」においては、諸故実書類においても史実においても、親王が「垣下親王」として参画する式次第の記録は皆無であり、故実としての「席」の設営の記録にその意識の中心は存し、親王の「垣下親王」としての参画は一切想定されていないものであったことが判る。その一方で、恒例の「大臣大饗」においては、故実書の記事は、傍線を付したように「垣下親王」招請に始まり、「垣下親王」への賜禄において閉じられるも同然のように記述はなされ、また、「垣下親王」不在時や遅参における故事の記録が留められるなど[16]、親王の「垣下親王」としての参画を大前提としてその記述はなされているのであった。また、史実においても、勧盃や唱歌・雅楽など諸芸能での参与などもみとめられ、その儀式における寄与度は歓待する主人側の存在としてある一定以上を担っているのであった。臨時の「任大臣大饗」と恒例の「大臣大饗」とは、同じ「大饗」という名称を具備しながらも、そこにおける親王の参画の有り様は、極言すれば賓客的偶発要因と、主人方必須要員とまでに相違がみとめられるのである。

右のように「任大臣大饗」の記事は、その座の設営の故実を記録することに意識の中心があり、親王の参画は当初から想定されていないものであったと結論づけられるのであるが、それでも前記『吏部王記』承平六年八月十九日条で忠平「任太政大臣大饗」に「詣太政大臣第」と、重明親王が現実に参加していることは動かし難い事実である。当該事実については、その他の記事において「垣下親王」と明記されている点と比して、当該部には「垣下親王」の文言がみとめられないところから、「垣下親王」としての役割を負っての参与ではなく、単に臨席した親王であるに過ぎないという理解も一応成立するだろう。但し、単に「垣下親王」の文言が使用されていないという一点をもって、当該事例を「垣下親王」の事例から除外するのには慎重を期さねばならない。それは、『吏部王記』の場合、天慶八年実頼大饗や天暦三年師輔大饗の事例などに見られるように、『九暦』などの他出文献資料においては、「垣下親王」と明記されている場合をはじめ、恒例の「大臣大饗」・臨時の「任大臣大饗」を含めあらゆる大饗の記録において、いっさい「垣下親王」の文言を使用しない為である。あわせて、注意されるのは、先の承平六年の忠平任大臣大饗の引用において傍線を伏したように重明親王は、忠平の娘を妻としており義父忠平の任太政大臣については「親族舞踏」の必要性を諮問していることがみとめられるように、姻戚としての強固な紐帯が厳然として存在しているという点である。当該『吏部王記』の記事が席の設営の記録に集中し、「大臣大饗」のように式次第中においてなんら寄与するところがないことや、賜録の記事も留めないことからあくまでも「垣下親王」としての存在ではなく、さらに「任大臣大饗」においては異例となる親王の臨席であったとしても、それは、あくまでも親戚としての意識に貫かれての賛助という側面を重視すべきではないだろうか。

三　『源氏物語』の「垣下親王」

史実における「垣下親王」とは、恒例の「大臣大饗」に固有の存在であり、そこにおいては、主人方の歓待要員として勧盃をはじめ各種芸能などによって様々に饗宴に寄与していく存在なのであったが、そうした親王達の姿は『源氏物語』においては全く描き出されてはいない。本論冒頭に引用した二場面における「垣下の親王」と語られる存在が表現上は相当するのであるが、これらは共に「大臣大饗」ではなく、前者は賭弓の還饗、後者は任大将大饗のそれなのである。

賭弓の還饗については、史料のほとんどが賭弓そのものの記事のみであり、還饗についての記録は皆無に等しい[17]。『北山抄』は、「饗飲之儀、大略見二相撲所一」として相撲節会の還饗の記事の準用を指示する。そこには、「大将先着（……親王来者、着二次将上一。）次将……垣下公卿……」と割注内に親王臨席の場合の座の設営場所についての記述がみとめられるが、その座は正客である次将や相伴の公卿よりも上位に設営するといった内容である。すなわち、賭弓の還饗には、親王の臨席は当初は想定され得ない特殊事象であり、万が一そうした栄誉に浴した場合には、親王はその尊貴性故に、正客をも上回る席次をもって遇されるということである。その席次の取り扱いは、「垣下親王」が「大臣大饗」において、客分の被饗応人員である尊者以下の太政官の後に記述されて、主人方の饗応要員としての存在がその掲出順からも明確に位置づけられているのに比すると、その位置づけは根本的に相違していることが明白なのである。『吏部王記』延長七年一月十八日条にも賭弓の還饗の記事が見えるが、そこにも参加人員として「垣下王公」の文言はみとめられるものの、勧盃・諸芸能などの職分の存在しないことや正客の次将に次いで「王公禄」が給される賜禄の序列などに鑑みても、「垣下王公」の「王」に該当する親王が仮に存在していたとしても、それはあくまでも客分としての位置づけであり、主人方の「垣下親王」とは全く事なる存在であると看做し得るのである。そして、『源氏物語』における匂宮巻での語られ方や位置づけも当然に、賭弓における当該「垣下王公」のそれといえる。しかしながら、物語の語りはそれを従前のように単に臨席をした「親王たち」とはせずに、「垣下の親王」と語っているのである。賭弓の還饗を「大臣大饗」と二重映しにし、「大臣大饗」の側に引き寄せるかたちでの語りなしをしていると見ることが出来るのである。

当該匂宮巻における親王は、「その日、親王たち、大人におはするは、みなさぶらひたまふ」と語られていた、賭弓で参内した成人したすべての親王が対象となる。すなわち、東宮を除く、今上帝皇子五の宮までの四皇子である。そして、当該賭弓の還饗で特段の招請対象として物語本文中にも名前が挙がるのが匂宮・常陸の宮・五の宮の三親王であるが、「ひとつ車にまねき乗せたてまつ」られた、これらの親王に共通するのは、賭弓の還饗の主催者である夕霧とは直接姻戚関係にない親王達という点であるだろう。夕霧の中の君と婚姻し夕霧と姻戚関係にある今上帝二の宮は、先の『吏部王記』の記述のごとく親戚意識に貫かれて、当該還饗に主人方として参画していることが想定され得る。そこに、上記三親王を招請することで、宮中行事の賭弓さながらの親王の陣容を整えてみせているのである。これら親王の位置づけは、懇切に招来をされた三親王は当然に賓客であるはずなのであるが、それを当該饗宴において最上席親王である二の宮が姻戚関係から、主人方に相当することを起点に二の宮側に収斂させ、あたかも参列した親王がすべて主人方であり当該饗宴に寄与する存在であるかのような語りを呼び込んできていると考えられるのである。

一方、宿木巻に語られているのは、六条院における薫の新任右大将の饗応である。「垣下の親王たち」の人的構成については、物語に詳述されてはいないが「大饗に劣らず、あまり騒がしきまでなん集ひたまひける」と語られていることから、匂宮をはじめとして当時参列可能であったほとんどの親王の臨席があったであろうことが看取され得る。

「任大将饗」については『北山抄』が賭弓の還饗と同様に「饗飲之儀、如二相撲還饗一。」と相撲の節会の還饗の式次第の準用を指示するように、近衛大将主催の饗応という基本性格上、故実書として問題となる事象には大差がないようで、想定外の親王臨席時の席の設営場所について『西宮記』では「少将以上垣下公卿各着レ之。（……大将上臈不レ来、有二親王一、大将着二中将上一。）(18)」と割注内にほぼ類同の記事を留めている。故実書類において一番詳細な記述を残すのが『江家次第』である(19)。そこにおいては「垣下公卿座」「垣下参議座」と、身分ごとに別個に記載される席の設営や、「一献」以下賜禄までの式次第が縷々綴られているのであるが、先に確認した「任大臣大饗」に比して親王の座の設営そのものの記述が存在しないなど、よりいっそう親王の参画の余地を留めない記載内容となっているところから、新任大臣大饗と同様に賓客として親王の臨席を偶発的に賜る可能性はあったとしても、それは想定外の事態であり、ましてや「垣下親王」として饗宴への参与を受けることなど絶対にあり得えない事象であると考えられるのである。

にもかかわらず、物語は当該場面においても、夕霧の式次第を先例故実として引用することで、臨席した親王をあたかも「垣下親王」としての参画であるかのように語りなしている。その場合の大きな鍵となるのが、古注を始め現代注にいたるまで一切取り扱われていないが、「右大臣殿のしたまひけるままに」と、違例とも言える「任大将饗」に「垣下親王」が参列している事態について、先例故実として正当事由化して語られている夕霧の挙行した饗宴をどのように位置づけるか、ということであるだろう。古注においては「夕霧の大饗の例にて薫大将のつかさの禄を六条院にてし給ひし也」（弄花抄・孟津抄他）と、その詳細に踏み込んではいない。一方、現代注では「夕霧の右大臣新任の大饗[20]」と、「大饗」と称し得るのは東宮・皇后・大臣に催行主体が限定されることから、任大臣大饗と対象を限定する集成・新大系[21]に対して、新全集は「夕霧新任時」と任大将の饗応にも含みを残すが、夕霧の右大将就任は「若菜上」巻における冷泉帝の勅命による光源氏の為の賀宴主催の報奨的措置であり、「藤裏葉」巻で夕霧は既に大宮の旧邸三条宮に居を構えているから、夕霧の任大将饗が「六条院」でなされる根拠は皆無といえる。したがって、事実上、夕霧任右大臣大饗を先例故実として準用したという解釈に帰着せざるを得ないのであるが、「二条院とて造り磨き、六条院の春の殿とて世にののしりし玉の台も、ただ一人の末のためなりけりと見えて（匂宮）」と語られるように明石一統の居所として社会的に認知されている六条院に、「右大臣、『……わが世にあらん限りだに、この院荒らさず』（匂宮）」と夕霧が再度関与を強めるのは、右大臣に就任していることが既定事項として語られるのと同時でもあった。つまり、物語の時系列上では夕霧の任右大臣大饗が「六条院」でなされる根拠も乏しいといわざるを得ず、むろん、任大臣大饗に「垣下親王」が参与することは、前述したようにあり得べからざる事態であるから、以上の事由を勘案すれば消去法的にいっても当該部において薫任大将饗が踏まえているのは、夕霧の恒例の大臣大饗と結論づけるのが相当とならざるを得ないのである。従来、この恒例の大臣大饗を退ける事由としては、新任時における饗応という性格を具備し得ないという点もさることながら、当該饗応が年賀礼に相当する儀礼であると認識されている点がまず挙げられるだろう。物語の語る「二月の朔日ごろ」との時期的な齟齬をきたしてしまうからである。確かに、当該饗応は、当初においては一月四・五日を恒例の催行期日としていたのであるが、天暦八年（九五四）年一月四日の太皇太后藤原穏子の薨去によって当該日程が国忌に組み込まれることに伴って中旬開催へと移行し、さらに御斎戒と重なることで饗宴に不相応となる精進物を供せざるを得なくなる事態を回避するために下旬開催が通例化してゆく[22]、といったような催行期日の変遷をたどるのであり、永観年間（九八三）以降の催行実態に即した場合、年頭儀礼という認識は不相当といわざるを得ないようになるのである。『源氏物語』成立期においては、大臣大饗は、もはや正月下旬恒例の饗応なのであり、その催行時期は、当該薫の任大将の「二月の朔日ごろ」という時期ときわめて近接するものとなるのである。そして、前述したように、任大臣において就任を予め通達する「兼宣旨」の先行が見られたように、任大将の場合にも同様の手続きが取られた。それは、日の吉凶を自身で見定める必要性からなされた施策でもあったが、なによりも盛大な饗応催行の為の準備期間の確保のために要請されるのであった。その饗応の準備期間は、平均しても十日以上を要する大規模で煩瑣なものであり、その一端は先に引用した『吏部王記』に見られたように、邸宅には饗宴に備えての装飾や調度類の再配置を施し、身分や立場ごとに別個の座の設営がなされ、机や敷物等の調度類についても材質や装飾の異なる細々とした相違のある品々の調進が必要であり、禄も身分・役職に応じて多岐にわたる等、非常に煩瑣で多大な資力・労力を要するものなのであった。

右のような煩を避ける為に時間的に近接し既に饗宴の場として全てのしつらい・設備等が完備されていた夕霧の恒例の大臣大饗の行われた六条院を、そのまま薫の任大将饗の饗応の場として一式転用したと理解するのが妥当なのではないだろうか。それ故にこそ、薫が曹司を持つ冷泉院でも自邸である三条邸でもなく、夕霧恒例の「大臣大饗」の場である六条院で饗応がなされ、そして、「大臣『大饗に劣らず』」と引き合いに出しつつ、その大臣大饗に引きつける形で本来は存在し得ない「垣下親王」が、あたかも参集したかのように語りなすことを可能にしていると考えられるのである。

四　おわりに、「垣下親王」の呼び覚ますもの

大臣大饗に固有の存在である「垣下親王」。その姿が『源氏物語』に語り出される時、それは常に語りによって作り出された虚像なのであった。匂宮巻の垣下親王は、夕霧と姻戚関係にあり、還饗が執り行われた六条院の南の町の寝殿に「時々の御休み所」を保有する今上帝二の宮が、姻戚意識によって参画していることを起点に、懇請を受けて臨席した親王までも包摂して、現実の参画態様とは大幅に相違する「垣下親王」と語りなした結果なのであった。また、宿木巻に語られた垣下親王は、時間的に近接して六条院において先行挙行された右大臣夕霧の大臣大饗を、設備・しつらいなどをそのままに一式まるまる薫の任大将の饗応に転用することによって、夕霧の大臣大饗の残像から、あたかも「垣下親王」としての参与があったかのようにあや取った語りとなったのであった。これら「垣下親王」のいる風景として語りなされる饗宴の場が、いずれにおいても夕霧の関与がみとめられ「六条院」であるという点には意が払われてしかるべきであろう。匂宮巻において「荒らさず」と決意が語られていた夕霧の六

条院振興策が、落葉の宮の移徙・居宅化であり、同巻に語られていた賭弓の還饗の催行の場となるような「晴の邸宅」として、饗宴催行の場として定位させてゆくという施策であったと看做し得るのである。その夕霧の施策の結実が、十一年を経過した宿木巻に語られる「垣下親王」の姿であるだろう。任大将の饗応に存在し得ない「垣下親王」の幻影は、匂宮巻以来連綿と六条院において繰り返されてきた夕霧の大臣大饗を前提とし、その大臣大饗の場として固定観念が形成されている六条院において、夕霧の大臣大饗を完全転用することではじめて可能となった表現なのであった。

松本昭彦氏は、大饗催行に邸第の祖霊に対する栄誉付与の意味合いが存在したことを『うつほ物語』「楼の上下」巻の記述から指摘している。上記の指摘に依拠するのであれば、夕霧の大臣大饗の六条院催行は光源氏称揚を企図してなされているとみることも可能であろう。また、自邸三条邸での大饗催行ではなく、父祖の邸宅で挙行することは亡き光源氏の威光をその身に帯びるとともに、氏族的結合が比較的希薄とされる皇親の精神的紐帯を強固ならしめる機能があったであろうことが推認されるのである。(23) 単なる太政官という行政管内にとどまる饗応が、光源氏一統の精神の故郷「六条院」で催行されることにより、夕霧(行政権)と明石一統(皇権)とに拡散していった皇親勢力の再結集を促し、同一氏族としての連帯の再確認の場として機能しているのである。夕霧の大臣大饗に参与が所与のものとして語られていた「垣下親王」とは、前記のような同族・親戚意識によって実現がなされていると看做し得るのであるが、その大臣大饗によって政治的に強固ならしめ盤石な体制構築の寄与を受けた夕霧勢力のその威勢の程を端的に示しているのも、また「垣下親王」の存在を語る底意でもあったろう。

饗宴における親王の存在を語ること。それは、竹河巻で紅梅大納言の任右大臣大饗において「今日の光と請じたてまつりたまひければどおはしまさず」と語られるように、自身の饗宴の権威付けともなる荘厳装置でもあったはずである[24]。そして大臣大饗における「垣下親王」不在時の特例事象が故実として意識的に記録されていることがみられ、使者が形式上であったとしても招請にあたって伺いを立てていることから[25]、絶対的な強制参画なのではなく、親王方にある一定の裁量権が留保されていたと推認されるのである[26]。それ故、垣下親王の参画があることは、親王から選ばれたという一点をもってしても臣下にとっては非常に栄誉ある事象であり、また、自家の威勢の程を喧伝するまたとない機会となったと推認されるのである。したがって、『貞信公記』『九暦』等臣下の日記類は、ことさらにそれを記録したのであろうが、一方で『吏部王記』には一切「垣下親王」の文言が用いられることがないように、親王方からすればそれはさしたる特記事項とは捉えられていなかったという事実が推認されるのである。親族意識から参画していた重明親王と、それを「垣下親王」と記録した師輔との意識の懸隔は[27]、六条院で催行された夕霧の大臣大饗に参画した明石一統の親王達と、それを「垣下親王」と記録した物語におけるそれと同一の意識構造を有するものとみとめられるだろう。そして、この意識の断層構造を敷衍させた先には、『源氏物語』第一部・二部と、第三部との語りの立脚点の相違が横たわっているとみることが出来るのではないだろうか。光源氏が領導する第一部・二部に「垣下親王」と語られることがないのは、光源氏を中心とした皇統文化圏からの語りであることを示唆するものであるだろう。そして、第三部に入って突如この表現が登場するようになるのは、物語世界が臣下の視点から語り出されていることを暗に示すものと看做し得るのである。「光隠れたまひし後、……」の物語世界は、単に光源氏という卓越した人物を物語世界の中心から喪失したということを示すのみならず、物語世界自体の語られ方、論理が、形式上は臣下でありながら、事実上は親王のままに見られる皇族の物語から[28]、准太上天皇の子息で二品内親王を生母に持つ准親王ともいうべき出自であり、先帝冷泉院の養子的立場にもあるという、形式上は最高貴の皇族とも言うべき存在でありながら、事実上は厳然たる臣下である薫の物語世界へと、大きく地殻変動を起こしていることを反映している表現とみることが出来るだろう。不義の子という、物語世界を根底から覆しかねない不安要素を永続的に抱え込んだ薫の物語へと、語りの世界それ自体が別次元へと大きく遷移してしまっていることを指し示している一端といえるのではないだろうか。

注

（1）『源氏物語』の本文引用は、小学館、新編日本古典文学全集による。傍点等、本文加工は筆者。『新全集』と略す。以下同。

（2）引用は、源氏物語古注集成6『孟津抄』（桜楓社、一九八二）による。傍点等、本文加工は筆者。以下同。

（3）引用は、『紫明抄・河海抄』（角川書店、一九六八）による。傍点等、本文加工は筆者。以下同。

（4）引用は、源氏物語古注集成1『松永本　花鳥余情』（桜楓社、一九七八）による。傍点等、本文加工は筆者。以下同。

（5）『花鳥余情』所引『西宮記』勘物に「大将上﨟不来、有親王、大将着中将上」とあるのが、これの根拠に相当する記述となるだろう。なお、後述するように、あくまでも新任「大将」が、配下の官吏に対して振る舞う「饗応」であり、その場に参与する「垣下親王」の問題であるから、大臣が特別に勅許をうけて執り行う「大饗」の「尊者」とは同一に取り扱い得ないことは明白である。従って、例示事項として同列に提示するには正確性を失するのであるが、『西宮記』『北山抄』『江家次第』などの諸故実書に見える「大饗」に関する記述のうち、「尊者」の身分が、主人よりも上位であるかどうかに応じて、拝礼の折の両者の立つ位置が変更になるという点も作法を考える上で参考になるだろう。上記の点については、小池博明「『九暦』の大臣大饗」（『風俗史学』第一四号、二〇〇一・一）に詳しい。

（6）大饗の費用負担については、以下の渡辺氏の論による。「大饗」については、歴史学において研究が積み重ねられている。前掲注（5）、小池論文他、倉林正次「大臣大饗」（『饗宴の研究（儀礼編）』桜楓社、一九六五）、川本重雄「正月大饗と臨時客」（『日本歴史』第四七三号、一九八七・一〇）、神谷正昌「大臣大饗の成立」（『日本歴史』第五九七号、一九九八・二）、山下信一郎「大臣大饗と親王」（『奈良古代史論集』第三集、真陽社、一九九七）、神谷正昌「任大臣大饗の成立と意義」（『国史学』第一六七号、一九九九）、山下信一郎「大臣大饗管見」（『日本律令制の展開』吉川弘文館、二〇〇三）、渡辺誠「大臣大饗と太政官」（『九州史学』第一五六号、二〇一〇・九）、告井幸男「大饗小考」（『立命館文学』第六二四号、二〇一二・一）などがある。なお、文学でも、松本昭彦「桃園第の大饗と祖霊信仰」（『説話論集』第十一集・清文堂、二〇〇二）や、鈴木慎一「平安時代の『大饗』」（『国文鶴見』第三九号、二〇〇五・三）の用例を博捜した労作が、管見に入った。以降、各氏の論は特にことわらない限りは前掲論による。

（7）『国史大辞典』（吉川弘文館、一九八〇）

（8）前掲注（6）参照。

（9）前掲注（6）掲出「大臣大饗と親王」。

（10）前掲注（6）掲出川本論文注5「……正暦四年（九九三）の内大臣道兼の正月大饗では、それまで親王の役目であった一献勧盃を左中将正光が行ったことが知られるから（『小右記』『権記』）、十世紀の後半以降、親王が正月大饗の席に加わらなくなったものと考えられる。」と指摘がある。ただし、必ずしも大臣大饗に垣下親王の参画があるとは限らず、その場合には『西宮記』恒例第一、臣家大饗所引『九暦』天慶四年正月五日条に、垣下親王遅集により「主人大臣、三献之中、二度執レ盃」と主人の単独勧盃という選択肢が執られたほか、倉林正次氏が『饗宴の研究』で記すように、『江次第抄』の注記からは、「非参議三位代行」という臣下による職分代行の通例があったことが知られる。臣下による職分代行については、『北山抄』に「……次主人（割注略）并親王勧レ盃（……無二親王・一世源氏等一者、非参議三位四位、若或親昵公卿勧レ之。……）」と見え、「非参議三位四位」乃至は、親しい「公卿」による代行の故実が見え、「私記」に「天慶四年、右大将（実頼）・左衛門督（師輔）勧レ盃。依レ無二親王等一也。」と史実が提示されている。天慶四年当時実頼は従三位・大納言、師輔は従三位権中納言（ともに『公卿補任』より）。当該事例は、『吏部王記』の記事から太政大臣忠平大饗と知れるが、この場合、親子の関係である為「親昵」要件を充足し得ないだろう。残る「非参議」要件も、文言通りの「非参議」であれば、「大納言・権中納言」というのは相当すると言い得るが、後述するように、「参議」は「太政官」の総称と解し得る。為に当該代行要件について何処まで厳密なものであったかは、疑問なしとはしない。川本氏の指摘する事案における。藤原正光は、正四位下・左中将讃岐権守であり、『北山抄』『江次第抄』の提示する「非参議三位」という要件には合致せず、通例の垣下親王の職分行為の代行という枠組みに収まらない新儀の発生という事が出来、そうした外形上の解釈による限りでは、垣下親王の大臣大饗参加消滅に伴う式次第の変容の一徴証と捉えることも可能とは言えるだろう。しかしながら、「非参議三位」による代行行為について『江次第抄』が、非参議三位は太政官の同官職掌ではない存在だからと、太政官の饗応という性格上、饗応主体には饗応客体の太政官と競合しないよう太政官以外の人物を充当すると説明を付している。この点に徴するならば、正光の身分は正四位下と位階こそ大きく沈降しているが、近衛中将は太政官ではなく近衛府の官人であるから、饗応主体としてその要件を本質的には充足するものといえる。従って、あらかじめ親王不在の際の職分代行の慣例が存在する以上、垣下親王の職分の臣下による代行行為それ自体をもって、単純に垣下親王参列消滅の徴証として提示することには、なお慎重を期することが要されるであろう。

（11）前掲注（6）参照。

（12）引用は、史料纂集『吏部王記（増補）』（続群書類従完成会、一九八〇）により、割注は括弧内に提示した。傍点等、本文加工は筆者。なお、私見により校訂注記を一部本文化しているが、いちいちことわることをしない。以下同。

（13）引用は、神道大系　朝儀祭祀編二（一九九三）により、割注は括弧内に提示した。以下同。

（14）前掲注（6）松本論文掲出事例（永祚元年［989］藤原道隆任内大臣～久安六年［1150］藤原実能任内大臣）による。中央値の算出は筆者。

(15)『西宮記』には、新任饗に相当する式次第の記述がみとめられなかった。

(16) 前掲注（10）参照。天慶四年一月四日忠平太政大臣大饗において、三献乾盃を実頼・師輔が勤めたことについて『吏部王記』では「三献間、諸卿例不勧、疑因尤親王可勧者、執児息歟」と適当な垣下親王不在における緊急避難的な措置であるのかと注記を留めている。

(17)『貞信公記』『九暦』『御堂関白記』『小右記』に記載なし。強いて言えば、『九暦』天暦元年一月十八日条に「……饗禄如例、……又鷹一聯、大臣曰、故左大臣（時平）兼左大将、賭弓勝饗之夜、例禄之外、以鷹一聯、給中将定方、依彼例所行也云々」と禄法の故実をとどめるのみである。

(18) なお当該『西宮記』「臨時六　左右大将事　初任時」の記述には、「此日以二親王一為二垣下一。蓋故実耳。」という割注もみとめられる。この場合の「垣下」は、「垣下親王」ではなく単に偶発的に臨席した親王という意味と解し得る。当該饗応は、新任近衛大将が配下となる近衛府の官人に対して就任挨拶と職務督励を期して執り行うものであるために、当該『西宮記』の記事では、配下筆頭の近衛中将を正客として最上位にし、以下「少将以上垣下公卿……近衛以上六位官人」と席次が連ねられている。親王は、この中将の上に位置づけられている為、最上席の賓客扱いとなる。主人方としての「垣下親王」の場合は、これら客方の席次や賜禄の記述の後に記載があるのが通例である。

(19) 巻二十「大将饗」。当該部は、上記のごとく「大将饗」とあり文言を厳密に解釈すれば「新任」時におけるそれに限定されない大将主催の饗宴の共通雛型についての記述であるかのように読める。しかしながら、「新任大臣大饗」に連続して記載され、「……参内、除目……申レ慶、……拝舞之後、……御酒一由上、勅許……」という、参内し除目の結果を受けて御礼・拝舞、饗宴の勅許を申請し認可されるという一連の流れを勘案する時、また「大臣任二大将一者」という大臣が兼任することになった場合の付帯記事の存在に徴するならば、当該記事は「新任大将饗」についての記載と考えてよいと思われる。

(20) 引用は、新潮日本古典集成による。「集成」と略す。傍点等本文加工筆者。以下同。

(21) 新日本古典文学大系（岩波書店）。以下「新大系」と略す。傍点等本文加工筆者。以下同。
(22) 前掲注（6）渡辺論文参照。なお、催行期日については、同倉林論文による。
(23) 安田政彦「醍醐皇子女」（『平安時代皇親の研究』吉川弘文館、一九九八）参照。
(24) 儀礼として参加が要請される大臣大饗と異なり自由意志による裁量権が親王側に担保されているのであるから、その饗宴の場に参列している事それ自体が大きな意味を持つ事になると考えられる。
(25) 「今日有レ行二大饗一、若令レ過給如何、但随レ程非レ无二用意一。」（『北山抄』）
(26) 『江次第抄』に「是以二勅命一親王一世源氏等著二垣下座一、相二助盃酌一也」と勅命による参画であるとの注記が見られるが、その場合には『うつほ物語』において父帝が「大饗の所に、なつきそ（国譲・中）」と再三再四諌止をしたという記述と矛盾をきたすことになる。また『九暦』天徳四年一月十四日条において「天気不快」の由縁として記録された、師輔の右大臣大饗における「今宮」の尊者禄「取出」行為も、事前に帝自身が「勅命」を下さなければ問題を未然に防ぎ得たはずで、手続き上根本的に矛盾するといわざるを得ない。『江次第抄』にみられる注記は、風紀上の問題等から幾度となく禁令の対象となり、取り締まりの行われた、身分変動に伴う饗応「焼尾荒鎮」に対して、任大臣大饗に際しそれを特別に許可する「饗禄勅許」を受けることからの錯誤と推認され得る。
(27) 天慶八年一月五日実頼右大臣大饗。並びに、天暦三年一月十二日師輔右大臣大饗が相当する。
(28) 赤木志津子「賜姓源氏考」『摂関時代の諸相』（近藤出版社、一九八八）

物語史の中の斎宮、あるいは逆流するアマテラスの物語
――上代の斎宮から『我が身にたどる姫君』まで――

本橋裕美

はじめに

伊勢に鎮座したアマテラス、そしてその伊勢に朝廷から派遣された皇族女性である斎宮は、王権の問題と極めて隣接している。『日本書紀』で壬申の乱に勝利した天武天皇は、即位して間もなく娘・大伯皇女を伊勢に派遣すべく潔斎を行わせた。『延喜式』においても、天皇即位にあたって速やかに斎宮を任じることが記され、この制度は長く維持されていた(1)。王権の祭祀を皇族女性が行うこの制度は、少なくとも事由の不明な断絶を挟みはじめる一三世紀半ば、後深草天皇の御代のころまでは、現実のものとしてあった。

しかし実際、彼女たちに「王権を担う」という曖昧な役割がどれほど切実に与えられていたかは不明である。実態として世情不安や戦乱などがあれば直接、朝廷から伊勢神宮へ使者が派遣されるのが常であったし、そうでなくとも平安以降、斎宮寮は伊勢神宮とは独立した祭祀、運営が行われる空間であった。天皇の王権を支える斎宮とい

う構図は、制度が作り上げられた大伯皇女以後、薄れる一方であったことは想像に難くない。しかし、幼児であっても務まるほど斎宮が慣例化されていく平安期にあっても、斎宮と王権はやはり隣接し続けていた。[2]もちろん、その認識には振り幅があり、天皇、祭祀の関係者、官僚など直接儀式や制度を知る人々は彼らなりの、[3]斎宮本人や周辺の女官たちにはまた別の理解の道筋があったことだろう。しかし、そうした直接、間接に関わりのある人々だけではない。伊勢や斎宮と直に接するべくもない貴族女性、そしてそこに仕える人々にまで、斎宮制度は認知され、天皇と関わる特殊な職掌として受け容れられていた。[4]その認識を支えたのは、おそらく物語世界である。

本稿では、斎宮と王権の関わりをたどり、その描かれ方の変遷を明らかにする。特に扱いたいのは、『我が身にたどる姫君』という中世の物語である。後述するが、この『我が身にたどる姫君』は、同時代的にも物語においてもそれまで（おそらく）達成することのなかった女帝という存在を描き、その対極に「狂前斎宮」[5]と研究者に名付けられるほどの個性豊かな斎宮を描き出した。物語には珍しく斎宮を一巻の主人公として活躍させる『我が身にたどる姫君』は、斎宮と王権の物語の極地となる可能性を抱えている。もちろん表向きに語られるのは奔放な斎宮の滑稽譚だが、その嘲笑に隠された潜勢力としての斎宮の可能性を見出すことで、斎宮とはいったいどのような存在であるのかという根源的な問いとも向き合っていきたい。

一　歴史から物語へ——上代の斎宮像——

斎宮はいつからいるのかという問いは今なお結論が出ていない。[6]斎宮という言葉こそ用いられないが、『日本書紀』は、崇神朝で崇神天皇皇女・豊鍬入姫が宮中から天照大神を離し、崇神朝に続く垂仁朝で垂仁天皇皇女・倭姫命が天照大神と対話して伊勢をその祠とする。更に次代の景行朝でも五百野皇女が遣わされ、三代に渡って、時の天皇の娘が天照大神の祭祀者となっていることが確認できる。実際にどうであったかという問題はひとまず忘れ、斎宮制度を支える思想がどのように成立しているかを簡単にたどりたい。

『日本書紀』で、右の三代ののち斎宮に関する記事が表れるのは雄略朝である。雄略朝の斎宮は、雄略天皇の娘・栲幡皇女であるが、彼女が湯人に密通され、任身（妊娠）したことが讒言される。(7) 結局、栲幡皇女は自殺し、その屍の腹に水と石があったことで皇女の潔白は証明される。この時、罪に問われたのは、湯人という身分低い者と皇女との関係であるのか、斎宮が男性と関係を持ったことにあるのか、あるいは妊娠したことにあるのかは定かでない。しかし、この雄略朝の記事を含め、斎宮に密通（汙・姧）の問題があることは疑いない。(8)

其の二を磐隈皇女と曰す。更の名は夢皇女。初め伊勢大神に侍へ祀る。後に皇子茨城に姧されたるに坐りて解かる。

（『日本書紀』巻第一九　欽明天皇②三六三―三六七）

七年の春三月の戊辰の朔にして壬申に、菟道皇女を以ちて、伊勢の祠に侍らしむ。即ち池辺皇子に姧されぬ。事顕れて解く。

（『日本書紀』巻第二〇　敏達天皇②四七七）

右の欽明朝、敏達朝にも簡素ながら斎宮と密通、そして解任の記事が語られる。「皇子茨城」や「池辺皇子」の行方は定かでないが、少なくとも斎宮は男性と関係を持ったことを理由に解任されるものと理解できよう。天皇が、前代の斎宮から自身の娘へ斎宮の任を渡すことができるという崇神、垂仁、景行期の斎宮のあり方に加えて、不祥事による解任の可能性が示されたのである。(9) 天皇という〈王権〉を支える斎宮と、その役目を失う可能性としての〈密通〉が結びつけられたのは『日本書紀』のこうした言説があってのことであった。

ただし、『日本書紀』における、この〈王権と密通と斎宮〉という結びつきは、全て斎宮解任という処罰によって事なきを得ていることに留意したい。密通されて起きる祭祀の混乱や斎宮を擁して王を打倒するような事態は語られない。この傾向は、次の『万葉集』にも見いだせる。

大津皇子、竊かに伊勢神宮に下りて上り来る時に、大伯皇女の作らす歌二首

我が背子を　大和へ遣ると　さ夜ふけて　暁露に　我が立ち濡れし

二人行けど　行き過ぎ難き　秋山を　いかにか君が　ひとり越ゆらむ

（『万葉集』巻二　一〇五—一〇六）

実在の確認できる最初の斎宮・大伯皇女の歌である。天武天皇の崩御（朱鳥元年（六八六）九月）直後、大津皇子の謀叛が発覚して加担者と共に捉えられ、死を命じられた事件を背景に持つ。大津皇子が同母姉である大伯皇女を訪ねて伊勢に赴いたことは『日本書紀』にはない。事実はどうあれ、『万葉集』の題詞は斎宮である姉を〈密通〉イメージを有する言葉である）「竊か」[10]に訪ねて京に戻る大津皇子を描き、大伯皇女はその行く末を案じる歌を詠む。特に、二人でも辛い山路を「ひとり越ゆらむ」とするところには、姉の無力を嘆く思いが読み取れる。大津皇子の謀叛事件や大伯皇女の立ち位置を巡ってはさまざまに論考があるが、ここでも確認できるのは、斎宮に与えられた権利の小ささだろう。王権と斎宮には確かに結びつきがあり、〈密通〉はその結びつきに切り込む手段ではあるが、実は斎宮（とそれを犯した者）が目指した〈王権〉とは切り離される可能性が高いのである。

『万葉集』の政治的背景はひとまず置くが、少なくとも大伯皇女の歌が『日本書紀』に見えない物語を示していることは事実である。〈王権と斎宮〉を切り離す〈密通〉が起きる時、斎宮は葛藤する。密通相手に支援を与えることは自身を任命した天皇を損なうことであり、斎宮としての資格を失うことでもある。[11]斎宮という役割と大伯皇女という個人の思いとの葛藤を描いた点で、『万葉集』大伯皇女歌群の果たした役割は大きい。斎宮の密通事件が物語として語られる素地を作ったのは、この大伯皇女歌群なのである。

二　『伊勢物語』狩の使章段と『源氏物語』秋好中宮

次に、平安時代の物語における斎宮像として、『伊勢物語』と『源氏物語』の二作品を取り上げる。『万葉集』以後、斎宮に関する記述はあまり見られない。『大和物語』の柔子内親王や雅子内親王をはじめとする歌の記録が中心となるが、同じ歌物語に属しながら、『伊勢物語』が極めて特徴的な斎宮の物語を描いたことは注目される。既に論じたことがあるので省略するが、(12)『伊勢物語』狩の使章段は、「斎宮なりける人」と「狩の使」との恋物語であり、ひとまとまりの歌物語として高い完成度を持つ。斎宮は恬子内親王、狩の使は業平に模されるが、「水の尾」清和天皇の御代に狩の使の例がないことなど、敢えて事実と認定させない材料が仕組まれている。

狩の使章段のモチーフは明らかに〈斎宮と密通〉である。しかし、このモチーフが本来抱えていたはずの〈王権〉は仄めかされるばかりで表面化しない。斎宮と狩の使に血縁関係がある可能性（『日本書紀』において斎宮と密通するのは皇子であった）や斎宮との密通が人目、特に天皇に繋がる「国の守」を憚るものであることなどから、わずかに見出せる程度である。『日本書紀』によって語られてきた〈斎宮と密通〉が、斎宮の解任記事とセットであったことは先述した。また、『万葉集』で大伯皇女の支援を得られなかった大津皇子は、謀叛により逮捕され死ぬという事件を背後に持つ。しかし、狩の使章段の斎宮は解任されず、狩の使も謀叛を起こしたり処罰されたりといった後日譚を持たない。〈王権と密通と斎宮〉という上代以来のモチーフから〈王権〉が見えなくなった物語が、この狩の使章段なのである。この狩の使章段によって、〈斎宮と王権〉は関わりながらも直接的に切り結ぶことのない、表出してはいけない物語として底流し続けることになる。

狩の使章段以後、斎宮を明確に描き出したのは、『源氏物語』である。散逸した『隠れ蓑』に登場していた可能性があるが、この点については稿を改めたい[13]。ここで、『源氏物語』が唯一描いた斎宮である秋好中宮のあり方を、斎宮の物語史に当てはめてみるとどうだろうか。『源氏物語』の斎宮は、光源氏の恋人である六条御息所が生んだ亡き前坊の娘である。詳細は省略するが、六条御息所は娘とともに伊勢に下向し、光源氏との関係を断つ。六条御息所が中心に語られる描写の中で、斎宮の物語が印象的に描かれるのは、伊勢へ下向する日の発遣儀礼の場面であった。

斎宮は十四にぞなりたまひける。いとうつくしうおはするさまを、うるはしうしたてたてまつりたまへるぞ、いとゆゆしきまで見えたまふを、帝御心動きて、別れの櫛奉りたまふほど、いとあはれにてしほたれさせたまひぬ。（『源氏物語』賢木②九三）

斎宮は、当代の帝である朱雀帝から別れの櫛の儀を受けて伊勢へ赴く。朱雀帝と斎宮は従兄妹関係にあたり、接点がなかったためか、朱雀帝は斎宮の美しさを目の当たりにして恋心を抱く。ここで抱いた恋情は、斎宮が去ったのちも思い起こされている[14]。伊勢在任中の記事はほとんどなく、斎宮は朱雀帝譲位の際に母とともに京へと帰還する。京で母の死に遭い、光源氏を後見人として、朱雀帝の次の帝である冷泉帝に入内することになる。斎宮への恋情を抱き続けていた朱雀院は、帰京した斎宮の院参を望んでおり、要請もしていたが、光源氏に裏切られた格好で斎宮を諦めることになる。この悲恋の関係は、別れの櫛を媒介にして、朱雀院と斎宮の間で繰り返される。

院はいと口惜しく思しめせど、人わろければ御消息など絶えにたるを、その日になりて、えならぬ御よそひども、御櫛の箱、うちみだりの箱、香壺の箱ども世の常ならず、（中略）さし櫛の箱の心葉に、

朱雀　わかれ路に添へし小櫛をかごとにてはるけき仲と神やいさめし

いにしへ思し出づるに、（中略）かきつらねあはれに思されて、ただかく、

秋好　別るとてはるかに言ひしひとこともかへりてものは今ぞかなしき

（『源氏物語』絵合②三七〇）

右は、斎宮が入内する当日の祝いの品と歌である。二人の間で「小櫛」は思い出の品として存在し続けていた。

しかし、『源氏物語』が斎宮をいかに描いたかという点からいえば、斎宮にはより重要な使命があった。斎宮は、天皇になれずに終わった前坊のただ一人の遺児であり、大臣家出身の母・六条御息所の思いも背負っている。斎宮経験の思い出はそれとして、彼女が抱える主題はむしろ、両親の遺志をいかに実現していくかというところに置かれているのであった。『源氏物語』が注目したのは、内親王、あるいは女王に限られる斎宮という役職が、皇統の物語を有しているという面である。斎宮を勤め上げた女性としての評価はあるものの、入内や寵愛、立后の実現は彼女の出自と資質によるところが大きい。むしろ、斎宮であった思い出は朱雀院との間でしか取り出されず、前坊の遺児として政権に関わっていく。

『伊勢物語』が描いた〈斎宮と密通〉の物語の受容は後世まで引き続くが、それは禁忌の恋の参照事例として引かれはするものの、あくまで過去の出来事に留まる。(15)狩の使と匹敵する事件を起こして、更に王権に切り込んで行こうとする物語は顕れない。『源氏物語』に王権への挑戦の兆候をみることは不可能ではないが、(16)『源氏物語』の斎宮のあり方は本来の出自に還元される。光源氏が須磨、明石ではなく伊勢へ流離し、斎宮と密通する物語が描かれたのであれば、斎宮の文学史も今あるものと異なる様相を示したことだろう。しかし、それは回避され、〈王権と密通と斎宮〉という結びつきは消滅しないまでも、やはり深く沈潜して表に顕れることがないのである。

三　『狭衣物語』の斎宮と王権

『伊勢物語』含め上代から平安期のいくつかの作品が、実在の斎宮を肉付けして語るものであったとすれば、『源氏物語』の斎宮は史実を取り込みながらも、虚構の登場人物の一代記としての様相を見せていた。斎宮は「皇女（女王）の物語」の変奏としてあったのである。その背景として、斎宮という任の根幹であるはずの、「天照大神に奉仕する」という要素が見えない時代の物語であったことが指摘できる。少なくとも、『源氏物語』の斎宮は、天皇との繫がりを「別れの櫛」によって保持する一方で、天照大神については言及されない。斎宮を見る周囲の視線も、斎院と同じく「神域にある女性」という認識に留まるのである。

天照大神の影が薄れた時期を経て、再び〈王権〉との関わりが色濃い〈アマテラス＝天照神〉が物語に登場するのは、『狭衣物語』においてである。

天照神の御けはひ、いちじるく現れ出給て、常の御けはひにも変りて、さださだとのたまはする事どもありけり。「大将は、顔かたち、身の才よりはじめ、この世には過ぎて、ただ人にてある、かたじけなき宿世・有様なめるを、おほやけの、知り給はであれば、世は悪しきなり。若宮は、その御次々にて、行末をこそ。（中略）このよしを、夢の中にも、たびたび知らせたてまつれど、御心得給はぬにや」などやうに、さださだとの給はすること多かりけれど、あまりうたてあれば、漏らしつ。（『狭衣物語』巻四　四二五―四二六）

『狭衣物語』は、平安後期物語の代表作品といってよい。一世源氏の子である狭衣がいくつもの恋の果てに即位し、帝となる物語であり、本稿で問題とする場面はその終盤、狭衣帝即位に関わって描かれる。病がちの時の帝には男の子がなく、譲位したいものの次の東宮がいなくなってしまうという状況下で、伊勢にいる斎宮に託宣が下るのである。その託宣を簡単にまとめれば、現在の東宮を追い越してともかく狭衣に即位させるべきというもので、その神託に従って即位が実現する。全てに超越的な能力を有し、時に超常現象をも顕現させる狭衣は、まさに王権を揺るがしかねない存在であり、結果的に「狭衣帝」として最もシンプルな〈王権〉の位置に立つのである。しかし、それほど超越的な〈王権〉の体現者であっても、その即位にあたって「天照神」の託宣を必要としたことは注目に値しよう。実はこの場面には、長元四年の託宣事件と呼ばれる出来事との影響関係が指摘されていた。[17]

『斎王十五日、離宮に着き給ふ。十六日、豊受宮に参り給ふ。朝間、雨降る。臨夜、月明らかなり。神事了りて十七日に離宮に還り給ふ。内宮に参らむと欲するに、暴雨大風、雷電殊に甚だし。（中略）斎王の御声猛しく高きこと喩ふべき事無し。御託宣に云はく「寮頭相通は不善なり。妻も亦、狂乱。（中略）帝王と吾と相交わること糸の如し。当時の帝王、敬神の心無し。次々に出で給ふの皇も亦、神事を勤むること有らむ歟。…」（中略）「斎王の奉公の誠、前の斎王に勝る。然而、此の事に依りて、過状を進らしめよ。読申すべし。」（略）

（『小右記』長元四年八月四日）

託宣の内容を詳細に記す『小右記』を史料としてあげた。その概要は、斎宮が伊勢神宮での神事の最中に神懸かりを起こし、斎宮寮頭相通とその妻の更迭を望んだほか、帝との関係などをくどくどと語ったというものである。天照大神が託宣を下す例はないわけではないが、それが斎宮自身に、しかも夢託などではなく、神自身が下った点で、この長元四年の事件は重要視される。『小右記』においても右に続けて「斎王に寄託して託宣し給ふ事、往古未だ聞かず」とあって、その異例さが朝廷でも重く受け止められたことが窺える。

『狭衣物語』の成立は定かではないが、この長元四年からそう隔たった時期ではなく、かなり同時代的な意識の中で受け止められたことと思われる。即ち、史実に顕れた「託宣を受ける斎宮」によって「託宣する天照神」が呼び起こされたのである。しかも、物語において事は寮頭の更迭に留まらない。『狭衣物語』において為される託宣は皇位継承への口出しであり、それも二世源氏の狭衣を即位させろというものであるから内容はより重い。〈斎宮と王権〉という観点から見れば、これは斎宮との密通による王権奪取の可能性とは明らかに異なる力を有している。斎宮を支える神が背後にあって、皇位継承を操作する権限を持っているのである。『狭衣物語』の天照神―斎宮の関係に準じる組み合わせを探せば、天照大神―倭姫命の姿に行き着こう。(18)天照大神の託宣を聞き社を建てた倭姫命の如く、『狭衣物語』の斎宮・女三の宮はその託宣を京に奏上し、狭衣即位を実現させるのである。この託宣事件が物語に描かれる時、〈王権と密通と斎宮〉は過去の遺物でしかない。〈密通〉が失敗の危険を抱えた賭けであるのに対して、〈王権と斎宮と天照神〉は斎宮自身が媒介となり、解任されることもないからである。男が伊勢に赴く必要もなく、斎宮は無傷のまま天照神とともに〈王権〉に介入できるのである。

しかし、この鮮烈な〈王権と斎宮と天照神〉という結びつきもまた沈潜してしまう。『狭衣物語』以後、中世の物語世界において斎宮の多くは脇役となり、在任中の斎宮を描くことも非常に少なくなる。田中貴子氏は、中世の物語における斎宮について、次のようにまとめている。

物語は、斎宮たちが退下した後の宮中が舞台となる場合がほとんどであり、その意味では現役ではなく前の斎宮、前の斎院という方が妥当である。退下後の彼女らの行方は、大きく分けて次の三種類に分類される。一つめは、望まない結婚をしたり不幸な結婚生活を強いられるパターン。二つめは、結婚せずにみずからの「家」〈斎宮なら天皇家〉を支えるもの。最後は、やはり結婚しないがいたずらに年を重ね老醜をさらす、というものである。(19)

秋好中宮のように入内し、栄華を極めていく斎宮は確かに少なく、さまざまな物語における斎宮の比重も軽薄になっていく。[20]世の中を震撼させたアマテラスと通じる斎宮の姿を再び見出すには、鎌倉期に成立した『我が身にたどる姫君』の前斎宮を待たなければならない。

四　斎宮と女帝の物語――『我が身にたどる姫君』からたどる斎宮の物語史

最後に、『我が身にたどる姫君』から斎宮の可能性を広げてみたい。

まずは、物語の構成どおりに、『我が身にたどる姫君』の女帝を確認しておく。

嵯峨の院の御心おきてをはじめ、皇后の宮の御ことをなほいといみじう思ひ聞こえさせ給ふあまり、かの御末の世におはしまさぬもいとほしう思し召さるるにより、昔も例なきにあらずと、御位を譲り聞こえさせ給ふ。久しう絶えたることをいかがと、世人かたぶけど、これはいとさま変はりたる御譲りなれば、また久しくおはしますべきにしあらねば、誰もいかが聞こえ給はむ。（巻四①二二五）[21]

女帝は、嵯峨院の姫宮で三条帝に入内し、皇后となっていた。巻四末、三条帝が帝位を降りるにあたって、後嗣に恵まれなかった嵯峨院の思いに応えるかたちで、女帝への譲位が行われる。傍線部にあるとおり、この即位は幼い三条院の子が成長するまでの間、嵯峨院の心を慰めるものに過ぎない。ほんの一時の予定で行われた譲位であるが、女院の崩御やさとしがあり、また女帝の清廉な政治とも相俟って、治世は長引いていく。

さるべきことと聞こえながら、雨風の音、月星の光まで、あまりまことしからぬまで、世に見ならはぬさまにのみ治まり、静かなる御代を、さきざきくちをしかりしにはあらねど、心なき草木までなびき聞こえさせて、まだきに惜しみ聞こえさするたぐひのみ、四方の海、島のほかまであまねくなりにたれば、厭ひ捨てさせ給はむもいかがとぞ見ゆる。（巻五②一一）

結局、巻五全体にわたって、六年ほどの歳月を帝として過ごしたことが語られる。女帝は、死を予感して譲位を行い、財産分与も終えて法華経を胸に成仏していく。特異な帝でありながら、あくまで聖帝として描かれ、のちの巻にもその御代の素晴らしかったことが語り継がれていく。

次に、前斎宮について確認する。女帝の政治と成仏を描いた巻五に引き続いて、巻六には斎宮が登場する。『我が身にたどる姫君』は全八巻の構成で、巻五、巻六のみが時間的に並列し、それ以外の巻はほとんど破綻なく時間軸が続いている。聖帝としての女帝を描いた巻五と、女帝の御代と同じ時間軸に日々を過ごした斎宮の巻六は、明らかに対置されている。のみならず、女帝の聖代を十全に描ききった直後に、巻五では全く触れられることのなかった前斎宮なる存在を並べるところに、この物語の構成の妙があるといってよい。巻六の冒頭は、次のように語られる。

新しき御代にかはらせ給ひにし斎宮、育み奉らせ給ひし御匣殿も失せて、そのおととの大納言の君といひしが尼にて行ひゐたる古里にぞ帰り給へる。「嵯峨の院にや」など、人も聞こえさせしかど、「すべて、いまだ見ぬ人なれば、あへなむ。世離れたる山住みに、見も知らぬ人の交じらむもあいなし」など、厭はしげに思し召したりしかば、たれかはなほも聞こえむ。（巻六②七〇）

これまで女帝一人を娘としていた嵯峨院に、(22)もう一人皇女があったことから巻六は始まる。ただし、極めて出自の高い女帝に対して、斎宮の母は御匣殿と呼ばれた人で、決して身分は高くなく、後見に恵まれていたとは考えがたい。その母も既になく、斎宮でなければ内親王宣下があったかも疑わしい立場である。事実、嵯峨院は斎宮の引き取りを拒否し、わずかに財産を与えて母方の叔母のところへ行かせてしまう。その境遇を聞き知った右大将が、女帝のゆかりとして斎宮をのぞき見る。

> 障子ひとつを隔てて、これも火いとあかきにぞ、しつらひなどさすがにしるければ、目をつけて見給ふに、同じほどなるに若き人二人、いづれか主ならむ、さしもあるべくもあらず。ものあつれてなりゆくころを、薄き衣を引きかづきたるうちに、かぎりもなく、息もせざらむと見ゆるほどに、首を抱きてぞ臥したる。（中略）衣の下も静かならず、何とするにか、むつかしうもの狂ほしげなるに、さま変はり、ゆかしき方も交じれど、あやにくに心深く、馴れ馴れしきすぢを好み給はぬ人は、見だにも果てず出で給ひぬるを、知らぬこそくちをしけれ。いかばかり取りも付きて慕ひ聞こえまし。（巻六②七〇―七一）

右大将が見たのは、「いづれか主ならむ」と主従の区別もつかない様子で、衣を引き被って抱き合う女二人である。女性同士の睦み合いが繰り広げられ、その狂態に右大将は驚いて去り、紫のゆかりの物語も垣間見に始まる恋もないまま、斎宮の日々が語られていく。斎宮の生活を彩るのは、さまざまな女房との関係であり、また恋物語への憧れである。お気に入りの女房に嫉妬したり嫉妬させたりする一方で、男の来訪を受けて昔物語の主人公のような恋に落ちるという妄想に一喜一憂しながら、斎宮は日々を過ごすばかりである。

『我が身にたどる姫君』の女帝と斎宮は、この物語が注目され始めた当初、極めて対立的な存在として読み解かれてきた。聖なる女帝と俗なる斎宮／賢い女帝と愚かな斎宮／秩序の女帝と混沌の斎宮といった二項対立である。しかし、対立的様相がひととおり確認され、今はこの対照的な姉妹が共通性を抱えていることが指摘されている。

特に共通性が顕著に表れるのは、女帝と斎宮の性の問題である。斎宮が女房たちとレズビアン関係を結んでいることは前述のとおりだが、女帝もまた女性コミュニティに生きている。女帝の傍らには、かつては三条院の寵愛を競った藤壺（皇后宮）がおり、女帝の死の瞬間に立ち会うのも彼女である。

女帝《女帝》立ちかへる雲居は幾重霞むとも君ばかりをや思ひおこせむ
宮はましてえ聞こえやらせ給はず。
皇后宮《皇后宮》花の色は霞も雲も隔つとも恋ひむ夜な夜な匂ひおこせよ
と聞こえさせ給ふほどもなし。思ふもしるく、白露の消えゆく心地するに、御手をとらへて、「やや」と聞こえさせ給ふにぞ、人々起き騒ぎ、御誦経なにくれ、そのこととなし。（巻五②五七）

女帝と皇后宮は、二人で宮中に過ごし、聖代を作り上げる。男性との関係を極力避けることで安定する女帝のあり方について、辛島氏は前斎宮と合わせて次のように述べる。

女帝も前斎宮も、この世に生きる女のたちの恨みつらみの根源にある、数々の物語の中で指弾され、疑問を呈されつづけた、男に都合よく仕組まれた「世の中」のありかたに対して、黙って従うことを、断然拒否しているのである。よって、「世の中」の秩序を重視する側に立てば、二人はいずれも、間違いなく異端の存在である。(23)

女帝の御代が清廉であったのは、官人から女儒に至るまで各自の職分を越えることのない秩序を作り上げたからである。(24)一方の斎宮は、女房と主従関係さえ曖昧になるような紐帯を結び、また新しい女房を寵愛することで嫉妬や羨望を巻き起こす。生き方の表出は確かに逆のベクトルである。しかし、男性を拒んで無性であろうとする女帝と、男女問わず受け容れて性に囚われない斎宮はいずれも、密通と出産によって紡がれる『我が身にたどる姫君』の他の巻と比べて閉ざされた物語であろう。(25)やはり女帝と斎宮とは相似の関係にあるといえる。

五　〈王権〉を支える〈天照神〉と斎宮――『狭衣物語』から捉え返す女帝即位――

女帝と斎宮の姉妹の対関係を、その立ち位置の面から論じてみたい。ともに嵯峨院の娘ながら、一人は三条帝に入内して后から女帝に上り、片や三条帝の斎宮となって伊勢に過ごしたのち帰京して気ままに過ごす。性質に類似がありながら生き方が異なったのは―あるいは、性質は異質ながら相似形を為したのは―、ひとえにその境遇にあると考えられる。巻五、巻六は時間軸が並行するため、女帝と「前」斎宮として対になる。斎宮が任に就いていたのは、女帝の夫・三条院の御代であったことになるが、彼女を女帝の御代の斎宮のように位置づけることは可能だろう[26]。その手掛かりとして、『狭衣物語』の〈王権と斎宮と天照神〉の問題を踏まえてみたい。まずは『我が身にたどる姫君』の女帝の御代の有り様を引用する。

年返る春より、東宮いみじう患はせ給ふ。殿もいとおそろしう思し召し嘆きて、さまざまの御祈り、数知らず尽くさる。隠れても顕れても、ただ天照御神の惜しみ聞こえさせ給ふゆゑのみあらたに見え聞こゆるに、院もおとども、この御ことをあるまじきことにのみ奏せさせ給へば、またとまりぬなるを、あさましく思はずにのみ思し召したり。
（『我が身にたどる姫君』巻五②二八―二九）

女帝の御代が長引いたのは、政治の素晴らしさだけでなく、「天照御神」の意向があったからである。帝位を保証する天照神の先蹤は、『狭衣物語』にあった。

天照神の御けはひ、いちじるく現れ出給て、常の御けはひにも変りて、さださだとのたまはする事どもありけり。
（『狭衣物語』巻四　四二五―四二六※再掲）

上の御社に御祓つかうまつるにも、「過ぎにし年、たて給し御願かなひ給て、今日参らせ給たるさま、今より後、百廿年の世を保たせ給べき有様」など、聞きよく言ひ続くるは、「げに、天照神達も耳たて給らんかし」と聞えて、頼もしきにも、さしも、ながうとも思し召さぬ、御心の中には嬉しかるべくぞ聞かせ給はざりける。

八島もる神も聞きけんあひも見ぬ恋ひまされてふ御禊やはせし

そのかみに思ひし事は、皆違ひてこそはあめれ」とぞ、思し召しける。

（『狭衣物語』巻四　四四五）

狭衣帝は一世源氏の子であり、本来ならば即位の可能性のない立場である。女帝と狭衣帝、それぞれに即位の正当性の弱い帝に対して、物語が用意するのは天照神の意志であった。

狭衣帝の即位を支えた斎宮は、御代替わりしても伊勢に留まる。この斎宮は嵯峨院の女三の宮で、皇子も皇女も少ない『狭衣物語』において今後の動向がもっとも注目される女宮である。(27)『狭衣物語』はこののちを記さないが、『我が身にたどる姫君』の世界と連動させて考えれば、伊勢から帰京した女三の宮が天照神の意向によって即位する可能性もないとはいえない。そもそも、女帝の可能性を持ち出したのは、『狭衣物語』であった。(28)

「大将の、あづかりの若宮は、ただ人になさんの本意深き」と、聞きしかど、「襁褓にくくまれ給へる、女帝にゆづり置き、もしは、一世の源氏の、位につくためしを尋ねて、年高うなり給へる、太政大臣の、『坊に居んよりは、敢へなん』とこそ思ふ」いかが。（中略）大将殿は、「あるまじき事かな」と聞き給へど、いかでかは、さも聞え給はん。「げに、女帝も、かかる折や、昔も居給ひけん。いかなるべきことにか」と人知れず思すにも…

（『狭衣物語』巻四　四二二—四二三）

『狭衣物語』は女帝の可能性を打ち出しながらも、狭衣の存在によって、それを回避する。

『我が身にたどる姫君』の女帝の、「天照御神」によって帝位を保証されるあり方が『狭衣物語』引用の延長にあるとすれば、天照神の意向を繋ぐのはやはり斎宮にほかならない。『狭衣物語』女二の宮を介して、斎宮に支えられた女帝の姿が浮かび上がるのである。更にいえば、女帝の御代が終わってのちに斎宮が登場するために見過ごされているが、斎宮もまた女帝になる可能性を持つ。嵯峨院の寵愛があれば、母のない斎宮はかえって揺るぎない身分につけることが望まれたはずである。「揺るぎない身分」の選択肢に女帝があるのが、『我が身にたどる姫君』であった(29)。

斎宮は、要件次第で女帝と入れ替わる可能性があった。もちろん、物語は女帝の聖代を語り終えたのちに斎宮を語ることで、その互換性を隠蔽する。読み手には、俗な欲望に耽溺する斎宮の物語を見せ、一方で往生していった女帝の来世(30)をさりげなく語るのである。

おわりに――女帝になれなかった斎宮が照らすもの――

斎宮と女帝を互換性のある一対のものと見た時、ここにもう一度〈王権と斎宮〉の問題が浮かび上がってこよう。それも、今度は天照神を媒介にした〈王権と天照神と斎宮〉として結びつく。つまり、斎宮が女帝となって王権そのものを掌握する物語である。この物語に密通者は必要ない。それどころか、『狭衣物語』では必要であった即位する狭衣も不要である。『我が身にたどる姫君』という女性コミュニティを構成する物語があって初めて、この可能性は浮かび上がる。しかしながら、天照神を擁して斎宮自身が王権に反旗を翻す可能性は、常に想定され、忌避されてきたのではないか。『日本書紀』の崇神、垂仁天皇は天照大神を宮中から遠ざけようとした時、自身の娘を祭祀者に任命した。天照大神にとっても、天皇にとっても、この処置はもっとも有効で互いに安定するものであったといえる。以後の天皇たちも、密通事件が起きた際には父天皇として娘斎宮を処罰することが可能だった。

斎宮制度の安定、慣例化とともに忘れ去られていたアマテラスの危険性を物語で最初に描き出したのは『狭衣物語』である。天皇は、密通を起こした斎宮を解任することはできるが、託宣事件を起こした斎宮に対してはどうすることもできない。（もちろん、この背景には実際の託宣事件があった。）そして、『我が身にたどる姫君』が女帝を描いた時、〈天照神〉の託宣をもとに女帝となる斎宮が浮かび上がり、上代以来、伊勢の地に鎮座しているはずのアマテラスが再び宮中に戻ってくる、壮大な逆流するアマテラス—斎宮の物語を呼び起こすのである。こうした想像は、現実世界にはもちろん、物語世界にも起こらない。逆にいえば、物語世界でさえ〈斎宮〉と〈王権〉を直結させる試みは回避されてきたとも考えられる。あいだに、斎宮の資格を失う〈密通〉を挟むことで、あるいは『源氏物語』秋好中宮のように女性として可能な栄達を目指すことで、斎宮は「高貴な女の変奏」として描かれてきたのである。

『狭衣物語』と『我が身にたどる姫君』に挟まれる中世の物語の斎宮たちが脇役に過ぎず、嘲笑の種にもなるという指摘は先に掲げた。彼女たちの多くは、京の論理に外れた行動をとるために不遇を託つ。『我が身にたどる姫君』の斎宮が京でも伊勢時代の女房たちと狂態を繰り広げたのと同じく、伊勢に過ごした斎宮たちは伊勢の斎宮であった時間をうまく切り離すことができないのではないか。伊勢は、叱る者のいない自由な空間であるというだけでなく、京の論理では解しきれない周縁の神としての天照神や祭祀に関わる人々の空間でもあった。〈王権〉と関わる斎宮たちは、天皇や祭祀の問題と向き合わざるを得ない。そしてそれは、物語で聞き知ったことと、伊勢で体感することと、制度として行うことがどこかで相違するのである。本稿は、あくまで物語の斎宮たちについて述べたものであるが、帰京してもどこか京に馴染まない斎宮というモデルは実在したのだろう。「前斎宮」という呼称は、役目を終えた斎宮であると同時に、「京を追いやられ、伊勢へ流離して、帰還した斎宮」でもある。彼女たちが京で「斎宮」としての行動を起こす可能性がないという保証はない。『狭衣物語』と『我が身にたどる姫君』をとおして浮かび上がる〈王権と斎宮〉の物語は、脇役に甘んじる他の中世の物語でも、あるいは史実の中にも、女帝と同じく底流し続けていたと考えられるのである。

注

（1）「凡そ天皇即位せば、伊勢の大神宮の斎王を定めよ。仍りて内親王の未だ嫁がざる者を簡びて卜えよ」（虎尾俊哉編『延喜式』集英社）。即位と斎王の選定が不可分であることが示される。斎宮はおよそ六十人。最後の斎宮は後醍醐天皇の御代の祥子内親王であるが、彼女は下向を果たしていない。最後に下向したのは亀山天皇の御代の愷子内親王であり、その直前の後深草天皇は在位が十年を超えていながら斎宮を派遣することはなかった。斎宮制度の一つの終わりが十三世紀半ばであると考えられる。

（2）大伯皇女は卜定時十三歳だが、潔斎期間を挟み、十分に大人として祭祀を執り行ったと考えられる。最初の幼い斎宮は聖武朝の井上内親王で五歳前後（諸説ある、下向まで長く潔斎期間を置いた）だが、陽成朝・識子内親王（四歳）、村上朝・楽子内親王（四歳）、一条朝・恭子女王（三歳）など平安期の斎宮には幼い子どもも多い。

（3）有名な話であるが、『大鏡』は藤原道長の鋭い視線を描く一節として、三条天皇が別れの櫛を与えた儀式のあとで娘斎宮（当子内親王）を振り向かせた挿話を載せる。斎宮の儀式の不備が御代を短くするという見方であり、上級貴族としても斎宮の制度は御代の安寧に関わることと受け止められていたことを示す。

（4）斎院に比して斎宮は人目に触れることの少ない役職といえるが、それでも様々な繋がりが生じる可能性がある。『更級日記』には源資通が筆者に斎宮を訪ねた日のことを回想して話す場面があり、天照神を信仰する作者の思想に影響を与えている。拙稿「『更級日記』の斎宮と天照御神信仰」（『学芸古典文学』第六号、二〇一三・三）。

（5）「狂前斎宮」という呼称は、金子武雄『物語文学の研究』（笠間書院、一九七四）に用いられ、徳満澄雄『我が身にたどる姫君物語全註解』（有精堂、一九八〇）でも受け継がれる。現在、呼称として用いられることはないが、『我が身にたどる姫君』の前斎宮に出会う読み手が直面する困惑をよく顕している。

（6）崇神朝豊鍬入姫命とする田中卓氏（「神宮の創始と発展」『神宮の創始と発展』神宮司庁教導部、一九五九）、雄略朝稚足姫とする岡田精司氏（「伊勢斎王の起源伝承」『伊勢斎王宮の歴史と保存』三重の文化財と自然を守る会、一九七八）、欽明朝磐隈皇女以降とする門脇禎二氏（「斎王女から斎王制へ」『古代文化』第四三巻四号、一九九一）、文武朝に制度の成立をおく直木孝次郎氏（「奈良時代の伊勢神宮」『日本古代の氏族と天皇』塙書房、一九六四）など。直木「伊勢神宮の成立について」（『文化情報学科記念論集』二〇〇五）は、雄略朝ないし継体朝に伊勢神宮が成立したのち地位が低下、壬申の乱で復権という伊勢神宮の流れを確認し、斎宮についてはやはり奈良に入ってからの安定を見る。

（7）『日本書紀』巻第一四　雄略天皇（②一五七―一五九）。なお、『日本書紀』の引用は新編日本古典文学全集（小学館）によったが、一部私に改めた箇所がある。

（8）「奸」については、関口裕子「8世紀における采女の姦の復元」（『日本歴史』第五三五号、一九九二）参照。

（9）密通された斎宮が解任されるか否かについては、斎宮が未婚の内親王でなければならないという原則と、「凡そ寮官諸司および宮中の男女、仏事を修し和奸密婚せば中つ祓を科せよ。」（『延喜式』）という神域内での性行為の排除から導き出せるが、明文化されているわけでない。むしろ『日本書紀』を先例として花山朝の済子女王の解任などが行われたと考えたい。

（10）稲岡耕二『萬葉集全注　巻第二』（一九八五）、多田一臣『万葉集全解1』（二〇〇九）等。また、柳本紗由美「『万葉集』における「大津皇子物語」―二つの「竊」をめぐって―」（『玉藻』第四七号、二〇一三・三）は元来、「竊」の字単独には密通の意がないことを指摘する。大津皇子歌の「竊」を密通の意に捉えるのは、文脈と配列に頼った解釈である。大津皇子、大伯皇女の問題については稿を改めて論じたい。

(11) 天皇以外に援助を与えたにも関わらず処罰が語られないのは、『古事記』が描いた倭姫命とヤマトタケルの場合だけであり、この時、天皇と斎宮は父娘ではなく兄妹関係であった。父天皇と娘斎宮の場合、斎宮は祭祀の能力を自由に行使することはできないと考えられる。

(12) 拙稿「『伊勢物語』狩の使章段と日本武尊」（古代中世文学論考刊行会編『古代中世文学論考』二四集、新典社、二〇一〇）、同「古代日本における祭祀と王権―斎宮制度の展開と王権―」（小島毅編『アジア遊学　東アジアの王権と宗教』勉誠出版、二〇一二）。

(13) 『隠れ蓑』は『風葉和歌集』巻第七　四五七番歌に記載があり、斎宮と天照る神が登場する。

左大将、かたちを隠して所々見歩きけるころ、前斎宮に大弐まさかぬが近づき寄りけるを、太神宮と思はせてさまざま申しけるに、恐れて怠り申して出でにければ、よみ給ひける　隠れ蓑の前斎宮

我がために天照る神のなかりせば憂くてぞ闇になほまどはまし

(14) 朱雀帝が光源氏に対して、斎宮の美しさを語る場面が賢木巻で描かれる。

(15) 代表的な例は、『栄花物語』巻第一二「たまのむらぎく」にある。「かの在五中将の、「心の闇にまどひにき夢現とは世人定めよ」など詠みたりしも、かやうのことぞかし。それはまだまことの斎宮にておはせしをりのことなり。」と、三条天皇の娘・当子内親王と藤原道雅の恋の先例を在五中将に求めるが、実際は任を果てた斎宮への恋であることが自覚的に述べられている。

(16) 光源氏は斎宮の伊勢下向の日に斎宮宛に歌を贈り、その返歌を次のように眺める。「宮の御返りのおとなおとなしきを、ほほ笑みて見ゐたまへり。御年のほどよりはをかしうもおはすべきかなとただならず。かうやうに、例に違へるわづらはしさに、かならず心かかる御癖にて、いとよう見たてまつりべかりしいはけなき御ほどを、見ずなりぬるこそねたけれ、世の中定めなければ、対面するやうもありなむかし、など思す。」（『源氏物語』賢木②九一―九二）〈密通〉への回路を感じさせる「御癖」という言葉はあるものの、「世の中定めなければ」には退下後への期待しかなく、斎宮を侵犯する物語には発展し得ないのである。

(17) 指摘自体は非常に多いが、特に参考にしたものとして深沢徹「斎宮の二つの顔」(斎藤英喜編『アマテラス神話の変身譜』森話社、一九九六)、井上眞弓「天照神信仰」(『狭衣物語の語りと引用』笠間書院、二〇〇五)、同「『狭衣物語』の斎宮」(後藤祥子編『王朝文学と斎宮・斎院』竹林舎、二〇〇九)、岡田荘司「伊勢斎王神託事件」(後藤祥子編『王朝文学と斎宮・斎院』竹林舎、二〇〇九)等。

(18) 倭姫命については、本稿では十分に扱う紙幅がないが、『日本書紀』は、確固たる意志を持つ天照大神と、神と交信する倭姫命を描く。その時の天照大神が求めたのは、いるべき場所を求めての放浪であった。要求の向きが異なれば、また別の物語が描かれる可能性がある。

(19) 『聖なる女—斎宮・女神・中将姫』(人文書院、一九九六)。

(20) 斎宮の登場する物語を表としてまとめたものに、勝亦志織『物語の〈皇女〉』(笠間書院、二〇一〇)がある。

(21) 『我が身にたどる姫君』の引用は、『中世王朝物語全集』(笠間書院)によったが、一部私に改めた箇所がある。

(22) 巻四で我が身帝の譲位に伴い、嵯峨院の姫宮(のちの女帝)の処遇が定められる際には、「姫宮一所ぞ持たせ給へる」「姫君の御さまを、ただ一所さへおはしませば」(巻四①一八二)とただ一人の皇女であることが主張される。

(23) 辛島正雄「『我が身にたどる姫君』の女帝」(『中世王朝物語史論上巻』笠間書院、二〇〇一)。

(24) 『我が身にたどる姫君』に極めて密通と不義の子の出産が多いことはかねてから指摘されている。また、物語に流れる時間の長さのためもあるが、結婚、出産が繰り返され、次代へ渡されていく物語でもある(まさに我が身姫の系譜が受け継がれていく点でその傾向は強い)。そうした中で、女帝も斎宮も子を生まず、それぞれのコミュニティに閉じこもって皇統を途絶えさせるのである。女帝と斎宮における生む性の問題は、木村朗子『恋する物語のホモセクシャリティ』(青土社、二〇〇八)『乳房はだれのものか』(新曜社、二〇〇九)に詳しい。

(25) 『我が身にたどる姫君』は、巻八までの中に我が身姫から見て孫やひ孫の世代までが描かれていく。代替わりも多く、流れる時間、世代交代の多さを特徴と見ることができよう。しかし、女帝と斎宮という嵯峨院の遺児は子を産まない。途切れる皇統の物語なのである。

（26）先掲の巻六冒頭場面も、「新しき御代にかはらせ給ひにし斎宮」と語られ、巻五から連続する読者は、女帝から悲恋帝への御代替わりを想定することになる。徐々に女帝が在世中の時間であることが明かされる構造は、作為的なものと見るべきだろう。

（27）拙稿「『狭衣物語』の〈斎王〉―斎内親王・女三の宮の位置づけをめぐって―」（井上眞弓・乾澄子・鈴木泰恵編『狭衣物語　空間／移動』翰林書房、二〇一一）参照。

（28）先行する女帝意識としては、『今とりかへばや』の女東宮や『いはでしのぶ』の一品宮を「世になからむためし」にしたいとする父帝の意向など、物語世界には女帝の可能性がしばしば語られてきた。一方、歴史上においても有名な八条院暲子など即位に至らなかった「可能性としての女帝」は想定される。荒木敏夫『可能性としての女帝』（青木書店、一九九九）参照。

（29）女帝の存在する物語であることは、巻七で我が身女院が娘・皇太后宮の出家を前に「をしみてもてなしきこえさせたまふべき御行末も、今は何事かおはしまさむ。さのみ女帝もあるまじければ、さてもあるべかりけることぞかし、と思しめすかたもあるべし」と、女帝への期待があったことを語ることからも明らかである。

（30）後日談として、巻六の終わりに兜率天往生を遂げた女帝の姿が描かれている。

東北大学附属図書館蔵旧制第二高等学校旧蔵『河海抄』をめぐって

松本　大

はじめに

東北大学附属図書館には、二本の『河海抄』が収められている。一本は狩野文庫蔵本(1)であり、もう一本が本稿で取り扱う旧制第二高等学校旧蔵本（以下、旧制二高本）である。この旧制二高本は、かつて大津有一氏が「戦災をうけて焼失したか」と述べたように(2)、戦後行方不明になってしまった伝本であり、『国書総目録』にも記載がない。しかし調査を行った結果、旧制二高本は現在、東北大学附属図書館に収蔵されていることが判明した(3)。

本稿は、この旧制二高本についての基礎的な報告を行うとともに、その特徴を詳らかにした上で、『河海抄』諸本における位置付けを提示するものである。

一　旧制第二高等学校旧蔵『河海抄』について

まず、旧制二高本の書誌情報を示す。

縦26・0cm、横19・0cm。楮紙打紙の袋綴。十冊。紺色無地表紙。一面十三行。漢字平仮名交じり。江戸中期頃の写か。数人による寄合書。虫損がはげしい。墨の細字書き入れ（同筆）があり、朱による別筆の書き入れもある。若紫巻に朱書きの別紙張り紙あり。各冊角裂あり。各冊前後に一枚ずつ遊紙あり。表紙、見返し、遊紙一枚は、後補。各冊冒頭に、「第二高等學校圖書」の朱方印（【写真1】参照）、「第二高等學校圖書」の蔵書票、及び「旧第二高

【写真1】「第二高等學校圖書」の朱方印（第九冊冒頭）

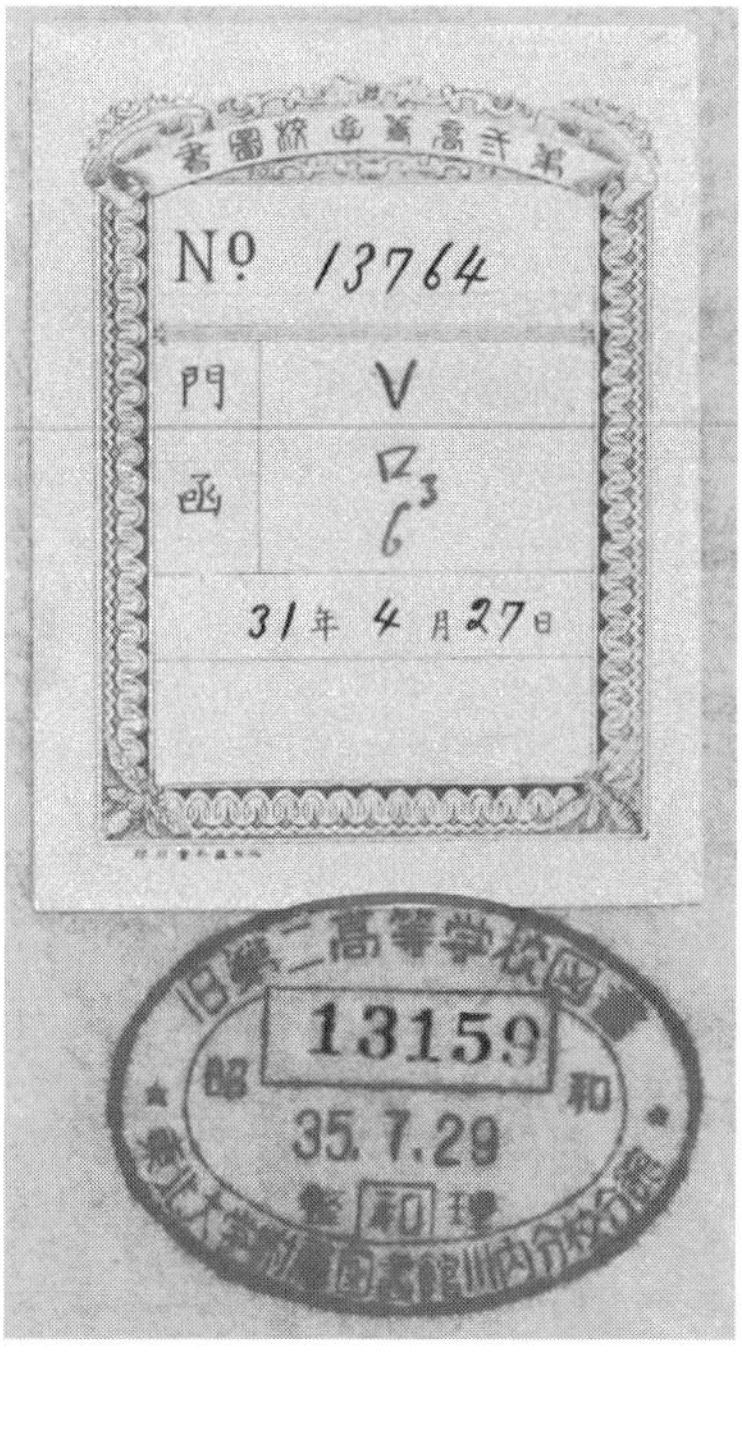

【写真2】「第二高等學校圖書」の蔵書票、「旧第二高等学校図書　東北大学附属図書館川内分校分館」の朱楕円印（第一冊冒頭）

等学校図書　東北大学附属図書館川内分校分館」の朱楕円印がある（【写真2】参照）。

蔵書票・印には、それぞれの受け入れ年月日が記されており、「第二高等學校圖書」の蔵書票には31年4月27日の日付、「東北大学附属図書館川内分校分館」の朱楕円印には昭和35年7月29日の日付が見える。これらの蔵書票が示すように、旧制二高本は、旧制高校時代に購入されてから現在に至るまで、変わらず旧制二高図書館・東北大学附属図書館に所蔵されていたのである。残念ながら購入経緯は明らかではない。

各冊の構成は、以下の通り。第一冊は巻一（桐壺巻）、第二冊は巻二（帚木巻〜夕顔巻）、第三冊は巻三・四（若紫巻〜花宴巻）、第四冊は巻五・六（葵巻〜明石巻）、第五冊は巻七・八（澪標巻〜薄雲巻）、第六冊は巻九・十（朝顔巻〜蛍巻）、第七冊は巻十一・十二（常夏巻〜藤裏葉巻）、第八冊は巻十三・十四（若菜上巻〜鈴虫巻）、第九冊は巻十五・十六・十七（夕霧巻〜椎本巻）、第十冊は巻十八・十九・二十（総角巻〜夢浮橋巻）である。

奥書は、第一冊末尾（【写真3】参照）、第七冊末尾、第十冊浮舟巻巻末、第十冊末尾に見え、以下の通りである。

●第一冊末尾（桐壺巻巻末）

奥書A

本云右抄借請洞院亜相公数卿本終写功了此外又以春日局本
将軍家祗候同加校合了洞院本漏脱之分以件本書加之称
或本書入之者春日局本也
寛正五年三月十八日校合了夜前終写功去十二日立筆
者也
以自他本度々校合了
本云文明四年壬辰夏之比借請彼本源亜相自筆卒馳短毫了云疎紙
云（ママ）亜筆旁以後見多其憚早可令清書者也努々

于時鳥路含梅雨蟬声送麦秋候向竹窓之下終
上木之功而已矣　左少将藤臣判 逍遙院也
件本借請三条新黄門 実條卿 此巻手自書写之猶以諸本
書写之謂加奥書也抑源亜相ハ十輪院殿也左少将ハ逍遙院也
慶長十一年八月八日記之也足子判

申出　禁裏御本両本内一本云
文明四年三月上澣以或本加書
写但彼本有誤事等以推量雖
除直猶不審字等遂以證本可
令校勘者也
桃華野人判
御本以右奥書本写之歟御本筆者奥書等無之僻字等
少々在之

奥書B

又申出一本云
右抄借請洞院亜相 公数卿 以下――三本奥書ニ同シ
左少将藤臣判ニテ一斗無遺失
其次本云　此本 逍遙院筆ノ本ノ写し也
永正九年夏比以右本一本雖書写後日作者中書本
不慮一見相違所々繁多之間一向令清書者也
永正十年 癸酉 十月十八日　諫議大夫済継 姉小路宰相 権中納言基綱卿息

奥書C

此御本亦無奥書筆者等也

此抄以三条新黄門本欲書写之処以殊漏脱事繁多見済継卿奥書
而或書入或以押紙注加之皆以済継卿筆跡也然而押紙等少々脱落了
仍申出　官庫御本二通被借下了則以両三本書写了朱点声句
等以三条本付之御本一本無之又一本少々無之三条本漏脱之処押紙書
入等注付了又押紙脱落又無押紙処以官本書入了
点等是又両三本少々付之処写之　人名所名書名朱引
句切等校合之時以愚案少々付之尚連々一覧之次可加
修補改正耳矣
慶長十一年丙午仲秋八日書写之畢同日以両三本見
合訖于時未下剋也　　也足叟素然判

奥書D

●第七冊末尾（藤裏葉巻末）

此帖使通村書畢　　也足叟判

●第十冊（巻第十九末尾・浮舟巻巻末）

寛正六年卯月上旬之候以洞院亜相公数卿家本
仰大江冨元写之了
同十五日両本校合朱点了
源朝臣判
文明四年壬辰三月廿二日辰下刻立筆未刻終書功了

此帖又東坊筆也　　　　　　　　　　　也足子判

●第十冊末尾（夢浮橋巻巻末）

此抄一部廿巻手自令校合加覆勘
畢可為治定之證本焉
　　　　　　　　　　　　　　儀同三司源判
則或両本校合朱了

本云
寛正六年孟夏下旬之候終一部之
写功了洞院大納言公数卿家本并室町殿
春日局本彼是見合了　春本者中
書之洞本者覆勘之本也仍彼是
不同事有之料紙左道右筆
比興也堅可禁外見　　　穴賢々々
　　　　　　　　　　　権大納言　源判

　文明四年三月廿二日未下刻立筆翌日申剋終書写之功了

第一冊末尾、第七冊末尾及び第十冊浮舟巻巻末の奥書に「也足子」「也足叟素然」とあるように、当該の『河海抄』は中院通勝の手を経たものである。通勝が書写を行った日時は、第一冊末尾の奥書から慶長十一（一六〇六）年八月八日であったことが判明する。これは通勝晩年期にあたる。『岷江入楚』の成立は慶長三（一五九八）年であ

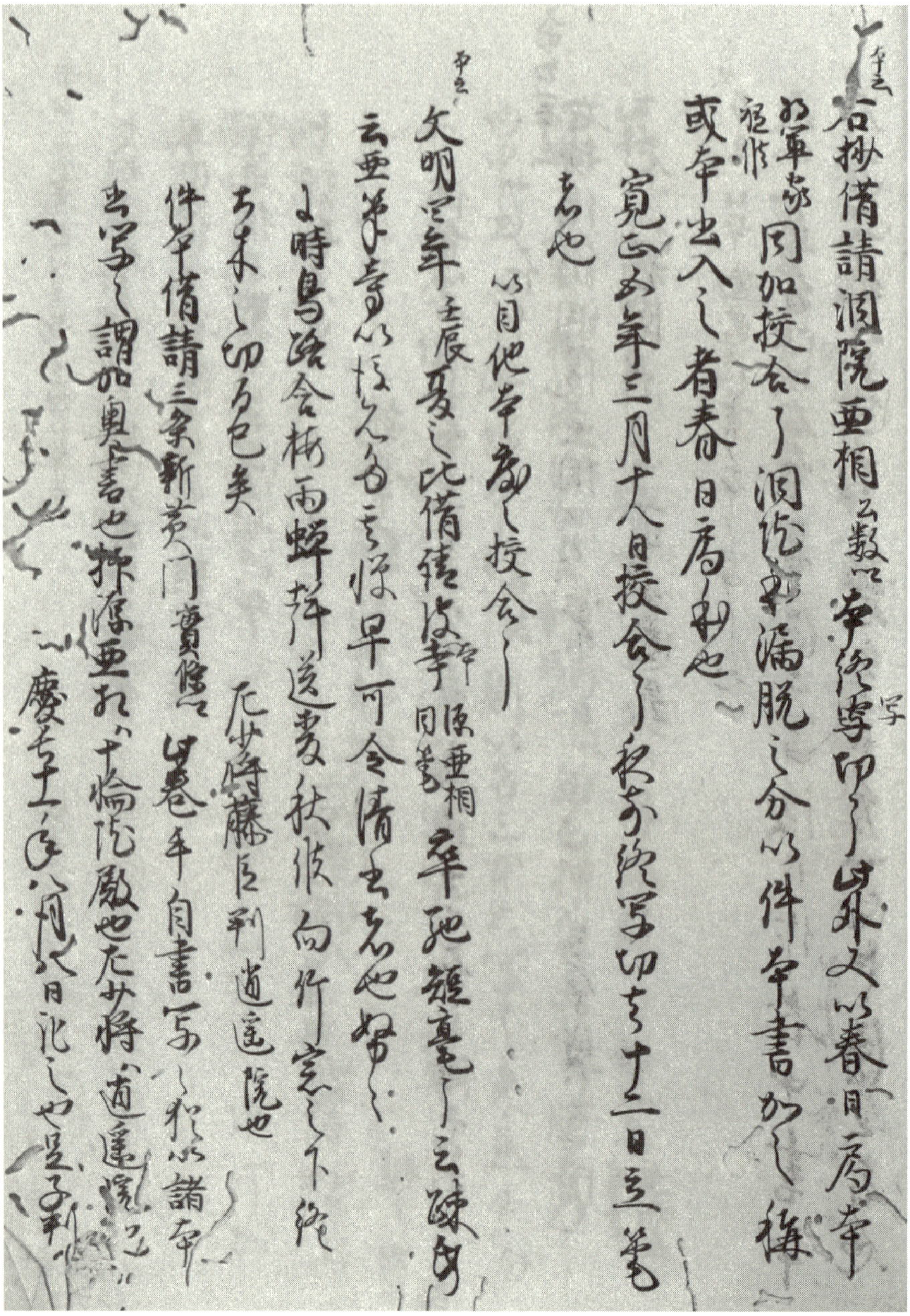

【写真3】 旧制二高本・第一冊末尾（桐壺巻巻末）の奥書

東北大学附属図書館蔵旧制第二高等学校旧蔵『河海抄』をめぐって

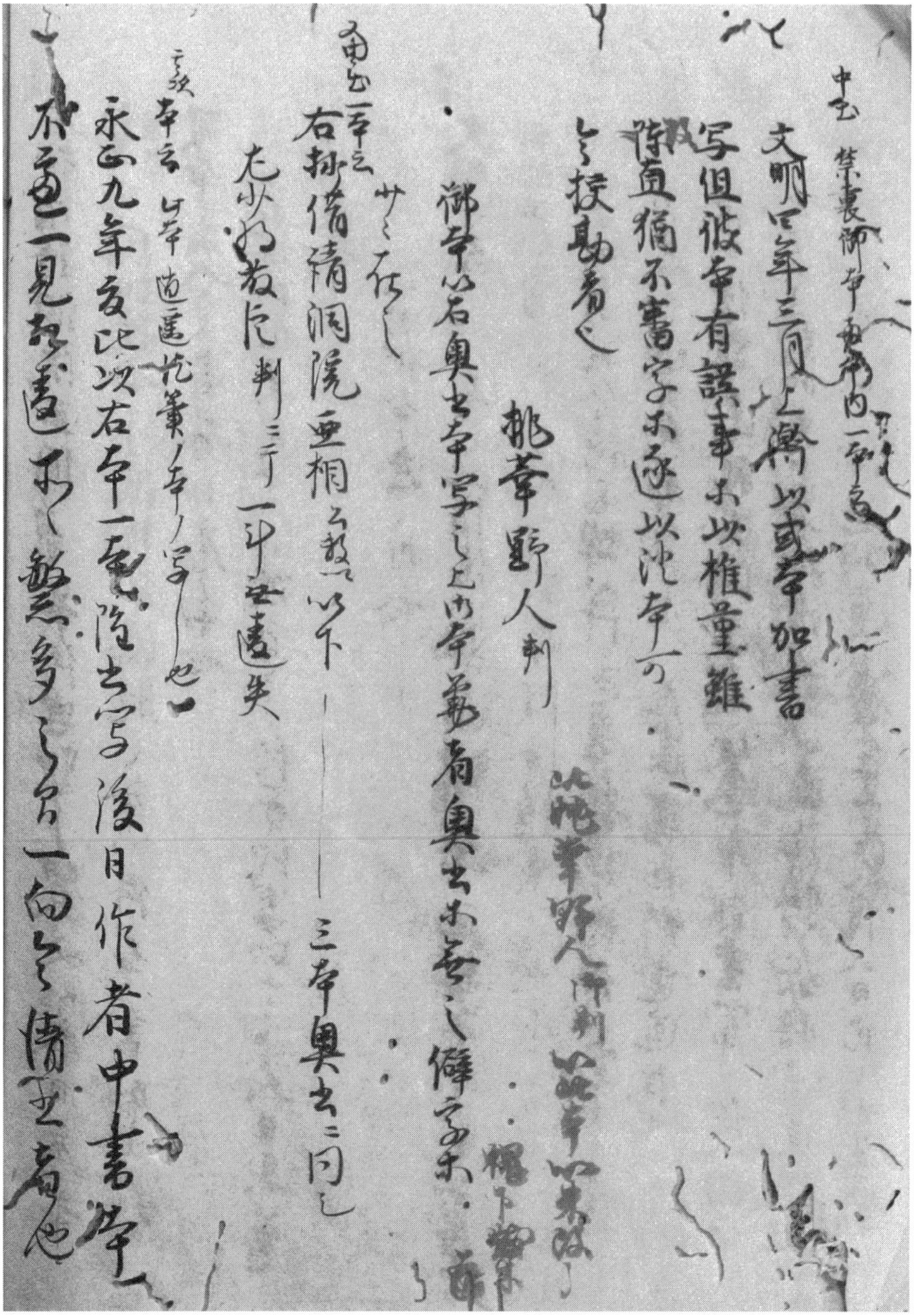

永正十年癸酉十月十八日　諫議大夫済継（姉小路宰相　権中納言基綱卿息）

以宗本家令奥書筆者了

此抄以三條新黄門本欲書写之処以外漏脱乎繁多（見済継奥書）

而或出入或以押紙注加之（皆以済継筆跡也）然為押紙不少之脱落之

的中出　官庫御本（二通被借下）則以第三本書写了　朱点声句

不以三条本付之（此本一本無之　又一本少々無之）三條本漏脱之処押紙書

入不注付之　又押紙脱落又無押紙処以官本書入了

点不足又而三本少々付之処写之　人名所名書名朱引

句切不校合之時以悉案少々付之　尚違之一後之次可加

修補設正耳　矣

慶長十一年丙午仲秋八日書写之　翠同日以第三本見

合訖　于時朱不測也　也足叟素然判

るから、この『河海抄』の書写は『岷江入楚』編集後に行われたことになる。(4)

また第七冊末尾及び第十冊浮舟巻巻末の奥書からは、通勝が書写の際、息子通村や東坊城長維(5)の手を借りたことが分かる。現存する奥書には通村と長維の名しか見えないが、他の人物も書写に携わった可能性は残る。書写者が記されない巻にあっても、それがすなわち通勝の書写であったとは断定出来ないだろう。

通勝が書写の際に用いた本については、巻一末尾の奥書に詳しく述べられている。巻一末尾の奥書は、内容から四つに分割出来る。一つ目は「本云右抄借請洞院亜相」から「慶長十一年八月八日記之也足子判」まで（以後、奥書A）、二つ目は「申出　禁裏御本両本内一本云」から「御本以右奥書本写之歟御本筆者奥書等無之僻字等少々在之」まで（以後、奥書B）、三つ目は「又申出一本云」から「此御本亦無奥書筆者等也」まで（以後、奥書C）、四つ目は「此抄以三条新黄門本」から最後まで（以後、奥書D）である。この中で書写の事情を詳しく述べるのは奥書Dである。

奥書Dによると、通勝は三条新黄門こと三条西実條から『河海抄』を借り出したものの、三条西家本には漏脱が多かったため、官庫より二本を借り出し、これら三本で校合を行いながら書写を行ったようである。ここから、奥書Aは「三条新黄門本」に付されていた奥書に通勝の書写奥書が加わったもの、奥書BとCは「官庫御本」のそれぞれに付されていた奥書と判明する。

各奥書の内容を見ると、奥書A・Cは、いわゆる覆勘本系統の諸本に見られる奥書であり(6)、官庫より借り出した一本は覆勘本系統であった可能性が高い。また、もう一本の官庫の本は、奥書Bに「桃華野人判」とあることから、一条兼良の手を経由した系統の本であったことが判明する。この「桃華野人判」の後に「御本以右奥書本写之歟御本筆者奥書等無之僻字等少々在之」とあるのは、通勝が奥書を書き入れる際に加えたものであろう。この部分に「御本筆者奥書等無之」とあることから、兼良奥書本とも言うべきこの本には、書写に関わる他の奥書等は施されていなかったようである。

以上をまとめると、中院通勝が書写の際に用いた三本は、次のようになる。

①三条西家から（実條から）借り出した本。

②官庫にあった、一条兼良の奥書を持つ本。兼良の奥書以外、奥書等はなかった。

③官庫にあった、通秀・実隆・済継の奥書を持つ本。

現存する『河海抄』の伝本において、先に示した一連の奥書を有するものは、管見の限りではあるが、宮内庁書陵部蔵桂宮家旧蔵十冊本、(7)国立歴史民俗博物館蔵高松宮家旧蔵本、(8)尊経閣文庫蔵二十冊一面十三行本の三本が挙げられる。(9)旧制二高本をはじめとするこれらの諸本には、奥書Dに示されているように全体に渡って「三本書入」「三本押紙」「一本云」といった細字書き入れが施されており、書き入れの部分までも丁寧に書写されていったことが分かる。また、これら同一の奥書を持つ本が高松宮家と桂宮家とに蔵されていた点からは、中院家に所蔵されていた『河海抄』が、後西・霊元天皇の書写活動の一環として禁裏に貸し出されたことを窺い知ることが出来よう。また北岡文庫蔵本との比較により、中院家の書写の実態を測ることも可能である。

さて、旧制二高本には、墨の書き入れとは別に、朱による書き入れも確認出来る。朱の書き入れは第一冊から第三冊までしか付されていないが、他の伝本には見られないものであり、旧制二高本独自の特徴である。この朱の書き入れを施した人物は、先に示した第一冊末尾の奥書から明らかになる。

第一冊末尾の奥書Bの下には、「此桃華野人御判以此本以朱改了／槐下散木／（花押）」という朱の校合奥書が書き加えられており（【写真3】参照）、これは本文に付された朱と同筆のものと判断出来る。該当部分を拡大したものが、【写真4】である。この朱の書き入れに見える「槐下散木」とは、通勝の玄孫にあたる中院家一八代目当主の中院

【写真4】　旧制二高本の奥書に見られる朱の書き入れ

通躬を指す。通躬は、寛文八（一六六八）年五月十二日生、元文四（一七三九）年十二月三日薨（72歳）。任内大臣は享保十一（一七二六）年九月十八日（59歳）で、同月二十一日に辞している。任右大臣は元文三年八月十六日（71歳）で、同月十九日に辞している[10]。「槐下散木」もしくは「槐下散北[11]」の号を用いており、「槐下」は大臣を辞した者であること、「散木」は役に立たない人という卑下を表す。よってこの署名を行うのは享保十一年九月二十一日以降であり、朱による校合はこの時期以降に行われたと考えられる。文法上不審は残るが、通躬は、何処からか「桃華野人」こと一条兼良の奥書を持つ『河海抄』を借り出し、その本を以て自家の本に校合を加えたのである。

兼良の奥書を持つ『河海抄』の伝本は、そう多くない。現存諸本の中で奥書Bを持つものは、先に挙げた旧制二高本と同じ一連の奥書を持つ三本の他に、弘文荘待賈古書目第十四号所載本[12]、早稲田大学蔵天正三年識語本[13]、京都大学附属図書館蔵本[14]、京都国立博物館蔵本[15]があるばかりである。ただし、この四本には、兼良の奥書に次いで三条西家本によって校合を加えたとする飛鳥井雅敦の奥書が存在している[16]。つまり、奥書Bを持つ現存諸本は、いずれも他本との校合が加えられた状態であるため、これらの本から兼良奥書本の内容を窺い知ることは出来ない。また、現在まで、通勝が借り出した「官庫御本」のような、奥書Bのみを持つ純粋な兼良奥書本は確認されていない。

こうした現状の中、旧制二高本に付された通躬による朱の書き入れは、兼良奥書本の内容を窺い知る手掛かりと成り得る。通躬が校合に用いた兼良奥書本の素性は不明であるが、「此桃華野人御判以此本以朱改了」という部分からは、この本が兼良の奥書のみを記した本（奥書Bのみを持つ本）であったことが認定出来る。第三冊までという限定はあるものの、この朱の書き入れを基点として、兼良奥書本の性格が浮かび上がって来るのである。

ただし、検討に値する箇所は朱の付された部分のみである。朱の書き入れが無い箇所は、兼良奥書本にもとから無かったものか、通躬が校合を反映させなかったものか、との判断が付かないためである。なお、通躬による朱の校合が第一冊から第三冊の三冊に限定される理由は、通躬が巻四までしか借り受けられなかったため、もしくは、借り出した兼良奥書本が零本であったためと考えられる。この朱の書き入れについては、次節で詳しく考察する。

二　旧制二高本の朱の書き入れについて

ここからは、旧制二高本の朱の書き入れが付されている箇所について、諸本と比較しながら細かく検証を行う。本稿では、第一冊桐壺巻に付された朱の書き入れを取り挙げる。理由としては、先に示した兼良の奥書が桐壺巻巻末に付されていることと、親本の巻二以降が取り合わせであった可能性を考慮したためである。また扱う箇所は、先にも触れたように、朱の書き入れがある部分のみを対象とする。

本稿で扱う諸本は、以下の通りである(17)。

名称	**略号**	**巻一の予想系統**	**巻九における系統**
・天理図書館蔵伝一条兼良筆本(18)	【天一】	中書本系統	C類
・彰考館蔵二十冊本	【彰考】	中書本系統	A類

・今治市河野美術館蔵二十冊本	【河廿】	中書本系統	A類
・内閣文庫蔵他阿識語所持本	【内他】	中書本系統	A類
・佐賀大学小城鍋島文庫蔵本	【鍋島】	中書本系統	B類
・中央大学附属図書館蔵本	【中央】	中書本系統	B類
・東京大学本居文庫蔵本	【本居】	中書本系統	B類
・熊本大学北岡文庫蔵本	【北岡】	覆勘本系統	C類
・島原図書館松平文庫蔵本	【島原】	覆勘本系統	C類
・秋田県立図書館蔵本	【秋田】	覆勘本系統	C類

なお、旧制二高本の本文系統は、先に示した奥書にもあったように、三条西家を経由した覆勘本系統にあたる。従って、朱の書き入れは、墨書き部分の系統とは異なることが予想される。

では、具体的な注記比較を見ていこう。まずは、料簡「一中古の先達の中に此物語の心をは哥には詠むへからす……」の項目から、用例として示される和歌の提示方法を確認する。料簡の中でも最後に位置するこの項目は、『源氏物語』を踏まえた詠作について言及し、実例として数首を示しながら説明を行っていく。問題となるのは「心をとれる哥」の実例が示された箇所である。以下に該当箇所の異同を示す。

①　【天一】【彰考】【河廿】【内他】【鍋島】【中央】【本居】

鷹司院帥

あかしかた浪の音にやかよふらむ浦より遠の岡の松かせ

是等はみな心をとれる哥也詞をとる哥新古今にむしのねもなかき夜あかぬふる郷にみし夢にやかてまきれ

ぬ我身こそあり明の月のゆくゑをなかめてそ続古今になれよなにとてなくこゑのなといへるたくひ勝計すへからす大方狭衣物語の尋ぬへき草の原の哥をも猶本哥に用たる哥近代集にあるにや（以下略）

②【北岡】

鷹司院帥

明石かた浪の音にやかよふらん浦より遠の岡の松風

新拾遺山かせにたきのよとみも音たてゝむら雨そゝくよはそ涼しき

是等は皆心をとれる哥なり詞をとる哥新古今に虫の音もなかき夜あかぬ古郷にみし夢にやかてまきれぬ我身こそあり明の月のゆくゑをなかめてそ続古今になれよ何とて鳴こゑのなといへるたくひ勝計すへからす大かた狭衣物語の尋ぬへき草の原の哥をも猶本哥に用《とりイ》たる哥近代集にあまたある《入たる》にや（以下略）

③【島原】【秋田】

同　鷹司院帥

あかしかた浪のをとにやかよふらん浦よりをちの岡の松風

新拾遺　同

山風に瀧のよとみも音たてゝ村雨そゝく夜はそ涼しき

これらはみな心をはれ《（ママ）》る哥也詞をとる哥

新古今　家隆

虫のねも長き夜あかぬ故郷に猶おもひそふ松風そふく

後京極

みし夢にやかてまきれぬ我身こそとはる丶けふも先かなしけれ
慈円
有明の月のゆくゑを詠てそ野寺のかねはきくへかりける
続古今になれよなにとてなく声のなといへりたくひ勝計すへからすおほかた狭衣物語のたつぬへき草の原の哥をも猶本哥にとりたる哥近代集にあまた入たるにや（以下略）

鷹司院帥の「あかしかた……」の後に、北岡文庫蔵本は細字で『新拾遺和歌集』一五七九番歌「山風に……」が増補されている。島原松平文庫蔵本と秋田県立図書館蔵本とには、「山風に……」の和歌に加え、他の諸本では注記に上の句のみが連続して示されていた『新古今和歌集』三首が、詠者名とともに全文示される形式となっている。当該箇所における異同としては、この二点が確認出来る。覆勘本に至ると和歌が増補される傾向にあると言える。

これを踏まえた上で、旧制二高本の該当箇所を以下に示す。ゴチックで示した箇所は朱である。

●旧制二高本該当箇所

鷹司院帥
あかしかた浪の音にやかよふらん浦よりをちの岡の松かせ
新拾遺集
山風に瀧のよとみも音たて丶むら雨そ丶く夜はそ涼しき
これらは皆心をとれる哥也詞をとる哥新古今に
虫のねもなかき夜あかぬ故郷に
みし夢にやかてまきれぬわか身こそ

有明の月のゆくゑをなかめてそ**続古今になれよなにとて鳴声の**
なといへるたくひ勝計すへからすおほかた狭衣物語のたつぬへき草の原の哥をも猶本哥にとり《用ひ》たる哥近代集に
あまた入たるにや《あるにや》（以下略）

旧制二高本の墨書き部分には、新拾遺歌「山風に……」が本文として存在する。また新古今歌三首に関しては、下の句は示されていないものの、和歌を一首ごとに並列して提示する形式は、島原松平文庫蔵本と秋田県立図書館蔵本と同じものと言える。「続古今になれよなにとて鳴声の」は存在しないが、諸本でこの部分を持たない本が存在しない点と、他の三条西家を経由した諸本にはすべてこの部分が確認出来る点とを考え合わせると、書き落としと判断してよかろう。以上のように、旧制二高本の墨書き部分は覆勘本系統に見られる特徴を備えている。

この墨書き部分に対して、朱の書き入れは、「続古今になれよなにとて鳴声の」「な」を加え、「とり」「あまた入たるにや」を見せ消ちで消した上で「用ひ」「あるにや」と訂正し、更に新拾遺歌を線引きで指定した上で「イ本無之」と示す（【写真5】参照）。この朱が指摘する訂正箇所のすべては、①の天理図書館蔵伝一条兼良筆本を始めとする諸本の特徴と一致する。つまり朱によって示された兼良奥書本は、比較的古態を留めた本であったことが推測されるのである。

同様の例は注記においても確認出来る。次に示す箇所は「なき人のすみかたつねいてたりけむしるしのかんさし」の注記である。諸本は以下の通りである。

①**【天二】【彰考】【河廿】【内他】【鍋島】【中央】【本居】**

なき人のすみかたつねいてたりけむしるしのかんさし

指碧衣女取金釵鈿合各折其半授使者曰為我謝太上皇謹献是物尋其好也長恨歌伝

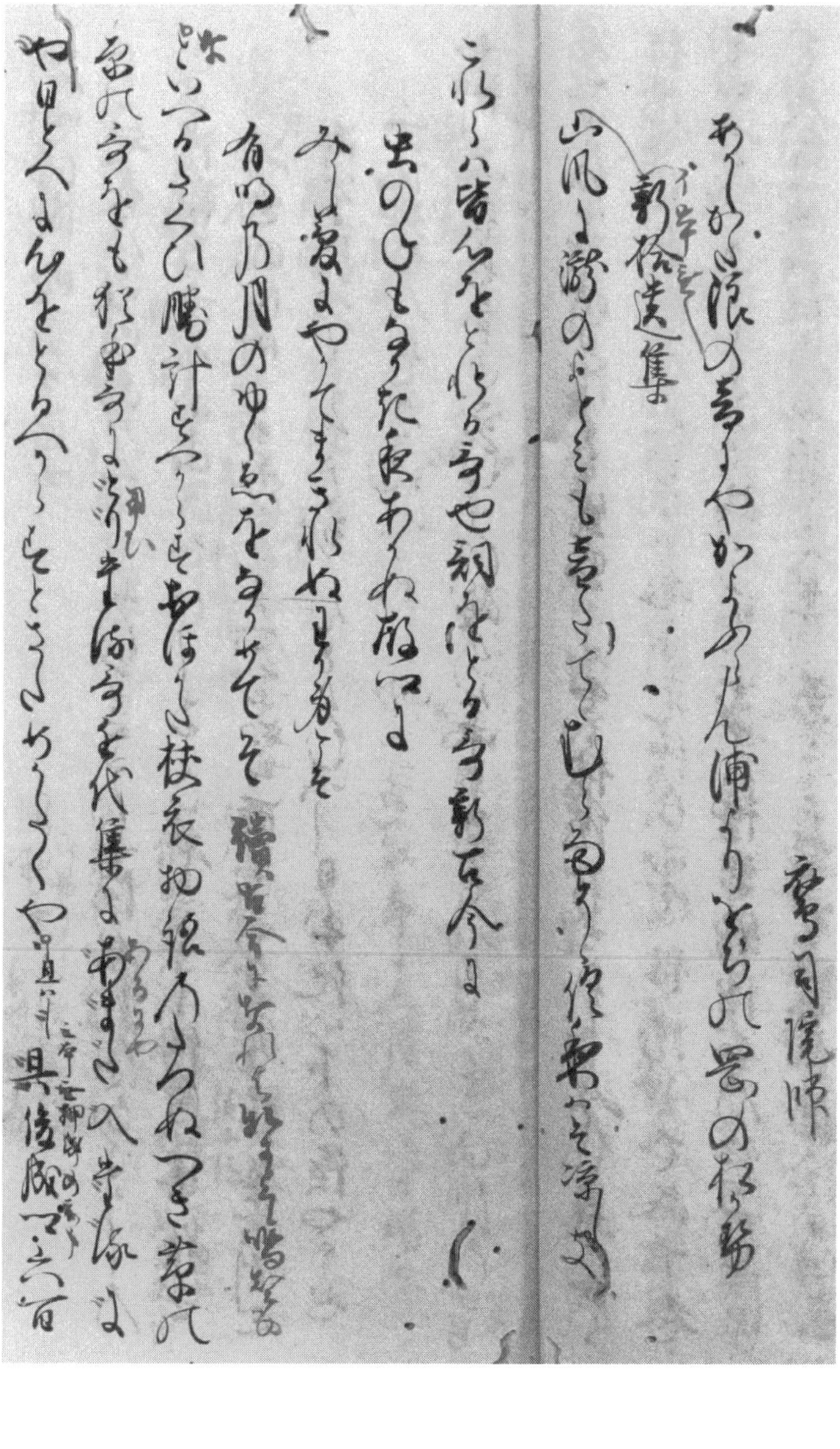

【写真5】旧制二高本・「料簡」該当箇所

② 【北岡】【島原】【秋田】

なき人のすみかたつねいてたりけむしるしのかんさし

指碧衣女取金釵鈿合各折其半授使者曰為我謝太上皇謹献是物尋其好也長恨歌伝

方士楊貴妃を尋て金のかんさしのなかはをもちてきたりし事也

当該箇所では、注記後半「方士楊貴妃を尋て金のかんさしのなかはをもちてきたりし事也」の有無に揺れが見られ、この部分は覆勘本段階での増補と考えられる。旧制二高本の該当箇所は以下の通り。

●旧制二高本該当箇所

なき人のすみかたつねいてたりけんしるしのかんさし

指碧衣女取金釵鈿合各折其半授使者曰為我謝太上皇謹献是物尋其好也長恨歌伝

三本方士楊貴妃を尋て金のかんさしのなかはをもちてきたりし事也一本無又一本以朱滅也

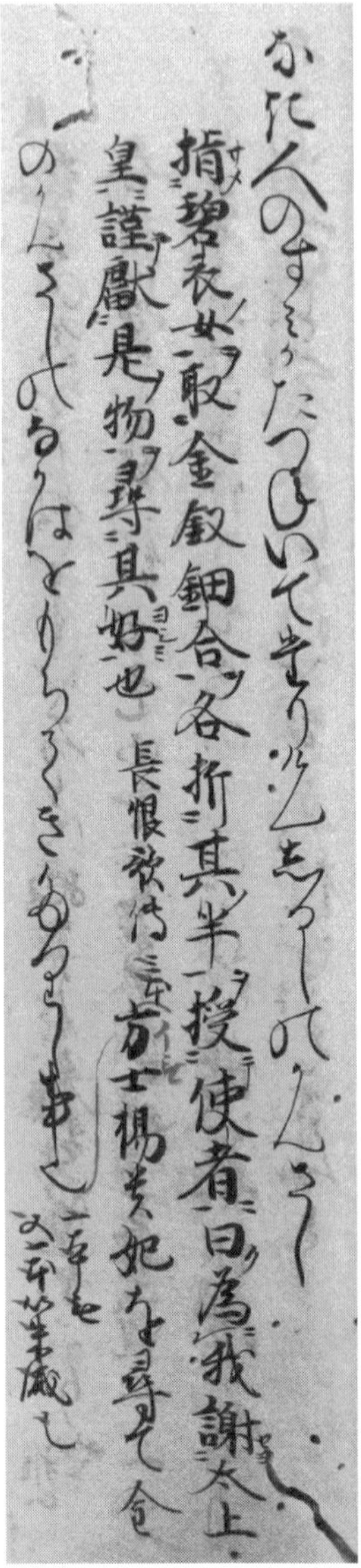

【写真6】 旧制二高本・「なき人のすみかたつねいてたりけむしるしのかんさし」

墨書き部分は、北岡文庫蔵本、島原松平文庫蔵本、秋田県立図書館蔵本とほぼ同様の注記であるが、細字書き入れとして、「方士楊貴妃を……」の前に「三本」、注記末尾に「一本無又一本以朱滅也」がある。これは、先の奥書に示したように、中院通勝の校合の跡と考えられる。当該箇所に見られる「三本」が示すものは、三条西家から借り出した本という意味であり、校合に用いた三本に共通するという意味ではない。また、注記末尾の「一本」「又一本」(19)が示すように、「方士楊貴妃を……」の部分が存在しない、もしくは朱によって消された本があったことが窺える。通勝の校合の指摘と一致するように、覆勘本系統以外の諸本には「方士楊貴妃を……」は見えない。朱の書き入れは、「方士楊貴妃を……」を「イ無」と示し、「三本」「一本無又一本以朱滅也」の細字書き入れを消しており、兼良奥書本には覆勘本系統以外の諸本と同じく長恨歌伝の引用のみが記されていたことが分かる（【写真6】参照）。通勝による校合の跡をわざわざ消したのは、兼良奥書本の形態を示す目的からであろう。

注記の比較をもう一例挙げる。以下に該当箇所を角川版によって示す。

をたき《愛宕》といふところにいかめしう《耐奇畏 又魏 経文》そのさほうしたるに

桓武天皇平安城に遷都の時此地を諸人の葬所に定る見延暦遷都記彼に弥皇寺といふ寺あり弘法大師の聖跡として

いまに東寺一長者管領也云々

大師遺告書云

字宕当《ヲタキ》

右寺建立大師是吾祖師故慶俊僧都也道慈律師弟子以下略之

三位のくらゐをゝくり給ふ

みつのくらゐとよむへし

清和天皇外祖母贈正一位源氏喪山城国愛宕墓見延喜式
むなしき御からをみる〳〵なをおはする物と思ふか
（以下略）

角川版では、「をたきといふところにいかめしうそのさほうしたるに」「三位のくらゐを、くり給ふ」「むなしき御からをみる〳〵なをおはする物と思ふか」という順で注記が提示される。異同が問題となるのは、「をたきといふところに……」の「右寺建立……」から「むなしき御からを……」までの部分であり、各諸本は次の通りである。

①**【天二】【鍋島】**

右寺建立大師是吾祖師故慶俊僧都也以下略之
清和天皇外祖母贈正一位源氏喪山城国愛宕墓見延喜式
むなしき御からをみる〳〵なをおはする物と思ふか
（以下略）

②**【彰考】【河廿】【内他】**

右寺建立大師是吾祖師故慶俊僧都也以下略之
三位のくらゐをくり給ふ　みつのくらゐとよむへし
清和天皇外祖母贈正一位源氏喪山城国愛宕墓見延喜式
むなしき御からをみる〳〵なをおはする物と思ふか
（以下略）

③【中央】

右寺建立大師是吾祖師故慶俊僧都也以下略之
清和天皇外祖母贈正一位源氏喪山城国愛宕墓見延喜式
三位のくらゐをくり給ふ
みつのくらゐとよむへし
むなしき御からをみる〳〵なをおはする物と思ふか
（以下略）

④【北岡】【島原】【秋田】

右寺建立大師是吾祖師故慶俊僧都也以下略之
三位のくらゐをくり給ふ
みつのくらゐとよむへし　或本云親範記曰女御入内之時如令蒙従三位宣旨給云々 宣命書トテ必事ヲ委細ニ書演テ向死人具ニ読聞スル事也
清和天皇外祖母贈正三位源氏喪山城国愛宕墓見延喜式
むなしき御からをみる〳〵なをおはする物と思ふか
（以下略）

ここで示したように、「三位のくらゐをくり給ふ」の注記の有無と、その挿入箇所について、諸本間に差異が見られる。天理図書館蔵伝一条兼良筆本と佐賀大学小城鍋島文庫蔵本には、「三位のくらゐをくり給ふ」の注記は存在しない。これに対して、彰考館蔵二十冊本、河野信一記念文化館蔵二十冊本、内閣文庫蔵他阿識語所持本においては「三位のくらゐ……」以下は細字書き入れとして、前項「をたきといふところに……」の注記である「右寺建立……」と「清和天皇……」との間に存在する。中央大学附属図書館蔵本では「清和天皇……」の後に注記が存在し、北岡文庫蔵本、島原松平文庫蔵本、秋田県立図書館蔵本では「右寺建立……」と「清和天皇……」との間に注記が存在し、さらにその下に細字で「或本云……」と注釈が増補されている。

　これらの異同からは、「三位のくらゐ……」の注記は後に増補された注記であることと、「をたきといふところに……」の注記であるはずの「清和天皇……」の部分が、伝本によっては「三位のくらゐをくり給ふ」の注記に紛れ込んでいることが判明する。「三位のくらゐ……」を持たない天理図書館蔵伝一条兼良筆本や佐賀大学小城鍋島文庫蔵本は、増補以前の古態を留めたものと判断出来る。「三位のくらゐをくり給ふ」の注記は、もともとは②のように、校合の際に細字で書き入れられたものであった可能性が高い。それが、挿入すべき箇所を間違えたまま、書写の段階で本文に紛れ込んでしまった結果、④のように「清和天皇……」が「三位のくらゐ……」の注記として示される状況が発生したのであろう。注記内容を考慮すると、「三位のくらゐ……」の注記は、「清和天皇……」の後に入るべき注記である。ただし、『源氏物語』の本文に従うならば「三位のくらゐ……」はこの箇所に挿入されるべきではない。以下に『源氏物語』本文を示す。[20]

　限りあれば、例の作法にをさめたてまつるを、母北の方、同じ煙にのぼりなむと泣きこがれたまひて、御送りの女房の車に慕ひ乗りたまひて、愛宕といふ所に、いといかめしうその作法したるに、おはし着きたる心地、いかばかりかはありけむ。「むなしき御骸を見る見る、なほおはするものと思ふがいとかひなければ、灰になりたまはむを見たてまつりて、今は亡き人とひたぶるに思ひなりなん」とさかしうのたまひつれど、車よりも落ちぬべうまろびたまへば、さは思ひつかしと、人々もてわづらひきこゆ。内裏より御使ひあり。三位の位贈りたまふよし、勅使来て、その宣命読むなん、悲しきことなりける。女御とだに言はせずなりぬるがあかず口惜しう思さるれば、いま一階の位をだにと贈らせたまふなりけり。これにつけても、憎みたまふ人々多かり。

傍線部が『河海抄』で立項されている部分であるが、物語本文と対応させるならば、「三位のくらゐ……」は「ひたふるに」と「女御とたに……」の間に提示されるべきである。

この注記の誤入は、注記内容の改変すら生じさせてしまった可能性がある。「清和天皇……」の注記は、既に『紫明抄』から指摘されている。『紫明抄』の該当箇所を示す(21)。

『紫明抄』（内閣文庫蔵十冊本）

おたきといふ所にはいかめしうそのさほうしたるにおはしつきたる心ちいかはかりかはありけん

　贈正一位清和天皇外祖母源氏在山城国愛宕墓見延喜式事

『河海抄』の注記とは注記の順序が異なるが、『河海抄』はこの『紫明抄』の注記をもとに、注釈を増補させて注記を作成したのである。よって「清和天皇……」の部分は、「をたきといふところに……」に付された注記であることに間違いない。また確認のため、『延喜式』も示す(22)。

『延喜式』巻二十一諸陵寮

愛宕墓　贈正一位源氏。清和太上天皇外祖母。在山城國愛宕郡。兆域東二町。南一町。西一町五段。北一町五段。守戸一人。

『延喜式』と『紫明抄』は清和天皇の外祖母に対して「贈正一位源氏」としており、よって④の諸本が示す「贈正三位源氏」は誤りである。この誤りは、「清和天皇……」が「三位のくらゐをくり給ふ」の注記であるとの錯誤のもと、見出し本文の「三位のくらゐ」に対応させるべく、後人の手によって訂正された結果と捉えられよう。

前提が長くなってしまったが、旧制二高本の該当箇所を以下に示す。

●旧制二高本該当箇所

右寺建立大師是吾祖師故慶俊（道慈律師弟子）僧都也以下略之
清和天皇外祖母贈正一《三イ》位源氏葬山城国愛宕墓見延喜式
三位のくらゐをくり給
みつのくらゐとよむへし

三本或本云親範記曰女御入内之時如令蒙従三位宣旨給云々
又一本宣命書トテ必事ヲ委細ニ書演テ向死人具ニ読聞
スル事也三本如此書入不滅也一本乍書入以朱滅之

むなしき御からをみる〳〵猶おはする物とおもふか
（以下略）

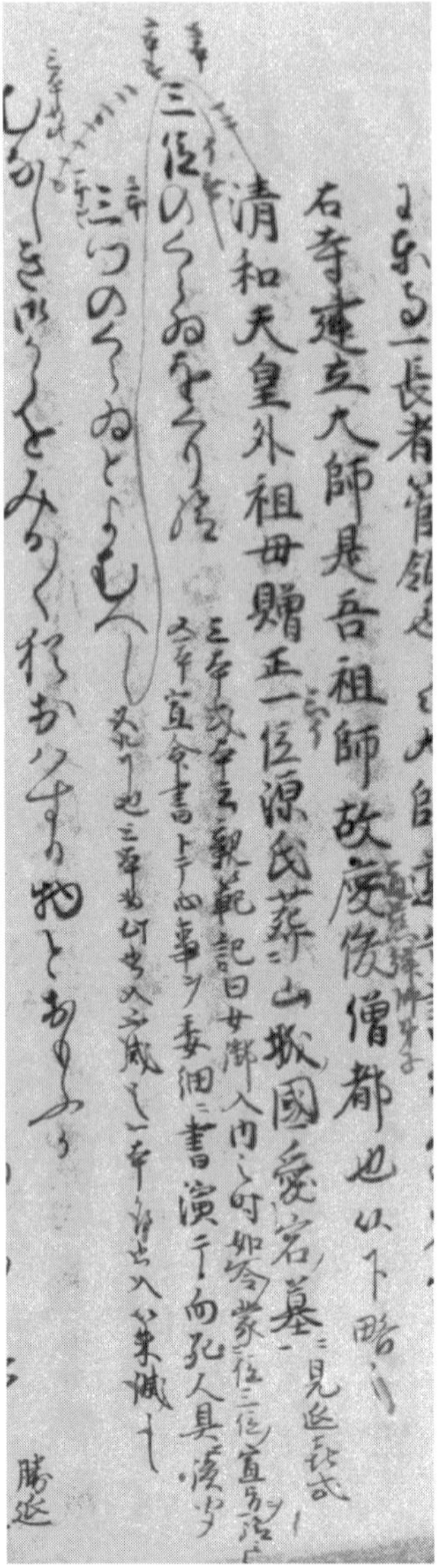

【写真7】　旧制二高本・該当箇所

旧制二高本の墨書き部分は、「清和天皇……」の後に「三位のくらゐ……」の注記があり、注記の下部に④の北岡文庫蔵本等に見えた細字注記が存在する。傍線部「三本」「又一本」「三本如此書入不滅也一本乍書入以朱滅之」は、④の諸本には見られなかったため、通勝の校合の跡と見て取れる。また「清和天皇……」は墨線によって、「みつのくらゐとよむへし」の後に入ることが示され、「三本如此」とする。更に「三位のくらゐ……」の上部には「三本」「一本無」と、この注記の有無も示している。

朱の書き入れは、「イ無」として「三位のくらゐ……」の注記が存在しなかったことを示しており、更に墨線や「三本」等の校合についても存在していなかった旨を示す（【写真7】参照）。朱が示す兼良奥書本は、①の天理図書館蔵伝一条兼良筆本のような古態を残す形態であったことが看取出来る。(23)

このように、朱の書き入れは、現存諸本の中でも比較的古態を留める伝本の特徴と一致する傾向にある。最後に、旧制二高本の朱書き入れが、現在は失われてしまった『河海抄』の内容を示す可能性を持つことを指摘したい。一例として「ひかるきみときこゆ」の注記を挙げる。

①**【天二】【彰考】【河廿】【内他】【鍋島】【中央】【北岡】【島原】【秋田】**

ひかるきみときこゆ

皇太后宮温子　二品式部卿母同延喜帝延喜八年二月廿八日薨

亭子院第四皇子敦慶親王号玉光宮好色無双之美人也式部卿是忠親王仁和御後始賜源姓号光源中納言

源《ミナモトノ》光《ヒカル》仁明天皇源氏号西三条延喜元年任右大臣

イ無

日野系図といふ物に左大臣高明を光源氏と書之

【写真8】　旧制二高本・「ひかるきみときこゆ」

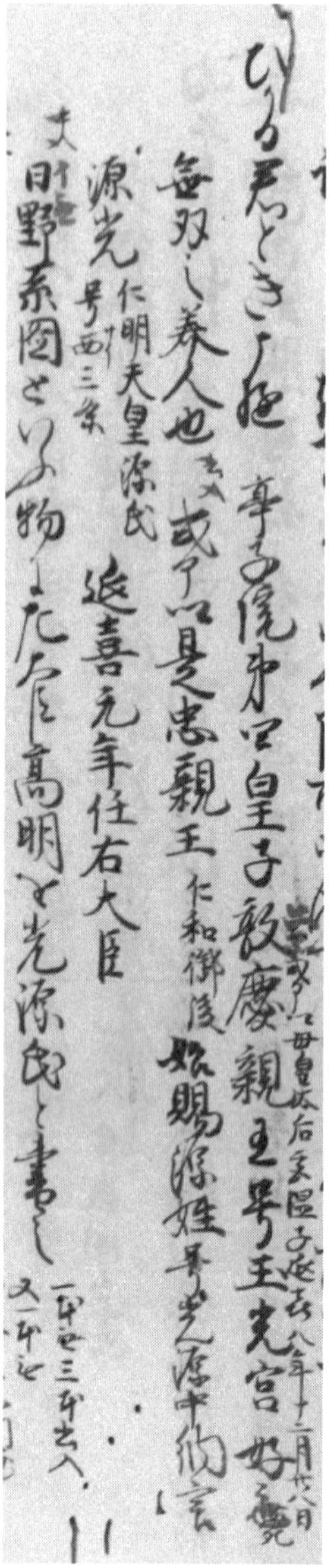

諸本において異同は確認出来ないが、旧制二高本の朱は「日野系図……」について「イ無」とする（【写真8】参照）。朱による「日野系図……」が無いという指摘は、通勝も細字書き入れで「一本無三本書入又一本無」と示すことからも、信頼に値する。「日野系図……」は後補であると考えて良いだろう。

この当該注記に関して、あくまで管見の限りではあるが、現存する諸本で「日野系図……」を持たない本は確認出来ない。つまり「日野系図……」を持たない体裁は、兼良奥書本のみが伝える特徴的様相なのである。兼良奥書本がこの部分を書き落とした（もしくはそれ以前の書写の段階で欠落した）可能性も捨てきれないが、伝本によっては、もとは存在しないことを墨や朱の書き込みによって示す本や、「日野系図……」の部分を前半の注記よりも二字程度下げて記す本も存在する。これらの点からも「日野系図……」が増補部分であると考えて問題ないのではないか。兼良奥書本は、ごく一部ではあるものの、現在は失われてしまった『河海抄』を伝えるのである。

以上、注記内容の比較から兼良奥書本の性格を探ってきた。ここまでの注記比較を踏まえると、兼良奥書本は、中書本系統の中でも比較的古態を留め、現存諸本には見えない特徴をも保持していた本であったと規定出来よう。

旧制二高本の朱書き入れは、その一端を浮かび上がらせ、兼良奥書本やその系統に属する伝本を探る上で有効に機能するものである(24)。今後、『河海抄』の伝本系統を考える上で、旧制二高本の果たす役割は大きい。『河海抄』諸本における旧制二高本の位置付け、及び朱の書き入れの特徴は、大凡以上である。

まとめ

本稿で明らかにした旧制二高本の特徴をまとめると、以下の三点になる。

①旧制二高本は、中院通勝が書写校合を加えた中院家蔵本の系統であり、覆勘本系統の中でも末流に近い伝本である。中院家蔵の『河海抄』は、後年、後西・霊元天皇の書写活動の一環として禁裏に貸し出されたことが想定出来る。また、北岡文庫蔵本との比較により中院家の書写の実態も明らかになる。

②旧制二高本には、中院通躬による朱の書き入れが存在する。この朱の書き入れは巻四までしか付されていないが、兼良奥書本の性格を浮かび上がらせるに十分なものである。ただし朱の書き入れは、校合本である兼良奥書本のすべてを反映させたものではなく、ごく一部分の校合と捉えるべきである。

③諸本との注記比較により、兼良奥書本は中書本系統の中でも初期に位置する本の性格を持つ本であったことが判明する。旧制二高本の朱の書き入れは、『河海抄』の諸本系統を考える上で、今後も考慮されるべき対象である。

旧制二高本の最も大きな特徴は、繰り返し述べた通り、中院通躬による朱の書き入れである。ただし、この校合は『河海抄』を増補する目的で行われたものとは考えにくい。朱によって示された兼良奥書本の内容は、もちろん明らかな間違いを訂正した箇所も存するものの、一概に増補改訂後の内容よりも優れているとは言えない。通躬は、兼良奥書本の注記内容に意味を見出したのではなく、奥書に一条兼良の名が備わっていた点を重視したのである。注記の削除や、通勝による校合の跡を消す点からも、この通躬の意識は窺えよう。

注記の少なかった兼良奥書本やそれに近い系統の『河海抄』諸本は、書写校合の際に他本に埋もれてしまう存在だったのではないか。旧制二高本は、その埋もれた一部分を掘り起こす貴重な伝本である。本稿が今後の『河海抄』をめぐる問題の一助になればと思う。

注

（1）『東北大學所蔵和漢書古典分類目録』（東北大学附属図書館、一九七八）目録番号：狩　四・一一三八八・一〇。なお、この目録にはもう一冊『河海抄』が示されているが（鶴峯戊申草稿第三雑抄類一一〇、目録番号：本館　甲C・一・一一四）、これは鶴峯戊申によるごく一部の抜き書きメモであるため、『河海抄』の伝本としては扱えない。

（2）大津有一「河海抄の伝本再論」（『皇學館論叢』第一巻第五号、一九六八・一二）。以下に該当部分を示す。

第二高等学校旧蔵本は戦災をうけて焼失したかと思われるが、桃園文庫に理研の感光紙に写したものがある。縦八寸五分、横六寸三分の薄斐紙袋綴十冊。紺表紙。一面十三行、平仮名交り。江戸中期の写。（中略）三条西本の系統で、中院通勝が校正したもの。

大津氏が「桃園文庫に理研の感光紙に写したものがある」とした本は、『桃園文庫目録』目録番号：桃七－三八の本であり、当該の旧制二高本を撮影したものであると確認出来た。

（3）『東北大學所蔵和漢書古典分類目録』目録番号：教養　九一三・二〇八・一－二。

（4）『岷江入楚』に引用される『河海抄』は、細川幽斎によって三条西家から借り出された本によるものと考えられ、借り出された際に書写された本が熊本大学附属図書館北岡文庫に残されている（伊井春樹「『山下水』から『岷江入楚』へ—実枝の源氏学とその継承—」、『源氏物語注釈史の研究　室町前期』桜楓社、一九七八）。この点は、通勝が三条西家本を親本とした経緯とも関わろう。

（5）「東坊」に該当する人物は、慶長十一年の時点で東坊城盛長、東坊城長維の二名。慶長十一年の時点では、盛長は六十九歳、長維は十三歳である。両名とも書写を行った可能性はあるものの、この時点で菅原氏の氏長者であった盛長に書写をさせたとは考えにくく、長維を比定した。『公卿補任』によると、長維は慶長十年十一月十日に十二歳で元服し、同日文章得業生となっている。

（6）代表的な覆勘本の奥書を、学習院大学蔵三条西実隆筆文明四年書写本によって示す。

此抄一部廿巻、手自令校合加覆勘畢。可為治定之証本焉。
儀同三司源判
則或両本校合朱了
本云、寛正六年孟夏下旬之候、終一部之写功了。
洞院大納言公数卿家本、并室町殿春日局本、彼此見合了。春本者中書之本、洞本者覆勘之本也。仍彼是不同事有之。料紙左道右筆比興也。堅可禁外見。穴賢々々。
権大納言源判
文明四年三月廿二日、未下尅立筆、翌日申尅終書写之功了。
右此抄借請中院亜相通秀卿本、染愚翰了。惣而一部書写之惣雖有之、当時宇治一覧之間、先此四帖自十七至廿卒写留之。雖卑紙多憚悪筆有恥、憖依数奇深切、屢励生涯懇志、如形終書木之功。烏焉之心謬須繁多。一部書写之次、早可令清書。深蔵之函底、勿許外見者也矣。
于時文明壬辰姑洗下旬候　左少将藤（花押）

覆勘本系統に特徴的な奥書には、「儀同三司源」こと四辻善成、「権大納言源」こと中院通秀、「左少将藤」こと三条西実隆の三人の名が見える。奥書A・Cには「洞院大納言……」とある通秀の奥書以下が付されている。この奥書は巻二十末尾に付されることが一般的であるが、伝本によっては巻一末尾に付されたものもある。また奥書Cと同様の奥書を持つ本としては、天理図書館蔵玉松家文庫旧蔵本（『天理図書館稀書目録　和漢書之部　第三』（天理図書館、一九六〇）目録番号：二二五六。請求番号：九一三・三六―イ三三二）等が挙げられる。

（7）『和漢圖書分類目録　上』（宮内廳書陵部、一九五二）目録番号：四五九―一七。奥書は、旧制二高本の朱部分を抜いたものとほぼ同じ。この奥書は、霊元天皇の宸写とされる。中院家所蔵本を書写し、禁裏本としたか。なお当該本は、『圖書寮典籍解題　文學篇』（國立書院、一九四八）に紹介されている。北岡文庫蔵本と当該本との関係は、『北岡文庫蔵書解説目録―細川幽斎関係文学書―』（熊本大学法文学部国文学研究室、一九六一）に「親本を同じくする」とされているが、正しくは叔父・甥の関係である。

（8）『高松宮家伝来禁裏本目録　分類目録編』（国立歴史民俗博物館、一九九九）目録番号：H―六〇〇―〇七六二。巻一のみの零本。奥書は、旧制二高本の朱部分を抜いたものとほぼ同じ。この奥書部分は、『高松宮家伝来禁裏本目録　奥書刊記集成・解説編』及び伊井春樹編『源氏物語　注釈書・享受史事典』（東京堂出版、二〇〇一）の「河海抄」の項目にて紹介されている。また旧制二高本の奥書とは別に、末尾に「奥記　明暦三十二廿者記　明暦四六十二校了」という書写奥書があり、明暦頃の写かと思われる。

（9）『尊経閣文庫国書分類目録』（ゆまに書房、一九九二）目録番号：一二―一一外。全体的に非常に丁寧に清書した感を受ける。奥書は、旧制二高本の朱部分を抜いたものとほぼ同じ。奥書Bに関しては、旧制二高本のように下の余白を残したまま、同じ箇所で改行している。ただし細字書き入れはほぼ無く、「本云」等や「此本逍遙筆ノ本ノ写し也」の部分しか見られない。

（10）京都大学附属図書館中院文庫蔵『中院家伝』による。

（11）東北大学附属図書館三春秋田家旧蔵『詠歌大概』（『東北大學所蔵和漢書古典分類目録』目録番号：本館　丙Ａ一―一一・八二）。享保十二年の写。

（12）大津氏（2）の論考に、以下のように紹介されている。

弘文荘待賈古書目第十四号所載の河海抄は誰の手に入つたか知らぬが、美濃判の横を少し広くした大きさの楮

紙袋綴二十冊。水色表紙。一面十三行、平仮名交り。第一冊巻首に河内守親行及び四辻善成の系図があり、巻末には

文明四年三月上澣以二或本一加二書写一。但彼本有二誤事等一。以二推量一雖二改直一、有二不審字等一。遂以二証本一可レ令二校勘一者也。　桃華野人判

右抄以二三条大納言実枝(ママ)以本一令二一校一者也。尤可レ為二証本一者歟。

天正三年臘月下旬、　左中将雅敦。

とある。雅敦は飛鳥井雅春の子である。

現在の所在は不明のため、未見。弘文荘待賈古書目第十四号には、桐壺巻の冒頭及び雅敦の奥書部分が写真掲載されている。これと次に挙げる早稲田大学蔵天正三年識語本とを比較すると、非常に近い関係（字母レベルで同一）であることが窺える。

（13）古典籍総合データベース（www.wul.waseda.ac.jp/kotenseki/）にて電子公開されている。弘文荘待賈古書目第十四号所載本と非常に近しい関係にあると考えられる。奥書は、巻一巻末に（12）と同様のものが付されている。

（14）請求番号：4-30・ケ・6。四冊本であるが、最後の一冊は別の本によって補われたもの。奥書は巻一巻末に（12）と同様のものと、巻二十巻末に以下に示すものがある。

右河海鈔四冊自若菜巻已下依不足借求左大将宰相光栄卿本令他筆書写之遂校合今為全部者也

享保七龍集壬寅弥生上澣　頭右大辨藤原朝臣資時

（15）整理番号：和文B3-2（1~20）。二十冊本。江戸時代前期の書写。

（16）前掲の（12）の奥書部分を参照。

（17）本来ならば巻一の諸本系統を明らかにした上で論じるべきであるが、これについては別稿に譲る。予想される系統については、巻九における諸本系統を参考に行った（拙稿「『河海抄』巻九論—諸本系統の検討と注記増補の特徴—」『中古文学』第九一号、二〇一三・五）。A類は彰考館蔵二十冊本に代表される、近衛家を経由した系統、B

類は尊経閣文庫蔵十一冊本や天理図書館蔵文禄五年奥書本（玉上琢彌編、山本利達・石田穣二校訂『紫明抄　河海抄』（角川書店、一九六八。以下、角川版とする）の底本）に代表される系統、C類は三条西実隆自筆本に代表される覆勘本の系統である。

（18）『河海抄　傳兼良筆本一・二』（天理図書館善本叢書和書之部第七十・七十一巻、八木書店、一九八五）。この本は親本が取り合わせ本であった可能性が高く、巻によって中書本系統と覆勘本系統が混在している。巻一は中書本系統の本文を持つと考えられる。

（19）通勝が示す「一本」「又一本」は、それぞれ、官庫より借り出した、兼良の奥書を持った本と、通秀・実隆・済継の奥書を持った本に対応すると考えられる。ただし、「一本」として示された通勝が見ていた兼良奥書本と、朱によって示された通躬が見ていた兼良奥書本とは、一致する箇所もあるものの、通躬による朱の書き込みの方が圧倒的に多くの異同を示しており、通勝が示した兼良奥書本による校合はごく一部分であったことが窺える。

（20）『源氏物語』の本文は、新編日本古典文学全集『源氏物語　①』（小学館、一九九四）によった。

（21）『河海抄』に引用される『紫明抄』を考える際には、内閣文庫蔵十冊本系統の『紫明抄』を用いるべきである。なお、『河海抄』における『紫明抄』摂取については、拙稿「『河海抄』における『紫明抄』引用の実態について―引用本文の系統特定と注記の受容方法について―」（『語文（大阪大学）』第九六輯、二〇一一・六）を参照のこと。

（22）『延喜式』の本文は、『交替式　弘仁式　延喜式』（新訂増補國史大系26、吉川弘文館、一九六五）によった。

（23）ただし、一点着目すべきは、朱が「贈正一位」を「三イ」と訂正している点である。この部分には、現存する諸伝本においても非常に揺れがある。先にも述べたように、「贈正三位」という文言は、後の誤った改訂によるものと考えられる。兼良奥書本は、比較的古態を留めると思われるが、すべての箇所が古態を保つわけではなく、一部には他本との校合の結果が反映されていると考えるべきである。

（24）今回は紙幅の都合で取り挙げなかったが、この他にも「すほう」「やもめすみなれと」「も丶しきにゆきかひ侍らん」「人けなきはちをかくしつ丶」「大正しのおもの」「すくえうのかしこきみちの人にかうかへさせ給にも」「いはけなくおはしまし、時」等の注記でも、朱の書き入れによって兼良奥書本の注記内容を推量することが可能である。また数カ所の真名本『伊勢物語』引用に関しても朱による訂正があり、この点は施注の方法や過程とも関わるが、今回は指摘に留める。

［付記］本稿執筆に際し、貴重資料の調査、閲覧、撮影等にご配慮いただきました、東北大学附属図書館をはじめとする各所蔵機関に深謝いたします。なお本稿は科学研究費補助金（特別研究員奨励費・課題番号：24・1276）の成果の一部である。

与謝野源氏と谷崎源氏に表れた『源氏物語』の罪意識の受容

古屋明子

はじめに

本稿では、『源氏物語』の罪意識を表す語句として、「罪」「心の鬼」「そら恐ろし」「天の眼」に着目した上で、与謝野晶子と谷崎潤一郎がそれぞれ『源氏物語』の各登場人物の罪意識をどのように解釈しているかを明らかにしていきたい。両者の比較を通して、その共通点・相違点を挙げながら、与謝野源氏と谷崎源氏の『源氏物語』の罪意識の受容の在り方を照らし返していきたいと考える。

まず与謝野源氏であるが、近代の『源氏物語』の口語訳について、中村真一郎氏は、「谷崎訳は王朝物語として『源氏物語』を再現しようと努力しているのであり、与謝野訳は、小説として再生しようとしている」正反対の行き方である、としている。(1) 確かに、与謝野晶子の『新訳源氏物語』(一九一二〜一三、以下『新訳』)は、『新新訳源氏物語』(一九三八〜三九、以下『新新訳』)に比べると意訳度が高く、簡潔な文体で省略も多い。晶子本人も「原著の精神を我物として訳者の自由訳を敢てした」(2) と言っており、秋山虔氏が言うように「現代語訳というよりは縮約書、あるいは原文に忠実な翻案小説」[3]である。そこで、晶子の口語訳としては、河添房江氏が言うように「国民の本格的教養のための書、そして日本文化の再検討の有力資料たらんことを目指し」「ウェイリー訳の世評を超える日本の口語訳を完成させたいという晶子の熱い意思」[4]が漲っており、新訳に比べると直訳度が高く、また、晶子晩年（六〇～六一歳）の円熟味が加わった訳であろうと考えられる『新新訳』を考察の対象に選んだ。

一方、谷崎潤一郎の『潤一郎訳源氏物語』（一九三九～四一、以下『旧訳』）は、藤壺との秘事に関わる部分は全て削除されているものの、先に本人が『文芸読本』（一九三四）や『旧訳』の序で述べたように、「源氏物語の文学的翻訳」として、原文の「文学的香気」「含蓄」「余情」を重んじ、「敬語を省かず、主語を無理に入れず、短文に分解することなく、原文のなだらかな調子を活かす」[5]、谷崎の理想とする日本語の文体で訳されている。また、『旧訳』の序には、自身の訳は「独立した作品」ではあるが、「原文と懸け離れた自由奔放な意訳」や「原作者の主観を無視して私のものにしてしまってある」のでは決してないという、晶子の『新訳』への批判、対抗意識ともとれる言説がある。晶子の口語訳との差異化をはかったという自負が見られること、晶子の『新新訳』と同時期の作品であるということもあり、谷崎の口語訳は『旧訳』を選んだ。また、削除された部分は、「分らずやの軍人共の忌避に触れないようにするため」「削除や歪曲」を改め、原文に近づけた単文・口語・敬語の加減を行った『新訳』により補った。さらに、新仮名遣いで「平安朝の上流の女性が作った写実小説」という点に重きをおいて訳した『新々訳』と『新訳』とでは、以下の①～⑳において、表記の違いがあるのみで口語訳の違いはない場合が多く、その際は頁数を併記するに止めた。

以下の『源氏物語』①～⑳の引用において、与謝野の『新新訳』はA～T、谷崎の『旧訳』『新訳』『新々訳』はa～tで示す。

一　源氏の密通に対する罪意識の受容

私の調査・分類[5]によると、『源氏物語』の「罪」という語の用例（『源氏物語大成より』一八一例）においては、仏教的罪障（一〇二例）が一番多く、その中でも「執着」（二六例）、「邪淫」（密通・密会）一八例、「不孝」一五例と、密通と不孝それぞれに対する罪障意識を表すものが最も多く、『源氏物語』の中で問題視されていると考えられる。

そこで、源氏と柏木、それぞれの「罪」の用例や彼らの罪障意識を、晶子や谷崎がどのように口語訳しているのかを通して、彼らの罪意識の受容のあり方を明らかにしていく。

①　わが罪のほど恐ろしう、あぢきなきことに心をしめて、生けるかぎりこれを思ひなやむべきなめり、まして後の世のいみじかるべき思しつづけて、（新全集1若紫巻 p.211〜212）[6]

A　源氏は自身の罪の恐ろしさが自覚され、来世で受ける罰の大きさを思うと、（与謝野『新新訳』上 p.86）[7]

a　思へばあぢきないことに心を労して、生きている限り悩むのであろうかと、君は御自分の罪の程が恐ろしう、まして後の世の苦しさをお考えになっては、（谷崎『旧訳』巻二 p.104）[8]
君は御自分の罪の程が恐ろしう（く）、あぢきないことに心を労して、生きている限り此のことのために悩むのであろう、まして後の世の苦患《くげん》はどんなであろうとお考えになりますと、（谷崎『新訳』巻一 p.148〜149）（『新々訳』巻一 p.159）

②　なぞや、かくうき世に罪をだに失はむと思せば、（新全集2須磨巻 p.193）

B　＊新新訳では省略されている。（与謝野『新新訳』上 p.224）

b　いやいや、こんな浮世に生れたからは、せめて罪障が消滅するようにとお思いになったりして、（谷崎『旧訳』巻五 p.42）

いやいや飛んでもない、こんな浮世に生れたからは、せめて罪障が消滅するようにとお思いになったりして、（谷崎『新々訳』源氏物語巻三 p.28）

③　恐ろしう罪深き方は多うまさりけめど、いにしへのすきは、思ひやり少なきほどの過ちに仏神もゆるしたまひけん、と思しさます（新全集2薄雲巻 p.464）

C　おそろしい罪であることはこれ以上であるかもしれぬが若き日の過失は、思慮の足らないためと神仏もお許しになったのであろう、今もまたその罪を犯してはならない（与謝野『新新訳』上 p.331）

c　＊旧訳では省略されている。（谷崎『旧訳』巻七 p.107）

昔の恋は恐ろしく罪深いという点では、ずっとこれ以上であったろうけれども、それは思慮の足りない若年の頃の過ちとして、仏神も許して下さったのであろうと、お悟りになります（谷崎『新訳』源氏物語巻四 p.31）

（『新々訳』源氏物語巻四 p.34）

④　同じ筋なれど、思ひ悩ましき御事なうて過ぐしたまへるばかりに、罪は隠れて、末の世まではえ伝ふまじかりける御宿世、口惜しくさうざうしく思せど、（新全集4若菜下巻 p.165～166）

D　実は新東宮だって六条院のご血統なのだが、冷泉院の御在位中には御煩悶もなくてすごされたほど、例の密通の秘密はかくしおおされたが、その代わりにこの御系統が末までつづかぬように運命づけられておしまいになったのを六条院は淋（寂）しくお思いになったが、（与謝野『新新訳』下 p.8）

d　＊旧訳では省略されている。（谷崎『旧訳』巻十三 p.18）

今度の春宮も同じおん血筋であるとはいえ、院が御在位中は、苦しいお気持をお洩らしになることもなくお過しになりましたお蔭で、過去の過ちが世に知られずに済んだ訳なので、その代りには帝の位を子孫にまで伝えることが出来ないようになった宿世を、残念にも寂しくもお思いになるのでしたが、（谷崎『新訳』巻六 p.108）
（『新々訳』巻六 p.116）

⑤ さてもあやしや、わが世とともに恐ろしと思ひし事の報いなめり、この世にて、かく思ひかけぬことにむかはりぬれば、後の世の罪もすこし軽みなんや、と思す。（新全集4柏木巻 p.299）

E 忘れることもない自分の罪のこれが報いであろう。この世でこうした思いがけぬ罪に会っておけば、後世で受けるとがめは少し軽くなるかもしれぬなどとお考えになった。（与謝野『新新訳』下 p.61）

e さても不思議なことに、自分は此の世にいるうちに意外な罰を蒙ったので、来世の罪も少しは軽くなるであろうかとお思いになる。（谷崎『旧訳』巻十四 p.14）

さても不思議なことだ、自分が生涯かけて恐[ロ]れていたことの、これが報いなのであろう、此の世に生きているうちに、こう思いがけない応報を受けたのだから、来世の罪も少しは軽くなるであろうかとお思いになります。

＊頭注には、「ロ、藤壺との密通の事件をさす」とある。（谷崎『新訳』巻七 p.10）（『新々訳』p.10～11）

①～⑤において、源氏は、藤壺との密通・冷泉帝の誕生を生涯の罪障として恐れ、苦悩し続けてきたが、冷泉帝の皇統の断絶や女三の宮の密通・薫の誕生を応報として受け止め、自身の罪の軽減になると考えている。
晶子は、①の「後の世のいみじかるべき」をA「来世で受ける罰の大きさ」、⑤の「後の世の罪」をE「後世で受けるとがめ」とあるので、密通に関する因果応報については明確に意識して訳している。また、③では、藤壺と

の「過ち」をC「過失」とした上で、「仏神もゆるしたまひけん」の下に「だが、今の（秋好中宮との）恋は神仏も許さないだろう」という意味が含まれる部分を、「今もまたその罪を犯してはならない」と訳してあり、密通の罪の重さを明示している。そして、④では、「罪」をD「例の密通の秘密」と明示し、「御宿世」をD「運命づけられておしまいになったの」と仏教用語的ではなく現代語的に訳している。そして、⑤では、藤壺との密通・冷泉帝の誕生は生涯の畏怖であるという源氏の認識をE「忘れることもない自分の罪」と源氏自身の罪であると明示し、女三の宮と柏木との密通・冷泉帝の誕生を「罪」とした上で、後世の「とがめ」の軽減になるとしている。また、⑤「思ひかけぬこと」をE「思いがけぬ罪」と、「この世」での罰であると解釈し、因果応報を明示している。

晶子は、藤壺との密通・冷泉帝の誕生はかなり重い罪であり、源氏の生涯の苦悩・畏怖、因果応報ゆえの自身の罪の軽減という認識は、原文に比較的忠実に訳している。つまり、罪障意識と因果応報という仏教的世界観は、明確に表現されている。

ところが、②の源氏が前世の罪として藤壺との密通を意識し、紫の上への思いを断ち切って精進生活をする場面の訳は、全て省略されている。ここは、藤壺・朧月夜・紫の上への返書、六条御息所との歌の贈答、花散里への返書と続く場面であり、晩春（三月下旬）須磨に蟄居した源氏が、初夏（五月雨の頃）京都や伊勢にいる女性たちとの手紙のやりとりを通して、源氏の須磨での禁欲的な生活のわびしさや寂しさが強調されている。しかし、源氏の贖罪意識というのは訳されていない。

これらを見ると、源氏が罪の重さに畏怖する場面、源氏が女性たちを恋い慕う場面、それぞれを描き分けた口語訳のように思われる。これは、源氏の罪障意識は明確に訳した上で、その場面の源氏の心情の高まりの大きい方だけを強調して訳し、源氏の心情の変化をより分かりやすく表現したのではないか。そう考えると、②の場面における源氏の心情描写に関しては、仏教的世界観に基づく罪障意識との関わりより、女性に対する思いを重視したように思われる。

また、『源氏物語礼讃』でも須磨巻の歌は、

人恋ふる涙と忘れ大海へ引かれ行くべき身かとおもひぬ（『晶子全集』第四巻　歌集四 p.325）

とあり、須磨下向直前の別れの挨拶回りの場面を詠んでいる。須磨下向後の②の場面とは違うが、「人恋ふる」とあるように、紫の上を中心とした女性たちと歌を通して交流する、源氏の人恋しい心中を描きたかったのだろうと考える。

一方、谷崎は、aでは「御自分の罪」「後の世の苦しさ」と古語をそのまま口語にしたような訳であるが、bでは「罪障」と仏教的世界観を明示している。しかし、③「いにしへのすき」はc「昔の恋」と訳してあり、昭和期的な訳だとも言える。④「罪」はd「過去の過ち」、つまり、男女間の過失と訳してある。特に注目したいのは、⑤の「わが世とともに恐ろしと思ひし事」を「自分が生涯かけて恐れていたこと」と訳し、頭注に「藤壺との密通の事件をさす」と明記してあることである。谷崎は、藤壺との密通を生涯の罪障として恐れおののいている源氏の心中を明確に表している。また、⑤の「思ひかけぬこと」をe「意外な罰」（『新訳』）、「思いがけない応報」（『新々訳』）と訳し、因果応報を明示している。

①〜⑤における谷崎の口語訳は、原文に忠実で余計な解釈を付け加えないものが多い。しかし、源氏の罪障意識に関してはこだわったようであり、仏教的世界観や男性の意識に注目したのではないかとも考えられる。

二　柏木・浮舟の不孝に対する罪意識の受容

ところで、「罪」という語に後続する用言に注目してみると、野村精一氏は、『源氏物語』における罪を宗教的・法律的・道徳的と三分類した上で、法律的な罪に後続する用言は「当る」「重し」「許す」「無し」であり、宗教的な罪に後続する用言は「得る」（得がましを含む）「深し」であり、「当る」「重し」「許す」「無し」は第一部から第二部に至るに従って激減するのに対し、「得る」「深し」は第三部に至ると激増する[9]、としている。

これに基づき行った私の調査・分析[5]によると、『源氏物語』の「罪」を次の五通り、すなわち、①仏教的罪障・（罰ありの）法律的な罪（一〇八例）、②罰（刑罰・仏罰）（一四例）、③物の怪の祟り（二例）、④迷惑行為・（罰なしの）その責任（三四例）、⑤欠点（一三例）、に分けた場合、「罪に当る」の「罪」は罰の意味で使われることが多く、「罪ゆるす」「罪なし」の「罪」は罰を伴わない迷惑行為や欠点の意味で使われることが多い。一方、「罪深し」「罪重し」「罪犯す」の「罪」はより重大な罪とされる行為を指し、仏罰や刑罰を伴う、仏教的罪障や法律違反の意味で使われることが多い。

このように「罪」に後続する語から考えても、源氏の密通に対する（③）、また、柏木や浮舟それぞれの不孝に対する罪障意識（⑥〜⑨）は重大なものだということが言える。

⑥「今になほかなしくしたまひて、しばしも見えぬをば苦しきものにしたまへば、心地のかく限りにおぼゆるをりしも見えたてまつらざらむ、罪深くいぶせかるべし。（新全集4若菜下巻p.283）

F「こんなになってもまだ母はかわゆがりまして、しばらくの間でも会わずにいることを苦しがるのですから、もう頼み少ない病状になっているきわに、母の会いたがる心を満足させないのは未来の世までの罪になるだろうと思われますから、（与謝野『新新訳』下 p.56）

f 「未だに私を可愛く思っておられまして、暫くお会いしませんでもお案じになるくらいですから、もう此れ限りのような気がする今の場合に、お目に懸らないというのも罪が深く、申訳がないように存じます。（谷崎『旧訳』巻十三 p.167）

⑦ 大臣、北の方思し嘆くさまを見たてまつるに、強ひてかけ離れなむ命かひなく、罪重かるべきことを思ふ心は心として、また、あながちにこの世に離れがたく惜しみとどめまほしき身かは（新全集4柏木巻 p.289）

G 父の大臣と母夫人の悲しむのを見ては、死を願うことは重罪にあたることであると一方では思いながらも、自分はけっして惜しい身でもない（与謝野『新新訳』下 p.57）

g 父大臣や母北の方のお歎きなさるおん有様を御覧になると、もうどうしても死んでしまおうと覚悟をきめていらしった甲斐もなく、先立つ罪の軽くないことをお悟り遊ばされる。が、その心持は心持として、又翻って考えてみるのに、そうあながちに此の世を離れ難く感じて、生きて行かねばならないような我が身であろうか。（谷崎『旧訳』巻十四 p.1～2）

⑧ 親をおきて亡くなる人は、いと罪深かなるものをなど、さすがに、ほの聞きたることをも思ふ。（新全集6浮舟巻 p.186）

H 親よりも先に死んでいく人は罪が深くなるそうであるがなどとさすがに仏教の教理も聞いていて思いもするのである。（与謝野『新新訳』下 p.450）

h 親を見捨てて死ぬ人は非常に罪が深いものをなどと、いつか誰かに聞いたことがあるのを、さすがに思い出

したりしている。（谷崎『旧訳』巻二十一 p.120）

⑨　親に先立ちなむ罪失ひたまへとのみ思ふ。（新全集6浮舟巻 p.192）

Ⅰ　親よりも先に死ぬ罪が許されたいためである。（与謝野『新新訳』下 p.453）

ｉ　親に先立つ罪をお赦し下さるようにとばかり思う。（谷崎『旧訳』巻二十一 p.129）

⑥～⑦で、源氏の痛烈な皮肉に悩乱した柏木は、親の立ち会わない死の罪障の深さを挙げて実家にもどり、死を決意しながらも、親に先立つ不孝の罪障の重さを思いつつ、自身の卑小さを思い悩む。また、⑧～⑨で、自殺を覚悟した浮舟は、親に先立つ不孝の罪障の深さを恐れて読経しながら、匂宮や薫、母や弟妹、中の君を思っている。

晶子は、Fで、柏木母の使者の伝言を受けて「母の会いたがる心」と母の気持ちであること、「未来の世までの罪」と後世の罪障を明示している。Gでは、柏木の死の決意が漠然と打ち消されている部分の訳は省略され、嘆き悲しむ親の前で死を願う罪の重さが強調されている。Hでは、死の心細さを「死というものの心細い本質」と浮舟の逡巡する心を上手にとらえながら親に先立つ罪障を述べ、Ｉでも、「ものはかなげに」を「ほんの形ばかり」ではなく、「死を前にした浮舟のはかなげな様子」ととらえ、読経の作法や読経の意図が分かるような訳がなされている。Fの「未来の世までの罪」やGの「重罪」、Hの「仏教の教理」という口語訳には、仏教的世界観や仏教上の罪障意識が明確に表現されている。

これらの晶子の口語訳を見ると、死を目前にした柏木や浮舟の逡巡する心や、親に先立つ罪障を恐れる心が明確に表現されている。つまり、仏教的世界観に基づく罪障意識を明示しながらも、彼らの苦悩する心をより分かりやすく、情感を込めて表現していると思われる。

それに比べると、⑥～⑨の場面における谷崎の口語訳には、「未来の世」等の仏教的世界観を表す語がほとんど見られない。⑥〜⑨の不孝の罪を、gで「先立つ罪」と罪の内容を明示した上で、hでは「親を見捨て死ぬ」と訳している。谷崎は、親に先立つ不孝の罪を、仏教的罪障というより、近代の社会通念として描いているようにも思われる。

柏木や浮舟の不孝に対する罪意識に関しては、晶子の口語訳の方が親子の情愛を細やかに描いて長文であり、冗漫と言われがちな谷崎の口語訳の方が原文により忠実で、簡潔な短文である。不孝の罪に関する口語訳を見ると、晶子の方が、親子の情愛や仏教的罪障に苦悩する先立つ子の罪意識に、より関心があったと考える。

『源氏物語礼讃』で、柏木巻の歌は、

死ぬ日にも罪報など知る際の涙に似ざる火のしづく落つ（『晶子全集』第四巻　歌集四 p.328）

とあり、晶子は、臨終間際には、誰もが、特に柏木は当然抱くであろう罪障意識を「涙」と示しながら、死ぬ直前まで柏木が抱き続けた、女三の宮に対する熱い情念を「火のしづく」と高らかに歌い上げている。柏木の両親の嘆きや、恋に生き自滅していった柏木の苦悩に対する共感が、晶子の口語訳には表されていると言えよう。

三　藤壺・女三の宮の密通に対する罪意識の受容

次に、『源氏物語』の「心の鬼」という語の用例（『源氏物語大成』より一五例）で、後続する用言に着目すると、「心の鬼」という語は、心に「添ふ」ものであり、思い嘆いたり「遮る」という行動規制を起こさせるものである。また、「心の鬼」を抱いた人物の心中の葛藤は深く、「はしたなし」「恥づかし」「苦し」「わづらはし」「つつまし」と思い悩んでいる。

つまり、「心の鬼」という語は、常日頃から悩み苦しんでいる不安や恐れがあり、他者の働きかけ（またはそれを想像すること）をきっかけとして、「心の鬼」が目覚め、宿世観により自身の前世のつたなさ（悲運）や世の無常を痛感し、その人物の行動を規制するという文脈の中で使用されることが多い。

「心の鬼」については、様々な先行研究があるが、(10) ここでは「気のとがめ」（一三例）と「疑心暗鬼」（二例）という解釈に従う。

そうすると、『源氏物語』では、ある特定の人物に対する「気のとがめ」を表す用例（一二例）が一番多い。そこで、特に「気のとがめ」が強いと思われる藤壺と女三の宮、それぞれの「心の鬼」の用例や彼女たちの罪責意識を、晶子や谷崎がどのように口語訳しているのかを通して、彼らの罪意識の受容のあり方を明らかにしていく。

⑩　宮の、御心の鬼にいと苦しく、人の見たてまつるも、あやしかりつるほどのあやまりをまさに人の思ひ咎めじや、さらぬはかなきことをだに疵を求むる世に、いかなる名のつひに漏り出づべきにか、と思しつづくるに、身のみぞいと心憂き。（新全集1紅葉賀巻 p.326）

J　宮はお心の鬼からこれを苦痛にしておいでになった。この若宮を見て自分の過失に気づかぬ人はないであろう、なんでもないことも探し出して人をとがめようとするのが世の中である。どんな悪名を自分は受けることかとお思いになると、結局不幸な者は自分であると熱い涙がこぼれるのであった。（与謝野『新新訳』上 p.136）

j　＊旧訳では省略されている。（谷崎『旧訳』巻三 p.76）

宮は、心の鬼にさいなまれ給うのがたいそう苦しく、此の御子を人が拝むにつけても、あのいつぞやの不思議な過ちを、どうして咎めだてせずに置くものぞ、それほどでもない詰まらないことをさえ、あら捜しをせずにはおかぬ世間であるから、遂にはどのような悪名が漏れ出ることかと思いつづけ給う（思い給う）と、辛い

のはわが身ばかりなのです。（谷崎『新訳』巻二 p.48）（『新々訳』巻二 p.52〜53）

⑪　宮は、御心の鬼に、見えたてまつらんも恥づかしうつつましく思すに、（新全集4若菜下巻 p.246）

K　宮は心の鬼に院の前へ出ておいでになることがはずかしく晴れがましくて、（与謝野『新新訳』下 p.41）

k　宮はおん心の鬼に責められ給うて、お逢いになるのが気術なくもあれば極まりもお悪く、（谷崎『旧訳』巻十三 p.117）

⑩の「御心の鬼」は、若宮（後の冷泉帝）が源氏に生き写しなのを苦しく思う、藤壺の気のとがめを表し、⑪の「御心の鬼」は、柏木と密通した女三の宮の、源氏に対する気のとがめを表す。

『新新訳』では、j、kともに「心の鬼」という古語のまま使用している（後に述べるが、「心の鬼」という語句は、泉鏡花の小説に用例があるので、当時通用する現代語として使われていたようである）ので、他の用例における晶子の口語訳を見てみると、私が「気のとがめ」と解釈する「心の鬼」一三例中七例が、「心の鬼」と訳されている。

そうではない訳（六例）を見てみると、源氏が生霊のことをほのめかした手紙に対する六条御息所の「心の鬼」は、「心にとがめられていないのでもない」と訳され、六条御息所の自身への不信感（生霊疑惑）を上手に表現している。また、頭の弁のあてこすりに対する源氏の「御心の鬼」は、「人知れぬ昔の秘密も恐ろしくて」と訳され、朧月夜とのことではなく藤壺との密通が原因であるという解釈をしている。また、女三の宮の降嫁により煩悶する紫の上の「心の鬼」は、「われと心にとがめられて」と訳され、煩悶の露見を恐れる心と解釈されている。また、柏木の手紙らしきものを源氏が読んでいたことを女三の宮に告げる小侍従の「心の鬼」は、「よいことをしておりませんと心がとがめまして」と訳され、密通の露見を恐れる心と解釈されている。また、浮舟の遺骸なき葬送を早急に行う右近と侍従の「心の鬼」は、「自身らの責任を感じる心」と訳され、浮舟の失踪・入水自殺の責任の露見を恐れる心と解釈されている。そして、薫がその心中を察する浮舟の「心の鬼」は、「自責の念」と訳され、匂宮との密通が露見し薫に対して気がとがめる心と解釈している。

一方、私が「疑心暗鬼」と解釈する「心の鬼」二例中一例が、「心の鬼」と訳されている。そうではない訳を見てみると、源氏にとりなしてほしいと願う柏木に対して、夕霧がその心中を察する柏木の「心の鬼」は、「誤解」と訳され、柏木の思い込みによる勘違いだと解釈している。

私は、『源氏物語』の「心の鬼」には、現代の良心の呵責に通じるような深刻な気のとがめから軽いものまで様々なものがあり、特に藤壺と女三の宮の「心の鬼」を重大なものと解釈していたが、晶子の「心の鬼」という訳を見ると、そのような区別は見られない。また、晶子の「心の鬼」以外の訳を見ると、「心のとがめ」や「自責の念」という訳になっている。

一方、晶子の『源氏物語上』で「心の鬼」という訳は八例中五例、『源氏物語下』で「心の鬼」という訳は七例中三例であり、後半になるに従って「心の鬼」という訳が減っていく。「心の鬼」の用例は、日本国語大辞典を見ると中古から近代の泉鏡花（一八七三〜一九三九）の「心の鬼に責められちゃあ」（『化銀杏』一三）まである。この「心の鬼が身を責める」という言い回しは、謡曲や浄瑠璃にも使われており、同世代の晶子（一八七八〜一九四二）にとっては、それほど古語という意識はなかったのではないかとも思われる。しかし、口語訳を進めるに従って、晶子は、「心のとがめ」や「自責の念」という解釈をしていったのではないかとも想像される。そして、その晶子の解釈は、現代の良心の呵責に近い自責の念、気のとがめや罪責意識を表しているとも考えられる。

他方、谷崎の口語訳では、ｊの「心の鬼にさいなまれ給う」、ｋの「心の鬼に責められ給う」と両方ともに、「さいなまれ」「責められ」という動詞が使われている。先に述べた近代の用法であるとともに、現代の良心の呵責に近い自責の念、気のとがめや罪責意識として、より明確に訳されている。つまり、藤壺や女三の宮の「心の鬼」については、谷崎の方が、それぞれの自責の念を、現代の良心の呵責に近い罪意識として、より明確に表していると言える。

四　源氏・柏木・浮舟の密通に対する罪意識の受容

ところで、「空」の語義については、山口仲美氏によると、古代語の「空」は、地面から天にいたるまでの空間すべてを表し、『源氏物語』では「中空なり」（二つの状態のどちらにも行きつかずに悩むさま）等を挙げて、男性、女性いずれの恋愛情緒にも用いられる、[11]とする。同様に、高橋文二氏も、平安朝の文学作品において、「空」が人々の様々な思いを重ねた、視・聴・嗅覚などの諸感覚を豊かに放射、反射させている想像的な美的空間である、[12]としている。

一方、「天」と「空」との違いについて、古橋信孝氏は、「天」は神々の居る場所で、「空」は天と地の間にある境界的な領域であり、『源氏物語』の「空恐ろし」「空おぼめき」「空おぼれ」「空言」等を挙げて、神々の意思の表れとして「空」のつく言葉があるのかもしれない、[13]と言う。また、戸谷高明氏によると、天が神話的な世界として想像された空間であるのに対して、空はより現実的可視的な空間である、[14]としている。

確かに、『源氏物語』においては、源氏・柏木・薫・匂宮各登場人物の心情が投影された「空」と神の存在を意識させる「空」がある。神の存在を意識させる「空」の中でも、まず、「国つ神」等が明記され「神」の居る場所という「空」、次に、朝廷への「物のさとし」、神の啓示として荒れた様子を表す「空」、そして、源氏・柏木・浮舟各登場人物が見るのを恐れる「空」がある。そして、登場人物が見るのを恐れる「空」と「恐ろし」が合体した「そら恐ろし」という語について、松尾聰氏は、『源氏物語』が初出であり、他の作品の用例も挙げた上で、すべて心やましさ（罪意識）の自覚の上に立ってひきおこされる恐怖感を表す(15)、と言う。

以上のように、『源氏物語』の「空」「恐ろし」（三例）、「そら恐ろし」（五例）という語の用例の中には、絶対的なものを倫理基準にした上で、ある特定の人物に対する「かなり強い気のとがめ」を表しているものがある。そこで、源氏と柏木、浮舟、それぞれの「空」「恐ろし」の用例やその他の「そら恐ろし」の用例、彼らの罪責意識を、晶子や谷崎がどのように口語訳しているのかを通して、彼らの罪意識の受容のあり方を明らかにしていく。

⑫「かく思ひかけぬ罪に当たりはべるも、思うたまへあはすることの一ふしになむ、空も恐ろしうはべる。惜しげなき身は亡きになしても、宮の御世だに事なくおはしまさば」とのみ聞こえたまふぞことわりなるや。
（新全集2須磨巻 p.179）

L「こういたしました意外な罪に問われますことになりましても、私は良心に思い合わされることが一つございまして空恐ろしくぞんじます。私はどうなりましても東宮が御無事に即位あそばせば私は満足いたします」とだけ言った。それは真実の告白であった。（与謝野『新新訳』上 p.219）

l ＊旧訳では省略されている。（谷崎『旧訳』巻五 p.25）

「此のように意外な罪を蒙りますのも、思い合せますと、あの事一つがあります故に、空恐ろしうございます。惜しからぬ此の身は亡きものにしましても、春宮の御代さえ御安泰でありますならば」と、そう仰っしゃっただけなのもお道理なのです。（谷崎『新訳』巻三 p.16～17）

⑬ かかることは、あり経れば、おのづからけしきにても漏り出づるやうもやと思ひしだにいとつつましく、空

に目つきたるやうにおぼえしを、（新全集4若菜下巻 p.257～258）

M　月日の重なるうちにはいろいろな秘密が外へもれるかもしれぬと思うだけでも恐ろしくて、罪を見る目が空にできた気がしていたのに、（与謝野『新新訳』下 p.46）

m　こう言うことは長い間には自ら気振に出るかも知れないと、そう思っただけでも気おくれがして、空に眼が附いたように感じたのに、（谷崎『旧訳』巻十三 p.132）

こういうことは長い間には自ら気振にも出るかも知れないと、思っただけでも気おくれがして、天に睨まれているように感じていたのに、（谷崎『新訳』巻六 p.174）（『新々訳』巻六 p.188）

⑭　女、いかで見えたてまつらむとすらんと、空さへ恥づかしく恐ろしきに、（新全集6浮舟巻 p.142）

N　姫君は罪を犯した身で薫を迎えることが苦しく天地に恥じられて恐ろしいにもかかわらず、（与謝野『新新訳』下 p.420）

n　女君は何としてお目に懸れようぞと、空が見ているのも恥かしう、恐ろしう覚えるのに加えて、（谷崎『旧訳』巻二十一 p.54）

女は何としてお目に懸れようぞと、空が見ているのも恥かしく恐ろしいのに加えて、（谷崎『新訳』巻十 p.31～32）（『新々訳』p.33）

⑫で、源氏は、除名処分や須磨流謫を藤壺との密通・冷泉帝の誕生の報いであると考えており、これらの秘事を感知している「空」を見るのも恐ろしく感じている。⑬では、柏木も、女三の宮との密通を「空」の「目」は感知していると意識し、手紙という動かぬ証拠から源氏に露見してしまった不安と恐怖から病気になっていく。⑭では、浮舟も、匂宮との密通を「空」は感知していると意識した上で、匂宮と薫二人の間で揺れ動く自身の宿世を嘆いて

いる。

⑫〜⑭における「空」や「目」に対する「恐ろし」という意識について、古注では、⑫では、『岷江入楚』が「天道にかへりみる也」とし、⑬では、『河海抄』が「天眼」「四知」「天の照覧」として、『岷江入楚』『湖月抄』がそれに従っている。つまり、古注では、「空」の「目」は、儒教的「天道」「天眼」「天の照覧」として解釈されている。現代の注釈書では、仏教的解釈が多い。そうすると、⑫〜⑭の「空」「目」「恐ろし」は、密通という秘事が露見することへの恐怖心を、すべてを見通す「空」やその「目」への畏怖という形で表現したものであり、逆に言うと、外側の絶対的な倫理規範を示すものによって、内面の恐怖心を表したものであると言える。

晶子は、Lでは、源氏と藤壺二人の間では東宮のことを言わずにはすまされないのが道理だという語り手の評を「真実の告白」とし、藤壺との密通・冷泉帝の誕生を「良心に思い合わされること」としているので、源氏の本心として、因果応報意識や秘事への良心の呵責・罪責意識を明確に訳している。しかし、「空」への畏怖は「空恐ろしい」という現代語（はっきりとした根拠があるわけではないが、恐ろしい感じである）で訳されている。しかし、Mでは、「空」に「罪を見る目」があると明確な解釈を述べ、柏木の内面の罪責意識をはっきりと表現している。また、Nでは、浮舟の「空」への畏怖心を「天地に恥じられて」と訳してあるが、この「天地」は「天の神と地の神」（『日本国語大辞典』より）を表すと思われるので、原文の「空」は天地の神のいる場所であることが明示されている。また、浮舟自身についても、匂宮との密通という「罪を犯した身」であり、薫の前で「貞操な女らしく」会えないとする心情を明示している。

これらを見ると、晶子は、源氏については良心に基づく罪責意識を明確に訳し、柏木や浮舟については彼らの罪責意識を、「罪を見る目」を持つ神の居る場所としての「空」への畏怖という表現で示し、原文に忠実に明確に訳していることが分かる。密通を犯した源氏や柏木、浮舟の内面の恐怖心や原文の「空」「目」「恐ろし」という表現に、晶子がこだわって忠実に明確に訳しているということからも、後述するが、『湖月抄』等の古注釈に基づいて読んでいるということが分かる。

一方、谷崎は、l「空恐ろしう」、m「空に眼が附いたように感じた」、n「空が見ているのも恥かしう」と、原文をそのまま訳しただけである。晶子のような儒教的・仏教的世界観を明確に表すような訳ではない。

つまり、源氏・柏木・浮舟の罪責意識を表現する際、晶子の方が、古注釈の「天の照覧」に従って、「罪を見る目」がある「空」を明確に訳していると言える。原文の「空」「目」「恐ろし」については、晶子の訳へのこだわり度が強く、儒教的・仏教的世界観が表されていると思われるので、更に「そら恐ろし」を両者がどのように訳しているのか、比較してみる。

⑮　女、身のありさまを思ふに、（中略）伊予の方のみ思ひやられて、夢には見ゆらむとそら恐ろしくつつまし。（新全集1帚木巻 p.103〜104）

O　女はおのれを省みると、（中略）良人のいる伊予の国が思われて、こんな夢を見てはいないだろうかと考えると恐ろしかった。（与謝野『新新訳』上 p.39）

o　女は身のありさまを思うと、（中略）伊予の国の方《ほう》のことばかりが思いやられて、ひょっとその人が夢にでも見はしないかと、そら恐ろしくも、身が縮《ちぢ》むようでもある。（谷崎『旧訳』巻一 p.120〜121）

⑯　いとどあはれに限りなう思されて、御使などのひまなきもそら恐ろしう、ものを思すこと隙なし。（新全集1若紫巻 p.233）

P　帝はいっそうの熱愛を宮へお寄せになることになって、以前よりもおつかわしになる御使の度数の多くなっ

たことも、宮にとっては空恐ろしくお思われになることだった（与謝野『新新訳』上 p.96）

p　＊旧訳では省略されている。（谷崎『旧訳』巻二 p.128）

お上がひとしお限りなくいとしゅう思し召されて、御使などの絶え間がないのも空恐ろしく、物思いをなさらぬ時の間もありません。（谷崎『新訳』巻一 p.165）（『新々訳』巻一 p.176）

⑰　人目もしげきころなれば、常よりも端近なる、そら恐ろしうおぼゆ。（新全集2賢木巻 p.105）

Q　御修法のために御所へ出入りする人の多いときに、こうした会合が、自分の手で行われることを中納言は恐ろしく思った。（与謝野『新新訳』上 p.189）

q　人目の多い頃であるから、常よりも端近にいらっしゃるのを空恐ろしう感じるのであったが、（谷崎『旧訳』巻四 p.116～117）

⑱　いとかうしもおぼえたまへるこそ心憂けれと、玉の瑕に思さるるも、世のわづらはしさのそら恐ろしうおぼえたまふなりけり。（新全集2賢木巻 p.116）

R　こうまで源氏に似ておいでになることだけが玉の瑕であると、中宮がお思いになるのも、取り返しがたい罪で世間を恐れておいでになるからである。（与謝野『新新訳』上 p.194）

r　＊旧訳では省略されている。（谷崎『旧訳』巻四 p.121）

⑲　たぐひなきいみじき目を見るはといと心憂き中にも、知らぬ人に具して、さる道の歩きをしたらんよとそら恐ろしくおぼゆ。（新全集6手習巻 p.323～324）

S　言いようのない悲しい身になっているではないか、と浮舟は思ううちにもこの一家の知らぬ人々に伴われてあの山路を自分の来たことははずかしい事実であったと身に沁んでさえ思われた。（与謝野『新新訳』下 p.511）

S　たとえようもない惨《みじ》めな目に遭っているではないかと、心憂くお思いになるうちにも、まして知らぬ人に連れられて、そう言う道中をすることはと、空恐ろしうお覚えなされて、（谷崎『旧訳』巻二十三 p.62）

⑮では、源氏と密通した空蟬が、夢で夫に露見しないかと恐れる。⑯では、源氏と密通し懐妊した藤壺が、桐壺帝や世間への露見を恐れて思い悩む。⑰では、朧月夜と密会した源氏が、世間や右大臣方への露見を恐れる。⑱では、東宮が源氏と酷似しているために、藤壺は秘事の世間への露見を恐れる。⑲では、入水自殺に失敗し、妹尼から初瀬参りの誘いを受けた浮舟が、観音の御利益が全くなかった自身の宿世や将来への不安を抱いている。

⑲の浮舟が半生を顧みて今後の人生を「空恐ろしく」感じるようになってしまった原因は、匂宮との密通とそれに伴う入水自殺の失敗である。そうはいうものの、⑮〜⑱の「そら恐ろし」とは多少ニュアンスが違うと思われる。そこで、⑮〜⑱の「そら恐ろし」に着目すると、全て密通を行った人間の、庇護者や世間への露見に対する恐怖心が「そら恐ろし」という一語に表されている。

晶子は、Sでは、原文の「そら恐ろし」を「はずかしい」と訳し、知らぬ人と同行する不安感、将来への不安感という意味で、他とのニュアンスの違いを伝えている。また、O、Qでは、原文の「そら恐ろし」は「恐ろしい」、つまり、露見への恐怖感とだけ訳され、M、Nの「空」「目」「恐ろし」の訳の「空に見通されている罪責意識」という強い調子に比べると弱い感じで、柏木や浮舟のM、Nと空蟬や源氏のO、Qでは、それぞれの罪意識を明確に差をつけて訳し分けていると考える。ところが、Pの藤壺の意識は、Lの源氏の意識と同様に「空恐ろしい」と訳され、密通の露見への恐怖感を表す「恐ろしい」よりも強い、言いようのない恐怖感を表す語として使われている。特に、Rでは、源氏との密通・冷泉帝の誕生を「取り返しがたい罪」と明示し、藤壺の罪意識を表したものとして、Lでは、現代の良心の呵責に近い、源氏の罪責意識を表したものとして、「空恐ろしい」という語を使っているのではないかと考えられる。

一方、谷崎は、o、p、q、sすべて「空恐ろしく」「空恐ろしう」と、古語をそのまま口語の「そら恐ろしい」と訳している。日本国語大辞典によると、「そらおそろしい」の意味は、「現在の状態から将来どうなるだろうと、いいようもなく不安に感じるさま。天罰・神罰・仏罰に対する恐怖感や、その人の将来、世の成り行きについての不安などにいう。何となくおそろしい」である。谷崎は、古語の「空恐ろし」と現代語の「そらおそろしい」とを、同義で解釈できると判断したのであろう。

古語の「空」「目」「恐ろし」や「空恐ろし」が表す罪意識として、晶子は、源氏（L）や柏木（M）、浮舟（N）や藤壺（P、R）それぞれの意識と他の人々の意識（O、Q）を明確に訳し分けている。源氏たちの意識は、天罰・神罰・仏罰への恐怖という強い表現で、特定の庇護者（桐壺院や源氏、薫）に対する罪責意識を表し、その他の人々の意識は露見への恐怖を表している。ここでも、晶子は、原文のもつ儒教的・仏教的世界観を正確に訳していると言える。

五　夜居の僧都の不孝に対する罪意識の受容

最後に、『源氏物語』の「天の眼」という語句は一例しかないが、「そら恐ろし」にも通ずる、絶対的なものを倫理基準にした上での罪障意識を表している。

高橋亨氏は、「天眼」は仏教で超肉体的千里眼を言い、源氏物語では「天＝空」という超越的存在と結びついた用例として⑬、⑭を挙げている。[16]また、日向一雅氏は、「天がよく人の善悪を監視する」ものとして意識され、天

を倫理的存在と見なした点で儒教的な観念を根底にもっている、と言う。(17)

私は、『日本霊異記』等の日本の仏教説話が「天眼」の眼力中心の話が多い中で、『源氏物語』では「天眼」という絶対的倫理基準により苦悩する人々の罪障意識を問題にしている点に独自性があると考える。ただし、『源氏物語』の「天の眼」については、僧都の話に出てくること、かつ、l～nの表現との関わりもあることにより、仏教的・儒教的両方の意味があると考える。そこで、この夜居の僧都の罪障意識を、晶子や谷崎がどのように口語訳しているのかを通して、彼らの罪意識の受容のあり方を明らかにしていく。

⑳「いと奏しがたく、かへりては罪にもやまかり当たらむと思ひたまへ憚る方多かれど、知ろしめさぬに罪重くて、天の眼恐ろしく思ひたまへらるることを、心にむせびはべりつつ命終はりはべりなば、何の益かははべらむ。仏も心ぎたなしとや思しめさむ」(新全集2薄雲巻 p.449～450)

T「まことに申し上げにくいことでございまして、かえってそのことが罪を作りますことになるかもしれませんから、躊躇はいたされますが、陛下がごぞんじにならないでは相当な大きな罪をお得になることでございますから、天の目の恐ろしさを思いまして、私は苦しみながら亡くなりますれば、やはり陛下のためにはならないばかりでなく、仏様からも卑怯者としてお憎しみを受けると思いまして」(与謝野『新新訳』上 p.324)

t　＊旧訳では省略されている。(谷崎『旧訳』巻七 p.99)

「まことに申し上げにくいことでございまして、却って罪にも当りましょうかと、憚り多く存ぜられますが、お上が御存じ遊ばさないでいらっしゃいましては、罪が重く、天の照覧も恐ろしく存ぜられることがあるのでございまして、ひとりひそかにそのことを心の中で歎きつつ命が終るようになりましたら、何の甲斐がございましょう、仏も定めし心ぎたない奴と思し召しましょうか」(谷崎『新訳』巻四 p.20)(『新々訳』巻四 p.22～23)

⑳の、「知ろしめさぬに罪重くて」の「罪」は、集成・全集・新全集・新大系の解釈に従い、夜居の僧都の罪であるととらえる。そうすると、⑳の現代語訳は、「冷泉帝の実父が源氏であるというような、道理に合わない嘘事を奏上した為に自分は処罰されるかもしれない。しかし、帝が実父を知らずに臣下にしておく、僧都自身の罪障は重く、天の眼が恐ろしいと自然に感じられる事柄（帝が源氏を実父と知らずに臣下にしておくこと）を、その真相を奏上せず天変の原因をはっきりさせないで死んでは、帝の為にもならず、仏にもそむくことになってしまう」となり、夜居の僧都は、「天の眼」、すなわち、天部にいる諸仏の目、仏の照覧を恐れ、それが契機となって、冷泉帝に不幸の罪を犯させないように奏上した、ということになる。

重松信弘氏も、照覧の思いは、仏が人間に対してきびしい心で臨むことを表し、それが自省の念の強い道心者の内面的な思いとなっている[18]、と指摘しているので、それに従って解釈したい。

晶子は、Tで、原文の「罪重くて」を帝の罪とした上で、原文の「天の眼」を「天の目」と訳している。L〜Nの「空」や「目」との関連を意識したためかと思われる。一方、tで谷崎は、帝の罪とした上で、「天の照覧」という儒教的・仏教的世界観を表している。古注釈に従った解釈が表れていると言える。

おわりに

「罪」という語については、晶子と谷崎はともに、罪障意識や因果応報、宿世等の仏教的世界観を表しているが、晶子の方がより自分の解釈を入れて丁寧に訳している。また、晶子が、柏木の密通や不孝への罪障意識に思い入れが深く、情感豊かに訳出しているのに比べて、谷崎は、源氏の密通への罪障意識を明確に訳出している。

「心の鬼」という語については、近代でも使われていたようで古語のまま訳してあるのだが、晶子より谷崎の方が、現代の良心の呵責に近い、罪責意識を明確に表している。「そら恐ろし」「天の眼」という語について、晶子は、『源氏物語』における罪障意識・罪責意識をかなり忠実に訳そうと心がけている。特に、「空」「目」の解釈は、仏教的な「天眼」や儒教的な「天の照覧」という、明らかに古注釈を参考にしたと思われるものであり、『湖月抄』をかなり読み込んでいたのではないかと思われる。

また、各登場人物の罪責意識については、その重大度に応じて訳し分けをしている。特に、柏木・浮舟の罪責意識における「空」「目」は「罪を見る目」「天地」と「天眼」や「天の照覧」が明確に分かる訳がなされ、源氏や藤壺両者の密通に対する罪責意識における「空も恐ろし」「そら恐ろし」は「空恐ろしい」「取り返しがたい罪で世間を恐れる」と深い罪意識が分かる訳がなされ、空蝉や朧月夜との密会に対する源氏の罪責意識における「そら恐ろし」は「恐ろしい」とだけ露見への恐怖感だけが訳されている。

一方、谷崎は、ほとんど古語をそのまま現代語に置き換えた訳であり、儒教的・仏教的世界観は、晶子の方が訳出しようと努力していると言える。罪意識の口語訳に関する、彼らの違いはどこからくるのか。

まず、両者が『源氏物語』を口語訳する上で参考にしたテキストであるが、両者に大差があるとは思われない。晶子は、十一歳から二十歳までの間に独学で『源氏物語』を何回も通読したと言い[19]、安藤為章の『紫家七論』の紫式部賛美を言い足りないとし[20]、『湖月抄』の系図の註に紫式部を藤原道長の妾云々とあることを憤っているなど[21]、江戸期の注釈書を読み込んだ上での口語訳であろうと思われる。だから、晶子の「罪を見る目が空にできた」「天地に恥じられて」という口語訳は、谷崎の「天の照覧」という訳ほど明確ではないので、明治から昭和にかけての社会通念に基づいたものであるかもしれないが、『湖月抄』を参考にした可能性も大きいと考える。

また、紫式部と近松門左衛門を文学界の天才とする晶子は[22]、紫式部や作中の朝顔や大君を例に挙げて、平安期の女性の堅固な貞操観念を強調し、処女性や「二夫にまみえず」とする女性を称揚している[23]。そのうえ、『源氏物語』の写実性と心理描写を絶賛している[22]。そして、晶子の書いた多数の評論では、女性の生き方について言及しているものが多い。つまり、晶子にとっての『源氏物語』は人間の心情が写実的に描かれた最高傑作であり、そのような晶子の罪意識を表す口語訳では、江戸期の古注釈に基づき、仏教的・儒教的世界観が忠実に表されている。特に、密通や不孝に対する柏木や浮舟の罪障・罪責意識に思い入れが深いように思われる。

一方、谷崎は、『湖月抄』や『岷江入楚』を参考にして、「感興が、昔の人が原文を読んで受けた感興と同じようにすること」を主眼とし、源氏と西鶴の文章に「色気」を感じている[24]、と言っている。また、谷崎の『新訳』序によると、原文に肉迫するために、三つの原則（原文に近づけて単文にすること、口でしゃべる言葉に近づけること、敬語の数を適当に加減すること）を立てて、新しい文体に書き改めたと言う。つまり、谷崎は、文体にこだわりながら、昔の人の感興を現代に再現するために、江戸期の古注釈を基にできるだけ原文に忠実な訳をしようとしたと考えられる。その結果、口語訳の丁寧さで見ると、谷崎の興味は、どちらかと言えば、源氏の密通への罪障意識にあると思われる。

生涯、女性の生き方にこだわり続けた晶子と口語文体にこだわり続けた谷崎であるが、両者ともに、江戸期の古注釈に基づき原文を忠実に再現しようとしたと思われる。しかし、罪意識の解釈に基づく口語訳で見る限り、晶子の方が、『源氏物語』の仏教的・儒教的世界観をより忠実に表そうとしていると言えよう。

注

（1）中村真一郎「解説」国民の文学4『源氏物語下』（河出書房新社、一九六三）。
（2）与謝野晶子「新訳源氏物語の後に」『新訳源氏物語』下巻之二。
（3）秋山虔「晶子古典現代語訳私見」（『国文学』學燈社、一九九九・三）。
（4）河添房江「現代語訳と近代文学―与謝野晶子と谷崎潤一郎の場合」（講座源氏物語研究第十二巻『源氏物語の現代語訳と翻訳』おうふう、二〇〇八）。
（5）古屋明子「『とはずがたり』における『源氏物語』の罪意識の受容」（『古代中世文学論考　第23集』新典社、二〇〇九）。
（6）『源氏物語』本文は、小学館の『新編日本古典文学全集』第一～六巻による。
（7）与謝野晶子の『新新訳源氏物語』（一九三八～一九三九）本文は、河出書房新社　国民の文学3『源氏物語上』『源氏物語下』による。
『源氏物語礼讃』（初出『明星』一九二二、歌集『流星の道』一九二四）の本文は、講談社『定本与謝野晶子全集第四巻、歌集四』「流星の道　絵巻のために　源氏物語」による。
（8）谷崎潤一郎の『旧訳』本文は、中央公論社『谷崎潤一郎訳源氏物語』巻一～巻二六（一九三九～一九四一）による。『新訳』本文は、中央公論社『谷崎潤一郎新訳源氏物語』巻一～巻十・別巻（一九五一～一九五四）による。全て私的に現代仮名遣いに改めた。『新々訳』本文は、『谷崎潤一郎新々訳源氏物語』巻一～巻十二（一九六四～一九六五）による。
（9）野村精一「源氏物語における罪の問題　序説・藤壺の場合」（『国語と国文学』東京大学国語国文学会、一九五八・三）。
（10）三谷栄一氏は、御霊信仰を背景に、『源氏物語』では人間の内面心理（心弱さや良心の呵責など）を表すという（「源氏物語における民間信仰―御霊信仰を中心として」『物語文学の世界』有精堂、一九七五）。南波浩氏は、漢語の「疑心暗鬼」を和風にいい改めたもので、『源氏物語』では①疑心暗鬼、②煩悩（恋慕愛執の心）、③気のとがめ・良心の呵責の三つの意味に分類している（『紫式部集全評釈』笠間書院、一九八二、p.263～269）。多屋頼俊氏は、『源氏物語』の「心の鬼」は、良心の呵責というように倫理的に限定されたものではなく、気がとがめることであるとする（「源氏物語を構成する基礎的思想」『多屋頼俊著作集5　源氏物語の研究』法蔵館、一九九二）。田中貴子氏は、日本の和文の世界で生まれた独自の表現であり、人の心の中の邪悪な部分を意識し、それを「鬼」になぞらえる精神作用であるという（「「心の鬼」が見えるまで」『百鬼夜行の見える都市』新曜社、一九九四）。

また、全集頭注（常夏巻p.225）では「心のやましさ。「鬼」は非現実の不可視的世界に存在する異形の恐ろしい生きもの。これが心の中にいると意識された」とあり、新全集頭注（常夏巻p.234）では「「オニ」は「隠」の字音の転。日常的な意識を超えた本能的直感や欲求の類。異形の鬼相は仏教の邪鬼像に由来し、別である」とある。さらに、『角川古語大辞典』では、「常識的な善悪正邪の判断よりももっと深い、本能的、反射的、瞬間的にひらめく考えや、胸にこたえる痛切な思い」とある。

古注には、藤壺の「御心の鬼」については、「花に引哥あり　それにおよはす　花心のおにとは心におそろしく思ふ事也　私内心にあやまりある時そらおそろしく思ふ心也　聞書源によく似給へるをくるしく藤つほの思ひ給ひて弥源へ若宮をみせ給はぬ也」（『岷江入楚』）、「こころにおそるる事あるを云なり　謙徳公集ニ「わかためにうときけしきのつくからにかつは心の鬼も見えけり」（『湖月抄』）とあり、女三の宮の「御心の鬼」については、「心のうちのひが事を人やしるらんと思を心の鬼と云」（『弄花抄』）、「弄心のうちの僻事を人やしるらんと思ふを心の鬼といふ」（『岷江入楚』）、「（哢）心の中の柏の事を人やしるらんと思ふを心の鬼といふ」（『湖月抄』）とある。

以上を踏まえて、「心の鬼」とは、「内心にあやまりある時そらおそろしく思ふ心」（『岷江入楚』）という意味で、「気のとがめ」と解釈する。

（11）山口仲美「「そら」をめぐる恋愛情緒表現」『平安朝の言葉と文体』（風間書房、一九九八）。

（12）高橋文二「空となごりと月影と―『徒然草』第二十段「空のなごり」小見」『源氏物語の時空と想像力』（翰林書

房、一九九九)。
(13) 秋山虔編『王朝語辞典』(東京大学出版会、二〇〇〇)。
(14) 戸谷高明「上代文学における「空」の表現―「天」との関連において」(『学術研究国語・国文学編』第二七号、早稲田大学教育会、一九七八・一二)。
(15) 松尾聰「「そら恐ろし」の語意について」『源氏物語を中心とした語意の紛れ易い中古語攷』(笠間書院、一九八四)。
(16) 高橋亨「『源氏物語』における出家と罪と宿世―藤壺物語と王権の喪失・序説」(『むらさき』第九号、一九七一・六)。
(17) 日向一雅「光源氏と藤壺の罪をめぐって―『源氏物語』第一部の基底部分」(『日本文学』第二四巻六号、一九七五・六)。
(18) 重松信弘『源氏物語の仏教思想』(平楽寺書店、一九六七)。
(19) 「読書、虫干、蔵書」(晶子全集第十九巻、評論感想集六) p.258。
(20) 「紫式部新考」(晶子全集第十二巻、童話美文他) p.478~508。
(21) 「紫式部の伝記に関する私の発見」(晶子全集第十六巻、評論感想集三) p.49~61。
(22) 「紫式部の事ども」(晶子全集第十五巻、評論感想集) p.117~126。
(23) 「紫式部の貞操に就て」(晶子全集第十六巻、評論感想集三) p.370~371。
(24) 「源氏物語の現代語訳について」(谷崎潤一郎全集第二十一巻)。

河添房江　略歴ならびに著述目録

略歴

一九五三年一〇月一五日生まれ
一九六九年三月　東京学芸大学附属竹早中学校卒業
一九七二年三月　東京学芸大学附属高等学校卒業
一九七七年三月　東京大学文学部第三類（語学文学）国文学専修課程卒業
一九八〇年三月　東京大学大学院人文科学研究科国語国文学専攻修士課程修了
一九八五年三月　東京大学大学院人文科学研究科国語国文学専攻博士課程単位取得退学
一九八五年一〇月　東京学芸大学教育学部講師
一九八九年三月　東京学芸大学教育学部助教授
一九九四年一二月　第一回関根賞受賞
一九九九年二月　博士（文学）（東京大学）
二〇〇二年四月　東京学芸大学教育学部教授
二〇〇七年四月　一橋大学大学院言語社会研究科連携教授
二〇〇九年一〇月　東京大学大学院人文社会系研究科客員教授（～二〇一二年三月）

この間、東京大学文学部・横浜市立大学文理学部・成蹊大学文学部・放送大学等の非常勤講師、NHK教育テレビ「古典への招待」講師、朝日カルチャーセンター新宿教室講師、NHK文化センター青山教室講師などを歴任。

著述目録

【著　書】

『源氏物語の喩と王権』有精堂、一九九二年
『源氏物語表現史―喩と王権の位相―』翰林書房、一九九八年
『性と文化の源氏物語―書く女の誕生―』筑摩書房、一九九八年
『源氏物語時空論』東京大学出版会、二〇〇五年
『源氏物語と東アジア世界』NHK出版、二〇〇七年
『光源氏が愛した王朝ブランド品』角川学芸出版、二〇〇八年

【編著書】

『叢書　想像する平安文学』（全8巻）（神田龍身・小嶋菜温子・小林正明・深沢徹・吉井美弥子と共編）勉誠出版、一九九九～二〇〇一年
『源氏物語いま語り』（三田村雅子・松井健児と共編）翰林書房、二〇〇一年
『源氏物語の鑑賞と基礎知識　梅枝・藤裏葉』至文堂、二〇〇三年
『描かれた源氏物語』（三田村雅子と共編）、翰林書房、二〇〇六年

『薫りの源氏物語』（三田村雅子と共編）翰林書房、二〇〇八年
『源氏物語の現代語訳と翻訳』おうふう、二〇〇八年
『王朝文学と服飾・容飾』竹林舎、二〇一〇年
『夢と物の怪の源氏物語』（三田村雅子と共編）翰林書房、二〇一〇年
『天変地異と源氏物語』（三田村雅子と共編）翰林書房、二〇一三年

【監修・編集】
『源氏研究』第1～10号（三田村雅子・松井健児と共編）翰林書房、一九九六～二〇〇五年
『週刊朝日百科　世界の文学　第26号　竹取物語　伊勢物語』朝日新聞社、二〇〇〇年
『光村の国語　はじめて出会う古典作品集1―6』（高木まさきと共監修）光村教育図書、二〇〇九～二〇一一年
『アジア遊学147号　唐物と東アジア　舶載品をめぐる文化交流史』（皆川雅樹と共同編集）勉誠出版、二〇一一年

あとがき

河添房江先生は、一九八五年に東京学芸大学に着任されてのち二十五年余、広く教員や研究者の育成に携わってこられ、現在では一橋大学大学院言語社会研究科連携教授も兼任されている。なかでも、東京学芸大学での河添研究室においては日々学生を交えて活発な議論が交わされ、先生の、和やかながら時に厳しいご指導に導かれた学生たちは、教育や研究その他様々な分野において、また日本国内に留まらず、広く活躍している。私たちは先生の近くで、研究者として、教育者として、人として、本当にたくさんのことを学ばせていただいた。先生と出会えたことそのものが、教え子一人ひとりにとって、かけがえのない幸せである。

先生のご専攻は『源氏物語』をはじめとする平安文学であり、学界を代表する研究成果を次々に積み重ね、常に斯界のトップランナーとして走ってこられた。鮮やかに対象に切り込む先生の学問は、『源氏物語表現史―喩と王権の位相』や『源氏物語時空論』の著書に示されている。王権、ジェンダー、享受、そして唐物など、研究の対象は文学に留まらず、現在も歴史学をはじめ分野を超えて活躍の場を広げておられる。

先生の学問の魅力を挙げればきりがないが、私たちは先生の傍らで過ごす時間そのものに惹かれてきたのだと思う。授業や演習の時間だけではない。期末の食事会や卒業論文を提出したあとのお茶会、ゼミ合宿の空き時間、バス停まで一緒に歩く十分間に至るまで、先生と会話を交わすだけで満ち足りた気持ちになるのである。忘れ得ないのは二〇〇八年、東京学芸大学で中古文学会秋季大会を開催した時のこと。源氏千年紀の華々しい年に、素朴さが取り柄の大学に何ができるかと臆する私たちを鼓舞して、院生はもとより学部生まで指示を行き渡らせ、設備はなくとも人は誇れる大学であるところを見せましょうと辣腕を揮ってくださった。ご参加の方々から多くのお褒めの言葉をいただいたことも嬉しかったが、先生と連日打ち合わせに奔走し、時には喫茶店で甘い物を補給しながら頭を悩ませた時間こそ、今思い返して頬の緩むような贅沢な時間だった。

その先生が二〇一三年十月、還暦を迎えられる。先生の指導を受けた東京学芸大学や一橋大学の卒業生、修了生を中心に、先生が広く、そして多くの研究者を育てていることを江湖に知らしめるような記念論文集を献呈したいという思いが本書の発端である。先生の玉稿も頂戴して、十四本の論文が集まり、翰林書房の今井夫妻のご協力のもと、『古代文学の時空』と題した論集をこうして完成することができた。

先生の学問は、常に先鋭的で、文学研究の可能性を広く深く追究するものである。河添研究室での演習の議論は多岐に亘り、時代、領域、方法も幅広いが、先生はどんな議論に対しても真摯に、そして鋭く向き合ってくれる。私たちは先生への信頼と、僅かな緊張のなかに研究を重ね、自分の道を選び、歩んできた。本書は特に執筆にあたってのテーマを設定していない。また教え子だけでなく、東京学芸大学の「源氏ゼミ」「萬葉ゼミ」を通じて交誼を結んだ方にも執筆をお願いしている。多くの人々が関わり、巣立っていく場であり続ける河添研究室らしい、バラエティに富んだ論集となったことと思う。そして改めて、先生の学問に対する姿勢、人間性のもとに集えたことを喜ばずにいられない。先生から受けた学恩を少しでも示せたとすれば、本当に嬉しいことである。

先生はめでたく還暦を迎えられたが、研究と教育に対して先生が歩みをゆるめることはないだろう。不肖の教え子たちではあるが、少しでも師に続きたいと念じてやまない。今後とも先生がますますご健勝にて、研究者として邁進され、また私たちをお導きくださいますように心よりお願い申しあげます。

二〇一三年十月吉日

編集世話人　吉野　誠・本橋裕美

執筆者紹介（あいうえお順）

麻生裕貴（あそう・ひろき）一九八七年生まれ。浅野中学・高等学校教諭。「帚木巻冒頭の語り」（『学芸古典文学』第四号、二〇一一年三月）、「紫の上との対比に見る玉鬘の呼称」（『物語研究』第一〇号、二〇一二年三月）、「薫・匂宮・中の君を描く呼称」（『学芸古典文学』第六号、二〇一三年三月）。

今井俊哉（いまい・としや）一九五九年生まれ。共立女子短期大学、青山学院女子短期大学非常勤講師。「聞き手としての天皇」（『ＧＳ』ＵＰＵ、一九八八年九月）、「万葉集の二つの声」（『古代文学』第三四号、一九九五年三月）、「光源氏の鏡」（『学芸国語国文学』第三二号、二〇〇〇年三月）。

奥田和広（おくだ・かずひろ）一九七七年生まれ。東京都立高等学校教諭。共同調査「竹柏会複製『古葉略類聚鈔』所収万葉歌一覧」（『旭川国文』第一九号、二〇〇四年三月）、「山上憶良「好去好来歌」の細注について」（『学芸国語国文学』第三八号、二〇〇六年三月）、分担執筆『経国集対策注釈』（塙書房、二〇一四年刊行予定）

坂倉貴子（さかくら・たかこ）一九八三年生まれ。麻布中学校・高等学校教諭。「勅撰和歌集序の様式」（『学芸古典文学』第四号、二〇一一年三月）、「紀貫之の真名序」（『研究紀要（立教新座中学校・高等学校）』二〇一一年三月）、「勅撰集序の様式」（『学芸古典文学』第五号、二〇一二年三月）

趙秀全（ちょう・しゅうぜん）四川大学講師、博士（学術）。「古代天皇における孝徳」（小島毅編『アジア遊学151　東アジアの王権と宗教』勉誠出版、二〇一二年）、「『孝経』に関わる平安漢詩―「釈奠詩」を中心に―」（『古代中世文学論考』第二八集、新典社、二〇一三年）、「『松浦宮物語』にみる「忠」と「孝」」（『日本文学』第六十二巻六号、二〇一三年六月）

新山春道（にいやま・はるみち）一九七三年生まれ。「二世女王の婚姻」（『中古文学』第六七号、二〇〇一年）、「荷田春麿の和歌研究」（『國學院雑誌』第一〇七巻十一号、二〇〇六年）、「歌語と独語と」（『人文学研究所報』第四二号、二〇〇九年）。

古屋明子（ふるや・あきこ）一九五九年生まれ。東京都立富士高等学校附属中学校主幹教諭、博士（教育学）。「『源氏物語』の「そら恐ろし」に表れた罪の意識」（『古代中世文学論考　第10集』新典社、二〇〇三年）、「『源氏物語』の「もののあはれなり」「あはれなり」に見られる美的・倫理的規範について」（『古代中世文学論考　第21集』新典社、二〇〇八年）、「『とはずがたり』における『源氏物語』の罪意識の受容」（『古代中世文学論考　第23集』新典社、二〇〇九年）

松本大（まつもと・おおき）一九八三年生まれ。大阪大学大学院文学研究科博士後期課程在学・日本学術振興会特別研究員。『河海抄』における『紫明抄』引用の実態について」（『語文（大阪大学）』第九六輯、二〇一一年六月）、「河内方の源氏学と『河海抄』」（前田雅之編『中世の学芸と古典注釈』中世文学と隣接諸学5、竹林舎、二〇一一年九月）、「『河海抄』巻九論」（『中古文学』第九一号、二〇一三年五月）。

村本春香（むらもと・はるか）一九八二年生まれ。東京女子大学大学院博士後期課程人間文化科学専攻在学。「『萬葉集』巻十三左注の方法」（『上代文学』第一〇三号、二〇〇九年一一月）、「『萬葉集』における『類聚歌林』引用の意図」（『日本文学』第五九巻一二号、二〇一〇年一二月）、「「類」を導入する『萬葉集』左注の問題」（『古代文学』第五〇号、二〇一一年三月）

本橋裕美（もとはし・ひろみ）一九八三年生まれ。一橋大学大学院言語社会研究科特別研究員、博士（学術）。「『源氏物語』絵巻の政治力学」（『中古文学』第八八号、二〇一一年一二月）、「六条御息所を支える「虚構」」（『日本文学』第六一巻一号、二〇一二年一月）、「『源氏物語』后妃の儀礼」（小嶋菜温子・長谷川範彰編『源氏物語と儀礼』武蔵野書院、二〇一二年一〇月）。

谷戸美穂子（やと・みほこ）一九七二年生まれ。武蔵大学非常勤講師、博士（人文学）。「「住吉大社神代記」の神話世界」（『古代文学』第三七号、一九九八年三月）、「『古今和歌集』仮名序と「ならの帝」」（『日本文学』第五四巻四号、二〇〇五年四月）、「『藤氏家伝』と藤原仲麻呂」（『文学』第九巻一号、二〇〇八年一月）。

吉野誠（よしの・まこと）一九七五年生まれ。城北中学・高等学校教諭。「藤壺「妃の宮」の出産と生死をめぐって」（『物語研究』第二号、二〇〇二年三月）、「歴史をよぶ桐壺巻」（日向一雅編『源氏物語　重層する歴史の諸相』竹林舎、二〇〇六年）、「花の「宿木」巻」（小山清文・袴田光康編『源氏物語の新研究　宇治十帖を考える』新典社、二〇〇九年五月）。

賴國文（らい・こくぶん）一九六五年生まれ。台湾首府大学助理教授、博士（文学）。「平安文学における紅梅のイメージ」（『学芸古典文学』第四号、二〇一一年三月）、「「梅花落」における日本と中国」（『東アジア比較文化研究』第一〇号、二〇一一年六月）、「『万葉集』の梅とその取り合わせの成立」（『学芸古典文学』第五号、二〇一二年三月）

古代文学の時空

発行日	2013年10月15日 初版第一刷
編　者	河添房江
発行人	今井 肇
発行所	翰林書房
	〒101-0051 東京都千代田区神田神保町 2-2 阿久澤ビル
	電 話 (03) 6380-9601
	FAX (03) 6380-9602
	http://www.kanrin.co.jp
	Eメール● Kanrin @ nifty.com
装釘	島津デザイン事務所
印刷・製本	シナノ

ISBN978-4-87737-356-6